KB092697

벚꽃 지는 계절에
그대를 그리워하네

벚꽃 지는 계절에 그대를 그리워하네

우타노 쇼고 장편소설
김성기 옮김

한스미디어

* 본문의 각주는 모두 옮긴이 주(註)입니다.

차례

만남

1

사정한 뒤에는 꼼짝도 하기 싫다. 여자의 몸 위에 올라탄 채 밀려오는 졸음을 그대로 받아들이고 싶다.

예전에 치과병원 대기실에 비치된 여성 주간지에서 '후희後戱 없는 섹스는 디저트 없는 디너'라는 글을 읽은 적이 있다. 남자들에게 그 얘기를 하면 대번에 '웃기고 자빠졌네'라는 소리가 튀어나온다. 일단 사정하고 나면 젖가슴 같은 건 더 이상 주무르고 싶지 않다. 설령 상대가 제니퍼 로페즈*일지라도 마찬가지다. 남자라는 동물은 먼 옛날 에덴동산 시절부터 원래 그렇게 만들어져 있다.

내가 이런 생각을 떠올리는 것은, 지금 막 정액을 방출하고 여자의 배 위에서 거친 숨을 내쉬고 있기 때문이다.

이것도 어떤 잡지에서 읽은 건데, 사정할 때 소비되는 에너지는 백 미터를 전력 질주했을 때와 똑같다고 한다. 2000년 시드니 올림픽에서 9초 87로 결승선을 통과한 모리스 그린**이 관중에게 답례하며 운동장을 돌다가 맨 앞 열에 앉은 여자의 풍만한 가슴을 봤다면, 과연 만지

* 뛰어난 미모와 몸매를 갖춘 미국 가수.
** 미국의 남자 육상선수.

고 싶어 했을까.

여자의 살갗은 촉촉이 젖어 있다. 절정에 다다르면서 그녀의 몸은 열기를 띠며 끈끈한 땀을 내보냈다. 지금은 그 몸이 식으면서 내 몸의 열기를 빼앗아 간다.

고동 소리가 들린다. 귀로 듣는 게 아니라 몸으로 느끼고 있다. 살갗에서 살갗으로 전해지는 그 소리에 살아 있음을 실감한다. 반복되는 단조로운 울림에 마음이 편해진다. 어머니의 태내에 있었을 때는 하루하루가 매일 이런 느낌이었으리라.

이대로 잠들고 싶다. 그리고 다음에 눈을 떴을 때 갓난아기로 새로이 태어나 인생을 다시 시작할 수 있다면 얼마나 행복할까.

구름 사이로 둥근 달이 드러난다. 구름이 흘러가 달을 가린다. 하늘은 아까부터 줄곧 밝게 희어졌다가 금방 짙은 회색으로 변하는 등 종잡을 수가 없다.

사방은 쥐 죽은 듯 고요하다. 구름이 저렇듯 바삐 움직이고 있건만, 주변의 나뭇잎들은 꿈쩍도 하지 않는다. 새나 곤충의 소리도 전혀 들리지 않는다.

어둠 속에서 손전등 불빛이 둥근 원을 그리고 있다.

고요함 속에서 푹푹 땅 파는 소리가 울린다.

내뱉는 입김은 하얗지만 사내의 이마에는 땀방울이 맺혀 있다. 땀은 눈꺼풀에 모이고, 볼에 떨어지고, 목덜미를 따라 겨드랑이로 흐른다. 트레이닝 셔츠는 등에 찰싹 달라붙어, 럭비 선수처럼 모락모락 김을 피우고 있다.

사내는 온몸에 땀을 흘리며 삽질을 하고 있다. 기계가 장착된 인형처럼 규칙적으로 팔을 당기고, 허리에 힘을 주고, 팔을 비스듬히 내리찍는다.

사흘쯤 비가 오다 말다 하는 날씨였다. 이 지방 특유의 흑토黑土는 촉촉이 습기를 머금고 있어 땅을 파는 데는 그다지 힘이 들지 않았다.

또 구름이 갈라졌다. 검은 스크린 속의 풍경이 어슴푸레 드러난다.

키 작은 관목들이 병풍처럼 펼쳐져 있다. 나무들 앞에는 무덤 몇 개가 자리하고 있다. 무덤마다 한가운데에 납작하고 기다란 나무판자가 세워져 있고, 그 앞면에는 범어가 씌어 있다. 솔도파*다.

푹, 푹, 푹.

밤의 어둠 속에서 사내는 무덤을 파고 있다.

사내가 천천히 뒤돌아본다. 삽질하는 손은 멈추지 않은 채 고개만 천천히 뒤로 돌린다.

구름 사이로 둥근 달이 드러난다. 하얀 달이 사내의 얼굴을 비춘다.

나는 움찔 몸을 떨며 현실로 돌아왔다.

너무나 편안한 기분에 잠의 세계에 빠져든 모양이다.

다시금 몰려오는 잠을 가까스로 참아내며 왼손으로 여자의 몸을 더듬는다. 옆구리를 어루만지고, 손가락으로 늑골을 훑고, 손바닥으로 유방을 감싼다. 그러면서 오른손으로는 흐트러진 갈색 머리를 쓰다듬고, 귓불을 만지작거리고, 귀밑머리가 달라붙은 목덜미를 부드럽게 누른다. 그리고 마지막엔 키스를. 작은 새가 나무 열매를 쪼듯이 아주 가볍게.

* 率堵婆, 경문을 적어 묘지에 세운 판자.

아아, 어째서 나는 슬쩍 훑어본 잡지 기사에 이다지 연연하는 걸까. 애초부터 이 여자와의 섹스에 애정 따윈 없었다고 생각하면서도 이렇듯 성실하게 서비스하고 있는 나.

한숨을 내쉬며 팔굽혀펴기를 하듯 상체를 띄웠다. 팔꿈치를 짚고 상체를 곧게 세운 뒤 페니스를 뺀다. 몸을 틀어 머리맡으로 손을 뻗었다. 티슈를 두세 장 뽑아 축 늘어진 페니스를 정성껏 닦는다.

내친 김에 티슈를 두세 장 더 뽑아 여자의 가랑이로 가져간다. 그러자 여자는 부끄러운 듯 몸을 틀어 등을 돌린다.

왠지 불쾌한 생각이 들어 얼른 침대에서 내려왔다. 아무렇게나 벗어 던진 팬티와 셔츠를 주워들고 욕실로 향한다. 아아, 하며 한숨을 내쉬기도 하고 제기랄, 하고 투덜거리기도 하고, 잇따라 혀를 차기도 하면서 머리부터 물을 뒤집어쓴다.

내가 방으로 나오자 이번에는 여자가 욕실로 향했다. 그 모습을 보니 또다시 불쾌해졌다. 여자가 목욕 가운을 걸치고 있었다. 방금 전까지만 해도 알몸으로 남자 밑에 깔려 있었으면서 이제 와 뭘 감추겠다는 걸까. 그게 여자의 마음이라고 하지만 나는 좀처럼 납득할 수 없다.

축축한 머리를 뒤로 묶고 소파에 몸을 파묻은 채 담배를 물었다. 차라리 섹스를 하지 않았으면 좋았을 텐데. 매번 이런 식이다.

사실 내게는 섹스를 하기 직전까지의 과정이 즐겁고 흥분되지, 일단 침대에 들어가고 나면 무료함과 고통에 시달릴 뿐이다. 귓불을 깨무는 것도, 젖꼭지를 빠는 것도, 손가락으로 질을 휘젓는 것도 모두 틀에 박힌 일에 불과하다. 무심결에 봉사하게 되는 남자의 본성. 사정하는 순간은 황홀경에 휩싸이지만, 그 직후에는 이내 수렁에 빠진 듯한 피로감이 전신을 덮친다. 그리고 후회한다. 그래도 시간이 지나면 또 여자의 몸을 원하게 된다. 이 역시 남자의 본성. 매번 반복되는 일이다.

샤워 소리가 그쳤다. 여자는 좀처럼 밖으로 나오지 않았다. 욕실을 들여다보니 세면대 앞에서 립스틱을 바르고 브러시로 갈색 머리를 빗고 있다.

나는 두 번째 담배에 불을 붙인다. 섹스 후의 담배는 왜 이렇게 맛있는 걸까. 니코틴 입자가 60조 개의 세포 하나하나에 깊숙이 침투해 권태를 평온으로 바꿔준다. 뇌의 혈관이 수축되는 게 확연히 느껴지는 만큼 수명도 줄어들겠지만, 이 담배만은 도저히 끊을 수 없다.

여자가 겨우 몸치장을 끝내고 욕실에서 나왔다.

"자, 그만 나갈까."

나는 담뱃불을 끄고 자리에서 일어났다. 여자가 뭔가 말하려는 듯 우물우물하지만, 나는 모른 체하고 선글라스를 끼면서 방을 빠져나갔다.

아무도 없는 복도를 걸어가 말없이 엘리베이터에 올라탔다. 1층까지 내려가 아무도 없는 로비를 지나 건물 밖으로 나갔다.

자동문이 열린 순간, 후끈한 열기가 온몸을 덮친다. 냉방에 익숙해진 몸이 견디기는 어려운 더위다. 흉악하게 이글거리는 햇볕을 차단하듯 이마 위로 손을 치켜 올리고 주차장으로 걸음을 재촉한다.

차 안은 한층 더 지독한 지옥이었다. 사우나 같은 열기로 숨조차 제대로 쉴 수 없다. 직사광선으로 한껏 달아오른 시트가 엉덩이를 태울 것 같다. 시동을 걸자마자 에어컨을 가장 세게 틀고 러브호텔을 빠져나간다.

5분이 지나도 전혀 시원한 것 같지 않다. 내 애마는 미니 소형차. BMW의 브랜드인 미니가 아니라, 오스틴 로버사의 메이페어. 1989년도에 제작된 차체는 여기저기 덜그럭거리고 에어컨 상태도 엉망이다.

조수석에 앉은 여자는 뭔가 할 말이 있는 듯 힐끔힐끔 나를 쳐다본다. 나는 모르는 척 시치미를 떼고 핸들을 조작한다. 여자는 심심한 듯 휴대폰을 만지작거린다.

별다른 대화도 없이 메구로역에 도착했다. 공영 차고지 앞에 차를 세우고 여자에게 이별을 고한다.

"오늘 고마웠어."

하지만 여자는 차에서 내리려고 하지 않는다.

"5시까진 돌아가야 한다며?"

여자는 눈을 치뜨고 가만히 나를 쳐다본다.

"뭐?"

"그냥 가려고요?"

"그냥 안 가면?"

"그러니까……."

"그러니까 뭐?"

"그거요."

"응?"

나는 끝까지 시치미를 뗐다. 그러자 여자는 눈을 내리깔며 가는 목소리로 말한다.

"용돈 좀 줘요……."

어이, 너도 돈이 목적이었던 거야? 용돈을 달라고? 웃기고 있네. 돈을 받아야 할 사람은 녹초가 될 정도로 봉사해준 내 쪽이잖아. 너 말이야, 마침 얘기가 나왔으니까 이 기회에 한 가지 가르쳐주지. 원조교제? 미화하는 것도 정도가 있어. 그런 건 매춘이라는 거야. 똑똑히 기억해둬, 이 매춘부야! 이렇게 욕설을 퍼붓고 싶었지만 꾹 참았다.

"아 참, 깜빡했네. 미안."

나는 애매한 미소를 지으며 지갑에서 만 엔짜리 지폐 한 장을 꺼냈다. 여자는 살짝 눈살을 찌푸리며 내 얼굴과 만 엔짜리 지폐를 번갈아 쳐다봤다. 나는 한숨과 함께 아랫입술을 내밀며 한 장 더 꺼냈다. 여자는 낚아채듯 2만 엔을 받아 아무렇게나 토트백에 쑤셔 넣었다. 그리고 곧바로 조수석 문을 열고 나가더니 뒤도 돌아보지 않고 저녁의 혼잡한 인파 속으로 사라진다.

"갈보 같은 년!"

혼잣말을 내뱉고 타이어 소리를 내며 차를 출발시켰다.

나는 여자를 좋아한다. 섹스도 좋아한다. 피곤하다느니 봉사하고 싶지 않다느니 불평을 늘어놓긴 하지만 다 그때뿐이다. 시간이 지나면 또다시 누군가와 살을 맞대고 싶어진다. 여자의 온기와 부드러운 살결, 향긋한 냄새가 나를 도취시킨다. 그렇다고 흥분되는 것은 아니다. 오히려 마음이 차분해지면서 폭신폭신한 뭉게구름 위를 걷는 듯한 행복감에 젖는다. 정신세계의 권위자가 내 얘기를 들으면 태내 회귀 본능이니 어쩌니 하겠지만, 이유 따윈 아무래도 상관없다. 어쨌든 나는 여자를 껴안을 때 최고의 행복감을 느끼는 것이다.

그럼 그냥 껴안고 있으면 되지 않는가, 그 이상의 행위만 하지 않으면 피곤할 일도 없을 텐데. 물론 맞는 말이긴 하지만, 일단 껴안게 되면 삽입하고, 허리를 움직이고, 사정하고 싶어지는 게 인체의 신비 아니겠는가.

그건 그렇다 치고, 어쨌든 내가 여자를 찾는 목적은 육체적 행위만을 위해서가 아니다. 섹스 따윈 하지 않아도 좋다. 손 한 번 잡아보지 못해도 상관없다. 함께 식사하는 게 즐겁고, 밤새도록 얘기를 나누어도 질리지 않고, 하루만 만나지 못해도 가슴이 답답해지고, 그냥 옆에 있기만 해도 평온해지는 그런 여자. 이를테면 평생의 반려자로 삼을 수 있을 만한 그런 여자와의 만남을 꿈꾸고 있는 것이다. 비웃어도 좋다. 내가 원하는 건 바로 그런 플라토닉한 연애다. 나는 육체를 원하면서도 다른 한편으로는 육체와는 상관없는 관계도 동경한다. 너무 자기중심적인 모순된 얘기일지 모르지만, 어쨌든 내 안에는 두 개의 인격이 공존하고 있다.

뭐 그것도 그렇다 치고, 어쨌든 나는 영혼이 흔들릴 만한 연애를 위해 전화방에서, 채팅 사이트에서, 단체 미팅에서, 길거리에서 아직 만나지 못한 그 여인을 찾고 있다.

하지만 도무지 가망이 없다.

돈 좀 줘요, 용돈 좀 줘요. 핸드백 사게 돈 좀 줘요. 이달에 적자 나게 생겼어요, 용돈 좀 줘요. 까르띠에의 트리니티 반지가 예쁘던데, 두 장이면 돼요, 용돈 좀 줘요. 휴대폰 요금을 내야 하는데, 돈 좀 줘요, 돈 좀 줘요, 돈 좀 줘요…… 하나같이 다들 입만 열면 돈, 돈, 돈, 돈, 돈, 돈, 돈, 돈!

꾀죄죄한 돈의 망자들만 꼬여든다. 같이 식사만 해도 용돈을 달라고 하니 도무지 대책이 없다. 타이유방 로부숑*의 런치 비용도 내가 부담했는데 말이다. 언제부터 이렇게 돼버린 걸까. 매춘을 원조교제라고 완곡하게 표현하면 그윽하고 고상한 여자라도 되는 줄 아는 모양이다. 아까 그 여자도 전화로 약속할 때는 전혀 그런 얘기가 없더니만,

* 도쿄에 있는 최고급 프랑스 레스토랑.

결국엔 돈이 목적이었다.

돈을 주고 섹스할 바에는 소프랜드*나 출장 마사지를 이용하는 게 낫다. 그곳에서 일하는 아가씨들은 그 방면의 프로니까 나는 손님 입장에서 금액에 맞는 서비스를 만끽할 수 있다. 그런데도 굳이 프로를 피하는 이유는(가끔은 이용하지만) 몸만이 아니라 마음까지 이어지기를 기대하기 때문이다. 그런데 요즘에는 초보자가 프로 이상으로 돈독이 올라 있다. 오히려 요시하라**의 소프랜드 아가씨가 인정미는 백배 더 넘치지 않을까 싶다.

어제는 어이없는 꼴을 당했고 오늘은 환멸감을 느꼈다. 하지만 나는 내일도 여전히 누군가에게 다가갈 것이다.

영혼을 뒤흔들 만한 여자를 만나고 싶다. 이른바 세속에 물들지 않은 여자. 금전이나 물건으로 맺어지는 관계가 아닌, 욕정을 뛰어넘어 마음과 마음으로 서로 사랑할 수 있을 것 같은 여자. 이를테면 들판에 핀 민들레 같은…….

나는 21세기로 접어든 이 시대에 그런 가당치 않은 망상을 품고 있다.

2

그리고 마침내 아사미야 사쿠라麻宮さくら를 만나게 된다. 그녀와의 극적인 만남을 얘기하려면, 우선 내가 2002년 8월 2일 오후 4시 40분에

* Soap land, 목욕 시설을 갖춘 풍속업소.

** 吉原, 도쿄의 유곽 지역.

히로오 지하철역 2번 홈에 있었던 이유부터 밝혀야 한다.

그날 점심때가 조금 지나 가벼운 식사를 마친 나는 여느 때처럼 시로카네다이의 헬스클럽으로 향했다.

시로카네다이는 미나토구에 자리한 지역으로, 아름답고 고상한 양갓집 아가씨들이 은행나무 가로수 아래의 오픈 카페에서 느긋하게 애프터눈 티를 즐긴다는 그 동네다. 나는 이틀에 한 번씩 그 중심가에 있는 가이엔니시 거리, 흔히 플래티나 스트리트platina street라고 불리는 거리의 빌딩 3층에 있는 헬스클럽에 가서 땀을 흘리고 있다.

아무래도 장소가 장소인 만큼 좁은 플로어에 항상 시로가네제*의 향내와 땀내가 풀풀 풍겨야겠지만 현실은 그렇지 않다. 그곳을 다니는 분들은 스텝을 밟을 때마다 위팔이 출렁거리고 머리는 뒤로 바싹 묶은 아주머니와, 희멀건 피부와 시커먼 다리털의 콘트라스트가 영 보기 흉한 퇴근길의 아저씨, 머리가 희끗희끗하고 숱이 적은 연금생활자, 학교 휘장이 새겨진 운동복을 입은 동네 중학생들이 대부분이다. 신코이와나 무사시코스기 부근의 헬스클럽과 전혀 다를 게 없다. 시로카네다이는 원래 도쿄 고지대의 오래된 주택가로, 이른바 토박이들이 꽤 많은 곳이다.

세상에는 여자를 꼬드기려고 헬스클럽의 회원이 되는 녀석도 있는데, 그런 패거리와 똑같이 취급하지 않았으면 좋겠다. 나는 순수하게 몸을 단련하기 위해서다. 멋진 섹스를 하려면 몸 관리는 필수다. 이것만으로는 오해의 소지가 있으므로, 일을 위해서가 80퍼센트라는 말을 덧붙여두자. 나는 경비원으로 일하고 있다. 연약한 몸으로는 무더위나

* 시로카네에서 활동하는 멋쟁이 젊은 주부를 가리키는 조어. '밀라노제(Milanese)'에서 유래.

눈보라 속에서 꿋꿋이 버티기가 쉽지 않다.

열심히 운동하고 있다는 증거로 내 복근은 여섯으로 갈라져 있다. 벤치프레스는 80킬로그램까지 거뜬하다. 겨우 80킬로그램이냐며 비웃을 녀석은 자기 체중 이상의 바벨을 들어올리는 게 얼마나 힘든지 직접 한 번 들어보고 나서 비웃기 바란다.

다시 8월 2일로 돌아가보자.

여름방학이기 때문인지 헬스클럽이 학생들로 혼잡해, 집중력이 떨어진 나는 평소보다 일찍 로커룸에 들어갔다. 웨이트 트레이닝을 할 때는 정신을 집중하지 않으면 다칠 수 있다. 그래도 벤치프레스나 바벨컬, 스쿼트, 데드리프트 등으로 두 시간 가까이 근육을 단련한 것 같다.

샤워를 마치고 뒷머리를 고무밴드로 묶으면서 로비로 나가자, 까까머리에 페이즐리 무늬의 두건을 두른 자못 성깔 있어 보이는 사내가 다가왔다.

"나루세 선배, 수고했어요."

기요시가 시커먼 눈썹을 팔자로 늘어뜨리며 내게 손을 내밀었다.

"뭐 말이야?"

나는 시선을 딴 데로 돌리며 담배를 물었다.

"뭐라뇨, 너무 그러지 마세요. 네에, 선배."

기요시는 두 손을 모으고 몸을 비비 꼰다. 이 녀석은 생긴 것과는 달리 몸이 연약해 바벨이나 덤벨은 건드리지도 않고, 마냥 헬스사이클을 타거나 여자들과 함께 재즈댄스를 추며 나름대로 즐기고 있다.

나는 담배를 비스듬히 물고 작은 배낭을 열었다. 파란 비닐봉지를 꺼내 그에게 건네준다. 녀석은 봉지 안을 힐끗 들여다보고는 입을 헤벌리며 덤프트럭에 깔린 두꺼비 같은 코를 집게손가락으로 쓱쓱 문지른다.

"고마워요, 선배."

봉지의 내용물은 성인 비디오다. 이 사내는 역시 겉보기와는 달리 성격도 소심해, 여자 점원이 있는 비디오 가게에서는 성인 비디오를 빌리지 못한다. 그래서 이렇게 내가 대신 빌려주고 있다.

세리자와 기요시芹澤清가 나를 선배라고 부르는 것은 단순히 내가 일곱 살 위이기 때문이 아니다. 그는 현재 도립 아오야마 고교에 다니고 있고, 나는 그 학교의 졸업생이다.

우리는 이 헬스클럽에서 처음 만났다. 고등학교 선후배 사이라서 그런지 쿵짝이 잘 맞아, 운동하고 돌아가는 길에 함께 편의점에도 들르고 차도 마신다. 이따금 선배 티를 내려고 롯폰기에서 한잔 살 때도 있다.

"즐거워 보이네요."

탱크톱에 트렁크스 차림의 강사가 미소를 지으며 다가왔다. 다카무라 유카는 올봄에 체육대학을 갓 졸업해, 얼굴이든 말투든 아직 어린 티가 난다.

"별로."

기요시는 허둥지둥 자기 스포츠 가방을 열었다.

"비디오 빌렸어요?"

녀석은 아무런 대꾸도 없이 봉지를 가방에 쑤셔넣는다.

"포르노 비디오."

내가 유카의 귓가에 속삭인다. 어머, 하며 눈을 동그랗게 뜬다.

"히치콕 영화잖아요. 괜히 오해하게 그러지 마세요."

기요시는 내게 슬쩍 눈을 흘긴다.

"근데 유카 씨. 요즘 아이코 씨가 안 보이던데, 그분은 몇 시쯤 나와요? 밤에 나오나요?"

"아이코 씨?"

"구다카 아이코久高愛子."

"아아, 구다카 씨. 그 분은 당분간 쉬겠다고 하던데요."

"네?"

"몸 상태가 좋지 않다면서."

"어, 그래요?"

"전화가 왔어요. 한동안 나올 수 없는데, 그 기간의 회비를 빼줄 수 없냐고. 하지만 우린 그렇게 안 되잖아요. 장기간 연속해서 쉬더라도 그 기간의 회비는 반환하지 않는다는 규정이 있어서. 어머, 벌써 복싱 다이어트 시간이네. 그럼 저는 그만 가볼게요. 수고하셨어요."

유카가 섀도 복싱*을 하면서 달려간다.

"더위를 먹은 걸까요?"

기요시가 내게 멍한 시선을 보낸다. 구다카 아이코는 이 헬스클럽의 회원으로, 이 험상궂은 녀석이 은근히 마음에 두고 있는 연상의 여자다.

"그럴지도 모르지."

나는 담배를 재떨이에 비비고, 배낭의 어깨끈에 팔을 집어넣었다.

"더위라…… 하기야 올해는 유별나게 더우니까……."

기요시가 혼잣말처럼 중얼거리더니 자리에서 벌떡 일어난다.

"문병하러 가요."

"뭐?"

* shadow boxing, 혼자 연습하는 복싱 동작.

"선배, 차 좀 태워줘요."
"그 여자 집으로 쳐들어가겠단 거야?"
"쳐들어가는 게 아니라 문병 가는 거예요."
"먼저 전화로 상태를 물어봐."
"다른 식구가 받으면 어떡해요."
"휴대폰으로 걸면 되잖아."
"번호를 몰라요."
"아직 전화번호도 물어보지 않았단 말이야?"
"그런 걸 어떻게 물어봐요."
기요시는 삶은 낙지처럼 벌건 얼굴로 손사래를 친다.
"도움이 안 되는 성격이로군."
"그런 내가 오늘은 큰맘 먹고 문병을 가려는 거예요. 그러니까 선배, 차 좀 태워줘요."
그러면서 땀내 나는 몸을 바싹 들이민다.
"마음은 알겠는데, 그 여자에겐……."
나는 뒷걸음질하며 엄지손가락을 슬쩍 세웠다.
"알고 있어요. 특별히 어떻게 해보겠다는 건 아네요. 난 선배하곤 다르잖아요."
"어이어이."
"난 아이코 씨를 좋아해요. 그 여자에게 스테디*가 있어도 상관없어요. 그냥 순수하게 좋아하는 것뿐이니까요."
"우와, 스테디라는 말도 아네. 요즘 학교에서 배운 거야?"

* steady, 진지하게 만나는 연인 혹은 배우자.

"난 지금 진지하게 말하는 거예요. 그녀를 좋아하니까 그녀의 건강을 걱정하는 거죠. 그래요, 그냥 좋아하고 걱정하는 것뿐이에요. 어떻게 해볼 생각은 추호도 없어요. 그런 애정도 불순하고 비윤리적인 건가요?"

기요시가 눈을 부라리며 대답을 강요한다. 나는 두 손을 가슴 앞으로 들어올렸다.

"오늘은 차 타고 오지 않았어."

"또 뻔한 거짓말을."

"정말이야. 아야노가 타고 나갔어."

아야노는 함께 살고 있는 여동생이다. 보소 지방에서 요양 중인 친구를 문병하러 간다며 미니를 끌고 나갔다.

"어쨌든 같이 가줘요. 혼자는 쑥스러우니까."

"여자한테 정신 팔리면 입시에 낙방할 텐데."

"문병이라니까요."

"근데 문병을 가더라도 집이 어딘지 알아야 찾아갈 거 아냐."

"미나미아자부 4-×-×."

이 녀석은 스토커 기질이 다분하다.

결국 나는 후배의 강압에 못 이겨 함께 구다카 아이코를 문병하러 가게 되었다.

미나미아자부는 미나토구에 있는 동네로, 여러 나라의 대사관이 모여 있으며 쇼와* 시대에는 괴인 이십면상**이 날뛰었다는 유서 깊은 고

* 昭和, 일본의 연호. 1926~1989년을 가리킨다.

** 怪人二十面相, 에도가와 란포의 탐정소설에 등장하는 괴도.

급 주택가다. 대낮인데도 사람의 왕래가 뜸하고, 와이드쇼의 무뚝뚝한 내레이션 소리가 새어나오는 집도 없다. 이쪽도 발소리와 숨소리를 죽이지 않으면 안 될 것 같은 긴장감이 감도는 동네다.

이런 도쿄 외곽에 자리한 아이코의 집도 저택이라는 호칭에 걸맞은 고급 주택이다. 문기둥에는 경비회사의 스티커가 붙어 있고, 담장 위에는 날카로운 철책이 세워져 있다.

하지만 압도적인 외관과는 달리 방비는 의외로 허술해, 인터폰을 누르자 응답보다 빨리 안쪽의 현관문이 열린다. 곧이어 모습을 드러낸 것은 마흔 전후의 여성이다.

"아이코 씨 계신가요?"

우물쭈물하는 기요시를 대신해 내가 말을 꺼냈다.

"누구시죠?"

여자는 문틈으로 우리를 번갈아 보더니 기요시의 손 쪽으로 의아한 눈길을 보냈다. 그의 손에는 해바라기 꽃다발이 쥐여 있다. 노란 꽃은 행복을 부른다고 한다.

"저는 나루세라고 합니다. 이쪽은 기요시. 시로카네다이의 헬스클럽에서 함께 운동하는 사람들입니다."

나는 선글라스를 벗고 정중히 인사했다. 여자는 아아, 하고 고개를 끄덕이곤 잠시 기다려달라며 안으로 사라졌다.

얼마 지나지 않아 아이코가 나타났다. 연두색 민소매 위에 레이스 카디건을 걸치고, 차양이 넓은 스트로 해트straw hat를 쓰고 있다. 바깥에 잠깐 나오면서도 햇볕을 신경 쓰는 게 역시 양갓집 여자답다. 그 집안의 여자들은 3대째 세이신에 다니고 있다. 여기서 세이신은 미치코 황후가 다녔던 세이신 여학교를 말하는데, 초등학교, 중학교, 고등학교는 시로카네에 있다. 한쪽은 양갓집 아가씨들이 다니는 최고의 여학교 출신이고, 한쪽은 도립 고교 재학생. 기요시에게는 너무 과분한 상대다.

"안녕하세요."

기요시가 어색하게 손을 들어올렸다.

"어쩐 일이세요?"

아이코는 당혹스러운 표정으로 당돌한 방문객을 번갈아 쳐다보았다. 눈에 생기가 없고 약간 초췌해 보인다.

"몸이 안 좋다는 얘길 듣고요."

"네? 아아, 그게 좀……."

"이거 받아요."

기요시가 꽃다발을 내밀었다. 아이코는 더욱 당혹스러운 표정을 지으며 안절부절못한다. 기요시는 억지로 꽃다발을 쥐여주며 묻는다.

"더위 먹은 거예요? 몸은 좀 어때요?"

"그런 거 아녜요."

"이렇게 밖에 나오는 거 보니까 아주 심하진 않은 모양이네요. 자리에 드러누웠으면 어떡하나 하고 줄곧 걱정했는데."

"그런 거 아니라니까요. 제가 아니라 가족 중 한 명이 좀……."

아이코는 가냘픈 목소리로 말하고 눈을 내리깔았다.

"간병?"

"그게 아니라 할아버지가……."

"아, 그래요?"

"돌아가셨어요."

"넷?"

나와 기요시는 얼굴을 마주보았다.

"할아버지가 돌아가셨어요."

아이코는 고개를 숙인 채 갈라진 목소리로 같은 말을 반복한다. 아래로 향한 속눈썹 사이로 눈물이 글썽거린다.

"뭐라 할 말이 없군."

나는 달리 할 말을 찾지 못했다.

"언제 돌아가신 겁니까?"

기요시가 진지한 표정으로 물었다.

"두 주쯤 전에요."

"그동안 줄곧 건강이 나빴셨어요?"

"아뇨, 건강하셨어요. 사고로."

아이코는 손가락으로 눈시울을 닦는다.

"교통사고를 당하신 겁니까?"

"네. 차에 치여서. 이래저래 어수선해서 클럽에 나갈 상황이 아니었어요. 하지만 별로 소란을 떨고 싶지 않아서 그냥 몸이 좋지 않다고 했죠."

그러고는 말없이 고개만 숙이고 있다. 주위에 어색한 침묵이 흘렀다.

어딘가 멀리서 매미가 울고 있다. 저게 유지매미인가, 아니 말매미인가. 아리스가와노미야 공원에서 울고 있는 건가, 그 공원은 어느 가문의 영지였더라. 이런 부질없는 생각으로 잠시 어색한 시간을 메워본다.

"자, 마음이 좀 안정되면 헬스클럽에서 다시 만나지. 아이코도 몸조리 잘하고."

나는 그만 돌아가자며 기요시의 등을 툭 쳤다.

그러자 아이코가 고개를 든다.

"괜찮으시면 분향하고 가세요."

그녀는 안으로 들어오라며 대문을 열고, 앞장서서 징검돌을 밟으며 걸어간다. 왼손에는 꽃다발을 들고 있다. 선명하고 산뜻하고 큼직한 해바라기 꽃다발.

"국화를 들고 왔어야 했는데……."

기요시가 울상을 지으며 중얼거렸다. 나도 가슴이 답답하다.

일단 안으로 들어가긴 했지만, 몸 둘 바를 몰랐다. 기요시는 하와이풍 알로하 셔츠, 나는 얼룩무늬 티셔츠 차림이다. 두 사람 모두 양말을 신지 않은 맨발에 스포츠 샌들.

우리가 멍청한 얼굴로 서로를 바라보며 현관 앞에 우두커니 서 있자 아이코가 안쪽에 대고 말했다.

"손님 오셨어요. 시원한 음료 좀 내주세요."

예의에 어긋나는 복장이지만, 고인이 용서해주기를 바랄 수밖에 없다. 부조금은 나중에 내기로 했다.

장소에 어울리지 않는 두 사람은 구다카 류이치로久高隆一郎의 영전에 합장한 뒤, 보리차와 수박에는 손도 안 대고 도망치듯 그 집을 빠져나왔다.

"롯폰기에서 한잔하고 갈까?"

오늘 일을 술로 깨끗이 지우고 싶었다.

그런데 난부자카 언덕의 독일 대사관을 지나 교회 근처에 다다랐을 즈음, 기요시가 갑자기 오늘은 아무래도 술 마실 기분이 아니라며 먼저 히로오 지하철역으로 서둘러 걸어가는 것이었다. 나는 뒤쫓지 않고 터벅터벅 언덕길을 내려와 혼자 전철 표를 사고, 혼자 전철을 기다리게 되었다.

그때가 8월 2일 오후 4시 40분이고, 그곳에서 사쿠라를 만나게 된다.

3

자동 개찰기를 지나 지하로 내려가 홈의 후미 쪽에서 상행선 전철을 기다렸다. 에어컨 송풍구가 그 부근에 있기 때문이다.

아직 퇴근 시간이 아니라서 그런지, 아니면 학교가 방학이라서 그런지 구내는 한산했다. 내가 서 있는 2번 홈에는 사람이 대여섯 명밖에 없었고, 건너편 1번 홈도 마찬가지였다. 덧붙이자면 지하철 히비야선의 히로오역은 1964년에 개통된 낡은 건물로, 홈은 비좁고 타일 벽은 거무스름하게 찌든 데다 조명까지 어두워 왠지 거대한 방공호에 갇힌 듯한 음침한 분위기였다.

"지금 2번 홈으로 도부 동물원행 열차가 들어오고 있습니다."

그렇게 남자 목소리의 안내방송이 흘러나온 직후의 일이다.

검은 그림자가 시야의 한쪽 구석을 가로질렀다. 홈 끝에서 뭔가가 선로로 떨어졌다. 사람인 것 같다. 그 순간 나는 반사적으로 선로로 뛰어내렸다.

분명 사람이었다. 스커트를 입고 있다. 여자다. 여자가 레일과 레일 사이에 웅크리고 있었다. 오른편의 어둠 깊숙한 곳에서 불빛이 보였다.

"일어나요!"

소리쳤지만 여자는 꼼짝도 하지 않는다. 고개도 들지 않는다.

어둠 깊숙한 곳의 불빛이 점점 더 밝아진다. 레일이 진동한다.

나는 등 뒤에서 그녀의 양 겨드랑이에 팔을 끼워, 무를 뽑듯이 여자를 일으켜 세웠다. 여자가 일어나지 않으려는 듯 발버둥친다.

홈을 쳐다본다. 높이는 1미터 남짓. 아무도 이 사태를 알아채지 못한 듯 도와주는 사람이 없다.

경적이 울렸다. 둥그런 빛이 터널 전체로 퍼지고 있다.

옆 선로를 쳐다본다. 전철은 들어오지 않았다. 하지만 선로와 선로 사이에는 굵은 기둥이 일정한 간격으로 늘어서 있어 이동에 방해가 된다.

또다시 경적이 울렸다. 연속적으로 한 번, 두 번. 헤드라이트가 바로 코앞으로 다가왔다. 너무 밝아서 눈을 뜰 수가 없다.

나는 여자의 몸을 힘껏 밀쳐냈다. 제발 기둥 사이로 들어가길! 그렇게 기도하며 나도 바로 옆의 기둥 사이로 뛰어들었다.

고막을 울리는 경적, 날카로운 브레이크 소리, 삐걱거리는 레일.

그 모든 소리가 멈췄다. 은색의 전철이 우뚝 서 있다. 나는 기둥 사이로 무사히 몸을 피했다.

이윽고 1번 홈 쪽으로 기어가 옆 기둥을 살폈다. 여자가 머리를 감싼 채 몸을 웅크리고 있다.

"괜찮아요?"

조심스럽게 말을 걸고 그녀를 잡아 일으켰다.

"죄송합니다."

그녀가 이렇게 대꾸한 듯하다. 어쨌든 무사했다.

나보다 어려 보이는 여자다. 기요시보다는 약간 위인 듯한데, 내 여동생과 비슷한 또래인가. 마음이 놓이자 그런 것까지 생각할 여유가 생겼다.

정면인 1번 홈 쪽으로 사태를 눈치챈 구경꾼들이 몰려들었다. 삑삑 휘슬 소리가 울리고, 녹갈색 제복을 입은 역무원이 뛰어온다.

"무슨 일입니까? 괜찮습니까?"

나는 여자의 손을 잡고 1번 홈의 선로를 가로질렀다. 조금 전과는 달리 그녀는 더 이상 저항하지 않았다.

"다친 데는요?"

역무원이 손을 내밀며 큰소리로 물었다. 여자는 고개를 가로젓고 역무원에게 팔을 맡긴다. 나는 그녀의 궁둥이를 밀어 홈으로 올린 다음, 뒤따라 올라갔다. 평소 했던 운동이 사람을 살리는 데 도움이 됐다고 생각하니 약간 우쭐한 기분이 들었다.

"다친 데는 없습니까?"

역무원이 조금 안심한 표정으로 재차 물었다.

"네."

여자는 가냘픈 목소리로 대답하고, 오른쪽 눈에 손을 가져갔다. 손가락으로 눈꺼풀을 만지작거린다.

"부딪쳤어요?"

나는 몸을 숙이고 여자의 얼굴을 들여다본다. 그녀는 오른쪽 눈꺼풀을 누른 채 고개를 좌우로 흔든다.

"콘택트렌즈가……."

"선로에 떨어뜨린 거예요?"

"그런 것 같아요."

"포기해요. 다치지 않은 것만 해도 다행이죠."

2번 홈의 전철이 아무 일도 없었다는 듯이 출발한다.

"대체 선로엔 왜 내려간 겁니까?"

역무원이 따지듯이 물었다. 여자는 오른쪽 눈에서 손을 떼지 않은 채 약간 고개를 숙이고 대답했다.

"죄송합니다. 빈혈이 일어나서."

거짓말하지 말라고 하려다가 그만두었다.

빈혈로 다리가 휘청거려 선로에 떨어졌다고? 새빨간 거짓말이다. 나는 그녀가 떨어지는 모습을 바로 눈앞에서 목격했다. 우연한 사고라는 느낌은 전혀 들지 않았다. 기세 좋게 홈을 가로질러 힘차게 발을 구르지 않았던가. 그녀는 자살을 꾀했던 것이다.

백보 양보해 자살이 아니라고 하더라도 의식적으로 뛰어내린 것만은 틀림없다. 선로에 떨어진 핸드백을 주우려고 했다면 모르겠지만, 빈혈 때문이라면 절대 납득할 수 없다. 몸 상태의 변화 때문이었다면 움직임이 좀더 느슨했을 것이다. 차라리 콘택트렌즈가 선로에 떨어져서 찾으러 내려갔다고 했으면 좋았을 텐데, 영 재치가 없는 여자다.

아니, 콘택트렌즈를 핑계 대더라도 납득할 수 없겠군. 이 여자는 구출하러 내려간 내게 저항하지 않았던가. 선로 위에 그대로 있고 싶어 했다. 즉 열차에 치이고 싶어 하는 의지가 강했다. 의심의 여지 없이 자살을 꾀한 게 분명하다.

하지만 나는 말을 꾹 삼켰다. 사실이야 어떻든 자살 미수 직후에 그 본인을 탓하는 것은 좀 생각해볼 일이다.

"동행이십니까?"

역무원이 내게 묻는다.

"우연히 옆에 있었던 것뿐이에요."

"이분이 떨어지는 걸 봤습니까?"

말없이 고개를 저었다.

"정말 감사합니다."

그녀는 내가 거짓말을 지적하지 않아 마음이 놓였는지, 약간 부드러운 표정으로 생명의 은인에게 깊이 머리를 숙였다. 곧바로 역무원에게도 머리를 조아리며 사과한다.

"심려를 끼쳐드려 죄송합니다."

"자, 역무실로 가시죠."

역무원이 여자의 어깨에 손을 얹고 홈의 반대편 끝을 가리켰다. 네? 하며 눈을 껌벅거리는 그녀.

"여기선 손님들에게 방해가 되니까, 자세한 얘기는 역무실에 가서 하시죠."

"하지만 전 그냥……."

"수고하셨습니다."

역무원은 나를 향해 약간 어긋난 대사와 경례를 붙인다.

"그러니까 전 그냥 빈혈이 일어나서……."

그렇게 호소하는 여자의 말은 들은 척도 하지 않고 역무원은 무작정 그녀를 데려간다. 팔을 잡고 가는 게 마치 연행하는 듯했다. 어쩌면 그녀의 말에 의구심을 갖고 있는지도 모른다. 직업상 자살하려는 사람을 많이 접했을 것이다.

그녀는 끌려가듯 따라가며 자꾸만 이쪽을 돌아본다. 그 눈빛이 도움을 요청하는 것처럼 느껴지는 건 지나친 자의식인가.

하기야 자살을 꾀하는 인간은 대개 가슴에 어둠을 끌어안고 있으므로, 아무 말도 하고 싶어 하지 않을 게 뻔하다. 스스로 뛰어든 게 아니냐고 꼬치꼬치 캐묻는 것도 싫어할뿐더러, 이름이나 주소를 밝히는 것조차 상당히 꺼릴 것이다.

"지금 1번 홈으로 나카메구로행 열차가 들어오고 있습니다."

여자 목소리의 안내방송이 흘러나오고 요란한 굉음이 가까워진다. 내가 타야 할 전철은 하행선이 아니다.

건너편 2번 홈으로 돌아가기 위해 계단을 내려가려다가 무심코 여자 쪽으로 시선을 돌렸다. 마침 그 순간에 여자도 고개를 돌렸다.

내게 자살을 저지당했으니 그녀도 이제는 제정신으로 돌아왔으리라 생각한다. 아마 더는 자살할 생각을 하지 않을 것이다. 하지만 여기서 이런저런 시달림을 당하면 다시금 우울한 기분에 빠질지도 모른다.

은색 차량이 홈으로 들어온다. 정지한다. 문이 열린다.

역무원의 뒷모습이 멀어진다. 여자가 또 뒤돌아본다.

나는 발길을 돌려 홈을 내달렸다.

"저기요, 잠깐만."

역무원에게 말을 건다. 역무원이 걸음을 멈추고 돌아본다.

"이분이 떨어지는 걸 봤습니다. 잠깐 앞뒤로 휘청거린 뒤에 힘없이 쓰러지더군요."

그녀가 놀란 듯한 표정을 보였다.

"아까는 보지 못했다면서요."

역무원은 곤혹스러운 표정이다.

"사실은 지켜보고 있었습니다."

"아까는 왜 거짓말을?"

"괜한 일에 휘말리면 귀찮아질 것 같아서. 여러 가지로."

머리를 긁적이며 말을 이었다.

"일부러 뛰어든 건 아녜요. 그런 느낌은 전혀 없었어요."

"그렇습니까. 하지만 이유야 어떻든 선로에 들어갔으니, 자세한 얘기를 들어야 합니다. 보고서를 작성해야 하니까요."

역무원도 순순히 물러서지 않는다. 나는 왠지 화가 났다. 상대가 내 말을 믿어주지 않는 듯한 기분이 들었던 것이다. 일종의 굴욕감이다. 거짓말을 해놓고 믿어주지 않는다고 화내는 것도 우스운 일이지만, 인간은 원래 염치없는 동물이다.

“그럼 나도 좀더 자세히 얘기해야겠군요. 제3자의 증언을 들으면 사실을 객관적으로 판단하는 데 도움이 되겠죠?”

내가 불쑥 이런 말을 내뱉은 것은 그녀를 위해서라기보다 이 역무원에 대한 적개심 때문이다.

결국 나는 그녀와 함께 사고 경위에 대한 질문을 받았다. 역무원의 질문에 그녀가 횡설수설하면 내가 끼어들어 거짓말을 보강한다. 그런 식으로 20분쯤 진술하고 나서야 겨우 빠져나올 수 있었다.

“정말 감사합니다.”

역무실 밖으로 나오자 여자가 머리를 숙였다. 이름은 아사미야 사쿠라. 조서에 씌어 있는 것을 슬쩍 훔쳐봤다.

“천만에요.”

나는 무뚝뚝하게 대꾸하고 2번 홈으로 이어진 계단을 내려간다.

“그래서요, 저어…….”

사쿠라도 똑같은 계단을 내려온다.

“뭐요?”

나는 걸음을 옮기며 대꾸했다.

“아뇨, 그러니까, 제가 소란을 피웠습니다. 정말 감사합니다.”

“천만에요.”

그녀가 말하려는 바는 대충 짐작할 수 있고, 이쪽에서도 하고 싶은 말이 있다. 하지만 이 자리에서 내가 설교 같은 말을 꺼내면 그녀가 어떤 행동을 취할지는 알 수 없다.

홈으로 내려가 중간쯤에서 전철을 기다렸다. 4시 40분에 전철을 탈 예정이었는데 이미 5시가 넘었다. 아까보다 다소 혼잡해져 있다.

전철을 기다리는 사람들이 여기저기서 옷과 머리를 털고 있다. 비를 맞은 모양이다. 소나기가 오나? 야단났네, 우산도 없는데. 집에 돌아가면 우선 동생에게 한마디 해야겠다. 그 녀석이 차를 몰고 나가지 않았으면 비가 오더라도 아무런 문제가 없었다. 이 역에서 트러블에 휘말리는 일도 없었을 테고.

트러블 메이커는 3미터쯤 떨어진 곳에 서 있다.

신장은 150센티미터 미만에 체중은 40킬로그램쯤 될까. 머리는 밝은 갈색. 왼쪽 가슴과 오른쪽 옆구리에 빨간 히비스커스 꽃이 새겨진 하얀 민소매 원피스를 입었고, 굽이 낮은 뮬mule을 신고 있다.

그녀는 굳은 표정으로 입을 꾹 다문 채 가만히 발치를 내려다보고 있다. 얼굴은 자그마한 달걀형. 피부는 엷은 다갈색. 이마는 넓고 눈썹은 가늘고 짙다. 갈색으로 그린 눈썹이다. 굵은 파마에 갈색으로 물들인 머리나 꽃무늬가 있는 옷을 보면 화려한 분위기를 연출한 듯한데, 실제로는 존재감이 희박하다. 그녀의 우울한 기분이 마이너스로 작용하고 있기 때문인 것 같다. 위팔과 원피스의 옷자락에는 검댕이 묻어 있다. 선로에 뛰어들었을 때 묻은 모양이다. 왼쪽 팔꿈치에서 피가 약간 나고 있다. 핸드백은 들고 있지 않다. 설마 선로에 놔두고 온 건 아닐 테지.

옆에서 찬찬히 관찰하고 있는데, 갑자기 그녀가 몸을 웅크리고 앉았다. 양손으로 얼굴을 덮고, 작은 어깨를 위아래로 들썩인다. 옆에 있던 커플이 무슨 일인가 싶어 그녀를 쳐다본다.

이윽고 전철이 들어왔다. 하차한 승객이 흠칫 걸음을 멈춘다. 하지만 어느 누구도 그녀에게 말을 걸지 않았다. 전철이 출발하자 사쿠라가 천천히 몸을 일으켜 세웠다. 눈꺼풀을 비비고 연거푸 긴 한숨을 내쉰다.

"지금 2번 홈으로 기타센주행 열차가 들어오고 있습니다."

나는 다음 안내방송을 신호 삼아 그녀 곁으로 다가갔다. 작게 헛기침을 했다.

사쿠라가 멍한 눈으로 이쪽을 돌아봤다. 눈이 충혈되었다. 하지만 눈물은 이미 말라 있었다.

"한 가지만 약속해줘요."

그녀는 고개를 갸웃거렸다. 눈이 작고 속눈썹이 짧고 얼굴의 윤곽이 흐릿한, 전형적인 일본 여성의 얼굴이다. 못생긴 것은 아니다. 이목구비는 제대로 배치되어 있고, 왼쪽 눈 밑의 검은 사마귀는 관능적이다. 하지만 언뜻 보기에 별다른 장점이 없는 평범한 얼굴이다.

"오늘은 더 이상 자살할 생각을 하지 않겠다고."

사쿠라는 놀란 듯한 반응을 보였다. 몇 초쯤 뜸을 들이더니 정색하며 반론한다.

"자살이라뇨, 아깐 갑자기 어지러워서 쓰러진 것뿐이에요."

"내일이라면 몰라도 오늘만큼은 좀 참아줘요."

"그러니까 약의 부작용으로 종종 그렇게 빈혈이……."

"오늘 생일이에요."

"네?"

"내 생일. 이런 날 기분을 망치고 싶진 않거든."

사쿠라는 아무런 대꾸도 하지 않았다. 그녀의 인상이 흐릿한 이유를 알았다. 얼굴 생김새는 일본인인데 머리는 갈색으로 물들였고 의상도 화려하다. 본래의 수수함을 보완하려고 그랬겠지만, 그게 오히려 본래의 긍정적인 모습을 깎아내리는 결과가 되었다.

"그리고 그 팔꿈치는 얼른 소독하는 게 좋을 거요. 좀 늦은 감은 있지만, 그냥 놔두는 것보단 낫겠죠. 이런 계절에 상처가 곪으면 고생할 테니. 자, 그럼."

나는 일방적으로 내 말만 하고 몸을 돌려 홈으로 걸어갔다. 마침 상행선 전철이 홈으로 들어와, 바로 앞에서 열린 문으로 올라탔다. 그녀가 뒤따라 그 전철을 탔는지 안 탔는지는 내 알 바 아니다.

이 시점에서는 그녀에게 별다른 흥미가 없었으므로, 두 번 다시 만날 일은 없으리라 생각했다.

4

내 하루는 5시에 시작된다.

30분쯤 충분히 몸을 풀고 나서 조깅 5킬로미터. 자몽 주스를 마시면서 신문을 훑어보고 인터넷의 뉴스 사이트를 다 돌아볼 즈음이면 아침식사가 준비된다. 여동생과 둘이 와이드쇼에 대해 이런저런 얘기를 나누며 식사를 하고, 그런 다음 경비 일을 하러 나간다.

아 참, 늘 경비 일만 하는 건 아니다. 때로는 애꾸눈 운전사로, 때로는 마술을 즐기는 음침한 신사로, 때로는 외항선 선원이나 떠돌이 무법자로 변신하는 다라오 반나이*를 자처하는 건 아니지만(너무 케케묵은 얘긴가?) 나도 서너 개쯤은 얼굴을 지니고 있다. 어떤 때는 롯폰기

* 多羅尾伴内, 1947년부터 1970년 사이에 시리즈로 제작된 영화의 주인공으로 흔히 일곱 가지 얼굴을 지닌 명탐정으로 알려져 있다.

에서 경비원으로, 어떤 때는 컴퓨터 교실의 강사로, 가끔은 텔레비전 드라마의 엑스트라로 일한다. 자칭 '만능 재주꾼'이 아닌 '만능 재주꾼이 되려는 사람'이다. 인생은 짧지 않은가. 할 수 있을 때 하고 싶은 것을 해버리지 않으면 반드시 나중에 후회한다.

욕구를 자제하지 않고 섹스에 열을 올리는 것도 지금 이 순간을 즐기고 싶기 때문이다. 술도 거의 매일 마신다. 일을 잘하는 사람은 놀 때도 잘 논다는 말이 있는데, 그건 나를 위한 말인 듯하다. 잘 논다는 것은 그만큼 규칙적으로 생활한다는 뜻이다. 술자리는 자정을 넘기지 않고, 여자와 새벽까지 커피를 마시는 일도 하지 않는다.

나는 매일 아침 5시에 자명종 소리를 듣고 일어난다. 요즘에는 유치원생들도 밤 10시나 11시까지 깨어 있는 경우가 흔한데, 원래 인간의 머리나 몸은 태양이 떠 있는 시간대에 최고의 성능을 발휘하게끔 되어 있다. 올빼미족 인간들은 스스로 자신의 재능을 망가뜨리고 있는 것이다. 내게 주어진 능력을 헛되이 낭비하는 것은 딱 질색이다.

구름 사이로 둥근 달이 드러난다. 구름이 흘러가 달을 가린다. 하늘은 아까부터 줄곧 밝게 희어졌다가 금방 짙은 회색으로 변하는 등 종잡을 수가 없다.

사방은 쥐 죽은 듯 고요하다. 구름이 저렇듯 바삐 움직이고 있건만, 주변의 나뭇잎들은 꿈쩍도 하지 않는다. 새나 곤충의 소리도 전혀 들리지 않는다.

어둠 속에서 손전등 불빛이 둥근 원을 그리고 있다.

고요함 속에서 푹푹 땅 파는 소리가 울린다.

흙을 퍼서 뒤쪽으로 뿌리니, 간간이 흙 속에 반짝이는 것이 보인다.

5엔짜리 동전, 10엔짜리 동전, 100엔짜리 동전. 좀더 자세히 보니, 100엔짜리 지폐와 1000엔짜리 지폐도 눈에 띈다. 그러나 사내는 그런 건 거들떠보지도 않고 땅 파는 일에만 몰두한다.

이윽고 삽 끝에 단단한 물체가 닿았다. 위치를 조금 비껴서 삽질을 했지만, 또다시 딱 하고 부딪치는 소리가 났다.

사내는 그 자리에 웅크리고 앉아 두 손으로 부드러운 흙을 긁어냈다. 커다란 돌인가 싶어 들어올려 보니, 그것은 살점도 머리카락도 다 떨어져나간 해골이었다.

사내가 으악 하고 비명을 지르며 엉덩방아를 찧었다.

해골의 눈구멍에서 후두둑 떨어지는 10전짜리 동전, 50전짜리 동전, 1엔짜리 동전, 5엔짜리 동전, 10엔짜리 동전, 50엔짜리 동전, 100엔짜리 동전…….

사내는 해골을 내던지고 바닥에 엎드려 뒤돌아본다.

구름 사이로 둥근 달이 드러난다. 하얀 달이 사내의 얼굴을 비춘다.

8월 10일 토요일. 그날도 5시에 일어났다. 쉬는 날이라고 해서 점심때까지 잠을 자는 어리석은 짓은 하지 않는다. 눈을 뜨자마자 개운치 않은 기분을 떨쳐내듯 거친 운동으로 일과를 시작한다. 오전은 대부분 독서로 보냈고, 정오가 가까워질 즈음에 거울 앞에서 면도를 했다. 내가 한낮에 수염을 깎는 이유를 얘기하려면, 우선 전전날 밤의 통화 내용에 대해 얘기해야 할 것 같다.

8월 8일 밤 미쓰코시유에서 돌아와 텔레비전의 야간 경기 중계방송을 보고 있는데 휴대폰이 울렸다. 미쓰코시유는 미쓰코시 백화점과는 아무런 상관도 없는, 집 근처에 있는 목욕탕이다. 여기서 집이란, 시로카네의 내 보금자리인 히카리소 연립주택 103호를 말한다.

미나토구의 시로카네는 그 이름에서 짐작할 수 있듯 헬스클럽이 있는 시로카네다이의 옆 동네다. 하지만 할리우드와 비벌리힐스가 거리 하나를 사이에 두고 전혀 다른 분위기를 띠는 것처럼 시로카네와 시로카네다이도 그 차이가 역력하다.

자칫 틀리기 쉬운 점 한 가지를 짚고 넘어가자. 白金은 '시로카네'라고 읽는다. 白金臺는 '시로카네다이'. 모두 탁음이 붙지 않는다. 따라서 원래는 '시로가네제'가 아니라 '시로카네제'로 표기해야 한다. 하기야 어차피 조어造語니까 아무래도 상관없겠지만.

시로카네 중에서도 시로카네다이와 접해 있는 남서쪽 일각은 시로카네다이와 마찬가지로 고지대의 고급 주택가다운 면모를 띤다. 녹지가 많고, 새와 벌레가 울고, 큰길에서 한 걸음만 안쪽으로 들어가면 차 소리도 들리지 않는다. 길게 늘어선 집들 사이로 보이는 롯폰기 힐스*의 고층 빌딩이나 도쿄 타워만 아니면 이곳이 도쿄의 미나토구라고는 아무도 생각지 않을 것이다. 구다카 아이코가 다닌 세이신 여학교도 고지대인 시로카네 4가에 있다.

하지만 같은 시로카네라도 언덕 기슭에 자리 잡은 지역에서는 산새 소리가 아니라 트럭의 경적 소리와 CNCcomputer numerical control 선반의 금속음만 들린다. 거리에는 오늘의 세일 상품을 쉴 새 없이 외쳐대는 생선가게와 쪽빛으로 물들인 포렴을 드리운 메밀국수집, 빛바랜 식품 샘플을 진열장에 넣어둔 양식집이 나란히 늘어서 있다. 그 앞의 좁은 보도를 보행자와 자전거가 어깨를 스치듯 맞지나간다. 작은 상점과 작

* Roppongi Hills, 도쿄의 초대형 복합단지. 주거지, 회사, 상업시설 등 다양한 기능의 건물이 들어서 있다.

은 공장과 작은 주택이 옹기종기 모여 있어 뒷골목에도 사람의 숨결이 느껴지는, 그런 상가의 정취를 풍기는 동네다.

같은 지역 내에서도 흔히 고지대에는 부유층이, 저지대에는 서민들이 거주하곤 한다. 저지대는 수해를 입을 우려가 있어 부자들이 고지대를 확보하고 서민은 저지대에 남겨진 것이리라. 시로카네에도 후루카와라는 하천이 흐르고 있다. 역사학자 흉내는 이것으로 마치겠다.

히카리소 연립주택의 내 방도 폐업한 상가 건물 2층에 있다. 1층은 거품 경기 시절에 명함이나 상표를 찍는 인쇄소였다고 한다. 내 집은 세 평짜리 단칸방으로, 변소와 신발장은 공용이다. 방송 위성BS이나 통신 위성CS은커녕 지상파 공용 안테나도 없고, 목제 창틀에 나선형 자물쇠, 함석 덧문이 대어진 20세기의 유물인 목조 연립이다. 천장에서는 빗물이 새고 옆방의 소리도 고스란히 다 들린다. 하지만 야마노테선* 안쪽에서 월세 3만 엔으로 얻을 수 있다는 이점 때문에 내일을 꿈꾸는 학생이나 프리터Free Arbeiter로 네 집 모두 입주가 완료된 상태다. 전용면적은 부근의 원룸 맨션보다 넓으니까 허영심만 버릴 수 있다면 이쪽이 단연 이득이다. 실리적으로 유리하다는 거다.

이곳에는 당연히 욕실이 없어 대중목욕탕을 이용하게 된다. 그 목욕탕이 미쓰코시유. 요즘의 목욕탕은 사우나나 자쿠지** 같은 현대식 시설로 무장해 살아남으려고 하지만, 미쓰코시유는 지은 지 70년쯤 되는 건물에 예전의 모습을 고수하는 깔끔한 목욕탕이다. 시로카네에는 목욕탕이 또 하나 있는데 반년 전까지는 그곳 말고도 두 곳이나 더

* 山手線, 도쿄의 핵심 지역들을 순환하며 지나는 철도 노선.

** Jacuzzi, 기포를 분출하는 욕조.

있었으니, 이곳이 얼마나 서민 동네인지 짐작할 수 있으리라. 반면에 시로카네다이에는 목욕탕이 한 곳도 없다.

다시 8월 8일로 돌아가자.

그 미쓰코시유 목욕탕에서 돌아와 맥주를 마시며 베이스타스와 자이언트 팀의 경기를 보고 있는데 2호 휴대폰이 울렸다. 나는 업무와 사생활을 구분하기 위해 두 대의 휴대폰을 갖고 있는데, F6라든지 N50라든지 i라는 식의 기종 이름을 기억하기가 번거로워 예전부터 갖고 있던 것을 1호, 새로 구입한 것을 2호라고 부른다. 사실 영문자와 숫자가 나열되었을 뿐 특별한 애칭도 없는 휴대폰이다. 이 기회에 휴대폰 단말기에도 자동차처럼 알테자Altezza나 오디세이Odyssey 같은 근사한 이름을 붙여보라고 각 회사의 기술자들에게 말해주고 싶다.

2호 휴대폰의 화면에는 발신자 번호가 뜨지 않았다. 이런 경우는 대개 잘못 걸렸거나 영업하는 사람들의 전화다. 그래서 성의 없이 무뚝뚝하게 받았는데, 뜻밖에도 사쿠라였다.

"어떻게 이 번호를……?"

내가 놀란 목소리로 물었다.

"역에서 가르쳐줬습니다."

"아, 그랬군요."

히로오역에서 사건 경위를 진술했을 때 이름과 연락처를 알려줬었다.

"오늘 이렇게 전화한 건 정식으로 감사의 말씀을 드리고 싶어서……."

"일부러 이럴 것까진 없는데."

"일전에는 정말 고마웠습니다."

"천만에요."

"그래서 한번 직접 찾아뵙고 감사를 드리고 싶습니다만."

"우리 집으로?"

"네."

"아뇨, 그건 좀……."

그러면서 좁고 지저분한 방 안을 둘러본다.

"언제쯤 괜찮으시겠어요? 이번 주말은 어떠세요?"

"그렇게 일부러 찾아올 필요까지야. 이렇게 전화해준 것만으로도 충분한데요."

"아뇨, 그럼 제 마음이 편치 않아요. 솔직히 말할게요. 전 그때 죽을 작정이었어요."

"……."

"그런데 죽지 못했어요. 그래서 댁을 원망했죠. 정말로 죽고 싶었거든요. 괴로운 일들만 생겨 죽는 것 말고는 달리 방법이 없었어요. 그런데 그것마저 방해를 받은 거예요. 다시 생지옥에서 살아야 할 생각을 하니까 눈앞이 캄캄해 댁이 원망스러웠어요. 하지만 시간이 흐르자 마음이 차분해지더군요. 다시 시작해보자는 생각이 들었어요. 이미 한 번 버린 목숨이에요. 이젠 아무것도 두려울 게 없어요. 지금은 어떻게든 살아봐야겠다는 생각뿐이에요. 제가 이렇게 적극적으로 생각하게 된 것도 댁이 도와주었기 때문이죠. 댁은 제게 기회를 준 겁니다. 그러니까 어떻게든 직접 만나서 감사의 말씀을 드리고 싶은 거예요."

사쿠라는 흥분한 목소리로 술술 내뱉었다.

"그럼 이렇게 하죠. 미야코 호텔 알아요? 시로카네다이에 있는 도쿄 미야코 호텔."

"미안합니다. 가본 적이 없어서."

"큰 호텔이니 금방 찾을 수 있을 거예요. 시로카네다이 지하철역에서 걸어서 5분쯤 걸리죠. 그 호텔 1층 라운지에서 만나는 건 어때요?"

10일 토요일 오후 1시에 만나기로 하고 통화를 끝냈다.

나는 휴대폰을 쥔 채 눈을 감았다. 잠시 생각을 더듬었지만, 끝내 그녀의 얼굴을 떠올릴 수 없었다. 전형적인 일본인 얼굴이었다는 느낌은 남아 있지만, 구체적인 생김새는 떠오르지 않았다. 확실히 기억나는 거라곤 갈색 머리에 퍼머를 했었다는 점뿐이다. 즉 이 시점에서는 그녀에 대해 그 정도밖에 흥미를 갖고 있지 않았다. 단, 상대가 누구든 내게 감사하는데 기분이 나쁠 건 없다. 그러니까 한번 만나볼까, 하는 생각이 들었던 것이다.

그리고 약속한 날이 되어, 외출하기 전에 이렇게 수염을 깎고 있다.

거울 안쪽에서는 여동생이 분주하게 움직이고 있다. 아침에는 티셔츠 한 장만 걸치고 있었는데, 어느새 원피스로 갈아입었다.

아야노는 나와 두 살 차이로, 도쿄의 미타 고등학교를 졸업한 뒤 마루노우치에 있는 회사에 다녔는데 지금은 무직 상태다. 이른 아침부터 영화관에 가는가 하면 소문난 제과점을 찾아다니며 케이크를 사먹기도 하고 춤과 가라오케, 수영, 낮잠, 콘서트, 미팅 등으로 하루를 보내는 정말 늘어진 팔자다.

우리 남매는 도시의 한 귀퉁이에서 함께 살고 있다. 여동생은 요리도 제대로 못하는 인간을 혼자 내버려둘 수 없다고 하지만, 내 입장에서는 여자 혼자 지내게 놔둘 수 없는 것이다. 부모님은 몇 해 전에 잇따라 돌아가셨다. 내 위의 형은 그보다 더 빨리, 내가 고등학교에 입학하기 전에 일찍 세상을 떠났다. 도쿄대학 재학 중에 요절했다.

거울 속의 아야노는 금빛으로 염색한 머리를 쪼글쪼글하게 퍼머했고, 옆쪽에는 빨간 브리지까지 넣었다. 원피스에는 빨간 바탕에 흰색의 덩굴풀 모양이 그려져 있고, 어깨 부분은 속이 비치는 시스루로 되어 있다.

가끔은 좀 점잖게 입고 다녀봐라. 사람이 너무 가벼워 보이잖아. 입고 싶은 것과 어울리는 건 별개다. 그 꼴을 보면 어머니도 천국에서 통탄하실걸.

이렇게 마음속으로 설교를 늘어놓는데, 텔레파시가 통했는지 성큼성큼 다가와 내 옆에 나란히 선다.

"좀 빌릴게."

아야노가 내 귓가에 뭔가를 달랑달랑 흔들었다.

"안 돼. 나도 써야 돼."

나는 고개를 돌리고 거품 묻은 손으로 자동차 키를 낚아챘다.

"어? 토라 짱은 시내에 나갈 거잖아."

토라 짱은 나를 가리키는 말이다. 나루세 마사토라成瀬將虎니까 토라 짱. 아울러 죽은 내 형의 이름은 류고龍悟인데, 아야노와 나는 류 짱이라고 불렀다. 용과 호랑이. 그런 이름을 붙이고 싶어 하는 심정을 이해 못하는 건 아니지만, 그럴듯한 이름을 짊어진 당사자들은 만만치 않은 압박을 받는다는 걸 부모님은 예상이나 했을까.

"그건 그런데. 그럼 넌 어딜 가려고?"

"야에한테. 자가용이 없으면 못 간단 말이야."

"또 가는 거야?"

야에는 보소 지방에서 요양하고 있는 여동생의 친구다.

"무슨 말투가 그래? 마치 문병하러 가는 게 잘못인 것처럼 말하네."

나는 약간 의심하고 있다. 친구 병문안은 핑계일 뿐, 사실은 남자를 만나러 가는 게 아닐까 하고. 그렇게 생각하니 마음이 불안해진다. 그러면서도 나 자신은 여동생 또래의 여자를 야릇한 호텔로 데려가고 있으니, 나도 정말 대책 없는 사내다.

"요코도 같이 가는 거야?"

아버지 같은 말투로 다그친다.

"응."

"그럼 오늘은 요코 차로 가."

요코는 동생과 함께 음악을 하는 친구다. 야에도 몸 상태가 나빠지기 전에는 함께 연주하던 사이다.

"경차는 싫어."

"미니나 경차나 별 차이 없잖아. 더구나 요즘 경차는 미니보다 더 편하던데."

"요코는 운전이 서투르단 말이야. 무서워서 탈 수가 없어."

"나도 네가 운전하는 차엔 무서워서 탈 수가 없는데."

"시끄러워."

아야노는 나를 거울 앞에서 밀어내곤 경대 위에 놓인 데오드란트 스프레이를 집어 들어 가슴에 뿌려댔다. 이어서 왼팔을 쳐들고 겨드랑이에도 한번 뿌려준다.

"그럼 네가 운전하면 되잖아."

"남의 차는 운전하고 싶지 않아."

"미니도 네 차 아니잖아."

"정말 쩨쩨하게 구네. 기름값은 내가 대잖아."

그렇게 한창 옥신각신하는 중에 전화벨이 울렸다. 휴대폰이 아니라 집 전화다.

"받아봐."

나는 셰이빙 크림이 묻은 양손을 어깨 앞으로 들었다. 아야노가 뾰로통한 표정으로 전화기를 향해 다가간다.

"어머, 오랜만이네. 잘 지냈어? 수험 공부는 어때? 미안해, 우리 오빠가 늘 폐만 끼쳐서."

유난히 간살맞은 목소리로 말한다. 나는 재빨리 손과 얼굴을 헹궜다.

"기요시야."

아야노가 내게 다가와 토라진 얼굴로 무선 전화기를 내밀었다.

"폐만 끼치는 오빤데, 무슨 일이야?"

나도 언짢은 말투로 전화를 받았다.

"선배, 도와줘요."

뜻밖의 다급한 목소리가 귓전을 울렸다. 나는 수화기를 귀에서 약간 떨어뜨리고 그에게 농담하듯 대꾸했다.

"무슨 일이야? 포르노 테이프가 비디오 덱에 엉키기라도 한 거야?"

"도와줘요. 아이코 씨가 큰일 났어요."

"구다카 아이코?"

"네, 엄청난 일이 일어났어요. 도와줘요, 제발."

"진정해. 아이코가 뭐 어떻다는 거야? 무슨 큰일이 났다는 거야?"

"이 상황에서 어떻게 진정하란 말이에요. 살인사건이에요. 살해당했단 말이에요."

5

아리스 공원 앞에서 두 사람을 태우고 가이엔니시 거리로 차를 몰왔다.

“선배, 무리한 부탁을 해서 미안해요.”

기요시가 두 손을 모으며 말했다.

“근데 어디로 가면 되지?”

백미러를 힐끗 쳐다본다. 얼굴에 땀방울이 맺힌 기요시 옆에는 바바리 체크의 모자를 쓴 아이코가 나란히 앉아 몸을 사리고 있다.

“그냥 아무 데로나 적당히 달려요. 차에서 얘기하는 게 가장 좋을 것 같아요.”

“죄송합니다. 원래는 집으로 모셔서 말씀드려야 하는데, 가족들에게 알리고 싶지 않은 일이라서. 커피숍에서 얘기할 내용도 아니고…….”

아이코는 모자의 차양을 잡고 송구스러운 듯이 머리를 숙였다.

“근데 살해당했다는 건 무슨 말이지? 일전에 찾아갔을 땐 교통사고로 돌아가셨다고 했잖아.”

기요시가 전화로 종잡을 수 없게 얘기하는 바람에 아이코가 살해당한 것으로 생각해 당황했는데, 자세히 들어보니 주어는 고인인 구다카 류이치로였다.

“표면적으로는 사고인 것으로 되었지만, 사실은 누군가 할아버지를 치고 뺑소니를 친 겁니다.”

차분한 말투 속에서 강한 분노가 느껴진다.

“뺑소니라…… 그건 너무 심했네.”

맞장구를 치긴 했지만, 왠지 맥 빠지는 기분이었다. 뺑소니도 살인인 것만은 분명하다. 실수로 쳤더라도 병원으로 운송하는 등의 적절한 조치를 취하지 않고 사망하도록 방치했으므로, 작위 의무를 저버린 것으로 판단해 살인죄를 적용한다. 하지만 그것은 형법상의 문제다.

내가 생각하는 살인의 이미지와는 약간 차이가 있다. 개인적으로는 거리에서 느닷없이 칼로 찌르거나 입막음을 하려고 머리에 방아쇠를 당기는 일 같은 걸 살인이라 생각하고 있다.

아니, 아니, 역시 사람 얘기는 끝까지 들어봐야 한다.

"차에 치여 살해된 겁니다. 보험금 때문에."

"뭐?"

"보험금을 노린 살인이죠."

"범인은?"

"오해하지 마세요. 우리 집안사람의 짓은 아녜요."

"그렇게 생각한 적 없어. 대체 누가 그런 잔인한 짓을."

"호라이ホウライ 클럽이요."

"응?"

"분명 호라이 클럽이 관여했을 거예요."

아이코가 흥분했는지 두 손으로 운전석 의자를 잡는다.

"그럼 아직 범인을 붙잡지 못한 건가?"

"경찰은 소극적으로 대처하고 있어요. 이 사건을 조사하는 인원도 두세 명밖에 안 돼요. 게다가 다른 사건들까지 동시에 맡고 있죠."

"겨우 두세 명?"

"경찰은 단순한 뺑소니 사고로 생각하고 있습니다. 그러니까 전담반을 구성하지 않는 거죠."

"아까는 보험금을 노린 살인이라면서?"

"네, 필경 그럴 겁니다. 하지만 경찰은 보험살인에 대해선 조사하지 않아요."

"어떻게 그럴 수가."

"제3자에 의해 다수의 상해보험에 가입된 사실을 아직 모르고 있으니까요."

"그럴 리가."

"정말이에요. 왜냐하면 우리가 그런 사실을 알리지 않았거든요."

"응?"

"아직은 보험살인일 거라 추측만 하는 단계일 뿐이에요. 단순한 의혹만으로 큰 소동을 일으키고 싶지는 않아요. 이것은 가족 모두의 뜻입니다. 근언신행*이 저희 집안 가훈이거든요."

구다카 류이치로는 어느 유명 기업의 임원이었다는 말을 들은 적이 있다. 아들은 그 회사의 중역. 구다카 집안으로서는 주간지에 이름이 오르내리는 것을 두려워하는지도 모른다.

"근데 아까 얘기했던 호라이 클럽이라는 데는 뭐하는 곳이지?"

덴겐지바시 교차로에서 좌회전해 메이지 거리로 들어선다.

"들어본 적 없으세요? 한자로는 봉래구락부蓬萊倶樂部라고 해요."

"잘 모르겠는데. 골프 클럽인가?"

백미러를 힐끗 쳐다본다. 기요시가 고개를 좌우로 흔들었다.

"나도 처음 들어본 이름인데, 건강식품이나 깃털이불 같은 걸 파는 회사인 모양이에요."

"물건을 강매하는 회사죠."

아이코가 다부진 목소리로 잘라 말했다. 나는 그러냐며 고개를 끄덕였다.

"흔히 '건강'이나 '장수' 같은 문구를 내세워 고령자의 저금이나 연금

* 謹言愼行, 말을 삼가고 신중히 행동한다.

을 갈취하는 그런 곳인가?"

"네. 부끄러운 얘기지만, 저희 할아버지가 거기에 걸려들었습니다. 하지만 젊은이들도 꽤 많이 속고 있어요. 요즘에는 아토피나 식물 알레르기 때문에 젊을 때부터 건강에 신경 쓰는 사람이 많잖아요. 다이어트도 있고요."

이야기 후반부에서는 가족을 변호하고 싶어 하는 그녀의 마음이 엿보인다.

"할아버지가 운이 없었던 거군요."

"원래는 그런 사기꾼한테 걸려들 분이 아니었어요. 법대 출신으로 현역일 때는 '총회꾼 킬러'라는 별명이 붙을 정도였는데, 몇 해 전에 전립선 비대 수술을 받은 뒤로 마음이 여려지셨어요. 그 허점을 노렸다고밖에는 생각할 수 없어요."

"어느 정도나 피해를 입었지?"

"얼핏 계산해도 5000만 엔쯤."

"5000만 엔?"

"100만 엔짜리 깃털이불과 자기 매트리스를……."

"100만 엔짜리? 그렇게 비싼 이불이 있나?"

"그럼요, 한 세트에 100만 엔. 험한 잠버릇이나 코골이를 고칠 수 있는 원적외선과 음이온이 나온다는 이불이요. 설령 그런 효능이 있다고 해도 한 세트에 100만 엔은 너무 심한 것 같지 않아요? 그걸 몇 세트나 구입한 줄 아세요? 처음에는 본인이 쓸 거라고 한 세트만 사왔어요. 터무니없는 가격이었지만, 그걸로 본인이 편안히 잠잘 수 있다면 나쁘지 않다고 생각해 가족들 모두 잠자코 있었죠. 그런데 얼마 후에 부인용이라며 또 한 세트를 사왔습니다. 그리고 자식 부부용이니 손자용이니 하며 잇따라 사온 게 모두 열 세트나 돼요. 우리 가족은 다섯 명이 다인데 말이죠. 할아버지는 손님용이라느니 귀여운 손녀의 혼수품이라느니 말씀하셨지만, 가족들은 도저히 용납할 수 없었어요."

용납을 하고 안 하고를 떠나, 도시락 초밥을 사오듯 1000만 엔의 거금을 마음대로 쓸 수 있다니, 나하고는 사는 세계가 다르다.

"이불 말고도 혈액순환에 좋다는 목걸이나 팔찌를 가족 수대로 사왔고, 오래된 걸레 냄새가 나는 병조림이나 음료수를 골판지 상자로 수십 개씩 사들였는데, 그 단계에서 이미 1500만 엔쯤 썼을 겁니다. 알칼리인가 뭔가 하는 물만 해도 페트병 하나에 2만 엔이니까요."

"물 한 병에 2만 엔?"

"세수나 양치질할 때도, 틀니를 담가둘 때도 그 물을 썼어요. 분재할 때도 그 물을 뿌렸고요. 도대체 몇 상자를 썼는지 몰라요."

웃음밖에 안 나온다.

"가족들이 다들 극구 만류하자 할아버지는 알았다며 다시는 사지 않겠다고 약속했어요. 그 이후로 이불은 더 이상 늘어나지 않았습니다. 이따금 택배로 건강식품이 배달될 때도 있었지만, 많지 않은 양이었기에 식구들도 그 정도는 모르는 척했습니다. 그런데 말이에요, 돌아가신 뒤에 서재를 정리하다 보니 정신없이 쏟아져 나오더군요. 황금 관음상과 상아 인감도장, 보랏빛 명주 보자기로 싼 수정옥, 칠복신이 새겨진 도자기 등이 책장 뒤편이며 서랍 안쪽에서 잇따라 발견됐어요."

"그 미심쩍은 물건들의 총액이 5000만 엔?"

"네. 통장을 살펴보니 10만 엔이나 100만 엔 단위로 돈이 수없이 빠져나갔어요."

"용케 부인한테 들키지 않고 물건을 사셨네."

"돈이 빠져나간 통장은 그냥 묵혀둔 상태였기 때문에 눈치채지 못한 겁니다."

역시 나와는 다른 세계에 사는 사람들이다.

"서재에 감춰져 있던 물건들을 호라이 클럽에서 샀다는 증거는 없습니다. 물건 하나하나에 그 회사 스티커가 붙어 있는 건 아니니까요. 영수증도 없더군요. 하지만 모두 전에는 없었던 물건들입니다. 적어도 서재를 개축하던 3년 전까지만 해도요. 호라이 클럽에서 물건을 구입하기 전엔 통장에서 돈이 인출된 적도 없어요. 그래서 가족들 모두 할아버지가 벌인 엉뚱한 일에 대해 당혹스러워하고 있습니다만……."

"잠깐만. 어디 조용한 데로 가서 얘기하지."

운전하면서 흘려들을 얘기가 아니다. 나는 잠시 생각하다가 남쪽으로 차를 몰았다. 후루카와바시 교차로에서 우회전하고 세이쇼코 앞에서 메구로 거리로 들어선 뒤, 곧바로 눈에 띈 상아색 건물에 차를 댔다. 도쿄 미야코 호텔이다. 단 남들 앞에서 얘기할 내용이 아니므로 호텔에 들어가지는 않았다. 차를 주차장에 댄 다음 엔진을 가동시킨 채 에어컨을 켜고 사이드브레이크를 당겼다. 지구 환경에는 나쁘지만 이럴 때는 어쩔 수 없다.

"유품을 정리하다 보니 정체불명의 물건들이 나왔고, 사용처가 불분명한 거액의 돈이 확인된 거로군. 그 다음엔?"

나는 운전석에서 책상다리를 하고 뒷좌석을 향해 돌아앉아, 등받이를 끌어안는 자세를 취했다.

"정말 대책 없는 분이다, 쓸데없는 낭비도 정도가 있다, 하지만 이미 돌아가신 분을 탓한들 무슨 소용이 있겠는가, 할아버지는 5000만 엔으로 만년의 행복을 샀다고 생각하자. 가족들끼리 일단 이렇게 얘기하고 넘어갔죠. 그런데 어느 날 손해보험회사에서 전화가 왔습니다."

그것은 기이한 문의 전화였다.

—구다카 류이치로 씨는 하네다 창고관리라는 회사의 직원이었습니까?

사망 당시에 류이치로는 이미 직장에서 퇴직한 노인이었다. 현역 당시의 근무처는 게이초 산업.

전화를 받은 미망인이 그렇게 설명하자 보험회사 직원은 또 기이한 말을 꺼냈다.

—오타구에 있는 하네다 창고관리 회사는 본사와 금년 7월 3일에 법인 계약을 체결했습니다. 피보험자는 그 회사 직원인 구다카 류이치로 씨, 사망보험 금액은 800만 엔, 보험금 수령인은 그 회사입니다. 4일 전에 그 회사가 보험금 지불을 신청했습니다.

사람을 잘못 안 게 아니냐고 미망인이 되묻자 상대는 류이치로의 주소와 생년월일을 읊어댔다. 일전에 사망한 남편이 분명했다. 하지만 그는 하네다 창고관리 회사와는 아무런 관련이 없었다. 예전에 거래처에게 명의를 빌려주었을지도 모른다는 생각에 아들에게도 물어봤지만, 그런 회사는 들어본 적 없다고 한다. 게다가 보험회사를 통해 희한한 사실이 밝혀졌다. 하네다 창고관리라는 곳은 유령회사였다. 법인 등기도 되지 않았고 보험계약서에 기재된 주소는 사서함이었다.

그리고 다른 손해보험사 두 곳에서도 잇따라 똑같은 문의 전화가 왔다. 어느 보험사든 피보험자는 하네다 창고관리의 직원인 구다카 류이치로이고, 보험금 수령인은 그 회사이며, 사망보험금의 액수는 수백만 엔 정도다.

"유령회사를 만들고, 적당한 인물을 골라 멋대로 직원으로 꾸미고,

회사를 수령인으로 해서 그 직원의 이름으로 보험을 들고, 직원이 사망하면 보험금을 수령해 감쪽같이 사라지는 거죠."

기요시가 손가락을 꼽으며 사건을 정리했다. 원래 회사가 종업원 이름으로 보험을 드는 것은 사고가 발생했을 경우 종업원의 유족에게 보상금으로 내주려는 의도에서다.

"그런데 요즘 보험사기 사건이 많잖아요. 그래서 보험사도 신중을 기하려고 우리에게 확인전화를 한 겁니다."

아이코가 덧붙여 말했다.

"류이치로 씨가 직원이 아니라는 사실이 확인되었다면, 그 의문의 회사엔 보험금이 지급되지 않았겠네?"

"네. 지급되지 않았어요. 보험사기는 미수에 그친 거죠. 하지만 저희 할아버지가 돌아가신 건 사실입니다. 어느 누군가가 멋대로 보험을 들어놓고 할아버지를 살해한 거예요."

아이코가 눈시울을 붉히며 말했다.

"어느 누군가가 호라이 클럽이라는 건가?"

"제 생각은 그렇습니다."

"하지만 호라이 클럽 입장에서 보면 굳이 류이치로 씨를 살해할 필요가 있었을까? 사망보험금을 편취하기보다는 그냥 살려두면서 계속 물건을 강매하는 편이 이득일 텐데. 설령 보험금이 지급되더라도 총액은 2000만 엔 정도지만, 살려두면 그 몇 배의 돈을 빼낼 수 있잖아. 실제로 이미 손쉽게 5000만 엔이나 편취했고."

"하지만 그곳 말고는 달리 짚이는 데가 없어요."

"어쨌든 머잖아 경찰이 진상을 밝혀주겠지."

"경찰에겐 제3자가 할아버지 명의로 보험을 들었다는 얘긴 하지 않았어요. 처음에 말씀드리지 않았던가요, 의혹 단계에서 일을 시끄럽게 확대시키고 싶지 않다고요."

"아 참, 그랬지. 아니, 하지만 그 의혹이라는 건 호라이 클럽에 관한 거잖아. 하네다 창고관리의 정체가 호라이 클럽이든 아니든 류이치로 씨는 보험에 가입된 직후에 사망했어. 그건 틀림없는 사실이니까 보험 살인으로 경찰에서 조사해야지."

"선배."

기요시가 끼어들었다.

"보험사기를 꾸민 녀석과 뺑소니범이 반드시 동일 인물이라고 할 순 없잖아요."

"그렇지, 계획범과 실행범이 다른 인물인 경우도 종종 있지."

"그게 아니라, 가령 A라는 녀석이 보험사기를 꾸몄다고 쳐요. 보험 계약을 끝내고 이제 피보험자를 어떻게 처치할까 생각 중인데, 피보험자가 제멋대로 죽어주었다. 전혀 관계없는 B라는 사람의 차에 치여서."

"별개의 두 가지 사건이라는 건가?"

"가능성이 없지는 않죠. 교통사고는 일상다반사인 데다가 피해자는 고령자니까요."

"그야 그렇지만, 그보단 동일범의 소행일 가능성이 훨씬 크잖아."

"그렇다고 무시할 순 없잖아요. 그리고 만약 단순한 뺑소니라면, 그 범인을 붙잡을 때 경찰에게 호라이 클럽에 대해 얘기할 필요도 없고요. 그러면 예전에 잘나갔던 분이 엉터리 회사에 걸려들어 돈을 뜯겼다는 소문도 나지 않을 테고."

기요시가 구두점을 찍을 때마다 아이코가 고개를 끄덕인다.

"하지만 미수에 그쳤어도 보험사기를 계획했다는 건 의심할 여지가 없어. 그건 그냥 못 본 체 내버려두겠다는 건가?"

"그건 상관없습니다."

이렇게 말한 것은 아이코다.

"만약 보험사기범과 뺑소니범이 별개의 인물이라면, 보험사기 쪽은 불문에 붙이겠어요. 설령 호라이 클럽이 사기를 계획했을지라도. 거의 사기나 다름없이 빼간 5000만 엔에 대해서도 소송을 제기하지 않겠어요. 할아버지의 명예나 우리 집안을 생각하면 그게 최선인 것 같아요. 할아버지도 틀림없이 그렇게 처리하길 바라실 겁니다."

"유족이 그러길 원한다는데 더 이상 이러쿵저러쿵 얘기할 필요는 없겠지. 시민의 도리에 대해 얘기할 생각은 없어. 하지만 현실적으로는 보험사기와 뺑소니가 동일범의 소행일 가능성이 더 높아. 그래도 그냥 내버려둘 셈이야?"

"내버려두겠다는 게 아녜요. 경찰에 적극적으로 협력하는 걸 삼가고 싶다는 겁니다."

"그게 그 말인 것 같은데."

"다르죠. 할아버지를 살해한 범인은 어떻게든 꼭 붙잡아야 해요. 하지만 아직 호라이 클럽이 범인이라고 단정할 수는 없어요. 이런 상황에서 호라이 클럽이 범인인 것처럼 소란을 피웠다가 만약 아무런 관계도 없다고 밝혀지면 할아버지 명예는 어떻게 되겠어요? 아마 창피를 당하려고 사생활을 밝히는 사람은 세상에 아무도 없을 겁니다."

아이코는 등을 꼿꼿이 펴고 양 무릎에 손을 올려놓은 채 도전하는 듯한 시선을 보냈다.

"하지만 아까부터 호라이 클럽이 수상쩍다고 하지 않았어?"

"그렇게 말했죠. 그건 단지 우리 가족들이 그렇게 생각하고 있다는 거예요. 최근에 할아버지 주변에서 일어났던 일들을 살펴봤을 때, 이상한 짓을 할 만한 상대로 호라이 클럽밖에 떠오르지 않으니까요. 하지만 가령 이런 것도 생각할 수 있어요. 할아버지는 현역 시절에 총회꾼과 심한 마찰을 빚었습니다. 그 당시 일로 누군가가 앙심을 품은 것인지도 모르죠."

"그럴 수도 있겠군. 어차피 죽일 거라면 예전에 자기들의 일을 방해한 것에 대한 보상으로 보험금도 노리고 말이야."

"물론 경찰의 조사로 호라이 클럽이 관여되었다고 판명되면, 그땐 할아버지의 사생활도 어쩔 수 없이 세상에 알려지겠죠. 그러니까 지금은 우선 잠자코 상황을 지켜보자는 게 가족들의 뜻입니다."

명예, 자부심, 가족. 그 말의 뜻은 알고 있지만 진정으로 이해하기는 어렵다. 사회적 지위도 돈도 좋은 집안도 없는 내가 그 모든 것을 갖춘 사람들의 심경을 이해할 리 없다.

"그래서 어쩌려고? 내게 무슨 볼일이 있는 거지? 경찰에 비협조적인 그쪽의 태도를 내가 수긍해주길 바라는 건가? 아까도 말했듯이 그쪽 집안의 방침에 대해 왈가왈부할 생각은 없으니까 좋을 대로 해."

지금 시각이 12시 55분. 약속 시간이 다가오자 약간 조급해졌다.

"호라이 클럽을 은밀히 조사해주셨으면 합니다."

"응?"

"나루세 씨, 호라이 클럽을 조사해주세요. 부탁드립니다."

아이코는 무릎 위의 손을 포개고 공손히 머리를 숙였다.

"나보고 조사하라고?"

나는 집게손가락으로 내 얼굴을 가리켰다.

"저희는 결코 일을 흐지부지 끝내고 싶지 않습니다. 뺑소니범은 절대 용서할 수 없어요. 하루라도 빨리 붙잡아 극형에 처하고 싶습니다."

단순한 뺑소니로 극형은 무리라고 말하고 싶었지만, 유족의 심정을 생각해 꾹 참았다.

"그걸 위해서라면 경찰 수사에도 협력하겠어요. 하지만 굳이 언급할 필요가 없는 건 가급적이면 말을 삼가려고 합니다."

"그건 알고 있어."

"그러려면 우선 사건의 전말을 정확히 확인할 필요가 있다고 생각했어요. 그 결과, 호라이 클럽과 아무런 관계가 없다고 판명되면 지금까지 해왔던 것처럼 침묵을 지키겠어요. 반대로, 관련됐다면 숨김없이 낱낱이 경찰에 알리겠습니다. 그 조사를 나루세 씨에게 의뢰하고 싶은 거예요."

"그런 의도로 조사하겠다는 건 알겠는데, 근데 왜 나지?"

"내가 추천했죠."

기요시가 번쩍 손을 쳐들었다.

"어째서 날 추천한 거야?"

"선배는 전에 탐정으로 일한 적이 있잖아요."

"뭐?"

"탐정사무소에서 팀을 맡은 적이 있죠?"

"아, 아아……."

나는 예전에 신바시의 탐정사무소에서 근무한 적이 있다. 열여덟 살이 되던 해 봄, 고등학교를 졸업하자마자 뭐든 닥치는 대로 해보겠다는 심정으로 탐정사무소의 문을 두드렸다. 나의 기념할 만한 최초의 직업은 탐정이었던 것이다. 그건 사실이다. 하지만 팀을 맡은 적은 없다. 내가 그곳에서 근무했던 기간은 채 2년도 안 된다. 한 사람 몫은커녕 그 절반도 따라잡기 전에 일을 그만둔 것이다.

술자리에서 기요시에게 그런 내 경력을 얘기했던 적이 있다. 멋있는 선배로 보이려고 그랬는지 단순히 술김에 그랬는지는 모르겠지만.

"진짜, 아니 현역 탐정에게 부탁하는 게 나을 텐데. 난 그만둔 지 오래됐잖아. 솜씨도 많이 녹슬었고."

나는 쓴웃음을 지으며 얼버무렸다. 지금은 보잘것없는 경비원이자 컴퓨터 교실의 강사일 뿐이다.

"다른 탐정에겐 의뢰할 수 없어요."

아이코가 고개를 가로저었다.

"어째서?"

"우선은 신뢰할 만한 탐정을 알지 못해요. 탐정사무소 중에는 비밀엄수를 내세우면서 의뢰인의 비밀을 빼돌리거나 협박 비슷한 걸 하는 곳이 있다고 들었어요."

"물론 그런 건 조심해야겠지."

"그리고 호라이 클럽을 조사하려는 건 제 독단적 판단이에요. 가족들이 허락하지 않을 것 같아 의논하지도 않았어요. 그러니까 호라이 클럽에 대한 조사는 가족들에게 알려지지 않도록 은밀히 이루어져야 해요. 그래서 더더욱 믿고 맡길 수 있는 분이 필요한 거예요."

그 집안의 상황이 어렴풋이 짐작이 간다. 류이치로의 아들은 호라이 클럽을 조사한다고 부친의 신변을 파헤치면 다른 스캔들까지 잇따라 폭로되지 않을까 걱정하는 것 같다. 거액의 추징 과세가 예상되는 은닉 자산, 회사의 존속이 위태로워질 만한 부정한 행위. 류이치로는 기업의 임원이었으니 털면 먼지가 날 수밖에 없다.

"선배, 내가 이렇게 부탁할게요. 평생에 단 한 번뿐인 부탁이에요."

초등학생 같은 대사를 읊어대며 기요시가 두 손을 모은다.

나중에 들은 얘기지만, 기요시는 일주일 전에 아이코의 저택을 방문한 뒤로 매일 그녀에게 전화를 걸었다고 한다. 불순한 생각에서가 아니라 순수하게 위로해주기 위해서였다. 그러던 중에 그녀가 뺑소니 사건과 기이한 보험계약, 그리고 호라이 클럽에 대해 얘기했다고 한다. 어떻게든 도와주고 싶었던 기요시는 내가 아무렇게나 내뱉었던 말을 떠올리고, 아이코에게 나와 의논해보는 게 어떻겠느냐고 말했다.

"아무런 수확이 없어도 날 원망하지 마."

나는 한숨 섞인 목소리로 말하며 어깨를 움츠렸다. 다음 약속이 있어서 이 자리의 의논은 일단 이걸로 끝내고 싶었다.

"감사합니다. 잘 부탁합니다."

아이코가 머리를 숙인다.

"선배, 이 은혜 잊지 않을게요."

기요시가 손을 내밀어 악수를 청한다.

"조사를 시작하려면 좀더 얘기를 나눠야겠지만, 지금 누구를 좀 만나야 되거든. 오늘밤에라도 전화할 테니까 그때 다시 얘기하지. 아무래도 휴대폰으로 연락하는 게 좋겠지?"

나는 그녀와 휴대폰 번호를 교환했다.

"죄송해요. 바쁘신데 이렇게 불러내서."

아이코가 또 머리를 숙인다. 이 예의 바른 태도. 10분의 1이라도 좋으니까 내 동생에게 나눠주었으면 좋겠다. 같은 또래건만 어떻게 이렇게 다를 수 있을까.

"아니, 괜찮아. 근데 집까지 바래다주기엔…… 시간이 좀 빠듯하네. 시로카네다이 역까지만 바래다줄게."

오메가의 스피드마스터 손목시계를 들여다보니 1시 15분이다.

"아뇨, 괜찮습니다. 여기서 그냥 택시로 돌아가겠어요."

"그럼 더 고맙고."

나는 몸을 앞으로 돌리고 차의 시동을 껐다.

"나는요? 역까지 바래다줘요."

기요시가 조수석의 등받이 위로 고개를 내밀었다.

"걸어가. 날씨 좋잖아."

도어를 열고, 오늘도 지옥처럼 이글거리는 바깥으로 나갔다.

죽음의 여인

후루야 세쓰코古屋節子는 예전부터 무엇이든 잘 사는 여자였다. 물건을 좋아하는 게 아니라 그 자리의 분위기에 휩쓸려 덜컥 사버리고 만다.

이를테면 카키색 군복을 입은 남자가 다리를 절며 찾아와 5년 전에 시베리아에서 귀환했는데 지금껏 일자리를 얻지 못해 생활이 곤란하다며 한숨을 지으면, 보자기에 싸인 옷감을 상대가 부르는 값에 사버린다. 그리고 사내가 사라진 지 한 시간쯤 지나서야 그게 좀먹은 옷감이라는 사실을 알아챈다.

역전 광장에서 만능야채절단기 성능 시범이 펼쳐지는 중이고 주변을 에워싼 주부들이 너도나도 물건을 사고 있으면, 자기도 안으로 파고들어 얼른 1000엔짜리 지폐를 내민다. 두 시간 뒤에 다시 그곳을 지나가다 보면, 아까 앞다퉈 물건을 사고 어딘가로 사라졌던 얼굴들이 구경꾼들 속에 섞여 서로 물건을 사겠다며 소리치고 있다.

영국제 찻잔을 광고하면서 지금 신청한 모든 고객들에게 찻주전자와 스푼을 증정한다는 내용의 신문 전단지를 보면, 오후에는 벌써 신청 엽서를 보내고 있다. 찬장에는 이미 찻잔 세트가 다섯 개나 있건만.

슈퍼마켓에서 서비스 타임에 고객 한 명당 달걀 한 팩씩을 78엔에 한정 판매하면, 다섯 번이든 여섯 번이든 줄을 서서 잔뜩 산다. 그렇게 사들인 달걀은 다 먹기도 전에 썩어버린다.

남편은 화가 났다. 이혼하겠다고 으름장을 놓은 것도 한두 번이 아니다. 나중에는 슈퍼에서 물건을 사기만 해도 입을 다문 채 상대해주지 않았다. 아이들도 질려하기는 마찬가지였다. 성장해서는 벽장에 쌓인 물건들을 프리마켓이나 재활용센터에 처분해 용돈을 충당했다.

그런 세쓰코가 호라이 클럽의 희생물이 되는 것은 어쩌면 당연한 일이었다.

당시 그녀는 아다치구의 도영주택에 살고 있었다. 남편은 세상을 떠났고 두 아들은 오래전에 이미 독립해, 버려진 고양이 세 마리를 기르며 연금으로 유유히 생활하고 있었다. 그러던 어느 날 우편함을 들여다보니 전단지 한 장이 들어 있었다. 그것이 그녀의 얼마 남지 않은 인생을 엉망으로 뒤바꿔버린다.

동네 회관에서 건강에 관한 강연회와 건강 관련 상품의 무료체험회가 열린다고 한다. 그리고 참가자 전원에게 한 병에 2만 엔인 알칼리 이온수를 무료로 나누어준다고 한다.

그녀는 60대 중반의 여성치고는 몸이 튼튼해 또래의 여느 노인들과는 달리 건강에 무관심했다. 하지만 '무료', '전원', '2만 엔'이라는 솔깃한 문구에 마음이 흔들려, 산책할 겸해서 행사장에 찾아갔다.

그로부터 이삼 일쯤 지나자 잇따라 물건이 배달되었다. 깃털이불이니 자기 매트리스니 건강식품이니 알칼리 이온수니……. 그리고 무료 행사장에 찾아갔을 터인데, 웬일인지 대출 신청서 부본을 여러 장 갖고 있게 되었다.

보름쯤 지나자 호라이 클럽의 직원이 애프터서비스를 한다는 명목으로 집에 찾아왔다. 알칼리 이온수와 건강식품을 추가로 몇 상자쯤 주문하고, 풍수적으로 건강을 부른다는 상아 인감도장도 구입했다. 다시 보름 뒤에는 알칼리 이온수와 건강식품과 신개발 드링크제와 개운의 다보탑이 배송되었다.

그런 일이 반복되면서 세쓰코는 어느새 대출금을 500만 엔이나 끌어안게 되었다.

그녀의 수입은 연금뿐이다. 원래 물건 사기를 좋아하는 성격이라 저금한 돈은 거의 없다. 남편의 생명보험금도 이미 바닥이 났다. 대출회사의 청구서는 어느새 독촉장으로 바뀌었다.

그래도 여전히 호라이 클럽의 직원은 물건을 팔러 찾아왔다. 이제 지불할 능력이 없다고 그녀가 투덜대자 금융업체를 소개해줬다. 그곳이 열흘에 1할의 이자를 챙기는 고리대금업체인 데다가 호라이 클럽과 깊은 관계가 있는 회사라는 것을 그녀는 알 리가 없었다.

열흘에 1할의 이자로 100만 엔을 빌리면, 열흘 뒤에 제대로 변제하더라도 110만 엔. 연리로 환산하면 300퍼센트가 넘는다. 법정 금리의 상한선은 약 40퍼센트다.

이런 고리대금을 이용하면 결과는 뻔하다. 이자조차 갚지 못하고 빚은 눈덩이처럼 불어나 점점 더 변제하기가 어려워진다. 그러면 다른 금융업자에게 돈을 빌려와 최초의 금융업자에게 일단 빚을 변제하도록 강요한다. 이 새로운 금융업자는 한층 더 악덕한 사채업자로, 열흘에 1할이 아닌, 2할이나 3할로 대부한다. 열흘에 20 내지 30퍼센트의 이자를 챙기는 것이다. 그녀가 1000만 엔대의 빚더미에 올라서기까지는 그리 오랜 시간이 걸리지 않았다.

자택의 우편함에는 독촉장이 넘쳐났다. 현관문에는 쪽지가 닥지닥지 붙었다.

"돈 갚아!", "이 집 주인은 도둑이다!", "마귀할멈!" 등등.

또 밤낮을 가리지 않고 협박전화가 걸려왔다.

"어이, 우릴 우습게 보는 거야! 돈을 빌리고 안 갚는 건 무슨 심보야! 죽여버리겠어! 저금통장을 넘기란 말이야! 눈깔을 파버리겠어! 집문서를 내놓으란 말이야! 집을 불질러 버리겠어! 화재보험이나 들어둬! 이 도둑 할망구! 자식 놈한테 빌려달라고 해! 몸으로 갚게 해줄까? 콩팥이라도 팔아볼래? 아니면 보험 들고 차에 치여볼래?"

집은 팔고 싶어도 임대주택이라 팔 수가 없다. 그리고 자식들에게는 절대로 손을 벌리고 싶지 않았다. 우선은 창피를 당하기가 싫었다. 자식들도 이미 세쓰코의 무절제한 쇼핑 버릇을 잘 알고 있다. 하지만 이번 사태는 과거의 쇼핑과는 차원이 다르다. 또 자신의 채무가 성공한 자식들의 지위까지 위협하게 되는 상황은 피하고 싶었다. 함께 지냈던 시절에 좋은 어머니가 돼주지 못한 만큼, 말년만이라도 추한 모습을 보여주고 싶지 않았다.

그녀는 제3의 기관을 찾아가 상담하지도 않았다. 변호사를 찾아가면 죽여버리겠다는 금융회사 직원의 공갈을 곧이곧대로 받아들였기 때문에 개인파산이라는 비상구는 미처 생각지도 못했다.

공포의 나날을 보내고 있는 세쓰코에게 호라이 클럽의 무라코시라는 사내가 찾아와, 자기네 일을 도와주면 빚을 탕감해주겠다고 제의했다. 당시 아침저녁으로 계속 협박당하는 바람에 세쓰코의 신경은 엉망진창이었다. 그런 상황에서 사내가 부드러운 목소리로 제의하자 그녀는 지옥에서 부처님을 만난 듯한 착각에 빠지고 말았다. 뭐든 하겠으니 말씀만 하라며 선뜻 대답해버린 것이다.

그녀에게 주어진 일은 바람잡이 역할이었다. 지방에서 개최하는 무료체험회에 손님으로 찾아가 상품 설명에 감탄하고, 열심히 박수치고, 물건을 사겠다고 제일 먼저 달려드는 것이다. 처음에는 창피해서 박수조차 제대로 칠 수 없었지만, 어차피 아는 사람도 없다고 편히 생각하게 된 뒤로는 이 이불을 쓰고 15년이나 고생한 류머티즘이 다 나았다는 식의 거짓 체험담을 늘어놓으며 눈물까지 흘리게 되었다. 자신의 거짓말에 걸려들어 손님이 물건을 사면 왠지 기분이 좋아져 좀더 팔아보겠다는 의욕까지 생겨났다.

호라이 클럽은 세쓰코에게 주변의 아는 사람들까지 손님으로 끌어들이라고 했다. 지인이나 친구에게 일일이 전화를 걸어 몸에 좋은 상품이 있는데 마침 우연히 근처에 왔다며 집으로 찾아가면, 동행한 호라이 클럽의 영업사원이 물건을 팔아댄다. 이를테면 지인을 호라이 클럽에 팔아넘긴 것이다. 그 때문에 많은 사람들이 떨어져 나가자 그녀는 채무 변제를 위해서는 어쩔 수 없는 일이라고 스스로 합리화했다.

하지만 이 정도의 수고로 수천만 엔의 빚을 전부 갚을 수는 없다.

얼마 후 호라이 클럽은 세쓰코에게 자신들과는 상관없는 일까지 시키게 되었다. 음식점의 고용직 여주인, 파친코 가게의 경품 교환원, 스트립쇼 업소의 매표원…… 고령자를 대상으로 한 결혼상담소에서는 바람잡이 여성 회원으로 일하다가 맞선을 보는 자리에서 상대에게 모욕을 당하기도 했다.

수치스러운 일은 헤아릴 수 없을 정도로 많았다. 자존심도 상했고 인간으로서의 존엄성도 상처를 입었다. 하지만 그들이 시키는 대로 일하기만 하면 사채업자의 무서운 협박전화는 피할 수 있으므로 순순히 따를 수밖에 없었다.

세쓰코가 여행을 다녀오라는 말을 들은 것은 나뭇잎이 물들기 시작할 무렵이었다.

다케다 신겐*의 은신처로 알려진 야마나시의 한 온천으로 떠나는 1박 2일의 버스 투어다. 하지만 호라이 클럽은 평소의 노고에 대한 위로로 온천여행을 선물할 만큼 자비심 넘치는 조직이 아니다.

그녀는 모종의 임무를 부여받았다. 투어에 함께 참가하는 요시다 슈사쿠라는 노인에게 숙소에서 술을 먹이고, 만취하면 지정 장소까지 데리고 나오라는 것이다. 그 이유에 대한 설명은 일체 없었지만, 지시한 대로 하면 빚을 300만 엔 탕감해 준다기에 그녀는 얼씨구나 하고 수락했다.

호라이 클럽이 일부러 그렇게 배정한 것인지, 버스에서는 요시다의 옆자리에 앉게 되었다. 비슷한 연배라서 두 사람은 금방 허물없이 대화할 수 있었다. 도중에 포도농장과 와인공장을 견학하고 저녁에 숙소에 도착했을 때는 거의 부부 같은 사이가 되었다.

온천에 들어가고, 연회장에서 저녁식사를 하고, 노래자랑대회에 참석하고, 다시 온천에 들어갔다 나온 다음, 그녀는 요시다의 방으로 찾아갔다. 이 투어는 대개 서너 명이 한 방을 쓰지만 두 사람은 제각기 독실을 배정받았다. 호라이 클럽이 추가 요금을 지불했을 것이다.

그녀는 요시다 옆에 앉아 술을 권했다. 요시다는 취기가 돌수록 말이 많아져, 자기 신상에 대해서도 얘기하기 시작했다. 가고시마에서 단체 취업을 계기로 상경해 스물두 살에 결혼했고, 두 딸을 얻었지만 모두 죽고 말았고, 아내는 5년 전부터 병상에 누워 있고, 아내의 회복을

* 武田信玄, 1521~1573, 일본 전국시대의 무장.

위해 호라이 클럽의 이불과 건강식품을 구입했고…….

호라이 클럽의 이름이 튀어나오자 세쓰코는 가슴이 뜨끔했다. 더 나아가 요시다는, 노후자금으로 모아둔 돈을 전부 퍼부었지만 효과를 보지 못해 이제 그만둘 생각이라는 말도 덧붙였다.

"집에는 아직 개봉하지도 않은 건강식품과 이온수가 많이 있는데, 그것도 반품하고 싶어요. 구입한 가격의 80퍼센트라도 좋으니까 돈을 돌려받았으면 해요. 지금은 반액이라도 좋아요. 그 정도로 생활이 어려워졌어요. 그런데 호라이 클럽은 전혀 들은 척도 하지 않아요. 그래서 조만간 소비자센터에라도 찾아가서 상담해볼 생각이에요. 그 사람들한테 그렇게 말하니까 사모님을 간병하느라 지쳐서 그런 것 같다며 흥분하지 말고 온천여행이나 다녀오라더군요. 이런 걸로 어물어물 넘어갈 순 없죠. 물론 당신과 이렇게 술을 마시게 되어 즐겁긴 하지만."

그렇게 푸념을 늘어놓듯 울분을 터뜨리듯 떠들어대고는 단숨에 잔을 들이켰다.

세쓰코는 자신도 호라이 클럽 때문에 큰일을 겪고 있다고 몇 번이나 말하려고 했지만, 차마 말을 꺼내지 못하고 맞장구만 치면서 술잔을 채워주었다.

어느덧 요시다의 얼굴은 붉은색에서 파란색으로 변했고, 서서히 혀도 꼬이기 시작했다.

"술도 깰 겸 산책하러 나가죠."

그 방은 1층으로, 세쓰코는 통유리 창문을 통해 그를 밖으로 데리고 나왔다. 호라이 클럽에서 그렇게 지시한 것이다.

이곳은 아타미나 시라하마 같은 화려한 온천 휴양지가 아니다. 숙박시설이 서너 채밖에 없는 산간 온천 마을이다. 유흥시설이 없어 밤 10시만 지나면 인적이 끊긴다. 달은 떴지만, 가로등이 없는 길은 5미터 앞도 제대로 보이지 않는다. 당장이라도 길가의 덤불에서 이상한 짐승이 으르렁거리며 튀어나올 것 같은 분위기였다. 두 사람은 팔짱을 끼고 마을 변두리 쪽으로 걸어갔다.

도중에 자동차나 사람과 한 번도 마주치지 않고 신사神社에 도착했다. 세쓰코는 요시다를 돌계단에 앉힌 뒤, 캔맥주를 사오겠다며 그곳을 벗어났다. 그리고 혼자 곧바로 숙소로 돌아왔다.

왠지 가슴이 두근거렸다. 왜 한밤중에 그런 동떨어진 장소로 데리고 나오라고 했을까. 호라이 클럽의 누군가가 그를 만나러 오는 걸까. 어째서 한낮에 만나지 않는 걸까. 왜 술을 마신 사람과 만나겠다는 걸까.

그녀는 더 이상 깊이 생각하지 않기로 했다. 우연히 여행지에서 만난 사람과 술잔을 나누고, 대화하고, 시간이 늦었기에 헤어졌다. 단지 그뿐이다.

이튿날 눈을 뜨자 숙소 안이 술렁거렸다. 아침식사를 위해 연회장으로 들어서자 숙소 직원들도 손님들도 저마다 수군대고 있다.

"죽었대요."

"돌아가셨대요."

"정말 죽은 거야?"

요시다 슈사쿠가 죽었다고 한다. 이른 아침, 신사 앞을 지나던 지역 주민이 시체를 발견했다. 손발이 기이한 형태로 비틀린 채 돌계단 아래에 쓰러져 있었다고 한다. 머리에 심한 상처가 나 있었다.

경찰 조사 결과 위쪽 돌계단의 모서리에 머리칼이 붙어 있고, 시체의 두부 상처에는 잘게 부서진 돌가루가 묻어 있었다. 또한 시체에서 술 냄새가 진동해, 전날 밤에 술에 취해 산책을 나온 피해자가 실수로 돌계단에서 굴러 떨어진 것으로 추정하고 있었다.

아침식사를 마친 뒤 투어 참가자 전원이 진술 조사를 받았다. 세쓰코는 버스에서, 그리고 저녁식사 때 요시다와 대화를 나눈 것까지는 사실대로 밝혔지만, 자신이 술을 먹이고 신사로 데려간 일은 얘기하지 않았다. 그녀는 숨이 탁탁 막히는 듯했다. 고인에 대한 애도와 사죄의 마음 때문이 아니라, 자신이 책임을 물게 될지도 모른다는 두려움 때문이었다.

경찰은 형식적인 진술 조사에서 그녀의 거짓말을 그대로 받아들였다. 도쿄로 돌아온 뒤에도 경찰이 그녀를 방문하는 일은 없었다. 요시다의 죽음은 사고로 처리되었다.

그녀는 일단 안도의 한숨을 내쉬었다. 하지만 마음은 편치 않았다. 그날 밤에 내가 무슨 일을 저지른 걸까. 이대로 입을 다물고 있어도 정말 괜찮은 걸까.

참다못한 그녀는 호라이 클럽의 무라코시에게, 그 뒤에 요시다 씨에게 무슨 일이 있었는지 물어봤다. 아무 일도 없다, 만나지도 않았다는 대답뿐이었다.

그녀는 끈질기게 물고 늘어졌다. 왜 그런 시간에 밖으로 데리고 나오라고 했으며, 왜 그전에 술을 먹이라고 했느냐고.

"이상한 상상은 하지 않는 게 좋아."

무라코시의 날카로운 시선을 받으면서도 그녀는 물었다. 그날 밤의 일을 경찰에게 사실대로 얘기해도 괜찮겠느냐고.

"잘 들어. 무슨 일이 생기면 당신도 함께 들어가는 거야."

그녀는 더 이상 말을 잇지 못했다.

지금 돌이켜보면 이것이 하나의 분기점이었다. 여기서 의연한 태도를 취했으면 끝없는 악의 늪에 빠지는 일은 없었으리라.

사회정의와 자기 신변의 안전을 저울질하는 듯한 태도를 보며, 호라이 클럽은 그녀의 성격을 확실히 파악했을 것이다. 온갖 협박으로 그녀를 겁에 질리게 한 뒤, 태도를 바꿔 부드러운 목소리로 빚을 200만 엔 탕감해주겠다고 했다.

두 번째 지시는 죽은 요시다 슈사쿠의 집으로 가라는 것이었다. 그의 아내 데루코가 병상에 누워 있는데 의지할 사람이 아무도 없다, 남편이 사망해 어려움에 처해 있을 테니 그녀를 돌봐주라는 것이다.

세쓰코는 소화기를 파는 악덕 영업사원처럼 시청에서 나왔다는 핑계를 대고 요시다의 집으로 들어갔다. 미망인의 몸을 닦아주고, 옷을 갈아입히고, 빨래를 하고, 이불을 말리고, 방을 청소하고, 동네 슈퍼로 물건을 사러 가고, 식사를 준비하고, 음식을 먹여주었다.

요시다의 집은 도치기의 이마이치에 있다. 세쓰코는 하루건너 한 번씩 아다치구의 자택에서 그곳까지 찾아갔다. 일주일쯤 지나자 데루코는 그녀를 신뢰하게 되었다. 유일한 존재였던 남편을 잃은 쓸쓸함을 달래려는 듯 불우한 성장과정과 자식들의 불행, 자신의 질병 등을 그녀에게 숨김없이 털어놓았다.

그리고 호라이 클럽도 화제로 떠올랐다. 그런데 죽은 남편과는 달리, 데루코는 그 상품의 효능을 의심하는 것 같지는 않았다. 지금도 100만 엔짜리 이불을 사용하고, 2만 엔짜리 물을 마시고 있다. 남편의 죽음에 대해 범죄라 의심하는 것 같지도 않았다.

침실의 옷장 위에는 요시다 슈사쿠의 유영이 놓여 있었다. 이웃의 도움으로 자택에서 간소한 장례식을 치렀다고 한다. 세쓰코는 사진 속의 웃는 얼굴과 눈을 마주칠 때마다 송곳으로 가슴을 찔리는 듯했다. 죄송하다며 몇 번이고 바닥에 엎드려 사죄하고 싶었다.

"좋겠네요, 댁은 건강해서."

이것은 데루코가 입버릇처럼 하는 말이었다. 그녀와 세쓰코는 똑같은 1932년생이었다. 데루코는 일상적인 쇼핑도 제대로 못하지만, 세쓰코는 30분이든 한 시간이든 터벅터벅 걷는다. 저기압이 다가오면 무릎이 약간 쑤시는 정도일 뿐, 스테이크나 중화요리를 먹어도 체하지 않는다.

"몸만큼은 옛날부터 튼튼했어요. 하지만 그것 말고는……."

세쓰코는 겸손해하는 게 아니었다. 병상에서 돈을 편취당하는 것과, 건강하지만 빚을 갚으려고 범죄에 손을 대는 것 중 어느 쪽이 더 행복할까.

그렇다. 그 호라이 클럽이 순수한 자비심에서 미망인을 돌보게 한 것은 아니다. 세쓰코에게 부여된 진짜 임무는 보험금을 훔쳐내는 것이었다. 호라이 클럽은 요시다 슈사쿠의 이름으로 여행보험을 들어놓고 있었다. 사망보험금은 4000만 엔. 단 보험금은 법정 상속인에게만 지급되므로, 데루코에게서 그 돈을 뺏으려고 세쓰코를 파견한 것이다.

세쓰코는 데루코의 건강보험증을 몰래 빼내 그녀의 명의로 새 은행 계좌를 개설하고, 여행보험의 사망보험금은 그 계좌에 이체하도록 지정했다. 통장과 카드는 호라이 클럽에 건넸다.

그런 한편 고인의 명의로 원래 들어 있던 보험에 대해서도 몸이 불편한 미망인을 대신해 지급 신청을 했는데, 그 보험금은 손대지 않았다. 그러면 데루코는 세쓰코에게 고마워하며 그 배후에서 일어난 보험살인에 대해서는 눈곱만큼도 의심하지 않게 된다.

이것은 호라이 클럽에서 가르쳐준 게 아니다. 그들은 단지 미망인을 돌보고, 은행계좌를 개설하고, 보험금 지급절차를 밟으라고 지시했을 뿐이다. 하지만 그 뒤편에 무엇이 숨겨져 있는지는 세쓰코도 쉽게 짐작할 수 있었다.

그런데도 그녀는 묵묵히 지시에 따랐다. 따르지 않을 수 없었다. 협박하는가 싶다가도 상냥하게 말을 걸고, 때로는 호화로운 식사를 대접하다가 갑자기 그 자리에서 심하게 욕설을 퍼붓는 등의 일들이 반복되면서 호라이 클럽은 그녀의 마음을 완전히 휘어잡아 버렸다.

새 계좌의 통장과 카드가 요시다의 집으로 배달되자 세쓰코는 그날로 모습을 감추었다.

그 일이 있은 지 얼마 뒤에 세쓰코는 시모무라라는 성을 갖게 되었다. 시모무라 이사무라는 65세 남자의 호적에 이름을 올린 것이다.

하지만 결혼했다고 말하기는 어렵다. 식이나 피로연도 올리지 않았을뿐더러 함께 생활한 적도 없으니까. 사실 상대 남성은 그녀가 자기 호적에 오른 것도 모르고 있다. 호라이 클럽이 멋대로 꾸민 위장결혼이었기 때문이다.

하지만 세쓰코와 시모무라 사이에 아무런 접점이 없었던 것은 아니다. 그녀는 일주일에 몇 번쯤 가나가와의 사가미하라에 있는 그의 집에 찾아가 밥상을 차려주었다. 호라이 클럽에서 그렇게 하라고 지시했다.

얘기를 들어보니 시모무라도 호라이 클럽의 고객이었다. 그는 암으로 형제를 모두 잃은 뒤 자신도 유전적 요소 때문에 암에 걸릴지 모른다는 불안감에 호라이 클럽의 고객이 된 것 같다. 주식도 퇴직금도 모두 호라이 클럽에 쏟아붓고 있었다.

시모무라는 일찍 아내와 사별하고 자식도 없어 장래에 대해 불안해하고 있다. 그래서 세쓰코의 친절에 무척 기뻐하며, 이미 호적에 올려진 것도 모른 채 결혼하자고 끈질기게 구애했다. 손을 붙잡거나 목덜미에 거친 숨을 내뿜은 것도 한두 번이 아니다. 그는 세쓰코를 호라이 클럽이 보내준 가정부쯤으로 생각하는 듯했다. 그녀는 좋아하지도 않는 남자가 몸을 만지는 게 너무나 싫었지만, 만든 음식이 맛있다며 싱글벙글하는 모습을 보면 안타까운 생각도 들었다.

그녀가 시모무라에게 만들어준 음식에는 항상 어떤 가루가 들어가 있었다. 무미 무취의 하얀 가루다. 세쓰코는 그게 무슨 가루인지 알지 못했다. 그저 가루를 한 숟가락씩 음식에 섞으라는 지시에 따르고 있을 뿐이다.

3개월 뒤 시모무라가 죽었다.

그가 죽었다는 소식을 접하던 밤, 세쓰코는 극도의 긴장감 때문에 토하고 말았다. 마음을 가라앉히려고 잘 피우지도 못하는 담배에 잇따라 불을 붙였지만, 또 토했다.

그러나 그녀는 경찰에게 아무런 조사도 받지 않았다. 의사가 심장마비라는 진단을 내리자 곧바로 그렇게 처리되었다.

화장 같은 사후처리는 호라이 클럽이 맡았다.

재산은 아내인 세쓰코가 상속했다. 저금한 돈이나 유가증권은 거의 남지 않았지만 집이 있었다. 그녀는 사가미하라의 대지와 건물을 매각해 그 대금을 호라이 클럽에 넘겼다. 그리고 자신의 빚을 500만 엔 탕감받았다. 그러고는 다시 원래의 후루야라는 성으로 되돌아왔다.

이제 그녀는 도저히 빠져나올 수 없는 사악한 수렁에 빠져들고 말았다.

그 외에 또 무슨 일을 했을까.

저금한 돈도 집도 없는 남자와 위장결혼을 했는데, 그 남자가 자기 불찰에 의한 자동차 사고로 사망한 적이 있다.

예의 결혼상담소에서 알게 된 남자를 호라이 클럽의 판촉 행사장에 데려가, 이것저것 사라고 조른 뒤에 슬며시 자취를 감춘 적도 있다.

상품 대금을 지불하지 않은 채 사라져버린 노인의 연금을 제멋대로 해지해 호라이 클럽에게 상납한 적도 있다.

자신처럼 거액의 빚을 진 남성에게 '일'을 권하는 호라이 클럽의 무라코시 옆에서 '누구라도 할 수 있는 간단한 일이에요'라며 미소를 짓기도 했다.

그리고 또…….

떠올리면 저절로 비명이 튀어나올 것 같아 그녀는 의식적으로 기억을 떠올리지 않으려고 했다.

그 정도로 수많은 악행을 일삼았건만, 그녀는 아직도 빚이 남아 있다. 아니, 어쩌면 벌써 다 갚았는지도 모른다. 그녀는 언제부턴가 더 이상 계산하지 않게 되었다. 무엇 때문에 악당들의 앞잡이 노릇을 하고 있는지 그녀 자신도 잘 모르고 있다. 그런데도 호라이 클럽의 지시에 따르게 된다.

죄책감은 든다. 든다고 생각한다. 단 그것을 직시하기가 두려워, 머릿속으로는 일부러 다른 생각만 한다. 머릿속은 어제 본 텔레비전 프로그램이나 오늘 저녁의 식단, 내일의 날씨 같은 생각들로만 채우고 몸으로는 악행을 일삼고 있다.

이따금 어디선가 바람이 불어와 머릿속 생각들을 쓸어갈 때가 있다. 그럴 때는 호라이 클럽의 직원에게 머뭇거리는 듯한 행동을 보인다. 하지만 다음과 같은 한마디가 세쓰코의 머릿속을 다시금 흐릿하게 만든다.

"괜찮겠어, 경찰에게 붙잡혀도? 아아, 맘대로 해. 남은 짧은 인생을 교도소에서 보내는 것도 재밌겠군. 감옥에서 픽 고꾸라지지 않도록 몸조심하라고. 근데 자식들이 면회 오면 무슨 낯으로 대할 거지?"

꼭두각시 인형 같은 나날은 1년이고 1년 반이고 계속되었다.

그리고 2002년 7월, 그녀는 구다카 류이치로를 만나게 된다.

재회

6

"아무쪼록 다른 사람에겐 알리지 말아주세요."

"염려 마. 그럼 난 이만. 몸조심하고."

구다카 아이코는 나와 함께 미야코 호텔의 정문 현관까지 걸어가 택시를 탔고, 나는 호텔 안으로 들어갔다.

도어맨 두 명의 인사를 받으며 안으로 들어서는데, 그때 마침 밖으로 나오는 여자가 있다. 그녀는 그냥 지나치는 내게 "저어……" 하며 말을 걸었다. 그 여자가 내가 만나기로 한 그 여자라고 알아채기까지 몇 초가 걸렸다. 얼굴을 잊어버린 탓도 있지만, 유일하게 기억에 남아 있던 헤어스타일도 바뀌어 있었다.

"아사미야 사쿠라 씨?"

나는 선글라스를 벗고 손가락으로 그녀의 얼굴을 가리켰다. 머리의 퍼머도 느슨해졌고, 색깔도 검은색으로 바뀌었다.

"아아, 다행이네요."

사쿠라는 가슴에 손을 대고 빙그레 미소 지었다.

"어, 벌써 돌아가는 건가? 급한 볼일이라도 있어요?"

나는 황급히 입을 열었다.

"아네요. 좀처럼 오시지 않기에 장소를 잘못 안 건가 싶어 들락날락

하고 있었어요."

"아, 미안해요. 나오다가 누굴 좀 만나느라고."

휴우, 하고 숨을 내쉬며 이마의 땀을 훔친다.

"볼일은 다 보고 오신 거예요?"

"아, 네. 일단 급한 일은 끝냈어요. 자, 이렇게 서서 얘기할 게 아니라."

나는 앞장서서 안으로 걸어가 라운지의 적당한 곳에 자리를 잡았다.

라운지는 햇빛으로 가득 차 있다. 남쪽 벽면이 통유리로 되어 있어, 한여름의 햇살을 듬뿍 받아들이고 있다. 하지만 눈이 부시지는 않다. 갈색 계통으로 통일한 의자와 테이블, 카펫이 적당히 햇빛을 완화시켜 주는 것 같다. 창밖에는 짙은 녹색의 일식 정원이 펼쳐져 있는데, 이 역시 눈에 부드럽게 와 닿는다.

"일전에는 정말 고마웠습니다."

사쿠라는 내 옆에 서서 정중히 머리를 숙였다.

"천만에요. 자, 앉아요. 여기, 아이스커피."

손을 들어 하얀 제복을 입은 웨이트리스를 부른다. 사쿠라는 "둘이요" 하며 손가락을 세워 보이고 테이블 저편에 자리를 잡았다.

머리 색깔에 맞춘 것인지 눈썹도 갈색에서 검은색으로 바뀌었다. 의상도 일전의 히비스커스 꽃무늬와는 달리 조밀한 격자무늬 셔츠에 갈색 바지를 입은 세련된 차림새였다.

"뭐가 좀 이상한가요?"

내 시선을 느꼈는지 그녀가 불안한 듯이 뺨을 어루만진다.

"아니, 머리 색깔이 바뀌었네요."

"역시 이상한가 보군요."

"천만에요. 머리는 검은색이 제일이죠. 바라보고 있으면 마음이 안정

돼요. 우리한텐 검은 머리가 제일 잘 어울려요. 금발이 어울릴 것 같았으면 애초에 그렇게 태어났을 거예요."

갈색 머리인 내가 그렇게 말해봐야 설득력은 제로다. 하지만 머리를 검게 하니 그녀의 동양적인 생김새가 한층 더 돋보이는 것은 사실이다. 눈가의 검은 사마귀도 갈색 머리보다는 검은 머리에 더 잘 어울린다.

"이상하지 않나요? 줄곧 갈색으로 염색했었기 때문에 좀 어색한 것 같아서."

사쿠라는 가볍게 머리를 흔들면서 가느다란 멘톨 담배에 불을 붙였다. 담배는 어울리지 않으니까 끊는 게 좋다고 나중에 조언해주기로 했다.

"이거 변변치 않습니다만."

사쿠라는 립스틱이 묻은 담배를 재떨이에 내려놓고 두 손으로 종이가방을 내밀었다.

"내가 이런 걸 받아도 되는지 모르겠네."

일단 형식적으로 겉치레 말을 하고 종이가방으로 손을 뻗었다. 다이칸야마의 유명한 제과점 이름이 인쇄되어 있다.

"그리고 이것도."

이번에는 백화점 포장지에 싸인 물건을 내밀었다. 손바닥보다 약간 큰 것으로, 빨간 리본이 십자로 묶여 있다.

"그렇게 마음 쓰지 않아도 되는데."

"이건 감사의 표시가 아니라 선물입니다."

그러면서 그녀는 시선을 떨어뜨리고 새끼손가락으로 검은 사마귀를 만지작거린다.

"무슨 선물?"

"생일 선물이요."

"내 생일?"

"물론이죠. 생일 축하합니다."

그녀가 부드럽게 웃으며 리본으로 싼 물건을 내 앞에 밀어놓았다.

"축하해주는 건 고마운데, 너무 이른 거 아닌가?"

"빈정대는 건가요?"

그녀가 살짝 눈살을 찌푸렸다.

"빈정대다니?"

"생일이 지난 다음에 선물했다고요."

"생일이 지났다고? 내 생일은 12월인데."

"12월이요?"

그녀가 상체를 쓱 내밀었다.

"빈정대는 건 그쪽 같은데. 빨리 나이 먹고 일찍 죽으라는 건가?"

"하지만 요전에 생일이라고……."

"아아, 그거. 그건 그냥 해본 얘기예요."

나는 피식 웃고 담배에 불을 붙였다.

"거짓말이었다고요?"

그녀가 눈을 부라린다.

"거짓말도 하나의 방편이라잖아요."

"너무하세요…… 저는 정말인 줄 알았어요. 제가 모처럼의 생일날, 기분을 망가뜨린 것 같아서 어떻게든 사과하고 싶었어요. 그래서 하다못해 생일 선물이라도……."

사쿠라는 얼굴을 찡그리며 테이블 위의 주먹을 꼭 쥐었다.

"그러니까 방편이라고 했잖아요. 무슨 말인지 모르겠어요?"

"그렇게 자기 편한 대로 얘기하지 마세요."

"당신을 죽게 하지 않으려면 그렇게 얘기하는 게 나을 것 같았어요. 무조건 자살하지 말라고 설교하는 건 역효과를 낼 거라고 생각했죠. 그렇다고 아무 말도 없이 돌려보냈다간 혼자가 됐을 때 또 어떤 마음이 들지 모르고. 그래서 하루라도 생각할 시간을 갖게 하려고 했어요. 그렇게 시간적 여유를 가지면 어느 정도 마음이 차분해지리라 생각했죠. 멍청하긴 하지만 나름대로 머리를 썼다고 생각했는데, 아무래도 마음에 들지 않았던 모양이네요."

사쿠라는 서서히 머리를 숙이더니 아래쪽 45도 방향으로 시선을 고정시킨다.

웨이트리스가 아이스커피를 들고 온다. 나는 백화점 포장지에 싸인 물건을 내 앞으로 끌어당겨, 빈 공간에 유리잔을 놓도록 했다. 리본을 풀어 포장지를 뜯어보니 명품 손수건이었다.

"사양하지 않고 받을게요. 이탈리아제는 땀을 잘 흡수해서 좋더군요."

"죄송해요."

사쿠라는 하얀 팔을 문지르면서 눈을 치뜨고 나를 쳐다본다. 주인을 잃어버린 강아지 같았다.

"착각하지 마요. 난 당신이 아니라 나 자신을 위해서 자살을 막은 거예요."

"자신을 위해서요?"

"나는 자살하는 걸 싫어해요. 하기야 좋아하는 녀석도 별로 없겠지만. 예전에 알고 지냈던 사람이 자살해서 말이에요. 그것도 둘이나. 제발 좀 참아줬으면 좋겠어요, 정말로."

"……."

"남이야 죽든 말든 상관없어요. 나는 내 인생 외엔 흥미가 없죠. 하지만 자살은 안 돼요. 자살하는 녀석은 생판 모르는 남이라도 그냥 놔둘 수 없어요. 녀석들은 남겨진 사람에 대해선 전혀 생각하지 않는 바보들이에요."

나는 빨대 끝을 이빨로 꽉 물었다. 앞서 세상을 떠난 두 사람의 얼굴이 교대로 머릿속에 떠올랐다.

"그래서 저를 감싸준 거로군요."

"감싸줘요?"

"역무원에게 거짓말을 해줬잖아요. 사실은 제가 선로에 뛰어든 걸 알고 있었죠? 그런데도 제가 빈혈로 쓰러졌다고 거짓말을 했을 때, 제 말이 사실이라고 말해주셨잖아요."

"뭐야, 빈혈이라는 건 거짓말이었단 말이에요?"

여기서는 발끈할 만도 한데, 전혀 먹혀들지 않는다.

"어째서 전혀 알지 못하는 저를 위해 거짓말을 했는지, 아니, 해주었는지 의아하게 생각했어요. 이제야 겨우 그 의문이 풀렸어요. 자살에 실패한 제가 정신적으로 궁지에 몰리지 않도록 배려해주신 거군요."

"그럼 아리따운 미모에 혹한 거라고 생각했어요?"

나는 히죽 웃으며 아이스커피를 홀짝거렸다. 여기서는 웃어야 하는데, 그녀는 진지한 표정을 흩뜨리지 않은 채 말을 이었다.

"전화로도 말씀드렸지만, 다시는 이상한 생각을 하지 않을 거예요. 새로 태어난 기분으로 열심히 살겠어요. 그런 결심을 했기에 헤어스타일도 바꾼 겁니다. 정말 감사합니다. 당신이 도와준 덕분이에요."

나를 똑바로 바라보면서 한 마디씩 음미하듯 힘주어 말하고 잠깐 머리를 숙인 뒤 다시 가만히 쳐다본다.

"힘내요."

나는 왠지 쑥스러워져 그녀의 시선을 피했다. 오른쪽 옆자리에서는 양복 차림의 사내가 소파의 팔걸이를 끌어안고 쿨쿨 잠자고 있다. 왼쪽으로 시선을 돌리자 사리*를 두른 여성이 열심히 문고본을 읽고 있다.

맞은편에서 달그락달그락 얼음 젓는 소리가 들린다. 그녀를 의식할수록 점점 더 말을 꺼내기가 어려워진다.

라운지에는 재즈의 스탠더드 넘버가 흐르고 있다. 블루스 풍의 베이스에 튀는 듯한 피아노 연주, 거기에 펑키 스타일의 트럼펫이 뒤엉켜 있다.

"이 곡이 뭐였죠?"

아트 블래키와 재즈 메신저스Art Blakey & Jazz Messengers의 연주라는 것은 알고 있지만, 뭔가 어색한 분위기를 바꿔보려고 물었다.

사쿠라는 고개를 갸웃하며 빨대 끝으로 유리잔 바닥의 얼음을 휘젓는다.

"아, 생각났다. '모닌Moanin'이다."

바보 같다.

"저 말이에요……."

침묵을 싫어해 곧바로 입을 열었다. 그렇다고 화젯거리가 준비된 건 아니다. 그렇기에 불쑥 무람없는 질문을 던지고 말았다.

"뭐가 그렇게 괴로웠던 거죠? 죽고 싶을 만큼."

아차 싶었지만 이미 늦었다. 사쿠라는 상체를 움츠리고 멍한 눈으

* sari, 힌두교도 여성들이 입는 전통 의상.

로 허공을 바라보았다.

"아, 미안."

나는 황급히 얼굴 앞으로 손을 내둘렀다.

"돈 때문이에요."

사쿠라가 그렇게 한마디 툭 던지고는 고개를 숙였다.

"괜찮아요, 말하지 않아도."

"하지만 이젠 도망치지 않을래요. 새 일자리도 얻을 수 있을 것 같고."

"미안해요. 잊어버려요."

나는 연거푸 사과하고 얼굴을 옆으로 돌리며 담배를 물었다.

라운지 중앙에는 절의 손 씻는 곳을 연상케 하는 석조 수조가 있다. 넘칠 듯 아슬아슬하게 물이 채워져 있다. 아이들이 뛰어들지 않을까, 하는 부질없는 걱정을 해본다.

"저어, 한 가지 물어봐도 될까요?"

그 목소리에 정면으로 얼굴을 돌렸다. 사쿠라는 왼쪽 눈 아래에 손끝을 대고 고개를 약간 기울이고 있다. 검은 사마귀를 만지는 게 버릇인가. 나쁜 습관은 아니다.

"전혀 다른 얘기입니다만."

"얘기해요."

안도의 한숨을 억누르며 담담하게 대꾸했다.

"아까 여자분과 함께 있었잖아요."

"여자?"

"호텔 현관 앞에서요. 택시를 타고 간 여자."

"아, 그 여자. 봤어요?"

"부인이신가요?"

"아내가 있는 사람으로 보여요?"

나는 웃었다.

"독신?"

"맞아요."

그러면서 왼손 약지손가락을 보여준다.

"그럼 좋아하는 사람?"

"애인도 아녜요. 그렇게 보였어요?"

"어젯밤에 여기서 묵고 막 돌아가는 길이라고 생각했어요."

"어림도 없는 얘기. 양갓집 여자들은 외박 금지예요. 나하고는 그냥 아는 사이죠. 아, 참!"

나는 손가락을 튀기며 물었다.

"혹시 호라이 클럽이라고 알아요?"

"네?"

"호라이 클럽. 건강식품이나 깃털이불을 파는 회사."

곧바로 업무 개시다. 정보 수집은 탐정의 기본 업무다.

하지만 사쿠라는 말없이 고개를 가로저었다.

"이름도 들어본 적 없어요? 호라이 클럽."

"저어……."

"들어본 적 있어요?"

"저어, 왜 그런 걸 묻는 거죠?"

사쿠라는 불쾌한 듯한 표정으로 되물었다.

"아니, 그냥 요즘에 그런 회사가 있다는 얘길 언뜻 듣고, 어떤 회사인지 궁금해서."

"그뿐이에요?"

"그렇죠."

그러자 그녀가 입술을 삐죽 내밀며 물었다.

"오다이 클럽인가 하는 게 저하고 관계가 있나요?"

"호라이 클럽. 아뇨, 그런 건 아니고."

"그럼 그런 얘긴 지금 할 필요 없잖아요."

"뭐 그건 그렇지만."

"혹시 저하고 함께 있는 게 불편하신 건가요?"

"그런 거 아녜요."

"도움을 받은 것도 인연이고, 이렇게 다시 만난 것도 인연이라고 생각해요. 그런데도 별로 할 얘기가 없으시다면……."

사쿠라는 계산서를 자기 앞으로 끌어당겼다.

나는 약간 당황했다. 그녀가 내게 호의를 갖고 있는 건가. 간접적으로 에둘러 마음을 전하고 있는 건가. 그래서 아이코에 대해 물었던 건가.

"여자한테 계산하게 할 순 없죠."

나는 계산서를 빼어들었다.

"아뇨, 됐습니다."

다시 뺏으려고 그녀가 손을 뻗는다. 나는 계산서를 높이 쳐들며 물었다.

"그런 당신은?"

"뭐 말이에요?"

"결혼은?"

"전 혼자예요."

"사귀는 사람은?"

"없습니다."

"난 내 멋대로 사는 남자죠."

"네?"

"담배 피우는 여자는 싫어하고요. 근데 취미가 뭐죠?"

왠지 그녀에 대해 조금씩 궁금해지기 시작했다.

7

일단 폼을 잡아보긴 했는데, 이제 뭘 어떻게 해야 하지?

사쿠라가 아니라 아이코 쪽의 일을 말하는 거다.

보험살인의 내막을 은밀히 파헤친다? 대체 어떤 순서로 진행해야 하지? 뭐를 증거로 포착해야 하는 거지?

이럴 줄 알았으면 신바시의 탐정사무소에서 좀더 제대로 일을 배워 둘 걸 그랬다.

일단 아이코에게 전화해 호라이 클럽에 관한 정보를 상세히 전해 들었다. 그리고 할아버지의 유품을 다시 살펴본 뒤 조사 자료가 될 만한 것들을 내게 보내달라고 했다.

토요일 저녁에는 미쓰코시유 목욕탕 탈의장에서 탐문조사를 벌였다. 밤에는 지인들에게 일일이 전화해 호라이 클럽을 알고 있는지 물어보았다.

일요일 오전 중에는 헬스클럽에서 탐문하며 돌아다녔다. 오후에는 니시아자부에 있는 미용실에 염색하러 가서, 자칭 카리스마 미용사라는 다카시에게 물어보았다. 매일 여러 사람들을 상대하는 미용사는 정보통이다. 밤에는 전날 연락이 닿지 않은 지인들에게 전화했다. 인터넷으로 검색해보기도 했다.

그렇게 며칠을 보내자 서서히 호라이 클럽의 윤곽이 드러나기 시작했다.

유한회사 호라이 클럽. 설립 1997년 5월. 자본금 3000만 엔. 대표이사 구레타 쓰토무. 소재지는 도쿄도 시부야구 사사즈카 3가 ×번지 ×호. 사업 내용은 의류, 가구, 미술품, 장신구, 완구, 가전제품, 컴퓨터 소프트웨어, 식품, 음료에 관한 기획 및 판매, 인쇄물의 제작 및 배포, 부동산 거래 및 관리.

사업 내용이 꽤 광범위한 듯한데, 언제든 사업 형태를 바꿀 수 있도록 일부러 그렇게 등기했을 것이다. 현재 실제로 벌이고 있는 사업은 '건강'과 관련된 깃털이불과 가공식품의 방문판매. 방문판매라고 해도 집집마다 찾아다니는 영업이 아니다. 임대한 회관이나 체육관으로 손님을 끌어 모아 상품을 설명하고 판촉활동을 벌인다. 영업 범위는 간토 지방 일대.

그들은 우편함에 전단지를 투입해 손님을 모으고 있다. 전단지에는 건강식품 무료체험회를 개최한다는 내용과 더불어 이불이나 마사지 기구, 식품 등의 사진들이 빼곡히 실려 있다. 단 가격은 일체 표시하지 않았다. 그리고 전단지를 지참한 분 전원에게 2리터짜리 알칼리 이온수를 무료로 증정한다는 글귀를 써놓았다.

이 무료체험회가 어느 순간에 슬그머니 판매 행사로 바뀌는 모양이다. 행사장에서 한 가지라도 물건을 구입하면 며칠 뒤에 직접 집으로 찾아가 다른 상품을 소개한다. 거기서 뭔가를 구입하면 며칠 뒤에 또 다시 찾아간다. 구다카 류이치로는 그런 식으로 계속 접촉하며 끊임없이 물건을 팔아대는 무한 연쇄적인 판매 수법에 빠져든 것이다.

무료체험회는 한 장소에서 하루만 개최하고, 이튿날에는 다른 지역으로 이동한다. 그것도 가까운 지역으로 이동하는 게 아니라, 이번에 도쿄의 미나토구였다면 다음에는 도치기현의 구로이소, 그 다음에는 가나가와현의 하다노와 같은 동떨어진 지역으로 이동하고 있다. 전단지로 손님을 모으는 것이나 불규칙적으로 이동하는 것은 모두 게릴라적인 수법이다. 요즘의 회사로서는 드물게 자사 홈페이지를 개설하지 않은 것도 은밀하게 장사하고 싶기 때문일 것이다.

강제적인 판매에 대한 클레임은 각지에서 발생하고 있는 듯하다. 그래도 대규모 소송으로 이어진 경우가 없기 때문인지 아직 매스컴은 별다른 관심을 보이지 않고 있다.

한편, 류이치로의 뺑소니 사고(사건?)에 관해서도 아이코에게 새로운 얘기를 들었다.

사고가 발생한 것은 7월 14일. 그날 오후 류이치로는 며느리에게 산책을 다녀오겠다는 말을 남기고 미나미아자부의 자택을 나갔는데, 저녁때가 되어도 돌아오지 않았다. 그리고 밤에 가나가와 경찰서에서 전화로 류이치로가 자동차에 치여 사망했다는 소식을 전했다. 사고 현장은 가와사키시 아사오구의 국도. 다마 구릉*의 잡목림 사이로 이어진 한적한 길로, 초동수사에서는 사고 목격자를 찾지 못했다.

가족들 중 어느 누구도 사고 현장 부근에 류이치로의 지인이 살고 있다는 얘기를 들은 적이 없다. 산책을 나간 후 그쪽 방면으로 간다고 집에 전화한 적도 없다. 단순한 뺑소니 사고가 아닌, 배후에 뭔가

* 도쿄와 가나가와현의 경계 지역에 펼쳐진 언덕지대.

가 있음직한 수상쩍은 상황이다.

하지만 류이치로와 보험살인, 그리고 호라이 클럽을 연결시킬 만한 뭔가가 전혀 보이지 않는다. 이쯤 되면 이제 직접 발로 뛸 수밖에 없다.

백중 행사가 끝난 16일 금요일. 오전에만 롯폰기에서 경비 일을 하고, 오후에는 애마를 몰고 호라이 클럽이 있는 사사즈카로 향했다.

적당한 코인 주차장에 차를 대고, 주소 표지를 확인하면서 스이도 도로를 따라 서쪽으로 걸어가자 조그만 5층 건물이 보였다. 바깥에는 하야시다 빌딩이라는 간판만 있을 뿐, 임대인의 이름은 눈에 띄지 않는다. 경비원도 접수처도 없어 무작정 안으로 들어가니 엘리베이터 옆에 건물 우편함이 설치되어 있다. 설계사무소, 과외학원, 출력소 등은 있는데 호라이 클럽의 이름이 없다. 그런데 한 우편함에만 아무런 이름도 적혀 있지 않았다. 길게 늘어선 우편함 다섯 개의 정중앙에 자리한 것으로 보건대, 3층의 임대인이 그 주인인 것 같다.

계단을 통해 3층으로 올라가 본다. 문이 하나밖에 없다. 문패도 없다. 문 옆에서 귀를 기울이니 안에서 남자 목소리가 들렸다.

1층으로 되돌아가 다시 우편함으로 다가갔다. 이름 없는 우편함에는 자물쇠가 채워져 있다. 우편함 투입구를 통해 안을 살펴보니 우편물 몇 통이 들어 있다.

우편함 위쪽의 틈새로 손을 집어넣었지만, 손가락만 간신히 들어갈 뿐 우편물까지는 손이 닿지 않는다. 손을 빼고 잠시 생각한다. 이윽고 휴대폰 안테나를 길게 빼내, 투입구를 통해 우편물 밑에 집어넣었다. 그 상태로 휴대폰을 조심스럽게 들어올린다. 그리고 틈새로 다시 손가락을 끼워 넣는다. 몇 번인가 도전한 끝에 얇은 봉투를 낚아 올리는데 성공했다. 수신자는 호라이 클럽으로 되어 있다.

이로써 호라이 클럽의 소재가 확인되었다. 하지만 이대로 적진에 뛰어들어 봐야 공격할 방법이 없다. 당신들은 보험살인을 계획했습니까, 라고 물을 수는 없는 노릇이다. 지금은 일단 이쯤에서 철수하는 편이 무난할 것 같다. 나는 1층을 쓰고 있는 침술원의 문을 열었다.

"실례합니다. 뭐 좀 여쭙고 싶은데요."

이른바 탐문조사라는 것이다.

"네, 네."

백발을 보라색으로 염색한 여성이 접수처의 조그만 창으로 얼굴을 내밀었다.

"이 건물 3층에 있는 회사 말인데요, 혹시 뭐하는 회사인지 아십니까?"

"아뇨, 모르겠는데요."

"3층 사무실에 들어가 본 적은 있습니까?"

"아뇨, 없는데요."

"직원을 본 적은 있으세요?"

"있어요."

"어떤 느낌이던가요?"

"요즘 젊은이들 같은 모습이었어요. 갈색 머리에 피어싱을 하고."

"남자는 없었나요?"

"어머, 남자예요."

"남자가 갈색 머리에 귀걸이를?"

요즘 세상에 갈색 머리에 귀걸이를 한 남자는 전혀 신기할 게 없지만, 일단 회사원이 되면 얘기는 달라진다. 허용되지 않는 경우가 태반이다.

"네, 티셔츠에 청바지, 운동화 차림이었어요."

"직원들 모두요?"

"모두 그런지 어떤지는 모르겠는데, 내가 본 젊은이는 그랬어요."

어쩌면 아르바이트 학생이나 프리터일지도 모른다.

"얘기를 나눠본 적은 있습니까?"

"인사 정도요. 차림새는 그래도 꽤 예의 바르던걸요. 똘똘하고 명랑하구요."

"뭔가 팔려고 하지는 않던가요?"

"뭔가가 뭔데요?"

"이불이라든지."

"네?"

"식품이라든지 음료라든지."

"그런 적은 없는데요."

"3층의 직원들이 무슨 문제를 일으키진 않았나요?"

"그런 적 없어요."

3층을 제외한 모든 사무실을 돌아다녔지만 전부 이런 식이었다. 하네다 창고관리라는 회사에 대해서도 다들 금시초문이라는 반응이다.

오늘은 이걸로 끝인가. 일도 조퇴하고 찾아왔는데 별다른 성과도 없이 되돌아가려고 하니 괜스레 짜증이 난다. 허전한 마음으로 밖에 나오니, 스이도 거리를 끼고 대각선 방향으로 커피숍 하나가 눈에 띄었다.

나는 커피숍에 들어가 창가 자리에 앉았다. 주문을 받으러 온 점원에게 호라이 클럽에 대해 물어보았지만 별다른 대답은 얻지 못했다. 나는 창문 쪽으로 바짝 얼굴을 대고 길 건너편에 있는 하야시다 빌딩을 살폈다.

일단은 무조건 관찰하라. 의미는 생각할 필요 없다. 눈으로 본 것을 그대로 머릿속에 집어넣어라. 그러면 네 머리는 고스란히 귀중한 자료가 된다.

탐정사무소에 다닐 때 소장에게 귀가 따갑도록 들었던 말이다.

하야시다 빌딩을 바라본다. 고개를 든다. 3층의 창문은 닫혀 있다. 시선을 아래로 떨어뜨린다. 입구를 막듯 대형 승합차가 세워져 있다. 차체에는 운송회사 이름이 찍혀 있다.

골판지 상자를 부둥켜안은 사내 하나가 건물에서 나왔다. 갈색 머리에 탱크톱 차림. 나이는 스무 살 전후. 호라이 클럽의 직원인가? 오른쪽으로 걸어간다. 뒤쫓아볼까? 그런데 저 녀석을 붙잡고 뭘 어떻게 물어봐야 하지?

나는 커피와 담배를 번갈아 입에 대며 관찰을 계속했고, 이윽고 한 가지 사실을 알게 되었다.

하야시다 빌딩 앞에 이따금 운송회사 트럭이나 승합차가 정차해 짐을 싣고 내린다. 그중에 호라이 클럽의 짐을 취급하는 업자도 있지 않을까.

나는 커피숍에서 나와 길을 건너갔다. 그곳에서 기다리길 30분. 운송회사 마크가 찍힌 은색 트럭이 하야시다 빌딩 앞에 멈춰 섰다. 가로줄무늬 셔츠를 입은 운전사가 내려와, 골판지 상자를 실은 운반구를 밀고 건물 안으로 들어간다.

나는 그보다 약간 늦게 건물로 들어갔다. 운전사가 엘리베이터에 올라타자 닫힌 엘리베이터 문 앞으로 다가가 층수를 표시하는 램프를 확인했다.

빙고! 엘리베이터는 3층에서 멈췄다.

나는 밖으로 나와 운전사를 기다렸다. 얼마 후에 빈 운반구를 밀며 돌아온 그에게 물었다.

"지금 3층에 다녀온 겁니까?"

"네."

"3층은 호라이 클럽이라는 회사죠?"

신중을 기하기 위해 확인한다. 운전사는 전표를 보고 고개를 끄덕인다.

"그 회사엔 직원이 몇이나 됩니까? 아, 저는 이 동네에서 도시락 가게를 하고 있는데, 불경기로 매상이 계속 떨어져 이번에 회사를 상대로 도시락 배달을 시작해보려고 하거든요."

조만간 적진으로 뛰어들게 될지도 모르므로 그쪽 상황을 파악해두는 게 유리하다.

"거긴 안 돼요."

운전사가 손을 내저었다.

"다른 업자가 들어가 있습니까?"

"사람이 없는걸요."

"네?"

"항상 두 사람밖에 없어요."

다들 영업하러 지방으로 출장을 간 모양이다. 그렇더라도 사무직이 두 명뿐인 건 너무 적지 않은가. 이윽고 운전사가 덧붙여 말했다.

"노상 트럼프만 하고 있으니, 창고지기도 정말 편한 일이죠."

"창고요?"

"그런 것 같던데요. 사무실에 짐이 가득 쌓여 있어요. 책상도 입구

쪽에 달랑 하나만 있고요."

"여긴 본사가 아닌가요?"

배달하는 사람이 그런 것까지 알 리가 없지.

나는 코인 주차장으로 돌아오면서 휴대폰을 꺼냈다. 전화를 건 곳은 호라이 클럽의 대표전화다. 류이치로가 남긴 건강식품 포장지에 사사즈카의 주소와 함께 적혀 있었다.

부재중이라는 메시지가 흘러나온다. 몇 번인가 다시 걸어봤지만 똑같은 메시지만 들렸다. 현재 시각은 오후 4시. 평일 이 시간에 사무실을 비우는 회사가 있을까.

클레임 대책의 방법 중 하나라는 생각이 들었다. 24시간 내내 부재중 전화로 돌려놓고, 클레임을 제기하려는 사람들을 스스로 포기하게 만드는 수법이다. 물론 마음만 먹으면 직원과 직접 통화할 수 있는 전화번호를 알아낼 수 있을 것이다. 하지만 그런 노력을 귀찮아하는 사람도 적지 않다. 고령자는 특히나 그렇다. 그러니 부재중 응답기만으로 상당수의 클레임을 걸러낼 수 있지 않을까.

본사로 적혀 있는 주소지에 창고밖에 없는 것 또한 마찬가지다. 클레임을 걸러 찾아가도 창고지기가 자신은 아르바이트 직원이므로 아무것도 모른다며 돌려보낼 것이다. 실제로 창고지기는 단지 아르바이트 직원으로, 업무 내용은 전혀 모를 수도 있다.

가슴 깊숙한 곳에서 뜨거운 뭔가가 솟구치는 느낌이었다. 그 얍삽한 수법에 분노가 치밀어 올랐다. 아이코가 의뢰하지 않았더라도, 이런 사기꾼 집단 같은 회사의 정체를 까발리지 않고는 마음이 편치 않을 것 같다.

어쨌든 겉으로 드러난 주소는 단지 창고에 불과했다. 그렇다면 놈들의 진짜 소굴은 어디일까. 그곳을 찾아내려면 어떻게 해야 할까.

8

18일 일요일, 긴자 5가의 후루카와에서 점심을 먹은 뒤 유라쿠초의 마리온 빌딩에 있는 영화관에 들어갔다.

잠들어버린 것은 스토리가 지루했기 때문이 아니다. 식사와 영화 관람의 순서가 뒤바뀌었던 것이다. 비프 스튜를 소화시키려고 혈액이 위장으로 모여 뇌의 기능이 부실해지고 말았다.

"코까지 골더군요. 정말 창피했어요."

영화가 끝나고 스태프롤Staff Roll이 나올 때 기지개를 펴는데, 옆에서 이렇게 속삭였다. 나는 사쿠라와 데이트를 하는 중이었다.

일하기 싫어서 한가히 놀고 있는 게 아니다. 그저께 사사즈카에서 돌아온 뒤에 나는 간토 지방에 사는 지인들에게 다시 전화를 걸었다. 다음에 호라이 클럽의 전단지를 보거든 즉시 연락해달라고 부탁했다. 무료체험회장에 가보면 본거지를 찾아낼 수 있을지도 모른다. 직원의 뒤를 미행하는 방법도 생각해볼 수 있다.

남에게 의지하는 소극적인 방법이지만, 아마추어인 나로서는 이 정도밖에 떠오르지 않는다. 어쨌든 지금은 누군가가 연락해줄 때까지 기다릴 수밖에 없다.

"잠 깰 겸 커피나 마시죠."

엘리베이터로 1층까지 내려오자 사쿠라가 말했다.

"깜빡 잠든 걸 갖고 너무 타박하는군."

내가 발끈하고 나섰다.

"그런 거 아네요. 나도 졸렸어요. 하품을 참느라 제대로 영화도 못 봤어요."

사쿠라는 입으로 손을 갖다 댔지만, 얼굴은 빈정대고 있는 것 같다.

"좋아, 졸음이 단숨에 날아가 버릴 게임을 하지."

"게임이요?"

"이토 집안의 식탁 놀이."

"네?"

"모르나? 〈이토 집안의 식탁〉이라는 텔레비전 프로그램."

"모르겠는데요."

"돈 없이 커피를 마실 수 있는 비법을 가르쳐주지."

"그런 건 가르쳐주지 않아도 다 알아요."

사쿠라가 웃었다.

"그래? 어떡하는 건데?"

"백화점 지하 매장에서 시음하는 거죠."

"아니, 아니. 시음은 단지 한 모금으로 끝나 버리잖아. 그런 방법으론 졸음을 쫓아낼 수 없어."

나는 선글라스를 쓰고 긴자 방면으로 걸음을 옮겼다. 일요일의 인파를 헤치고 나아가 스키야바시의 교차로를 건넌다. 사쿠라는 파도에 휩쓸리는 사람처럼 허우적거리며 뒤따라온다.

여기선 옆으로 나란히 서서 손잡고 걸어야 하는 건가. 현실적으로 첫 데이트에서 손잡는 건 너무 이른가. 이렇게 머뭇거리다 보니 어느새 목적지에 다다르고 말았다. 시애틀이 본사인 커피 체인점이다.

휴일 오후다. 테이블 자리도 카운터 자리도 꽉 차 있고, 두 개의 카운터 앞에 사람들이 길게 늘어서 있다. 나는 사쿠라를 가게 구석으로 데려가 한 자리를 손가락으로 가리키며 그녀의 귓가에 입을 바싹 갖다 댔다.

"저런 식으로 자리를 잡는 녀석들이 꽤 있지. 특히 젊은 여자들."

사람의 모습은 보이지 않고 휴대폰만 덩그러니 놓여 있다.

"정말 믿을 수 없네요. 너무 무모해요."

"휴대폰 말고도 다이어리 수첩이나 핸드백, 루이비통 지갑을 그대로 놔둔 것도 본 적이 있어."

"누가 가져가지 않아요?"

"그게 참 희한하단 말이야. 쉽게 눈에 띈다는 건 별로 잃어버리지 않는다는 거잖아. 아무튼 일본인들은 세상 무서운 줄 너무 모른다니까. 이러니까 외국인이 일본에 와서 강도짓을 하거나 자동차를 훔치는 거야. 여기서 나고 자란 사람은 외국에서도 똑같이 행동하다가 귀중품을 잃어버리고 말이야."

그러자 사쿠라는 흐흥 하고 웃으며 콧등을 긁적인다.

"어쨌든 잃어버릴 염려가 있으니까 주의를 주는 게 좋겠어요."

"소용없어. 태연히 저렇게 할 수 있는 신경의 소유자는 남의 조언 따윈 들으려고 하지 않아. 시비를 거는 거냐고 오히려 대들 게 뻔하지. 그러니까 만약 당신이 정말로 저 자리의 여자를 위한다면, 주의를 줄 게 아니라 물건을 훔쳐야 해. 한번 맛본 쓰라린 경험이 최고의 명약이지. 해보겠어?"

사쿠라는 당치도 않다는 듯 고개를 흔들었다.

"내가 따끔한 맛을 보여줘도 좋겠지만, 난 이미 휴대폰이 두 개나 있거든. 세 개까진 필요 없어. 그보다 지금 필요한 건 커피지. 잠깐만 기다려."

나는 선글라스를 고쳐 쓰고 가게 안쪽으로 걸어갔다.

"아이스커피와 아이스라테 시키신 분?"

카운터 안에서 점원이 목소리를 높였다.

"네."

나는 힘차게 손을 들고 점원이 내민 두 개의 컵을 받아들었다. 그런 다음 곧바로 우향우를 하고 가게 밖으로 나왔다.

"그건 도둑질이잖아요."

사쿠라가 안색을 바꾸며 따라온다.

"일종의 비법이지."

나는 그녀에게 아이스라테를 내밀었다.

이런 카페는 먼저 대금을 지불하고 나중에 상품을 받는 시스템을 취하고 있는데, 요금 지불과 상품 수령이 별도의 창구에서 이루어진다. 음료가 준비되어 상품명을 소리치면, 자기 신고로 그 상품을 수령한다. 번호표를 나눠주는 것도 아니다. 그 때문에 혼잡할 때는 직원이 소리치고 있는 상품이 자기가 주문한 것인지 아닌지 모르는 사태가 발생한다. 이 혼란한 틈을 이용하면 타인이 주문한 상품을 가로챌 수 있는 것이다.

"도둑질이라니까요."

사쿠라는 양쪽 허리에 손을 대고 가슴을 편다. 민소매 밖으로 나온 하얀 팔이 무척이나 눈부시다.

"기브 앤드 테이크야. 나는 커피를 받고, 주문한 녀석에게 교훈을 주었잖아. 도시에서 정신을 빼놓고 있다간 언제 무슨 일을 당할지 모른다는 교훈 말이야. 자리를 맡으려고 놓아둔 휴대폰을 훔치는 것도 마찬가지고."

"그것하곤 달라요. 자리를 맡으려는 사람이야 그렇다고 쳐도, 이 커피를 주문한 사람은 아무런 잘못도 없어요. 잘못한 쪽은 번호표를 나눠주지 않는 가게잖아요."

"트레비 분수Fontana di Trevi 앞에서 날치기를 당해도 그렇게 느긋하게 얘기할 건가? 멍하니 기다리는 쪽도 문제가 있는 거야. 나는 겨우 500엔에 그걸 가르쳐준 거고. 수업료치곤 싼 편이지."

"그건 궤변이에요."

"아, 그래? 그럼 필요 없겠네."

나는 그녀에게 내밀었던 아이스라테를 다시 내 쪽으로 끌어당겼다.

"아니요, 마실래요."

사쿠라는 컵을 낚아채고 빨대에 입을 댔다.

"아 참, 중요한 걸 잊고 있었군. 이거."

겨드랑이에 끼고 있던 백화점 종이가방을 그녀에게 내민다.

"뭐예요?"

"취직 축하 선물."

"취직? 아아."

"안 되겠네, 기합이 빠졌어. 그런 상태로 어떻게 일하려고 그래?"

"대단한 일도 아닌데, 괜히 미안하네요."

그녀는 오니기리*를 만드는 곳에서 일하게 되었다고 한다. 대규모 제조 공장이 아니라 하나하나 손으로 직접 만들어 파는 가게다.

"이것도 대단한 건 아냐. 마음에 들지 않으면 재활용센터에 넘겨도 돼."

* 일본식 주먹밥.

나는 종이가방을 억지로 떠넘기며 말을 이었다.

"이 비법의 단점은 가게 안에서 마실 수 없다는 거지. 가게에서 느긋하게 굴다간 들통이 날 수 있으니까."

시각은 3시 반. 8월의 태양은 여전히 그 위력을 발휘하고 있다. 나는 나무그늘을 찾아 소토보리 거리를 횡단한다. 다이메이 초등학교 쪽에 조그만 공원이 있다.

"저어……."

뒤에서 사쿠라의 목소리가 들렸다.

"으응?"

"그러니까, 저어……."

"아직도 뭔가 불만이 있어?"

걸음을 멈추고 눈썹을 찡그리며 돌아본다.

"그런 게 아니라, 요전에 만났을 때, 그러니까……."

그녀는 새끼손가락으로 검은 사마귀를 긁더니 서서히 고개를 숙이며 우물우물한다.

"무슨 얘기야?"

"예전에 알던 사람이 자살했다는 얘길 했었죠?"

"응? 아아, 그거."

"혹시 괜찮다면, 그 일에 대해 자세히 들려줄 수 있어요?"

그녀가 다시 고개를 든다. 이번에는 내가 시선을 떨어뜨린다.

"왜 그런 얘길 듣고 싶어 하지?"

"나도 자살에 대해 진지하게 생각했었잖아요. 두 번 다시 그런 실수를 저지르지 않기 위해서라도 비슷한 경우에 처했던 사람의 얘기를 듣고 싶은 거예요. 교훈으로 삼으려고."

"……"

"안 될까요?"

예스라고도 노라고도 대답하지 못한 채 나는 빨대를 힘껏 빨아댔다.

"죄송해요. 싫은 일을 떠올리게 해서요. 지금 한 말은 잊어주세요."

"싫고 자시고 할 것도 없어. 다 지나간 일일 뿐인걸."

다시 몸을 돌려 공원을 향해 걷기 시작했다.

야쿠자 탐정

가슴이 설렐 만한 만남도 없이 열아홉의 여름이 끝나가고 있었다.

작년에 도립 아오야마 고교를 졸업한 나는 신바시의 아케치 탐정사무소에서 일하고 있었다.

물론 그 유명한 아케치 고고로*의 탐정사무소는 아니다. 희대의 명탐정을 닮으려고 그런 이름을 지은 것도 아니다. 탐정사무소 소장의 본명이 아케치였다. 아케치 미쓰오明智光雄. 자기 말로는 아케치 미쓰히데**의 자손이라고 한다.

탐정은 어렸을 적부터 내가 꿈꾸던 일이었다. 그 계기는 참으로 단순하다. 집에 있던 탐정소설에 푹 빠져들어 나도 지적이고 멋있는 정의의 사도가 되고 싶었던 것이다.

지천으로 널린 탐정사무소 중에서 이곳을 선택한 이유는, 쑥스러운 얘기지만 그 이름 때문이다. 물론 아케치 고고로나 고바야시 소년***이 있으리라고는 생각지 않았지만, 아케치라는 이름에서 품격이랄까 위엄

* 에도가와 란포의 추리소설에 등장하는 사립탐정.

** 明智光秀, 1526~1582, 전국시대의 무장. 오다 노부나가의 가신이었다가 그를 배신해 죽게 만든 걸로 유명하다.

*** 에도가와 란포의 소설에 등장하는 캐릭터로, 아케치 고고로 탐정을 보좌한다.

이랄까 실적이랄까, 그런 것들이 느껴졌다.

창피를 무릅쓰고 한 가지만 더 고백하자면, 나는 탐정이 경찰과 맞서면서 범죄 사건에 뛰어드는 사람이라고 생각했다. 부잣집에서 홀연히 사라진 황금 티아라*를 뒤쫓고, 헛간 안에서 발견된 목 없는 시체의 진상을 밝히는 사람이라 생각했던 것이다. 정말 멍청한 녀석이다.

취직할 때 부모님은 펄쩍 뛰며 반대했다. 당연한 일이다. 현실 세계의 탐정은 신원 조사나 가출인 찾기, 불륜의 증거 수집 등 음지에서 은밀히 활동하는 존재라는 인상이 짙다. 때로는 대외비로 취급되는 자료까지 훔쳐내는 등 비합법적인 일에 손대는 경우도 적지 않다. 악과 대결하기는커녕 악 그 자체다.

강력한 반대에도 불구하고 내가 뜻을 굽히지 않자 호적에서 빼버리겠다고 위협했다. 사실 그건 단순한 위협이었다. 하지만 나도 화가 머리끝까지 났다. 어디 맘대로 해보라며 달랑 맨몸으로 집을 뛰쳐나와 신바시의 탐정사무소에서 기거하기 시작했다. 연년생인 형 류고가 죽은 뒤로 나에 대한 부모님의 기대가 지나치게 커지자 거기에서 도망치고 싶은 마음도 다분했던 것 같다.

며칠쯤 근무해보니 탐정에 대한 화려한 환상은 저절로 깨져버렸다. 하지만 기세 좋게 집을 뛰쳐나온 주제에 무슨 낯짝으로 다시 집 문턱을 넘을 수 있겠는가. 나는 천성적으로 오기나 허세가 강하다. 이젠 버틸 수밖에 없다. 우울한 기분은 술로 달래고 선배의 격려도 순순히 받아들이며, 나는 진정한 탐정을 목표로 한 걸음씩 나아가기 시작했다.

그렇다고 곧바로 현장에 나갈 수 있었던 것은 아니다. 청소와 차 당

* tiara, 보석이 박힌 머리 장식. 보통 왕관 모양이다.

번을 비롯해 빈 사무실의 전화 당번, 서류 정리와 속기 메모 등으로 반년을 보냈다. 신문사의 아르바이트생 같은 생각이 들어 몇 번이나 그만두려고도 했다.

해가 바뀌자 드디어 미행하거나 잠복하는 일을 맡게 되었다. 그 당시에 아케치 소장이 내게 해준 말이 있다.

"일단은 무조건 관찰해. 의미는 생각할 필요 없어. 눈으로 본 것을 그대로 머릿속에 집어넣어. 그러면 네 머리는 고스란히 귀중한 자료가 되는 거야."

하지만 처음에는 이케부쿠로의 혼잡한 거리에서 상대를 놓치기도 하고, 만원 전철 안에서 치한으로 몰리기도 하고, 집 지키는 개에게 팔을 물리기도 하는 등 그냥 관찰하는 것조차 여의치 않았다. 그래도 타인의 비밀을 찾아내는 행위에는 그 나름의 감미로운 맛이 있어, 차츰 익숙해지면서 일에 재미를 느끼게 되었다.

그리고 여름이 끝날 즈음 드디어 큰 일거리를 맡게 되었다.

자이언트 팀의 센트럴리그 제패가 초읽기에 들어가, 매일 들뜬 마음으로 스포츠뉴스를 보던 9월 중순의 일이다. 국회도서관에서 자료를 조사하고 사무소로 돌아오자 소장이 나를 불렀다. 네, 하며 씩씩하게 대답하고 응접실로 들어가 보니 소장과 야마기시 마사타케가 마주 앉아 있다.

"안녕하십니까."

나는 양팔을 몸에 찰싹 붙이고, 소파에 느긋하게 앉아 있는 야마기시를 향해 군인처럼 절도 있게 허리를 굽혔다.

"어이, 꼬맹이, 이제 좀 탐정다워졌나?"

야마기시는 걸쭉한 목소리로 물었다.

"아뇨, 아직 멀었습니다."

나는 직립부동 자세로 서 있다.

"부지런히 배워야지."

"열심히 하겠습니다."

"자, 앉아."

"네, 실례하겠습니다."

나는 소장 옆자리에 앉았다.

야마기시가 상체를 앞으로 기울이고 찬찬히 내 얼굴을 훑어본다. 거친 손끝으로 내 뺨을 건드려 보기도 한다. 나는 꼼짝도 하지 않은 채 가만히 앉아 있었다.

야마기시는 야쿠자로, 아케치 탐정사무소와 같은 빌딩에 입주해 있는 야히로 조직에서 중간 보스를 보좌하고 있다. 까까머리에 시커먼 선글라스, 눈가와 턱에 난 칼자국, 첫 번째 마디가 잘려나간 왼손 새끼손가락, 옷깃이 넓은 셔츠에 헐렁한 바지, 앞이 뾰족한 구두 등 겉보기에도 꽤 살벌하다. 그의 하얀 양복에는 달콤쌉쌀한 시가 냄새가 배어 있다.

"이제 보니, 좀 앳돼 보이는 얼굴이군."

야마기시는 허리를 반듯이 세우고 담배를 물었다. 소장이 재빨리 라이터 불을 내민다.

"죄송합니다."

나는 머리를 긁적인다.

"수염을 길러."

"네."

"오늘부터 길러."

"네."

"수염이 좀 자라면 도시마카이 조직에 다녀와."

"네?"

"꼬맹이, 도시마카이 조직원으로 들어가라고."

"네에?"

도시마카이는 신바시역 가라스모리 출구 방면 일대를 장악하고 있는 야쿠자 조직이다. 긴자 방면을 관리하고 있는 야히로 조직과는 적대관계라고 할 수 있다.

"도시마카이 내부를 염탐하라는 거야. 네게 처음 맡기는 큰 일거리지."

소장이 설명하듯 말했다. 그래도 나는 무슨 영문인지 알 수 없었다. 야마기시가 말을 이었다.

"우리 조직원인 혼마를 알고 있나? 빼빼하고 손발이 원숭이처럼 긴 친구."

"네, 약간 이바라키 사투리를 쓰는 분."

"그래, 그 혼마가 사흘 전에 죽었어."

"뭐라 드릴 말씀이 없습니다."

나는 벌떡 일어나 양손을 몸에 착 붙이고 머리를 숙였다.

"그런 형식적인 인사는 됐고, 내 말부터 잘 들어. 혼마는 살해당한 거야. 그건 흔히 있는 일이지. 헌데 그 살해방법이 우리들조차 눈뜨고 볼 수 없을 정도란 말이야. 어이, 그만 앉아. 얘기가 좀 길어질 테니까."

그가 들려준 말을 요약하자면 대충 이렇다. 혼마 요시유키는 같은 조직의 마쓰자키 다이스케와 함께 이리야의 연립주택에 살고 있었다. 그런데 9월 10일 아침에 마쓰자키가 센주에 사는 애인의 집에서 돌아와보니 방 안에 혼마가 죽어 있었다고 한다. 혼마는 알몸 상태에서 배가 십자로 갈라져 내장이 엉망으로 튀어나와 있었다. 실내의 상황도 심상치 않았다. 탁자는 뒤집히고 옷장은 쓰러지고 이불은 찢어지고 벽에 걸렸던 달력은 떨어져 있는 등 아수라장이 따로 없었다.

"팔이 잘린 거며 귀가 떨어져나간 거며, 나도 지금까지 여러 종류의 시체를 봤는데 혼마처럼 심한 경우는 처음이야. 난자당한 것까진 그럭저럭 이해하겠어. 하지만 위나 창자까지 끄집어내는 건…… 젊은 녀석들은 다들 웩웩 토해대더군."

얘기로 듣기만 해도 속이 메슥거린다.

"자, 한번 테스트해볼까. 누가 혼마를 죽였을까, 미래의 명탐정 씨."

"그건 좀. 그 정도 얘기만으론 뭐라고 말씀드릴 수가 없습니다."

나는 얼굴 앞으로 손을 내저었다.

"한심하긴. 뭔가 짚이는 거라도 있을 거 아냐."

그가 선글라스 너머로 노려보기에 나는 필사적으로 생각했다.

"그러니까, 살해방법을 보면 강도 같은 단순한 사건은 절대 아닙니다. 범인은 혼마 씨에게 상당히 깊은 원한을 품고 있었던 것 같습니다. 아니면 중증의 정신병 환자거나."

"맞는 말이야. 그래서 혼마의 주변을 조사해봤는데, 녀석에게 원한을 품을 만한 사람은 찾지 못했어. 물론 이런 일을 하고 있으니 자신도 모르는 사이에 누군가에게 원한을 샀을지도 모르지. 하지만 녀석은 아직 신출내기라 그 정도로 원한을 살 만한 일은 하지 않았을 거야. 그리고 생판 모르는 미치광이한테 습격당한 거라고 생각하기도 어려워. 이런 일을 하다 보면 조심성이 많아져서 낯선 사람이 찾아오면 쉽게 현관문을 열어주지 않거든. 더구나 그날 낮에 습격까지 당했으니

한층 더 경계하고 있었을 거야."

"습격당했다고요?"

"도시마카이 구역에서 한바탕 말썽이 일어났지. 낮에 그런 일이 있고 나서 밤에 무참히 살해된 거야. 그렇다면 낮과 밤의 사건을 관련시켜 생각하는 게 당연하겠지? 그런데 두 가지를 연결시킬 만한 증거가 없어. 자, 이제 얘기는 원점으로 돌아왔다."

"그럼 저보고 혼마 씨의 살해에 도시마카이가 관여했는지 아닌지 확인하라는 건가요?"

"이해가 빠른 녀석이군. 훌륭한 탐정이 되겠어."

야마기시는 씽긋 웃고 담배를 재떨이에 비벼 끈다.

"하지만 무슨 수로 내부를 염탐하라는 거죠?"

되물으면서 소장에게 곤혹스러운 눈길을 보냈다. 나는 아직 탐정 일의 기본 지식조차 제대로 모르고 있다. 게다가 상대는 야쿠자다.

"아까 말한 그대로야. 도시마카이의 조직원이 되어 내부를 조사하는 거지. 말하자면 스파이야."

"조직원이 되라고요? 말도 안 돼요."

"말도 안 돼?"

야마기시가 선글라스를 벗었다. 웃음이 가신 얼굴로 눈을 부릅뜨고 있다.

"아, 아뇨, 죄송합니다. 하지만 어떻게 조직원이 되죠? 들어가고 싶다고 하면 누구든 받아주는 겁니까?"

"걱정 마. 이미 계획은 세워뒀으니까."

"어떻게요?"

"그건 내게 맡겨."

"아, 네. 근데…… 어째서 저한테……."

"왜 하필이면 자넬 지목했냐고? 자네가 가장 자유로운 몸이기 때문이야."

소장이 말했다. 다른 직원들은 지금 맡은 일이 있어 다들 바쁘다는 건가. 아니, 다른 직원들은 유능하니까 자칫 생명이 위태로워질 수 있는 일은 맡길 수 없다는 거겠지.

어쨌든 이번 건은 선뜻 받아들일 수 있는 일이 아니었다. 나도 체격은 괜찮은 편이지만, 주먹질이나 발길질은 별로 좋아하지 않는다. 또한 일시적이라 하더라도 조직 폭력의 세계에 발을 들여놓으면 부모님을 뵐 면목이 없다. 게다가 내부를 염탐한 뒤에 과연 무사히 발을 뺄 수 있을지 어떨지도 의문이다. 그 이전에 스파이라는 사실이 발각되면 손가락 한두 개, 아니 목숨까지 내놓을 각오를 해야 한다.

내가 고개를 숙인 채 머뭇거리자 야마기시가 테이블 아래로 발을 걷어찼다.

"어이, 불알 달린 사내 맞아?"

"맞습니다!"

벌겋게 달아오른 얼굴로 힘차게 대답하긴 했지만, 금방 다시 "하지만……"이라며 고개를 숙이고 만다.

"꼬맹이, '하지만'이 너무 많아."

"하지만…… 조만간 경찰이 범인을 찾아내지 않을까요?"

무심코 소박한 의문을 내비쳤다. 그러자 이내 위협적인 목소리가 튀어나온다.

"멍청한 놈! 야쿠자보고 경찰에 의지하란 말이야!"

나는 몸을 움츠리면서도 기어드는 목소리로 반론한다.

"하지만 그쪽은 여러 명이 수사하니까 저 혼자 그 조직에 잠입하는 것보단……."

"경찰에선 수사하지 않아."

"네? 하지만……."

"두 번 다시 '하지만'이란 단어는 쓰지 마."

"아, 네."

"혼마 일은 경찰에 알리지 않았어. 내 말 명심해. 우리 세계에 몸담은 자들은 자신에게 떨어진 불똥은 스스로 떨쳐낸다. 그러니까 혼마의 시체를 발견한 마쓰자키도 경찰에 신고하지 않고 곧바로 조직에 연락한 거야."

"하지…… 아니, 사건 현장인 연립주택은 야히로 조직에서 통째로 전세 낸 겁니까?"

내가 겨우 고개를 들고 물었다.

"아냐. 와세다 대학생도 있고, 남편과 사별한 아주머니도 살고 있어."

"그 사람들도 경찰에 신고하지 않은 겁니까? 아까 혼마 씨의 방이 어질러져 있었다고 하지 않았습니까?"

"그랬지. 큰 지진이라도 일어난 것처럼 난장판이었어."

"그럼 혼마 씨의 집에서 다투는 소리를 다른 집 사람들이 들었을 텐데요. 그러면 마쓰자키 씨가 그 일을 숨겼더라도 다른 주민의 신고로 경찰에 통보되었을 거고요."

"이제야 제법 탐정다운 얘길 하는군."

야마기시가 소장에게 웃어 보이며 말했다.

"그곳 사람들은 다들 그 집에 야쿠자가 사는 걸 알고 있어. 걸핏하면 집에서 화투나 마작을 하면서, 사기를 쳤다느니 돈을 내놓으라느니 죽여버리겠다느니 하고 소리를 질러댔으니까. 그러니까 또 시시한 일로 싸우는 거라고 생각해 그냥 넘어갔을 거야."

아, 그렇습니까, 하며 고개를 끄덕였다.

"대충 이런 상황이니까 수염이 어느 정도 자랄 때까지 준비하고 있어."

그러면서 소장이 어깨를 툭툭 친다. 무슨 준비를 하라는 거지? 갈아입을 옷을 준비하라는 건가? 아니면 유서를 써두라는 건가?

"저어, 몇 가지 질문해도 되겠습니까?"

눈을 치켜뜨며 쭈뼛쭈뼛 묻는다. 야마기시는 고개를 끄덕이며 담배를 문다.

"혼마 씨 사건에 대해 좀더 많은 정보를 알고 싶습니다. 그래야 뭘 어떻게 염탐할지 알 수 있으니까요."

"이제 일할 마음이 생긴 건가."

야마기시는 누런 이를 드러내며 씨익 웃었다. 일할 마음이고 뭐고, 거절했다간 어떤 상황이 나를 기다리고 있을지 모른다.

"혼마 씨의 집에서 옥신각신하는 소리는 연립 주민들도 다 들었겠군요."

"으응."

"싸움이 일어난 건 몇 시입니까?"

"밤 11시경이야."

"어느 정도나 계속된 겁니까?"

"4~5분쯤이었다더군. 갑자기 소리가 뚝 그쳤다니까, 아마 그때 살해된 모양이야."

"싸우고 있던 상대의 목소리에 무슨 특징은 없었나요?"

"특별한 건 없어. 목소리가 엄청나게 컸다는 것 말고는."

"뭐라고 소리쳤다던가요?"

"'죽여'라든가 '그만둬'라든가, 나머지는 화난 목소리로 퍼부은 욕지거리들."

그런데도 경찰에 신고하지 않은 걸 보면 평소에 그런 욕설로 자주 떠들었던 모양이다. 내가 이제부터 그런 세계에 뛰어들어야 한다고 생각하니 눈앞이 캄캄하다.

"상대는 몇 명쯤 되는 것 같아요?"

"그건 모르겠어. 당연하지, 거친 목소리는 구분하기 어렵거든. 어쨌든 여자 목소리는 들리지 않았던 모양이야."

"마쓰자키 씨가 집에 돌아온 건 몇 시죠?"

"아침 9시."

"그 집에서 뭐 없어진 물건은요?"

"없어. 아케치 씨, 이 친구 꽤 믿음직한데요."

야마기시가 소장에게 웃음을 보인다. 나는 헤헤, 하고 표정을 풀며 머리를 긁적거린다.

"메모해두지 않으면 나중에 또 물어봐야 할걸."

소장의 말에 나는 황급히 자리에서 일어났다. 이윽고 필기도구를 갖고 돌아와 야마기시에게 계속 질문을 던졌다.

"집으로 누군가 들어가는 걸 목격한 사람은 없습니까?"

"없어."

"연립 밖에서 수상한 사람을 봤다는 얘기도 듣지 못했고요?"

"으응."

"그리고 좀 다른 얘기입니다만, 살해되던 날 낮에 일어난 말썽이란 게 구체적으로 어떤 겁니까?"

"아, 그거 말인데……."

야마기시는 다리를 바꿔 꼬며 말을 이었다.

"우리 조직에서 취급하는 것 중 하나가 약이라는 건 알고 있겠지? 약은 약인데, 감기약이나 두통약하곤 차원이 다른 거야. 전문용어로 말하면 메스암페타민Methamphetamine. 높은 양반들은 각성제라고 부르며 적대시하고 있지."

"아, 네."

"9일 낮에 혼마는 마쓰자키와 구보타라는 또 한 녀석하고 약을 배달하며 시내 이곳저곳을 돌아다녔지. 그러다가 도중에 도시마카이 녀석들의 습격을 받아 대량의 약을 뺏겼어. 골판지 상자로 반 상자 분량이야."

"혼마 씨는 습격한 녀석들의 얼굴을 보지 못한 겁니까?"

"봤다면 자네한테 이렇게 부탁할 필요도 없지. 뒤에서 느닷없이 공격했기 때문에 아무것도 보지 못했어."

"그렇다면 죄송한 말씀인데, 도시마카이의 소행이라고 단정할 순 없을 것 같은데요."

"근데 말이야, 습격당한 장소가 그쪽 영역이었어. 말하자면 우리 조직이 그들의 영역을 침범해 장사하고 있었던 거야. 이쪽 세계에선 흔히 있는 일이지. 단, 눈에 띄면 절대 그냥 넘어가지 않아. 그러니까 꼭 그렇다고 단정할 순 없지만, 그 녀석들에게 당했을 가능성이 크다는 거지."

"약을 배달한 곳의 얘기도 들어봤습니까? 만약 그 습격이 정말로 그 조직의 소행이라면, 다른 조직과 거래한 배달처에도 어떤 제재를 가하지 않았을까요?"

"추궁해봤지. 하나같이 도시마카이에 대해선 모른다고 하더군. 하지만 그 말을 곧이곧대로 받아들이진 않아. 녀석들에게 협박당해 입을 다물고 있는지도 모르니까."

그래도 의문은 남는다.

"혼마 씨를 습격해 약을 빼앗은 것으로 도시마카이는 목적을 달성한 거 아닙니까. 좀더 혼내주자고 생각했더라도 집까지 찾아가 그런 일을 벌일 필요는 없죠. 일반적으로 생각하면, 오히려 낮의 일을 앙갚음하려고 혼마 씨가 밤에 그쪽 조직원을 습격해야 하는 거 아닌가요?"

"다시는 자기네 구역을 넘보지 말라는 경고로 살해했을 수도 있어. 일종의 본보기지. 단, 일부러 숙소까지 쳐들어온 건 나도 좀 석연찮게 생각하고 있어. 낮에도 얼마든지 끝장낼 수 있었는데 말이야. 그러니까 관련 여부를 확실히 밝히려고 자네한테 은밀히 조사해달라는 거야."

"아무리 본보기라고 해도, 내장이 튀어나올 정도로 난도질한 건 너무 심한 거 아닌가요?"

"아니, 충분히 그럴 수 있어. 자네, 사람을 찔러본 적 있나?"

나는 설레설레 고개를 저었다.

"칼을 잘 다루는 녀석은 단번에 급소를 찔러 끝장내지만, 그렇지 못한 녀석은 닥치는 대로 마구 찌르지. 상대가 이미 죽었는데도 아직 살아 있다고 생각해 계속 찌르는 거야. 반격이 두려워 손을 멈추지 못하는 거지. 그쪽에서 혼마를 해치라고 보낸 녀석이 말단 조직원이라면 얼마든지 그럴 수 있어. 그리고 직접 손을 더럽히는 역할은 대개 가장 낮은 말단 조직원의 몫이고."

그건 나도 충분히 납득할 수 있었다. 그런데 다음 순간, 정말 근원적인 의문이 싹텄다.

"야쿠자가 왜 이렇게 절차를 따지는 겁니까? 아, 죄송합니다."

머릿속으로 생각한 게 무심코 입으로 튀어나와 황급히 손을 내저었다.

"무슨 뜻이지?"

야마기시가 얼굴을 앞으로 쓱 내밀었다. 양미간에 굵은 세로 주름이 모여 있다.

"죄송합니다. 아무것도 아닙니다."

테이블에 이마가 닿을 정도로 머리를 숙였다.

"사내라면 일단 내뱉은 건 끝까지 말해야지."

"별로 중요한 건 아닙니다만……."

"확실히 말하라니까."

"그럼 말하겠습니다. 저어, 그러니까 말씀을 듣고 있자니, 100퍼센트 확신하진 못하지만 도시마카이의 소행일 가능성이 상당히 크다고 생각하시는 것 같습니다."

"그런데?"

"그렇다면 망설일 필요 없이 그쪽으로 쳐들어가면 되는 거 아닙니까? 증거라든지 낮에 습격당한 것과의 관련성이라든지, 왜 그런 번잡한 일에 신경을 쓰시는 겁니까?"

"나루세, 그만하지."

소장이 말을 막으려고 끼어들었지만 내 혀는 멈추지 않았다.

"증거에 연연하는 건 야쿠자가 아니라 경찰입니다. 아니, 경찰도 예전에는 직감만으로 체포해 강제로 자백을 받아냈죠. 지금도 그럴지 모릅니다. 근데 어째서 야쿠자가 번거로운 절차를 밟으려는 거죠? 일단 쳐들어가서 적당한 상대를 붙잡아 범인이 누군지 불라고 족치면 되잖아요. 그리고 낮에 습격한 녀석들도 붙잡아 본때를 보여주고, 혼마 씨를 살해하라고 지시한 간부도 없애버리고. 어차피 쳐들어간 거니까 이 기회에 도시마카이를 완전히 무너뜨리는 게 좋겠네요. 그러면 신바시 일대는 전부 야히로 조직의 영역이 되는 거잖아요."

여기까지 말하고 숨이 차서 기침을 쿨럭인 뒤에야 비로소 나는 제정신으로 돌아왔다. 얘기하는 동안에 자기 말에 흥분한 꼴이 칼을 다룰 줄 모르는 말단 조직원과 다를 게 없었다. 옆에서는 소장이 야마기시에게 사과하고 있다. 내게 팔을 뻗어 너도 사과하라며 뒤통수를 툭 친다.

그런데 뜻밖에 눈앞에서 웃음소리가 들렸다.

"꼬맹이, 야쿠자는 광견병에 걸린 미친개가 아냐."

"죄송합니다."

나는 몸을 움츠렸다.

"이런 도시에서 한바탕 전쟁을 벌이면 일반인들까지 다칠 수 있지. 야쿠자는 말이야, 건전한 사람들이 있으니까 존재할 수 있는 거야. 그런 사람들의 돈으로 우리가 먹고사는 거니까. 말하자면 기브 앤드 테이크지. 그걸 잊어선 안 돼. 세상 사람들이 우리를 거북하게 생각하는 거야 어쩔 수 없지만, 그렇다고 세상 전체를 적으로 돌릴 순 없지. 진짜 야쿠자라면 그렇게 행동해선 안 되는 거야."

"네."

"예전과는 달리 사회의 시선도 상당히 엄해졌어. 그런 건 생각지 않고 기세만 믿고 함부로 폭력을 휘두르는 야쿠자는 앞으로 절대 살아남을 수 없어. 그래서 우리는 사장님의 방침에 따라 근대적이고 민주적이고 평화적인 조직을 표방하고 있지. 그래, 우린 형님이나 보스가 아니라 사장님이라고 부르지. 중간 보스는 전무님이고, 그 밑인 나는 상무야. 이래 봬도 우린 법무국에 등기까지 마친 어엿한 주식회사야.

그러니까 더더욱 함부로 행동할 순 없는 거지. 물론 혼마 일은 처리해야겠지. 범인은 반드시 처치하겠어. 근데 도시마카이의 소행이라는 증거도 없는 상황에서 우리가 곧바로 쳐들어가면, 했느니 안 했느니 옥신각신하다가 결국 큰 싸움이 벌어질 거야. 그럼 신바시 일대가 피로 물들게 될 테지. 그걸 피하고 싶다는 거야, 알겠나?"

"네."

"그러니까 증거가 필요해. 그걸 갖고 도시마카이를 찾아가, 실제로 살해한 놈과 그 지시를 내린 놈을 건네라고 요구하는 거야. 사실 세상 사람들이 오해하고 있는데, 야쿠자만큼 얘기가 잘 통하는 인간들도 없어. 야쿠자는 도리를 중시하지. 이치에 맞게 분명히 얘기하면 반드시 이치에 맞는 대답이 돌아와. 정치인이나 공무원하곤 다르지. 혼마 건에 대해서도 이치에 맞는 확실한 증거를 보여주면, 그쪽 보스가 관련된 녀석들을 내줄 거야. 그쪽도 큰 말썽은 원치 않을 테니, 그걸로 화해하는 거지. 조직 간의 싸움으로 서로가 피폐해지면 같이 망할 수 있으니까. 패전 직후에 이곳 신바시와 시부야에서 커다란 패싸움이 벌어진 걸 알고 있나?"

"아뇨."

"패전한 이듬해의 일이야. 암시장을 관리하던 조직과 대만 화교가 대립해 보스를 암살하고 길거리에서 기관총을 난사하며 연일 싸움을 벌였어. 그러는 동안에 시바우라와 스가모, 신주쿠, 아사쿠사 등 도쿄 각지의 야쿠자들도 싸움을 거들려고 모여들었지. 전쟁이나 다름없었어. 쇼핑객들의 발길은 끊어지고, 길거리 장사꾼들도 다른 곳으로 옮겨갔지. 결국 싸움은 경찰에 의해 진압되고, 두 조직은 와해되기 직전의 상태가 되고 말았어. 그들이 약화되었기에 우리가 신바시에 진입할 수 있었던 거야. 도시마카이도 마찬가지고. 그렇게 어부지리로 들어와 오랜 시간을 들여 지금의 위치에 이르게 됐는데, 여기서 또 싸움을 벌인다면 이번엔 우리가 다른 어딘가의 조직에게 밀려날 테지. 그건 그쪽도 잘 알고 있을 거야. 과거에서 교훈을 얻지 못하면 원숭이보다 못한 인간이지."

나는 야마기시가 대학을 졸업한 인텔리라는 것을 나중에야 알게 된다. 하지만 그 자리에서는 그의 지식에 감탄할 여유가 없었다.

"만약 그쪽의 보스가 혼마 씨를 없애라고 지시했다면 어떻게 되는 겁니까? 전면 전쟁을 벌일 수밖에 없는 거 아닌가요?"

그런 상황에 휘말리고 싶지 않은 마음에서 던진 질문이다.

"똘마니 하나를 없애는 데 보스가 직접 지시하는 경우는 거의 없어."

약간 안심이 된다.

"다시 말하지만, 나는 도시마카이를 의심하고 있을 뿐 아직 확신하는 건 아니야. 녀석들이 범인이 아니라면 그걸로 된 거야. 하지만 혼마의 원수는 반드시 갚아야겠지. 그래서 그 조직을 조사하는 것과는 별도로 범인을 찾고 있다. 숙소 근방에서 탐문도 하고, 혼마와 접촉했던 인물들과 일일이 부딪쳐보기도 하는 일반적인 탐정 활동이야."

그러자 아케치가 불쑥 끼어들었다.

"미쓰오카와 하야시에게 맡겼어."

어째서 내게 그쪽 일을 맡기지 않았는지 정말 울고 싶은 심정이다.

"또 다른 질문은? 뭔가 묻고 싶은 게 있으면 언제든 찾아와. 수염이 자라려면 시간 좀 걸릴 테니까."

야마기시는 금빛 손목시계를 들여다보고 담뱃불을 끈다.

"수고하셨습니다."

나는 얼른 일어나 양손을 몸 옆쪽에 착 붙이고 군인처럼 허리를 굽혔다. 이렇게 된 이상 마음을 다잡고 일을 추진할 수밖에 없다.

자이언트 팀이 리그에서 우승한 다음날, 긴자에서 여동생과 만났다.

긴자 4가의 교차로에 있는 미쓰코시 백화점 앞에서 만났는데, 예상했던 대로 아야노는 나를 금방 알아보지 못했다. 내가 말을 걸자 두세 걸음 뒤로 물러선다.

바싹 치켜 깎은 머리에 헌팅캡, 레이밴 선글라스, 코 밑에 듬성듬성 자란 수염, 흰 바탕에 빨간 무늬의 알로하 셔츠, 헐렁헐렁한 바지, 앞이 뾰족한 흰색 에나멜 구두. 아무리 봐도 조폭 똘마니다. 나도 울고 싶은 심정이었다.

그날은 월요일이었지만 공휴일인 추분이기도 했다. 양식 레스토랑인 쓰바메 그릴의 햄버그 스테이크를 먹기까지 1시간이나 기다렸고, 스키야바시 부근의 카페에 들어갈 때도 줄을 서야 했다. 바로 옆의 커피숍은 절반쯤 자리가 비어 있건만, 이쪽 카페의 분위기가 좋다며 고집스럽게 자리를 차지하려는 젊은이들 때문이다.

30분쯤 지나서야 겨우 자리에 앉을 수 있었다. 하지만 왠지 마음이 편치 않다. 혼잡해서가 아니라 주위의 시선이 신경 쓰이기 때문이다.

그 당시 내 동생은 도립 미타 고등학교 2학년. 현재의 모습과는 완전히 딴판으로, 머리는 전형적인 검은 스트레이트이고 복장은 하얀 블라우스에 감청색 스커트, 화장기도 없고 귀걸이도 하지 않은 지극히 수수한 모습이었다. 양갓집 아가씨라고 할 수는 없지만, 어쨌든 그런 청순한 차림새의 소녀가 똘마니 같은 사내와 마주 앉은 것이다. 두 사람은 어떤 관계일까, 하며 주위에서 흥미롭게 쳐다보는 것도 당연한 일이다.

하지만 아야노는 별로 신경이 쓰이지 않는 듯 묵묵히 파르페의 스푼을 움직이고 있다. 나는 주위 사람들의 시선을 피하듯 몸을 웅크리고, 빨대를 잘근잘근 씹으며 아이스커피를 홀짝였다.

자이언트 팀이 우승했다. 이제 호크스만 이기면 국내 제일의 팀이 된다. 그런데도 프로야구 시리즈에 별로 관심이 가지 않는다. 왜 이렇게 기분이 우울한 걸까.

"어, 담배 피워?"

아야노가 고개를 들고 경멸하는 듯한 시선을 보낸다.

"피우면 안 돼?"

나도 동생을 째려보며 불붙인 담배를 힘껏 빨다가 연기에 목이 메었다. 아직 담배가 익숙지 않다. 이것도 야마기시의 지시로 피우기 시작한 것이다.

"최근에 들은 건데, 미성년자 흡연 금지법은 1900년에 만들어졌대. 우리 헌법보다 더 오래된 거지."

아야노는 과장되게 고개를 끄덕이곤 다시 파르페로 시선을 보냈다.

"아버지나 어머니한테는 말하지 마."

"혼날까 봐 겁나?"

"겁날 게 뭐 있어. 괜한 걱정 끼쳐드리고 싶지 않아서 그래."

"걱정 끼치고 싶지 않으면 집으로 들어와."

"시끄러."

나는 정면을 향해 한껏 연기를 뿜어냈다.

"이런 차림새로 다닌다는 것도 비밀이야. 이건 어디까지나 일 때문에 입은 거니까."

"흐흠."

"정말이야. 탐정은 말이야, 수시로 변장해야 하는 직업이거든."

"힘들겠네."

아야노는 전혀 관심이 없는 투로 대꾸하며 웨하스를 깨문다.

이렇게 밖에서 동생과 만나는 게 오늘이 처음은 아니다. 한 달 걸러 한 번씩 불러내 레스토랑이나 콘서트에 데려가주고 있다. 사실 동생을 생각해서라기보다는 집 소식이 궁금했던 것이다.

나를 만날 때마다 동생은 항상 뭔가를 들고 나온다. 셔츠, 바지, 수건, 비누, 먹거리…… 아야노가 준비한 것 같지는 않다. 분명 어머니가 싸주었으리라. 말하자면 부모님은 내 생활을 훤히 다 알고 있는 것이다. 쑥스러워서 확인하지는 못했지만 뻔한 일이다. 양말 속에서 반으로 접힌 지폐를 발견했을 때는 반가움과 한심함에 눈물이 핑 돌았다. 이건 정말 독립이 아니라 그냥 혼자 지내는 것이라고 봐야 한다.

하지만 오늘 동생을 불러낸 것은 여느 때와는 그 의미가 다르다. 사실 요전에 만난 뒤로 보름밖에 지나지 않았다.

"이것 좀 맡아줘."

아야노가 파르페를 다 먹을 때까지 기다렸다가 나는 봉투 하나를 내밀었다.

"뭔데?"

겉봉에는 아무것도 쓰지 않았다. 봉투는 풀로 봉해져 있다.

"몰라도 돼."

"돈이 들어 있을 리는 없겠고."

아야노는 봉투를 받아 창문에 비춰본다.

"안은 보지 마."

"이런다고 보이나."

"봉투를 뜯지 말라는 거야. 내용물은 절대 보면 안 돼."

"그렇게 말하니까 더 보고 싶어지네."

아야노는 킥킥 웃고는 손가락으로 봉투의 끝을 집었다.

"뜯지 말라니까!"

나는 그 손을 가리키며 버럭 소리쳤다. 손님들이 일제히 시선을 집중한다.

"집에 가서 엄마한테 전해주면 되는 거야?"

아야노가 살짝 얼굴을 찡그리며 화난 듯이 말한다.

"아니, 그냥 네가 갖고 있어."

"이걸 갖고 뭘 어떡하라고? 부적이야?"

"아무것도 묻지 마. 그리고 나한테 무슨 일 생기면 아버지나 어머니한테 전해줘."

"무슨 일?"

"무슨 일이 생기면 무슨 일인지 알 거야."

"으응?"

"무슨 일인지 모른다면 아무 일도 없다는 거야. 그땐 전해주지 말고 네가 그대로 보관하고 있어. 나중에 내가 다시 돌려달라고 할 테니까."

"꼭 선문답 같네."

"어쨌든 넌 열어보지 마. 절대로."

"알겠습니다."

그러고는 봉투를 가방 안에 집어넣었다.

"읽어봤다간 나한테 죽을 줄 알아."

나는 조폭 똘마니처럼 으름장을 놓고 자리에서 일어났다.

봉투 안에는 유서가 들어 있다. 만일의 경우를 대비해 부모님 앞으로 써두었다.

결국 나는 평범한 환경에서 곱게 자란 응석받이다. 그걸 자각하는 만큼 아직은 괜찮다며 당치도 않은 자기 분석에 도취해 있는 철부지였다.

그리고 도시마카이 조직의 일원이 되었다. 아야노에게 유서를 맡긴 다음날 밤의 일이다.

도시마카이의 다나베 겐타가 혼자 긴자의 뒷골목을 걷고 있는데, 갑자기 누군가가 목에 칼을 들이대고 날개꺾기로 몸을 조이며 그를 빌딩과 빌딩 사이의 좁은 통로로 데리고 들어갔다. 상대는 두 명인 데다가 다들 프로레슬러 같은 체격이었기에 겐타는 아무런 저항도 하지 못했다. 그 순간 늠름하게 등장하는 나. 복면의 2인조를 후려치고 차고 조이고 내던지자 2인조는 '어디 두고 보자'라는 대사를 남기고 도망쳐버렸다.

촌스러운 구닥다리 연극이다. 하지만 나를 바라보는 겐타의 눈빛은 반짝반짝 빛났다. 내가 지방에서 무작정 상경해 먹고 잘 곳이 마땅치 않다며 일자리를 얻을 수 없겠느냐고 하자 흔쾌히 승낙하고 '형님'에게 데려가 주었다. 그런 경위로 도시마카이에 몸담게 되었다. 아직은 정식으로 술잔을 받지 못했으므로 견습생 같은 처지지만, 어쨌든 조직원 명부의 말단에 이름을 올리는 데는 성공했다.

다나베 겐타는 나와 똑같은 열아홉 살로, 도시마카이 조직에서는 말단 중의 말단이다. 이 녀석하고는 이미 의형제의 잔을 나누었다. 절반씩이 아닌 6 대 4, 즉 겐타가 술잔의 10분의 6을 비우고 나머지 10분의 4를 내가 마셨다. 이는 내 지위가 10분의 2만큼 낮은 것을 뜻하므로 나는 그를 형님이라고 불러야 한다. 위험에서 구해준 쪽이 아우라는 게 납득하기 어려웠지만, 정말로 구해준 게 아니므로 그냥 넘어가기로 했다.

녀석이 나를 소개한 형님은 마쓰나가 리키라고 한다. 나이는 20대 후반으로, 평조직원의 정점에 서 있다. 간부들의 회합에도 불려나가고 있으니 조만간에 간부로 발탁될 것 같다.

그리고 내게 잠자리를 제공해준 이는 세라 모토테루다. 마쓰나가 형님에게 허락을 받고 도시마카이의 트럭 짐칸에서 기거하고 있는데, 그런 내가 불쌍히 보였는지 잠자리를 제공하겠다며 자기 집으로 데려갔다.

세라의 직위는 마쓰나가와 겐타의 중간쯤이고 나이는 스물 서넛. 갸름한 얼굴에 가늘게 째진 눈, 오뚝한 코와 도톰한 입술, 이마에 늘어뜨린 한 가닥의 머리 등 야쿠자라기보다는 배우를 연상케 하는 생김새라 남자도 매료될 것만 같은 사내다. 하지만 말수가 적고 좀처럼 웃음을 보이지 않아 속내를 알 수 없는, 왠지 쉽게 다가가기 어려운 타입이다. 아니, 때로는 섬뜩한 느낌마저 든다. 단둘이 있을 때 시간이나 때울 요량으로 농담이라도 건네면 말없이 칼로 푹 찌를 것 같은 그런 이미지다. 야히로 조직의 야마기시와는 다른 의미에서 나로서는 상대하기 까다로운 타입이었다.

집에 따라가 보니 내 상식으로는 이해하기 어려운 일이 기다리고 있었다. 그의 집은 메구로의 후도손 절과 가까운 오래된 목조 단층 건물인데, 집에 여자가 있었다. 그의 정부였다. 약간 좁기는 하지만 방이

세 개였기에 달랑 몸뚱이만 들어갈 공간은 있었다. 그런데 여자와 단둘이 지내는 집에 과연 다른 젊은 남자를 끌어들이고 싶을까. 두 사람이 노부부라면 얘기는 다르겠지만.

게다가 그곳에서 생활한 지 얼마 뒤에 알게 된 일인데, 그 집은 세라가 빌린 게 아니었다. 그의 정부가 빌린 집이었다. 여자 집에 얹혀사는 그가 여자와는 아무런 연고도 없는 인간을 그녀와 의논하지도 않고 끌어들인 것이다. 그곳으로 나를 데려간 남자나, 그런 상황을 담담히 받아들이는 여자나 내 상식으로는 도무지 이해할 수가 없었다.

여자는 자신을 에바타 교라고 소개했다. 나이는 세라보다 대여섯 살쯤 많아 보였다. 하지만 누군가를 돌봐주고 싶어 하는 여장부 스타일은 아니었다. 목소리는 작고, 꼬박꼬박 존댓말을 쓰며, 태도는 조심스럽고, 술 한 잔만 먹어도 얼굴이 빨개진다. 화장도 짙지 않고, 옷도 수수한 색을 즐겨 입는다. 직장도 술집이 아니라 시부야에서 사무직으로 일하는 건전한 여성이다. 그런 여자가 야쿠자의 말에 고분고분하는 모습을 볼 때면 혹시 빚을 진 게 아닐까 하는 생각이 들기도 한다.

놀랄 일은 거기서 멈추지 않았다. 내가 방문 하나를 사이에 두고 자고 있는데도 태연히 그 짓을 벌인다. 잠깐 산책이나 하고 오라며 내보내는 것도 아니다. 여자는 신음소리를 낮추려는 기색도 없다. 어쩌면 그들은 나를 사람으로 생각지 않는 것인지도 모른다. 개나 고양이를 키우는 것쯤으로 생각하는 걸까.

하지만 나로서는 상당히 신경에 거슬린다. 일단 그 짓이 시작되면 밖으로 나가기도 멋쩍어, 결국 잠든 척하며 속으로 몸부림칠 수밖에 없다. 이곳보다는 오히려 트럭의 짐칸이 더 편한 잠자리였던 것 같다.

조직에서 내가 하는 일이란 사무실 청소하기, 보스의 승용차 세차하기, 트럭 화물 나르기, 불단에 제물 올리기, 차 끓이기, 담배 심부름 등이다. 이제 겨우 아케치 탐정사무소의 잡일 담당에서 벗어나는가 싶었는데 처음부터 다시 시작이다. 특히 청소에 관해서는 상당히 까다로워, 손톱만한 먼지덩어리라도 나뒹굴면 가차 없이 주먹이 날아든다. 하지만 나는 이를 악물고 꾹꾹 참았다.

나는 야쿠자가 되기 위해 이 조직에 들어온 게 아니다. 본래의 목적은 한시도 잊은 적이 없다. 탐문조사는 생선과 마찬가지로 신선도가 생명이다. 시간이 지나면 기억이 흐려져 진술도 부정확해진다.

하지만 무슨 일이든 타이밍이라는 게 있다. 우선은 윗사람에게 신용을 얻는 게 중요하다. 아직 얼굴도 이름도 제대로 알리지 못한 상황에서 대뜸 9월 9일 오후 11시경에 어디에 있었느냐, 야히로 조직의 혼마를 알고 있느냐고 묻는다면 되레 내게 따지고 들 게 뻔하다. 야마기시도 내게 말했다. 일주일 만에 결과가 나오리라곤 기대하지 않으니 올해 안에 끝내겠다는 생각으로 천천히 조사하라고.

나는 매일 아침 7시에 메구로의 숙소에서 나와 밤 8시나 9시까지 신바시의 사무실을 지키며 의욕적인 모습을 어필했다. 손님으로 출입하는 자들과 우호 관계에 있는 다른 조직에서 심부름을 온 자들에게도 적극적으로 내 얼굴을 알렸다. 그 결과 모두들 고양이를 부르듯 나를 "토라, 토라"라고 부르며 귀여워하게 되었다.

자이언트가 멋지게 국내 최고의 팀이 된 10월경에는 도시마카이의 조직도가 머릿속에 주입되었고, 조직원의 성격이나 습관도 상당 부분 파악할 수 있었다. 몇몇 조직원들에게는 9월 9일의 알리바이도 확인할 수 있었다.

하지만 그때까지도 세라에 대해서는 아무것도 알 수 없었다. 말수가 적은 것이나 질문을 던지기 어려운 분위기가 처음 만났을 때와 똑같아 가까이 접근하기가 쉽지 않았다.

그 조직에 들어가면서 알게 된 사실인데, 야쿠자라는 족속은 자기현시욕 덩어리다. 불행한 성장과정을 비롯해 처음으로 사람을 찔렀던 일, 교도소에서 고생했던 일 등등 하나를 물으면 열 가지 스무 가지를 알려준다. 초면인 간부들도 맞장구만 잘 쳐주면 기다렸다는 듯이 자신의 무용담 두세 가지를 늘어놓는다. 그런데 세라에게만은 그런 맞장구가 통하지 않았다. 마음의 문을 자물쇠로 굳게 닫아버린 느낌이다.

물론 낮이든 밤이든 얼굴을 맞대고 있으므로 몇 가지 눈에 띄는 점도 있다. 아무래도 다른 여자가 있는 것 같다. 일주일에 한 번쯤은 오밤중에 훌쩍 나가 아침까지 돌아오지 않는다. 술이나 마작도 생각해볼 수 있지만, 에바타의 행동을 보면 단지 놀러 나가는 것만은 아닌 것 같다. 세라가 밖으로 나가기만 하면 그녀는 이내 우울해한다. 그리고 트럼프를 하자는 둥 야식을 만들자는 둥 갑자기 말이 많아진다. 슬픔과 불쾌감을 달래려고 애완동물에게 말을 걸고 있는 게 분명하다.

폭력성도 엿볼 수 있었다. 그는 평소에 말이 없을 뿐만 아니라 함부로 주먹을 휘두르지도 않는다. 다른 형님들은 부하의 태도가 마음에 안 들면 곧바로 주먹을 날리고 어깨를 스친 행인에게 시비도 걸지만, 세라는 절대 그런 일이 없다. 하지만 밤만 되면 그는 종종 이빨을 드러내곤 한다. 정부의 뺨에 손바닥을 날리고 발로 어깻죽지를 걷어차는가 하면, 담뱃불로 손등을 지지기도 한다. 내가 있어도 아랑곳하지 않는다.

그 이유는 아마도 된장국이 짜다든지 갈아입을 옷을 준비하지 않았기 때문이 아닐까 싶다. 아마도, 라는 말을 붙인 것은 그가 아무 말도 없이 불시에 폭력을 휘두르기 때문이다. 폭력을 휘두른 뒤에도 아무런 설명이 없다. 아무 일도 없었다는 듯 평상시의 무표정한 얼굴로 돌아가 묵묵히 젓가락질을 한다. 위협하거나 소리를 지르는 것보다 감정을 드러내지 않는 게 훨씬 더 무섭다는 것을 그때 비로소 알게 되었다. 한편 얻어맞은 쪽은 어떤가 하면, 잠시 몸을 웅크리고 가만히 있다가 미안해요, 라며 고개를 숙이고 그것으로 끝이다.

에도가와 란포의 소설에는 종종 마르키 드 사드*의 사상을 이어받은 잔학한 색정가가 등장한다. 상처나 멍이 생길 정도의 육체적 고통에서 희열을 느끼는 피학성애자도 등장한다. 세라와 에바타는 SM** 커플인가? 사실 남이 옆에 있는데 그 짓을 하는 것도 정상적으로 보이지는 않는다. 그러나 방문 저편에서 새어나오는 소리를 들어보면 에바타가 얻어맞거나 묶이는 것 같지는 않다. 그렇다면 세라가 그녀에게 행한 짓은 단순한 학대가 아닌가.

세라가 또다시 말없이 나가버린 어느 날 밤, 형님도 좀 너무하네요, 라며 그녀에게 넌지시 말을 건 적이 있다. 공짜로 살게 하고, 밥도 지어주고, 빨래까지 해주는데도 바람을 피우고 폭력을 휘두른다. 이런 불합리한 일이 어디 있겠는가. 게다가 에바타는 돈까지 뜯기고 있다. 세라는 걸핏하면 아주 당연한 듯이 그녀의 지갑에서 돈을 빼간다. 아마 그 돈으로 다른 여자에게 밥도 사주고 옷도 사줄 것이다. 옆에서 지켜보는 내가 그렇게 생각할 정도니 당사자인 그녀의 심정이야 오죽

* Marquis de Sade, 프랑스 소설가.

** 사디즘과 마조히즘.

하겠는가.

그런데도 그녀는 괜찮아요, 그 사람은 아직 철부지라서 그래요, 라며 미소 짓는다.

연상의 여인은 세라의 비뚤어진 모습에서 모성본능을 느끼는 걸까. 그렇게 직접적으로 물을 수는 없기에 두 사람은 어떻게 만난 거냐고 물었다. 그러자 그녀는 힘없이 웃으며 요코하마에서 처음 만났다고만 대답할 뿐, 더는 말하려고 하지 않는다. 다만 그때의 넋을 잃은 듯한 표정으로 보건대, 야쿠자 사내에게 거부감을 느끼는 것 같지는 않았다.

사랑의 형태는 다양하다. 남자와 여자의 관계는 논리적으로 설명하기 어려운 법이다. 하지만 열아홉 살 꼬맹이는 그것을 이해할 만큼 똑똑하지 못했다.

10월도 막바지에 다다를 즈음 나도 조금은 야쿠자다운 일을 맡게 되었다.

조직의 세력권에 있는 음식점을 돌며 보호비를 거둬들이는 일이다. 하지만 나는 아직 금붕어 똥처럼 형님들이 거둬들이는 것을 뒤에서 바라보고 있을 뿐이다. 물론 보호비를 내지 않으려는 가게 주인이 있을 때는 매섭게 노려보거나 소리치거나 쓰레기통을 걷어차기도 한다.

그리고 또 한 가지, 각성제를 운반하는 일도 맡게 되었다. 시바우라와 요코하마의 브로커에게 가루약을 사들여 도내 각지의 거래처에 배달한다. 하지만 이 역시 나 혼자 하는 일은 아니다. 나는 단지 형님들을 돕는 역할일 뿐이다.

도시마카이도 야히로 조직과 마찬가지로 각성제 밀매에 주력하고 있다. 이윤이 크기 때문이다. 일단 약에 중독된 인간은 끊임없이 약을 찾으므로 아무리 가격을 올려도 물건은 팔린다. 꾸역꾸역 보호비를 걷는 것보다는 훨씬 더 효율적으로 돈을 벌 수 있다. 그 때문에 야히로 조직이 그랬던 것처럼 도시마카이도 자신들의 구역 밖에서까지 물건을 팔아댔다. 그리고 사건은 다른 조직의 세력권에서 일어났다. 11월 5일의 일이다.

그날 나는 세라 형님과 겐타의 뒤를 쫓아다니며 트럭으로 약을 배달하고 있었다. 조직의 트럭은 소형으로 좌석에 세 명이 앉을 수 없기 때문에 한 명은 짐칸에 타고 이동했다. 당연히 말단인 내가 짐칸을 차지했다. 납품처에 도착하면 두 명은 약을 들고 가고, 한 명은 차에 남는다. 차에 아무도 없으면 이제껏 수금한 돈과 남은 물건들을 도둑맞을 염려가 있기 때문이다. 세 명이 교대로 돌아가면서 차에 남았다.

사건은 아카사카의 골목에서 일어났다. S라는 클럽에 배달하기 위해 소토보리 거리에 차를 세우고, 세라와 겐타가 클럽 쪽으로 걸어갔다. S는 빌딩의 1층부터 3층까지 전부 사용하는 도쿄에서 손꼽히는 클럽으로 손님에게 직접 약을 팔고 있다. 도시마카이에서 다섯 손가락 안에 드는 단골 거래처다.

형님들이 차에서 내리자 나는 짐칸에서 운전석으로 자리를 이동해, 어깨 너머로 배운 조작법을 떠올리며 변속 레버도 움직여보고 액셀 페달도 밟아보았다. 각성제를 배달하기 시작한 뒤로 직접 운전해보고 싶은 욕구가 나날이 커졌다. 시간 여유가 생기면 면허를 취득하겠다는 생각도 갖고 있었다. 그러려면 하루라도 빨리 이 조사를 끝내야겠지만.

전방에서 하얀 빛이 다가오더니 내가 타고 있는 낡은 트럭 옆을 지나 다메이케 방면으로 달려간다. 후방에서 달려온 차는 미등의 빨간 불빛을 길게 끌며 미쓰케 교차로 쪽으로 사라진다. 옆쪽 보도에서는 양복 차림의 사내들이 아카사카 미쓰케 지하철역으로 잇따라 빨려 들어간다. 귀가를 서두르는 그들을 유혹하듯 거리 쪽의 건물 벽에서 빨간색과 파란색 네온이 깜박이고 있다. 그런 시각이다.

"젠장!"

조수석 문이 불쑥 열렸다. 겐타였다. 나는 황급히 시동을 껐다. 클러치 조작법을 연습하고 있던 참이었다.

"무슨 일입니까?"

함부로 운전석에 앉은 내 행동을 얼버무리려고 물은 것은 아니다. 겐타가 오른쪽 눈을 손으로 누르고 있었기 때문이다. 왼손은 복부를 감싼 채 괴로운 듯이 몸을 구부리고 있다.

"젠장!"

그는 아무런 대꾸도 없이 조수석 앞의 글로브 박스를 열었다. 박스 안을 휘젓더니 안쪽에서 검게 빛나는 물건 하나를 꺼낸다. 그것을 윗옷 안에 쑤셔 넣고 다시 밖으로 나간다. 그리고 인파의 흐름을 헤치며 보도를 걸어가 이내 골목으로 모습을 감춘다.

나는 황급히 차에서 내려 그를 뒤쫓아 갔다. 그가 갖고 간 것은 권총이었다.

골목 안의 첫 번째 길모퉁이 앞에 겐타와 세라가 있었다.

"놈들은요?"

웃옷 안에 한 손을 찔러 넣은 채 겐타가 물었다.

"도망쳤어."

세라는 고개를 가로젓는다.

"형님, 무슨 일입니까?"

내가 낮은 목소리로 물었다.

어찌된 일인지 세라도 허리를 구부리고 한 손으로 배를 감싸고 있다. 다른 한 손은 심한 두통을 앓는 사람처럼 이마에 갖다 대고 있다.

"어이, 여기서 뭐해?"

세라가 나를 보며 눈을 부라렸다. 세라의 이마에 3센티미터 정도의 혹이 나 있다.

"겐타 형님의 행동이 심상치 않아서 무슨 일인가 하고……."

"어서 돌아가!"

나는 세라의 호령에 움찔해 몸을 움츠렸다.

"이 멍청아, 차를 비우면 어떡해!"

겐타가 표정을 일그러뜨리며 다시 큰길 쪽으로 달려간다. 영문은 알 수 없지만, 나도 그를 뒤따라 달려갔다.

트럭으로 돌아온 겐타는 천막을 걷고 짐칸으로 뛰어올랐다. 나는 그제야 이상을 감지했다. 짐칸에 쌓여 있던 골판지 상자 더미가 무너져 있고, 개중에는 덮개가 열린 것도 있다. 상자를 일일이 살펴보던 겐타가 이내 "제기랄!" 하고 소리치고는 짐칸에서 내려와 내 멱살을 잡았다.

"네가 차를 비우니까 약을 훔쳐갔잖아!"

"네?"

이해될 것 같으면서 여전히 뭐가 뭔지 종잡을 수 없었다. 겐타가 멱살을 잡고 흔드는 대로 내 고개도 앞뒤로 흔들렸다. 그의 오른쪽 눈은 검푸르게 부어올라 있었다.

"어떻게 됐어?"

세라가 다가오고 나서야 겐타는 내 멱살을 놓아주었다.

"전부 가져갔습니다."

겐타가 밀치는 바람에 나는 짐칸 가장자리에 허리를 세게 부딪쳤다.

"돈은?"

"토라, 돈은?"

겐타가 또 멱살을 잡는다. 나는 신음소리를 내며 점퍼 안으로 손을 집어넣어 갈색 돈주머니를 꺼냈다.

"돈은 무사하군. 돌아가자."

세라는 돈주머니를 빼어들고 조수석에 올라탔다. 겐타도 내 멱살을 놓고 운전석에 올라탄다. 시동을 거는가 싶더니 이내 차가 출발한다. 나는 허둥지둥 짐칸에 올라탔다.

우리는 곧장 도시마카이의 사무실이 있는 신바시로 돌아갔다. 주차장에서 사무실까지 걸어가는 동안 두 사람은 말없이 각자 손으로 얼굴을 누르고 있었다.

젊은 조직원들의 대기실에 들어서자 세라가 갑자기 허리를 굽혔다.

"형님, 면목 없습니다."

똘마니들과 주사위 게임을 하고 있던 마쓰나가가 주사위를 흔들던 손을 멈추었다.

"죄송합니다. 실수를 저질렀습니다."

세라는 다시 한 번 사과하며 그 자리에서 무릎을 꿇고 이마를 바닥에 댔다. 곧바로 겐타도 무릎을 꿇고 엎드린다. 나도 영문은 알 수 없지만 두 사람을 따라 엎드렸다.

"무슨 일이야?"

마쓰나가 형님이 가까이 다가온다.

"물건을 빼겼습니다."

세라가 대답했다.

"뭐야? 그게 무슨 말이야?"

"누군가에게 습격을 당해 약을 뺏겼습니다. 면목 없습니다."

"습격을 당했다고? 대체 어떻게 된 거야? 어이, 고개 들어. 어? 그 꼴이 뭐야, 너희들?"

두 사람의 얼굴에 난 상처를 보고 마쓰나가가 놀란 목소리로 물었다.

"아카사카의 S 클럽에 물건을 배달하고 있었는데……."

두 사람이 설명한 바에 따르면, S 클럽의 뒷문을 향해 골목을 걸어가는데 느닷없이 좌우에서 서너 명이 튀어나왔다고 한다. 세라는 야구 방망이 같은 것으로 머리를 얻어맞고, 겐타는 주먹으로 얼굴을 얻어맞아 정신이 없는 틈에 놈들은 각성제가 든 골판지 상자를 가로챘다. 이미 날이 저물어서 습격한 자들의 얼굴은 확인할 수 없었다. 아무 말도 없이 덮쳤기 때문에 목소리나 말투도 알 수 없었다. 겐타는 그들과 맞서 싸우려고 트럭에서 권총을 갖고 갔지만, 벌써 놈들은 어디론가 사라져버렸다.

얘기를 듣다 보니 문득 뭔가가 떠올랐다. 상황이 야히로 조직의 혼마가 습격당했을 때와 상당히 비슷했다.

"토라는 뭐 본 거 없어?"

마쓰나가는 내게 물었다.

"골목에서 큰길로 나온 사람은 없었습니다."

이렇게 대답하기는 했지만, 사실 운전 연습에 열중하느라 골목 쪽에는 거의 신경을 쓰지 못했다.

"이 녀석이 차를 비우는 바람에 짐칸에 쌓아둔 약까지 뺏기고 말았습니다."

겐타에게 살짝 뒤통수를 얻어맞은 나는 죄송합니다, 라며 바닥에 머리를 조아렸다.

"시오타 조직의 짓이 아닐까요?"

주위를 에워싼 젊은 조직원들 중 하나가 말했다. 시오타 조직은 아카사카의 그 부근을 장악하고 있는 야쿠자 조직이다.

"본때를 보여주자고."

누군가 이렇게 말하자 몇몇 혈기 왕성한 조직원들은 험악한 말들을 내뱉으며 품에서 비수를 꺼내들었다.

"조용히 해."

마쓰나가가 손을 들어 그들을 제압한다.

"경솔하게 굴지 마라."

"하지만 마쓰나가 형님, 세라 형님이 이렇게 당했는데……"

"아직 시오타의 짓이라고 확신하긴 일러."

"시오타 조직이 틀림없습니다."

"섣불리 행동했다가 전쟁으로 번지기라도 하면 경찰까지 나서서 우릴 무너뜨릴걸."

"하지만……."

"잘 들어, 내 허락 없이는 절대 움직이지 마라. 멋대로 행동하는 녀석은 그날로 끝장이다. 알겠지?"

분한 마음을 삭히지 못한 젊은 조직원들은 마쓰나가가 간부들과 의논하려고 밖으로 나가자 노골적으로 불만을 터뜨리기도 했다. 하지만 나는 내심 안도의 한숨을 내쉬었다. 싸움을 벌인다면 당연히 나도 따라갈 수밖에 없다. 스무 살을 눈앞에 두고 지는 꽃잎처럼 덧없이 목숨을 날리고 싶지는 않다.

중간 보스나 다른 간부들도 대개 신중하자는 의견이었기에 결국 시오타 조직의 움직임을 좀더 지켜보기로 했다. 도시마카이도 야히로 조직처럼 근대적인 야쿠자를 지향하는 것 같다.

나는 세라 형님과 함께 메구로의 숙소로 돌아왔다. 야마노테선 전철 안에서도, 전철역에서 집까지 걸어가는 동안에도 세라는 한마디도 하지 않았다. 그거야 평상시에도 마찬가지였지만, 상황이 상황인 만큼 이날은 특히 더 숨이 막히는 듯했다.

현관으로 나온 에바타는 세라의 이마에 커다란 습포가 붙은 것을 보자 어머, 하며 손으로 입을 가렸다.

"싸웠어요?"

세라는 들은 척도 안 하고 집으로 들어갔다.

"아프지 않아요?"

웃옷을 벗어던진다.

"피는 나지 않아요?"

셔츠의 단추를 푼다.

"좀 누울래요? 이불 깔까요?"

바지를 벗고 중얼거리듯 말했다.

"나가."

"식사는 어떡할래요?"

"나가라니까!"

세라는 눈을 부릅뜨고 버럭 소리를 질렀다. 깜짝 놀란 에바타가 비틀거리며 물러나다가 문지방에 엉덩방아를 찧었다. 세라는 그녀에게 성큼성큼 다가가 손을 내밀었다. 하지만 그것은 도움의 손길이 아니었다.

"나가! 이 집에서 당장 나가란 말이야!"

그는 에바타를 일으켜 세우는가 싶더니 현관 쪽으로 냅다 떠밀었다. 에바타가 현관문까지 힘없이 밀려나면서 헐거운 창문이 드르르 흔들렸다.

"들어오지 마!"

그가 힘껏 방문을 닫자 지진이 일어난 듯 또다시 집이 흔들렸다.

에바타는 비틀비틀 일어나 그대로 샌들을 질질 끌며 밖으로 나갔다. 나는 현관 안쪽에 멍하니 서서 열린 현관문과 닫힌 방문을 번갈아 쳐다보며 어쩔 줄을 몰랐다.

"토라."

방문 저편에서 목소리가 들렸다. 한마디뿐이었지만 나는 그의 의도를 알아챘다. 곧바로 신발을 신고 밖으로 나갔다.

에바타가 골목 입구에 우두커니 서 있다. 전봇대에 몸을 기댄 채 한쪽 발을 약간 들고, 샌들을 앞뒤로 흔들고 있다.

"저도 쫓겨났습니다."

나는 머리를 긁적거렸다. 그녀는 고개를 끄덕이더니 이번에는 반대쪽 샌들을 흔든다. 뭔가 말을 걸어야 하는 건가, 아니면 그냥 자리를 비켜줘야 하는 건가. 나는 어떻게 해야 할지 몰라 그저 발밑의 돌멩이들만 이쪽저쪽으로 걷어찼다.

잠시 후에 그녀가 문득 생각난 듯이 말했다.

"배고프죠?"

"아, 네."

"저이도 밥이나 먹은 뒤에 저랬으면 좋았을 텐데."

"오늘은 형님한테 좀 언짢은 일이 생겨서……."

"무슨 일인데요?"

나는 약간 머뭇거리다가 아카사카에서 있었던 일을 얘기해주었다.

"그랬군요. 항상 당하기만 하는 자신한테 화가 난 거군요."

그녀는 납득한 듯이 고개를 끄덕였다.

"하지만 누님한테 화를 낼 것까진 없는데요."

꼭 히스테리 부리는 것 같다고 덧붙이려다가 꾹 참았다.

"나한테 화를 내고 마음이 개운해진다면 그나마 다행스러운 일이죠. 바깥에서 날뛰다간 목숨이 몇 개라도 모자랄 테니까요."

"하지만……."

"나 같은 사람도 누군가에게 도움이 된다고 생각하면 세상에 태어난 보람을 느껴요."

그러면서 가슴 앞에 손을 모으고 밤하늘을 올려다본다. 여전히 내가 이해하기 어려운 말을 하고 있다.

"그런데 정말 난처하네요. 지금 상황에선 밥을 먹으러 들어갈 수도 없고. 지갑을 두고 나와서 밖에서 사먹을 수도 없고."

그녀는 다시 나를 쳐다보며 고개를 움츠렸다.

"돈이라면 저한테 있습니다."

나는 바지 주머니에서 지갑을 꺼내 열 몇 장의 지폐를 보여주었다. 그저께 보스의 차를 닦았을 때 용돈을 두둑이 받았다.

"그럼 빌리는 걸로 할게요."

"제가 사드리겠습니다."

"어머, 이거 너무 건방진데요."

그녀의 거침없는 말투에 나는 한방 맞는 시늉을 한다.

우리는 메구로역 근처의 다 쓰러져가는 선술집에 들어갔다. 싸구려 술 탓인지, 피곤한 탓인지, 아니면 세라가 마음에 걸렸기 때문인지 에바타는 금방 술에 취해 혀가 꼬부라졌다. 그녀는 옆자리 손님에게 시비도 걸고, 깔깔거리며 웃기도 하고, 흐느껴 울기도 하면서 좁은 가게 안에서 사람들의 이목을 끌었다. 그래도 형님이 깨어 있는 동안에는 돌아갈 수가 없어, 나는 주위 사람들에게 연거푸 굽실굽실 머리를 숙이며 영업이 끝날 때까지 계속 죽치고 있었다.

가게에서 나온 것은 11시가 넘어서다. 몸을 가누기도 어려워하는 에바타에게 어깨를 빌려주고 둘이서 불빛이 내려앉은 상점가를 걸었다.

"토라는 정말 다정하네요."

그녀는 상점가 전체에 울릴 만큼 큰소리로 말했다.

"그렇지도 않습니다."

나는 작은 목소리로 대꾸했다.

"세라는 이제껏 한 번도 이렇게 해준 적이 없어요."

"형님은 사나이니까요."

"세라하고 헤어지고 토라하고 같이 살까."

에바타가 갑자기 몸을 틀어 나를 끌어안았다. 술과 비누와 여자의 체취가 뒤섞인 달콤한 향기가 콧속 가득히 퍼졌다.

"누님, 이러면 안 됩니다."

나는 에바타를 밀쳐냈다. 그녀가 낮은 비명소리를 내며 옆으로 쓰러진다.

"괜찮습니까?"

황급히 다가가 일으켜 세웠다.

"토라도 세라하고 똑같네. 난폭한 거 말이야."

"죄송합니다."

그녀가 부루퉁한 얼굴로 옷을 털면서 일어선다. 그러다가 아야야, 하며 다시 주저앉아 자기 발목을 꾹꾹 누른다.

"발목을 삔 겁니까?"

나는 또 당황하며 그녀 옆에 웅크리고 앉았다.

"못 걷겠어요."

"죄송합니다."

"걷지 못한다니까요."

"병원을 찾아볼까요?"

나는 자리에서 일어나 좌우로 두리번거렸다.

"업어줘요."

그와 동시에 갑자기 등이 묵직해졌다.

머리가 핑 도는 듯했다. 귓가에 뜨거운 입김이 전해지고, 등에 풍만한 가슴이 닿는다. 나는 그녀가 떨어지지 않도록 손으로 궁둥이를 떠받쳤다.

"병원으로 가겠습니까?"

나는 애써 아무 생각도 하지 않으려고 했다. 형님의 여자에게 손을 댔다간 손가락이 잘릴 각오를 해야 한다.

"괜찮아요."

"저기 약국이 있는데, 문을 두드려서 깨울까요?"

"좀더 마실 수 있는 가게 없나요?"

"술은 이제 그만하시죠. 물 좀 마시겠습니까?"

"토라는 등이 넓네요."

"형님은 이제 잠들었을까요?"

"그건 내 알 바 아녜요."

그러면서 내 볼을 살짝 꼬집는다.

"제가 살펴보고 올 테니까 저 공원에서 잠시만 기다려주십시오."

"추워요."

"죄송합니다. 제가 좀 둔해서."

나는 에바타를 등에서 내려놓고 점퍼를 벗어 그녀에게 주었다.

"그런 집엔 돌아가지 않을래요."

그녀가 점퍼를 내던지고 맨발로 달리기 시작했다. 나는 옷과 샌들을 주워들고 그녀를 뒤쫓았다. 그녀는 첫 번째 골목으로 돌아가 다음 모퉁이의 널담 안으로 뛰어들었다. 나는 흠칫 걸음을 멈췄다.

에바타가 들어간 곳은 커플이 함께 들어가는 전통 여관이었다.

하지만 다행인지 불행인지 우려하던 일은 일어나지 않았다. 달리면서 취기가 올랐는지 그녀는 방에 들어서자마자 곧바로 이불에 쓰러져 잠들어버렸다. 나는 그녀에게 이불을 덮어준 뒤 벽 쪽에 방석을 늘어놓고 그 위에 누웠다.

머릿속에 갖가지 상념이 소용돌이쳐 도무지 잠을 이룰 수가 없다. 나 혼자 다른 곳에서 잘 생각도 했지만, 딱히 갈 곳이 없다. 부모님이 있는 집으로 돌아갈 수는 없다. 아케치 탐정사무소로 돌아갈 수도 없다. 같은 빌딩에 야히로 조직이 있기 때문이다. 그곳에 드나들다가 도시마카이와 관련된 자의 눈에 띄면 의심받을 게 뻔하다. 이 당시에는 아직 모르는 사이였으므로 기요시나 아이코에게 부탁할 수도 없다. 수중에는 이곳의 숙박요금을 지불할 돈밖에 없어 다른 여관에서 묵을 수도 없다. 가을이 깊어진 이 계절에는 바깥에서 잠자기도 만만치 않다.

어딘가 갈 곳이 없을까 하고 생각하는 한편, 조금 전의 냄새와 촉감을 떠올리며 번민하고 있는데 토라, 토라, 하고 내 이름을 부르는 소리가 들렸다. 고개를 들어보니 에바타가 이불에서 몸을 일으켜 세우고 있다. 이상한 생각이 들지 않도록 불을 켜놓은 상태였다.

"물 좀 줄래요?"

나는 컵에 수돗물을 따라 그녀에게 건네주었다. 그녀는 물을 단숨에 들이켜고는 다시 이불에 푹 쓰러졌다. 나도 방석 위에 누워 에바타를 등지고 새우처럼 몸을 웅크렸다.

잠시 후에 목소리가 들렸다.

"토라, 깨어 있어요?"

"네."

내가 대꾸했지만 그녀는 뒷말을 잇지 않는다.

"불을 꺼드릴까요?"

몸을 등진 채 낮은 목소리로 물었다.

"미안해요."

"네?"

"불편을 끼쳐서."

"아뇨, 별말씀을."

에바타가 아무 말도 하지 않자 대화가 끊겼다.

얼마 후 다시 목소리가 들렸다.

"나를 어떻게 생각해요?"

그 말을 듣자 가슴이 뛰고 온몸이 뜨겁게 달아올랐다. 하지만 내가 상상한 그런 의미가 아니었다.

"세라 같은 남자와 함께 사는 걸 보고 이상한 여자라고 생각하겠죠?"

"아뇨, 그렇지 않아요."

"난 전에 요코하마에 있었어요. 밤에 일을 나갔죠. 천한 여자라고 생각하죠?"

"아뇨, 그럴 리가요."

술집에 나갔던 거라고만 생각했다. 하지만 다음의 한마디는 예상 밖이었다.

"요코하마의 고가네초."

"네?"

나도 모르게 놀란 목소리가 튀어나왔다. 고가네초는 요코하마에서 가장 유명한 홍등가다. 남자가 여자를 돈으로 사는 곳이다. 최근에 약을 구매하러 요코하마에 가게 되면서 그런 거리가 있다는 것을 알았다.

"세라는 거기에 손님으로 왔어요. 처음엔 나 따윈 안중에도 없었죠. 좋아하던 아가씨가 쉬는 날이라 우연히 내가 상대하게 된 것뿐이었어요. 근데 처음에 보고 마음에 들었던지 그 후로 두 번쯤 더 찾아오더군요. 이불엔 들어가지 않고 그냥 술만 마시다가 돌아간 적도 있어요."

"누님, 그만 주무세요."

그러나 그녀는 이야기를 멈추지 않는다.

"반년쯤 지난 어느 날 세라가 말했어요. 이런 일은 그만두라고. 나도 그런 일은 하기 싫었지만, 돈도 필요하고 가게와 계약한 것도 있으니 어쩔 수가 없었죠. 그래서 생각해보겠다며 웃어넘겼는데, 막무가내로 오늘 당장 그만두라는 거예요. 아니, 말만 그랬던 게 아니라 본인이 나서서 내 짐을 꾸리기 시작했어요. 그래서 얼떨결에 같이 짐을 싸 그와 함께 가게 뒷문으로 도망쳤죠. 들키면 큰일이라는 생각에 겁도

났지만, 내일부터는 새로운 인생을 시작할 수 있다는 생각에 가슴이 설레기도 했어요. 일종의 모험이었죠. 그가 야쿠자라는 건 알고 있었어요. 등에 문신이 있었으니까요. 하지만 이 사람을 따라가면 뭔가가 바뀔 거라고 생각해 따라나선 거예요.

물론 바뀌긴 했죠. 전혀 예상치 못한 엉뚱한 방향으로 말예요. 이런 저런 말도 없이 다짜고짜 데려가기에 나를 먹여 살릴 거라고 생각했죠. 그런데 그는 거의 무일푼이었어요. 자기 집도 없이 형님이나 아우들의 집을 전전하며 지내고 있다는 거예요. 애초에 무턱대고 따라나서는 게 아니었다고 후회했지만, 이미 때는 늦었죠. 내가 집을 빌리고 그를 들어앉히게 되었어요. 그동안 알뜰하게 모아둔 돈이 있어 그럭저럭 생활할 수는 있었지만, 이건 뭔가 잘못됐어요. 게다가 그는 평범한 직장인이 아니라서 월급을 타는 것도 아니잖아요. 윗사람한테 용돈이나 타는 정도죠. 그러니까 생활비도 제대로 내놓지 않고, 오히려 내 지갑에서 돈을 꺼내가죠. 그동안 모아둔 돈도 금방 바닥이 났어요.

달리 방법이 없어 다시 일을 시작하겠다고 하니까 자기 자신을 소중히 여기라며 화를 내더군요. 몸을 팔겠다는 게 아녜요. 카바레나 요릿집에서 일할 생각이었어요. 그런데도 안 된다기에 내가 말대꾸를 하자 폭력을 휘두르데요. 걸핏하면 조만간 편히 살게 해주겠다고 하지만, 당장 먹고살아야 하는데 어떡하겠어요. 결국 낮에 하는 일이라면 허락하겠다고 해서 지금 다니는 회사에 취직했어요. 근데 말이에요, 자신을 소중히 여기라는 사람이 어떻게 그렇게 나를 두들겨 패고 발로 걷어차는지 모르겠어요. 그 사람은 정말 제정신이 아녜요. 그런 남자와 헤어지지 못하는 나도 정신 나간 여자겠죠?"

"아뇨, 그럴 리가요."

"세라는 말이에요, 누군가가 옆에 없으면 더 엉망이 될 거예요. 완전히 망가질 테죠. 나한테 화풀이해서 그가 더 이상 망가지지만 않는다면……."

갑자기 목소리가 흔들리는가 싶더니 이내 오열을 터뜨렸다. 나는 돌아보고 싶은 마음을 가까스로 꾹 참았다. 돌아보면 그녀 곁으로 빨려들듯 다가가 끌어안을 것만 같았다.

"미안해요, 울어서."

"아뇨, 괜찮습니다."

"세라는 그래 봬도 심성은 착한 사람이에요. 토라를 데려온 것도 잠잘 곳이 마땅치 않다는 걸 알았기 때문이죠. 단지 자신을 표현하는 게 서툴러서……."

어느새 목소리는 쌔근쌔근한 숨소리로 바뀌었다.

그로부터 한 달은 아무 일 없이 지나갔다.

시오타 조직도 별다른 움직임을 보이지 않았고, 도시마카이의 젊은 조직원들도 함부로 행동하지 않았다. S 클럽의 관계자를 다그쳐봤지만, 시오타 조직의 압력은 없었다는 말뿐이었다.

아카사카에서 발생한 사건에 대해서는 아케치 탐정사무소에 전화로 보고했다. 야히로 조직의 혼마가 습격당했을 때와 상황이 비슷해, 두 사건이 뭔가 관계가 있을 거라고 생각했기 때문이다. 소장은 아카사카 사건의 경과에 대해 상세히 보고하라고 지시했다. 또 혼마 사건의 증거를 빨리 찾아내라 독촉하기도 했다. 미쓰오카와 하야시가 벌이는 주변 조사에서는 수상쩍은 인물이 떠오르지 않아 도시마카이에 대한 의구심이 점점 짙어지고 있는 모양이다. 하지만 11월이 지나고 어느덧 정해진 기한인 12월에 들어섰는데도, 나는 아무런 증거도 찾아내지 못했다.

그렇게 아무 일 없이 한 달이 지나가는 동안 나는 갈팡질팡하며 어쩔 줄을 몰랐다. 에바타에 대해 자꾸 의식하게 되어 제대로 얼굴을 쳐다볼 수 없었다. 그날 밤 그녀와는 아무 일도 없었다. 그녀는 아침까지 푹 잤고, 나는 아침까지 방석 위에서 새우처럼 몸을 웅크린 채 여기저기 금이 간 벽만 쳐다보고 있었다. 그리고 따로따로 여관에서 나와 그녀는 집으로 돌아가고 나는 신바시의 사무실로 직행했다. 세라는 더 이상 그녀를 내쫓으려고 하지 않았고, 내게 의심의 눈길을 보내지도 않았다.

하지만 그날 밤 이후로 나는 에바타를 형님의 정부나 얹혀사는 집의 여주인으로 생각할 수 없게 되었다. 조직 사무실에서 청소를 할 때도 보호비를 받으러 돌아다닐 때도 그녀의 부드러운 감촉과 달콤한 향기를 떠올리고 있었다. 요컨대 그녀를 좋아하게 된 것이다. 그런 사실을 깨닫자 세라 형님까지 은근히 의식하게 되었다. 실제로 뒤가 켕길 만한 짓은 아무것도 하지 않았지만, 눈을 맞추지 못하고 있다. 그리고 밤일하는 소리가 들릴 때마다 그전에는 그냥 그러려니 하고 넘어갔지만, 이제는 질투 같은 감정을 느끼게 되었다.

새로운 사건이 일어난 것은 12월 7일이다.

또다시 세라와 겐타가 습격을 당해 운반하던 약을 빼앗겼다.

이번에는 아카사카가 아니라 아사쿠사로, W라는 카바레로 걸어가고 있을 때였다. 세라는 뺨과 손등을 칼에 베이고, 겐타는 얼굴에 여러 차례 펀치 세례를 받았다. 뒤에서 공격했기 때문에 얼굴은 보지 못했다. 일을 처리하는 속도로 보건대 여러 명이었던 것 같다고 한다.

나는 뒤뜰에 세워둔 차에 남아 있어 화를 면할 수 있었다. 하지만 또다시 짐칸의 약을 잃어버리는 실수를 저지르고 말았다. 이번에는 차를 비우지 않았건만, 천막 옆 부분을 찢어 골판지 상자의 내용물을 모조리 빼갔는데도 전혀 눈치채지 못했다. 대체 트럭에 남아서 뭘 했느냐며 겐타에게 실컷 욕을 먹고 양쪽 빰따귀까지 얻어맞았다. 또 운전 연습을 하고 있었으니 변명할 여지도 없었다.

두 번째였기에 도시마카이 조직원들은 다들 격분하며 날뛰었다. 하지만 보복하기 위해 쳐들어가는 일은 벌어지지 않았다. 왜냐하면 습격을 받은 아사쿠사 일대를 관리하는 가네코 조직은 도쿄에서 다섯 손가락 안에 드는 대규모 조직으로, 기세만 믿고 뛰어들었다가는 자칫 우리가 전멸할 수 있기 때문이다. 간부회의에서 내놓은 결론은 앞으로는 트럭에 두세 명 남겨두라는 소극적인 내용이었다.

메구로의 숙소로 돌아가자 세라는 또다시 날뛰었다. 에바타에게 물건을 집어던지고 나를 발로 걷어차 또 밖으로 쫓아냈다. 하지만 이번에는 지난번과 달리 나 혼자 밥을 먹으러 갔다. 오늘도 그녀와 함께 밤을 보낸다면 틀림없이 실수를 저지를 것 같았다.

아케치 탐정사무소에 보고한 뒤 산야*의 간이숙박업소로 걸음을 옮겨 누에시렁 같은 침대에 쓰러져 습격 사건에 대해 이것저것 생각했다.

정말로 가네코 조직의 소행일까. 그런 거대한 조직이 자기 구역을 침범한 다른 조직원들을 내쫓으려고 불시에 뒤에서 기습했단 말인가. 도시마카이 정도의 상대라면 당당하게 우르르 몰려와 다시는 구역

* 山野, 간이 여관이 밀집한 도쿄 지역의 지명.

을 넘보지 말라고 위협하는 편이 효과적이지 않을까. 그럼 가네코 조직 말고 또 누가 있지? W 카바레에서 각성제를 구입하는 손님 중 누군가의 짓인가. 돈이 궁한 몇 명이 결탁해 약을 강탈한 건가. 그렇다면 한 달 전의 사건도 그들의 짓인가? 하지만 납품 일정을 모르고서는 습격할 수 없다. 범인이 시오타 조직이나 가네코 조직이라면 S 클럽이나 W 카바레의 점원을 닦달해 그 일정을 알아낼 수 있겠지만, 약을 구입하는 일반 손님이 그러기는 어렵다. 아니, S 클럽이나 W 카바레에 내통자가 있다면 문제될 게 없다. 혹시 도시마카이 조직에 내통자가 있는 게 아닐까?

이런저런 생각을 하며 쉰내가 나는 모포로 몸을 감싼 채 하룻밤을 보냈다.

그리고 이튿날 메구로의 숙소로 돌아와보니 세라가 죽어 있었다.

세라는 욕실에서 죽어 있었다. 알몸으로 천장을 향한 채 바닥에 쓰러져 있었다. 한쪽 눈은 안구가 튀어나올 정도로 부릅떴고, 다른 쪽 눈은 반쯤 감겼으며, 입술은 고무밴드처럼 일그러지고, 뺨은 바싹 오므라들었다. 고통스러운 듯도 하고 화난 듯도 한, 뭐라고 형언하기 어려운 무시무시한 얼굴이다. 생전의 깔끔한 이미지는 전혀 찾아볼 수 없다. 그도 그럴 게 복부는 십자로 찢어져 지방과 살덩이와 뼈가 고스란히 드러났고, 창자가 밖으로 튀어나와 커다란 구렁이처럼 타일 위에 이리저리 나뒹굴고 있었다.

욕실 입구에 에바타가 있다. 마룻바닥에 아무렇게나 다리를 뻗고 앉아 있다. 고개는 힘없이 앞으로 숙이고 양팔은 축 늘어뜨린 채 말을 걸어도 아무런 반응이 없다. 하지만 그녀는 죽은 게 아니었다. 얼굴을 들여다보니 멍한 양쪽 눈이 뭔가를 생각하듯 깜박인다.

그녀는 오른손에 식칼을 쥐고 있다. 칼에는 검붉은 피가 흥건히 묻어 있다. 그녀가 세라를? 아니, 그건 아니었다. 수차례 말을 걸어 가까스로 얘기를 들을 수 있었다. 새벽녘에 집에 들어와보니 이미 이런 끔찍한 상태였다고 한다. 식칼은 발밑에 떨어져 있던 것을 주워든 모양이다.

나는 손에 들린 식칼을 내려놓게 하고 그녀를 눕히려고 방으로 데려갔다. 그런데 두 번째로 놀라운 일이 우리를 기다리고 있었다.

세 평짜리 침실이 태풍이라도 만난 듯 엉망으로 어지럽혀져 있었다. 옷장은 옆으로 쓰러졌고, 그 위에 놓여 있던 인형 진열장은 산산이 부서졌으며, 경대에는 거미줄 같은 균열이 생겼고, 벽은 초배지까지 찢어졌고, 이불은 벽장 밖으로 길게 늘어져 있었다.

어지럽혀진 실내, 배가 갈라진 시체. 야히로 조직의 혼마가 살해되었을 때와 똑같은 상황이다. 그리고 또 한 가지, 경찰을 부르지 않은 것도. 나도 이제 야쿠자 생활이 몸에 익은 모양이다. 에바타를 이불에 눕힌 다음, 도시마카의 사무실에 연락해 상황을 설명하고 선후책을 물었다. 지금 곧 사람을 보낼 테니 현장을 잘 지키고 있으라고 한다. 무작정 기다리는 것만이 능사는 아닌 것 같아 그녀가 얌전히 누워 있는 것을 확인한 뒤에 욕실로 돌아가 현장검증을 시작했다. 나는 원래 탐정이 아니던가.

조금 전에는 너무 놀란 나머지 미처 깨닫지 못했지만, 욕실에는 피 냄새가 진동했다. 아니, 단순한 피 냄새가 아니라 몸속에 갇혀 있던 살과 지방과 체액과 소화된 음식물이 마음껏 자신을 드러내는, 일찍이 체험해본 적 없는 진한 냄새였다. 숨도 제대로 쉴 수가 없다. 하지만 창문을 열 수는 없다. 이런 냄새가 밖으로 흘러나가면 동네 사람들이 몰려들 것이다. 나는 코와 입에 수건을 두르고 세라의 시체를 관찰했다. 그렇지만 역시 내장이 튀어나온 복부는 도저히 똑바로 바라볼 수가 없다.

시체는 실오라기 하나 걸치지 않은 알몸이다. 탈의장에는 옷이 아무렇게나 나뒹굴고 있다. 탈의실용 바구니가 있는데도 바닥에 흩어져 있다. 셔츠에도 팬티에도 양말에도 전혀 핏자국이 보이지 않는다. 이는 옷을 벗은 다음 칼에 찔렸다는 것을 의미한다. 목욕 중에 습격당한 모양이다.

진동하는 냄새 때문에 더 이상 숨쉬기가 어려워져 일단 욕실 밖으로 나왔다. 에바타는 침실의 이불 속에 얌전히 누워 있다. 물을 마시겠느냐고 묻자 눈을 감은 채 고개를 가로저었다. 나는 침실의 조그만 창문을 살짝 열고 그 틈새로 얼굴을 들이댔다. 살갗을 스치는 초겨울의 쌀쌀한 공기가 유난히 상쾌하게 느껴진다.

그렇게 신선한 공기를 들이마시고 있자 문득 의문 하나가 떠올랐다. 세라가 복부에만 칼부림을 당한 것은 어찌 된 일일까. 길거리에서라면 복부만 찔릴 수도 있을 것이다. 맞은편에서 다가온 상대가 느닷없이 칼을 빼든다면 미처 방어하지 못할 수도 있다. 하지만 현장이 욕실이라면 습격하기 전에 욕실 문을 여는 예비 동작이 필요하다. 그 단계에서 세라는 방어 자세를 취했을 테니까, 치명적인 상처 이외에도 몸 여기저기에 방어의 흔적이 있어야 한다. 그게 아니라면 머리를 감는 순간에 당한 건가.

나는 욕실로 돌아가 다시 한 번 시체를 살펴보았다. 손등이나 손가락에는 상처가 있지만, 다른 부위는 역시 멀쩡하다. 방어 자세를 취했다면 팔이나 다리에도 상처를 입었을 가능성이 높다.

그리고 또 한 가지 이상한 점을 발견했다. 욕조가 텅 비어 있었다. 물은 한 방울도 남아 있지 않다. 세라는 목욕을 하고 있었던 게 아니란 말인가?

그래, 깊이 잠든 상태에서 습격당했고 그런 다음에 욕실로 운반된 거다. 침실이 흐트러져 있는 것을 보면 범행 현장은 방이라고 보는 게 타당하다. 잠들어 있었기 때문에 무방비 상태로 배만 찔린 것이다.

그런데 다시금 침실을 살펴보니 어디에서도 혈흔을 찾을 수 없었다. 피 묻은 침구를 벽장에 감춰둔 것도 아니었다. 거실, 즉 내가 쓰고 있는 한 평 반짜리 방과 부엌, 화장실 등을 둘러봤지만 혈흔은 발견되지 않았다. 그 정도로 배를 찔리면 출혈량도 상당할 것이다. 그런데도 혈흔이 보이지 않는다면 역시 범행 장소가 욕실이라고 생각할 수밖에 없다. 욕실이라면 아무리 출혈이 심해도 물로 흘려보낼 수가 있다.

그런데 욕조에 들어가 있을 때 당했다면 어째서 욕조에 물이 채워져 있지 않은 걸까. 습격당할 때는 채워져 있었는데 범행 후에 범인이 물을 뺀 건가? 무슨 이유로? 피로 더럽혀진 자기 몸을 닦는 데 사용한 건가? 하지만 뚜껑이 빠져 있고 물이 한 방울도 남아 있지 않은 건 대체 어떻게 된 거지? 범인이 고지식하게 욕조까지 청소하고 나간 건가? 물이 남아 있으면 자기 신분을 노출시키는 뭔가도 남게 되기 때문에? 그 뭔가가 뭐지?

생각이 막히자 나는 다시 욕실로 걸음을 옮겼다. 현장은 자주 갈수록 좋다.

욕실 입구에는 에바타가 쥐었던 식칼이 떨어져 있다. 칼날도 자루도 피투성이지만, 그 모양은 상당히 눈에 익었다. 이 집에서 사용하는 식칼이다.

그렇다면 범인은 흉기 없이 이 집에 들어왔다는 말이 된다. 다시 말하면, 범인은 세라를 죽일 생각으로 이 집을 방문한 게 아니다. 집으로 들어온 뒤에 갑작스레 살해할 필요성을 느끼고 흉기를 찾았다. 그런데 어떤 경우에 돌발적으로 살인을 저지르게 될까? 빈집을 털려고 들어왔다가 얼굴을 마주친 걸까? 아니면 술에 취해 울컥 살인을 저지른 걸까? 하지만 돌발적으로 칼을 뽑아 이렇게까지 난도질을 할 수 있는 건가? 이건 마치 3대쯤 품어온 원한을 푼 것 같은 살인이다. 야히로 조직의 야마기시가 말한 것처럼 이성을 잃은 아마추어가 저지른 소행인가?

아니, 잠깐만. 머릿속에 또 다른 생각이 떠올랐다. 이 집의 식칼을 사용한 것은 사실 돌발적인 일이 아니라 처음부터 계획했던 일인지도 모른다. 자신이 소지한 흉기를 사용하면 자칫 꼬리를 잡힐 수 있지만, 남의 물건을 사용하면 그 위험성이 사라진다.

금방 해답이 나올 것 같지 않아 생각은 잠시 접기로 했다. 욕실 안으로 시선을 돌려 내가 뭔가 빠뜨리고 넘어간 것은 없는지, 범인이 떨어뜨린 물건은 없는지 천천히 살펴본다. 텅 빈 욕조가 있고, 조그만 대야가 있고, 비누가 있고, 핏물이 퍼져 있고, 시체가 있고, 콘돔이 있고…… 콘돔?

나는 의아하게 생각하며 피바다 속으로 발을 내디뎠다. 시체의 허리뼈 부근에 그런 모양의 물체가 찰싹 달라붙어 있다. 반투명하고, 대롱처럼 길고 가늘며, 끄트머리가 둥글고, 중앙에 작은 돌기가 있다. 손으로 집어보니 역시 콘돔이었다. 아까는 끔찍하게 드러난 복부를 보지 않으려고 얼굴을 돌리고 있었기에 미처 발견하지 못했던 것이다.

콘돔이 있다는 것은, 세라가 욕실에서 정사를 벌였다는 건가? 그런 와중에 범인이 습격했다? 여자 위에 올라타고 있었다면 욕실 문을 여는 예비 동작이 있더라도 금방 알아채지 못했을 테니까, 방어할 틈도 없이 복부만 찔렸다고 해도 이상할 건 없다.

이상할 건 없지만, 그러면 세라가 에바타를 내쫓고 다른 여자를 끌어들인 게 된다. 종종 다른 여자 집에서 자기도 하는 사내이므로 정부가 없는 틈에 여자를 불러들였다고 해서 특별히 이상할 건 없다. 이상할 건 없지만 왠지 상당히 불쾌했다.

아냐, 지금은 감정적으로 생각할 때가 아니다. 그럼 여자는 어떻게 됐지? 이곳에는 세라만 죽어 있을 뿐 여자의 시체는 없다. 세라가 습격당하는 틈에 도망친 건가? 아니면 여자가 범인인가?

내가 이렇게 혼란스러워하는 사이 도시마카이의 조직원들이 도착했다. 젊은 간부인 오이시 다케시를 필두로 마쓰나가 형님, 겐타, 그리고 겐타와 동급의 똘마니인 난부 세이지, 그렇게 네 명이다. 동네 사람들의 눈을 의식해 최소한의 인원만 동원했을 것이다. 프로라고 자부하던 그들도 욕실의 참상에 기겁해 겐타는 변소로 직행하고 난부는 그 자리에서 토하고 말았다.

예상했던 대로 오이시는 시체를 확인하고도 경찰에 신고하지 않았다. 세라의 시체는 조직에서 처리하겠다고 한다. 그리고 우리들 말단에게는 동네 사람들을 상대로 탐문을 벌이라고 지시했다. 그렇다, 이 조직도 야히로 조직과 마찬가지로 자신들이 직접 뒤처리를 할 생각이었다. 전날 낮의 사건도 있어 가네코 조직과의 연관성을 떨쳐버릴 수는 없지만, 상대가 큰 조직인 만큼 경솔하게 행동할 수는 없다. 그러니 우선은 확실한 증거부터 확보하자는 것이다.

탐문은 겐타와 난부와 내가 분담해 실시했다. 그 결과 대략적인 범행 시각이 확인되었다. 밤 12시 전후다. 그 시간대에 에바타의 집에서 심하게 다투는 소리가 들렸다고 양쪽 이웃집을 비롯한 여러 사람들이 증언했다. 그런데도 바깥을 내다보거나 경찰에 신고하지 않은 것은 세라가 그녀에게 일상적으로 폭력을 휘두른다는 것을 알고 있기 때문이다. 또 집에서 폭력을 휘두르는 거라고 생각해 다들 가볍게 흘려 넘겼다. 실제로 전날 초저녁에도 그는 에바타와 내게 심한 욕설을 퍼부었다.

싸우는 소리를 들었다지만, 약간 거친 목소리였다는 것 이외에는 아무것도 알 수 없었다. 대화 내용도 확실치 않다. 집에 출입하는 사람을 봤다거나 길에서 얼쩡대는 수상쩍은 사람을 봤다는 얘기도 들을 수 없었다. 동네를 한 바퀴 돌아본 뒤에 근처 길바닥을 살피고 쓰레기장을 뒤져봤지만 범인의 흔적은 발견할 수 없었다.

범행 시각은 대충 확인했지만, 범인을 특정할 만한 증거물은 하나도 없다. 그렇게 보고하자 오이시는 버럭 화를 내며 소리쳤다.

"죽인 놈을 찾기 전엔 돌아올 생각도 하지 마!"

무릎을 꿇고 잔뜩 몸을 움츠린 세 똘마니는 네네, 하며 머리를 조아렸다.

"저어, 드릴 말씀이 있습니다만……."

나는 다다미에 이마를 댄 채 조심스럽게 말을 꺼냈다.

"어쩌면 사내의 소행이 아닐지도 모릅니다."

"뭐야?"

"여자를 찾는 편이 나을 것 같습니다."

"여자? 그게 무슨 말이야? 얼굴 들어."

"욕실에서, 그러니까, 저어……."

"뭐야, 계집이라도 나왔다는 거야? 지금 나하고 농담하는 거야?"

오이시는 자기 주먹을 어루만졌다.

"콘돔이 떨어져 있었습니다!"

나는 허리를 쭉 펴고 큰소리로 말했다. 그러고 나니 옆에서 자고 있는 에바타가 들었을지도 모른다는 생각이 들어 아차 싶었다.

"콘돔?"

오이시가 양미간을 찡그렸다.

"네, 콘돔이요."

"토라."

마쓰나가가 헛기침을 했다.

"너, 콘돔이 뭔지는 알고 하는 얘기겠지?"

"물론입니다. 그러니까 세라 형님은 여자와 정을 나누던 중에 습격당한 것으로 보입니다."

오이시와 마쓰나가가 서로 얼굴을 마주 본다.

"함부로 말하지 마. 콘돔 따윈 없었어."

겐타가 팔꿈치로 툭 치며 말했다.

"있었습니다. 세라 형님의 허리 쪽에."

이 녀석도 어쨌든 형님이므로 존댓말을 써야 한다.

"없었어."

"있었습니다."

"잘못 본 거 아냐? 속이 울렁거려서 제대로 보지도 못했을 텐데."

"아뇨. 제가 손으로 집어서 확인했습니다. 겐타 형님이야말로 힐끗 쳐다보곤 곧장 변소로 달려가지 않았습니까."

"뭐라고!"

녀석이 내 팔을 꽉 붙잡았다.

"지금 그딴 시시한 일로 싸울 때야?"

오이시가 버럭 소리쳤다.

"물론 저 여잔 아니겠지?"

마쓰나가가 엄지손가락을 세워 등 뒤의 방을 가리켰다.

"네. 누님은 밖에 있었습니다. 그러니까 다른 여자겠죠. 그리고 지금부터가 중요한데, 세라 형님의 시체는 있는데 여자의 시체는 없습니다."

나는 에바타를 의식해 목소리를 낮췄다.

"그렇다면 세 가지 경우를 가정해볼 수 있습니다. 첫 번째는 도둑이 형님을 습격하고 있는 틈에 여자가 밖으로 도망친 겁니다. 두 번째는 여자가 형님을 찌른 거죠. 미리 식칼을 욕실에 감춰뒀다가 한창 정사를 벌일 때 그 식칼로 찌른 겁니다. 세 번째는 여자가 미끼였던 거죠. 형님을 안심시키려고 누군가가 보낸 겁니다. 여자가 형님과 정사를 벌이다가 신호를 보내, 진짜 살인범인 누군가를 욕실로 불러들인 거죠."

"누군가를……?"

"물론 그게 가네코 조직이라는 증거는 없습니다."

"그거야 그렇지. 근데 미끼를 썼다는 건 계획적인 살인이라는 얘기가 되겠군."

"잠깐만요. 어째서 토라의 허튼소리를 믿으시려는 겁니까?"

겐타가 말을 가로막았다.

"콘돔 따윈 없었다고 말씀드렸잖아요. 콘돔이 없었다면 여자가 왔었다고 말할 수도 없는 거고요."

"있었습니다."

나는 겐타를 째려봤다.

"없었다니까. 저기 형님, 저하고 이 녀석 중에 어느 쪽을 믿습니까?"

녀석은 시샘하는 여자처럼 형님에게 매달렸다.

"난부, 가서 살펴봐."

오이시가 말했다. 난부는 몸을 움찔했지만, 형님의 명령은 절대적이다. 느릿느릿 일어나 몸을 움츠리고 욕실로 걸어갔다. 나는 다시 말을 이었다.

"지금 열거한 세 가지의 경우, 어느 쪽이든 여자는 형님과 정사를 벌였으니 단순히 손님으로 찾아온 건 아닙니다."

겐타는 뿌루퉁한 표정이었지만 끼어들지는 않는다.

"그렇다면 형님과 잘 아는 사이였다고 생각할 수 있겠죠. 보통 불쑥 찾아온 낯선 여자를 함부로 집에 들이지는 않으니까요."

"굉장한 미인이 화장실 좀 쓰게 해달라며 찾아온다면 나는 대환영이야. 술이라도 먹이고 이불 위에 자빠뜨릴걸."

마쓰나가가 웃으며 말했다.

"물론 그럴 수도 있겠죠. 그렇지만 가능성을 따진다면 역시 아는 사이일 가능성이 더 높지 않겠습니까."

"그건 그래."

"그래서 세라 형님의 여자관계부터 파악하는 게 좋을 거라 생각합니다."

"그렇군."

"실제로 세라 형님에게는 지금의 누님 말고도 이게 있는 것 같습니다. 그게 누군지는 저도 잘 모르지만."

나는 한층 더 목소리를 낮춰 새끼손가락을 세운다. 저편에서 토하는 소리가 난다.

"아아, 그러고 보니……."

마쓰나가는 눈을 가늘게 뜨고 관자놀이에 손가락을 갖다 댔다.

"뭐 짚이는 거라도 있습니까?"

"한번은 거리에서 우연히 세라를 만났는데, 여자와 같이 있더라고. 그래서 함께 커피를 마신 적이 있는데, 그 여자 이름이 뭐였더라…… 맞아, 그때 너도 같이 있었잖아. 이케부쿠로에서 말이야, 이케부쿠로."

"네? 아아, 네, 그런 적이 있었죠."

겐타는 멍한 얼굴로 대꾸했다.

"이름이…… 맞아, 아카리! 고구레 아카리."

마쓰나가가 손뼉을 치며 말했다.

"아, 맞아요. 그 여자 이름이 아카리였어요."

"근데 그 여자가 서른이 훨씬 넘은 중년이라서 세라도 취향이 참 독특하다고 생각했지."

세라가 에바타나 아카리 같은 연상의 여자를 좋아한 것은 띠동갑인 누나에 대한 굴절된 감정에서 비롯되었다는 사실을 나중에 알게 되는데, 이는 사건과 무관하므로 여기서는 자세히 언급하지 않겠다.

"그 여자 집이 어딘지 아십니까?"

내가 물었다.

"릿쿄대학 바로 뒤편이라는 것밖에 모르지만, 이름을 알고 있으니까 찾아내기는 어렵지 않을 거야."

"유부녀입니까?"

"글쎄."

나이를 생각해보면 결혼했을 가능성이 높다.

"그 여자의 남편이 들이닥쳤을 수도 있겠군요. 아내의 불륜을 눈치채고 샛서방을 죽인 거죠."

"그런 이유라면 저렇게 잔인하게 난도질한 것도 설명이 되겠군."

"어쩌면 여자 혼자서 저지른 짓인지도 모르지. 헤어지자는 말을 듣고 말이야."

이렇게 말한 것은 오이시다.

"의외로 여자들이 이런 끔찍한 일을 저지르는 경우가 많아. 불끈하면 앞뒤 못 가리거든."

그런 일을 당한 경험이라도 있는지 오이시는 턱을 쓸어내리며 자기 말에 고개를 끄덕였다.

그때 방문이 열렸다. 난부가 돌아왔다. 창백한 얼굴로 입가에 손을 대고 있다.

"없습니다."

난부는 신음하듯 말했다.

"거봐, 내 말이 맞잖아."

겐타가 의기양양하게 말했다.

"제대로 찾아봤습니까?"

나는 난부를 노려보며 물었다.

"다 찾아봤어. 형님의 시체까지 만져가면서."

"없을 리가 없습니다."

나는 자리에서 일어나 저린 다리를 끌고 욕실로 향했다.

콘돔은…… 없었다. 시체의 허리뼈 부위에서 떼어내 살펴본 뒤 다시 원래 있었던 자리에 놔두었던 콘돔이 사라진 것이다. 시체 위에도, 피바다에도, 욕조 안에도 없다.

"없는 모양이군."

뒤에서 마쓰나가가 말했다.

"아까는 있었습니다."

나는 양말을 벗고 욕실로 들어가 타일 위에 무릎을 꿇고 손바닥으로 피바다를 훑었다.

"이제 그만하지."

"있었습니다, 여기에."

시체의 넓적다리 밑도 살펴보고, 창자와 살도 헤쳐본다.

"이제 됐으니까 그만해."

"거짓말이 아닙니다."

무릎을 꿇은 채 그를 돌아보며 글썽이는 눈으로 호소한다.

"얼른 손이나 닦아."

욕실에서 나와 탈의장의 세면대에서 살갗이 벗겨질 정도로 손을 박박 문지른 다음, 다시 한 번 마쓰나가에게 호소했다.

"제 두 눈으로 똑똑히 봤고, 이 손으로 직접 만졌습니다. 정말입니다. 믿어주십시오."

"지금 문득 떠오른 건데 말이야……."

마쓰나가는 욕실 문을 닫으며 말했다.

"네가 아까 여자가 관련되었을 경우에 대해 세 가지를 얘기했지."

"네."

"거기에 한 가지가 더 있어. 말하자면 네 번째 가능성이지."

나는 살짝 고개를 갸웃거렸다.

"세라의 정부."

나는 눈을 부라렸다.

"누님은 아무런 상관도 없습니다. 형님에게 쫓겨나 아침까지 밖에 있었습니다."

"12시 전에 돌아온 거야."

"그런 터무니없는……."

"터무니없어?"

"죄송합니다. 그만 습관적으로. 용서해주십시오."

나는 그 자리에서 무릎을 꿇는다.

"밤에 귀가하지 않았다는 증거도 없잖아."

"그건 그렇지만…… 귀가했다는 증거도 없습니다."

"어이, 네가 계속 콘돔을 봤다고 주장하니까 내가 이런 생각을 하는 거야."

"정말로 봤습니다."

"그래, 그래, 믿어주지. 그런데 지금은 욕실에 콘돔이 없다. 그렇다면 생각할 수 있는 건 한 가지밖에 없어. 네가 본 뒤에 누군가가 처분한 거지. 그리고 이 집에 사는 여자라면 충분히 가능한 얘기야."

"그런……."

"처분한 이유는, 범인이 여자라고 밝혀지면 가장 먼저 의심받는 게 자신이기 때문이지. 콘돔을 방치해둔 사실을 나중에야 알아채고 황급히 처분한 거야."

나는 묵묵히 듣기만 했다. 방문 저편에서 우리가 콘돔에 대해 얘기하는 소리를 듣고, 몰래 이불에서 빠져나와 욕실로 갔단 말인가? 아냐, 그럴 리가 없어. 나는 머릿속으로 혼자 필사적으로 부인한다.

"어젯밤 형님은 누님을 때리고 밖으로 쫓아냈습니다. 가령 누님이 밤에 집으로 돌아왔고 형님이 순순히 집 안으로 들였다고 해도 섹스는 하지 않았을 겁니다. 형님이 원치 않았겠죠. 자신이 때리고 내쫓았으니까요."

"기분이 언짢을 땐 더 여자를 품고 싶어지는 법이야. 그것도 평소하곤 다른 장소에서 거칠게 말이야. 공원이나 차 안이나 부엌 혹은 욕실에서."

"누님은 형님을 죽일 이유가 없습니다."

아니, 있다. 일상적으로 불합리한 취급을 당하고 있었다. 육체적인 학대도 심했고. 그렇게 쌓이고 쌓인 감정이 뭔가를 계기로 폭발한 것인지도 모른다.

"그건 본인을 추궁해보면 알게 되겠지."

"누님에게 직접 물어보실 겁니까?"

"당연하지."

"하지만…… 하지만 형님, 오늘만은 그냥 내버려두실 수 없습니까?"

양쪽 무릎에 손을 얹고 간청하듯 마쓰나가를 올려다본다. 그는 시선을 내리깔고 내 눈을 가만히 들여다봤다.

"저 여자한테 반한 거야?"

"그런 거 아닙니다. 그동안 줄곧 신세를 졌기 때문에 그런 겁니다. 그뿐입니다……."

나는 얼른 고개를 숙이고 정색하며 부인했다.

"범인이 누구든 원수는 반드시 갚는다."

이렇게 결연히 말하고 마쓰나가는 욕실을 뒤로했다. 세라는 그가 첫 번째로 꼽고 있던 아우였다.

하지만 야쿠자에게도 인정은 있었다. 곧바로 에바타에게 다가간 마쓰나가는 오늘 아침에 귀가한 뒤의 상황에 대해서만 간단히 물었을 뿐, 전날 밤의 행동에 대해 꼬치꼬치 캐묻지는 않았다. 여기서 금품은 잃어버리지 않았다는 것과 그녀가 돌아왔을 때 현관문이 열려 있었다는 사실이 새롭게 밝혀졌다.

마쓰나가가 그녀와 얘기하는 동안 오이시는 사무실에 전화해 고구레 아카리를 찾아내라고 지시했다. 나와 겐타와 난부는 다시 한 번 탐문해보라는 지시를 받고 동네를 돌아다녔지만 아무런 성과도 거두지 못했다.

날이 어두워지기를 기다렸다가 세라의 시신을 차에 실었다. 행선지는 다카나와에 있는 정토진종*의 조그만 절이다. 이곳은 도시마카이의 회장인 도시마 오사미가 조상의 위패를 모신 절로, 변사체를 반입해도 경찰에 통보될 염려는 없었다. 시신이 늦게 도착하는 바람에 장례식은 내일 거행하기로 했다. 모레 발인제를 마친 뒤에 요코하마의 화장터로 운반할 예정이다. 그 화장터는 도시마카이에서 자주 이용하는 곳으로, 관공소의 허가서가 없어도 화장해주는 것 같다.

세라의 시신은 본당 옆의 작은 방에 안치하고, 겐타와 난부와 내가 교대로 불침번을 서게 되었다. 사실 에바타가 한시도 관 앞을 떠나지 않았으니 우리는 자리를 지킬 필요가 없었는지도 모른다.

겐타와 난부는 때때로 세라와의 추억을 떠올리며 콧물을 훌쩍이고 눈물을 글썽거렸지만, 솔직히 나는 조금도 슬프지 않았다. 그들에 비해 세라와 알고 지냈던 기간이 짧았기 때문……은 아닌 것 같다. 불과 두 달밖에 안 됐지만, 세라와는 한 지붕 아래서 기거했다. 하지만 언제

* 淨土眞宗, 일본 불교의 일파.

나 가까이 있었음에도 불구하고 좀처럼 마음을 터놓고 지낼 수 없었다. 그 이유가 타인을 쉽게 받아들이지 않는 세라의 태도 때문……만은 아니라고 생각한다. 나도 마음 어딘가에 벽을 쌓아놓고 있었다. 탐정 일로 잠입했을 뿐이므로 친해질 필요가 없다는 식으로 명확히 선을 그었다.

아니, 내가 정말 명확히 선을 그은 걸까. 에바타에 대해 신경이 쓰이는 걸 보면 꼭 그렇지도 않은 것 같다. 앞으로 그녀는 어떻게 살아갈까. 그녀는 자신이 세라 곁에 있어줘야 한다고 했다. 그 세라가 세상을 떠났으니 이제는 내가 그녀 곁에 있어줘야 하는 게 아닐까. 세라 같은 기둥서방으로서가 아니라 내가 그녀를 부양하는 거다.

여기까지 생각이 미치자 어느새 나는 제단 앞에 힘없이 앉아 있는 그녀를 힐끔힐끔 쳐다보면서 얼굴이 화끈거릴 만한 일들까지 상상하고 있었다.

나는 그녀에게 등을 돌리고 앉아, 지금의 내 신분은 일시적인 것일 뿐이라고 스스로에게 되뇌었다. 나는 도시마카이의 조직원도 아니고 세라의 아우도 아니다. 아케치 탐정사무소의 탐정이다. 탐정이 나의 본모습이다.

나는 사건에 대해 생각했다.

에바타는 범인이 아니라고 확신한다. 개인적인 감정으로 그렇게 생각하는 게 아니다. 세라가 살해된 것뿐이라면 그녀가 가장 유력한 용의자일 것이다. 일상적으로 받고 있던 학대는 충분히 살해 동기가 될 수 있다.

하지만 나는 야히로 조직의 혼마 사건을 알고 있다. 혼마 사건과 세라 사건은 상황이 똑같다. 두 사람 모두 복부를 찔렸다. 두 사람 모두 내장이 튀어나올 정도로 난자당했다. 사건이 일어난 양쪽 집 모두 엉망으로 흐트러졌다. 그리고 두 사람 모두 살해된 당일 낮에 다른 조직의 구역에서 습격을 당했다.

하나부터 열까지 그 정황이 모두 똑같다. 그러면 동일범의 소행이라고 생각하는 게 자연스럽지 않을까. 세라를 죽인 게 에바타라면 야히로 조직의 혼마를 죽인 것도 그녀여야 한다. 그건 아무리 생각해도 말이 안 된다. 그녀에겐 세라를 죽일 이유는 있어도 혼마를 죽일 이유는 없다. 그녀와 혼마 사이에는 아무런 관련도 없지 않은가.

이것은 어느 개인의 범죄가 아니라는 생각이 든다. 아무래도 상당히 큰 조직의 힘이 작용하고 있는 것 같다. 어쩌면 세라와 혼마 이외에도 이와 동일한 수법으로 살해된 야쿠자가 또 있을지 모른다.

이튿날 점심 무렵 졸음이나 쫓아야겠다는 핑계를 대고 밖으로 나가 아케치 탐정사무소에 전화를 걸었다.

세라 사건을 보고하고, 그와 관련해 과거에 유사한 사건이 있었는지 조사해달라는 말도 덧붙였다. 곧바로 절에 돌아와보니 마쓰나가 형님이 겐타와 난부를 데리고 어딘가로 외출하려고 한다. 어디 가느냐고 묻자 아카리의 소재가 파악되어 그녀를 만나러 간다고 한다. 세 명이 몰려가는 것은 번갈아 가며 똑같은 질문을 던지기 위해서다. 그 과정에서 상대가 앞서 말한 것과 다르게 대답하면 엄하게 추궁하겠다는 것이다. 경찰이 심문할 때 주로 사용하는 테크닉이다.

세 사람은 장례식이 시작되기 직전에 돌아왔다. 아카리는 이케부쿠로에서 작은 술집을 운영하는 마담이었다. 헤어진 남자와의 사이에서 낳은 아이를 시골에 맡겨둔 채 도쿄에서 혼자 지내고 있다고 했다.

아카리는 세라의 집에 간 적이 없다고 주장한 모양이다. 그가 어디에 살고 있는지도 모른다고 했다. 마쓰나가는 그녀가 거짓말을 하는 것처럼 보이지는 않았다고 한다. 그리고 이렇게 한마디 덧붙였다.

"이젠 세라의 정부를 의심할 수밖에 없군. 장례식이 끝나는 대로 가차 없이 몰아붙이겠어."

"그렇습니까."

내가 할 수 있는 말은 이게 전부였다.

물론 마쓰나가의 생각을 바꿀 수는 있다. 혼마 사건에 대해 얘기하고 세라 사건과의 유사성을 설명해주면 그녀에 대한 의혹은 사라질 것이다. 하지만 그렇게 하면 내가 야히로 조직의 스파이라는 사실도 밝혀진다. 그 결과는…… 너무 무서워서 상상하기도 싫다.

그렇다고 이대로 잠자코 있으면 그녀는 질문 공세에 시달리게 된다. 그 고통을 견디지 못해 하지도 않은 일을 했다고 할지도 모른다. 그렇게 생각하자 마치 내가 궁지에 몰린 것처럼 아랫배가 쿡쿡 쑤신다.

그런데 문제는 너무나 뜻밖의 형태로 해결되었다.

고구레 아카리가 범행을 자백하고 자살한 것이다.

교제

9

내가 호라이 클럽의 지방 영업에 대한 정보를 포착한 것은 살인적인 더위가 한풀 꺾인 8월 24일의 일이다. 아침 5시부터 시작된 일과를 끝내고 식후에 담배 한 대를 피우는데 전화가 울렸다.

"사이타마에 사는 친구한테 전화가 왔는데, 호라이 클럽의 전단지가 우편함에 들어 있대요."

정보를 안겨준 이는 뜻밖에도 기요시였다. 녀석은 지인들에게 일일이 전화를 걸어 무료체험회에 대한 정보를 부탁했던 것이다.

"사이타마 어디?"

"혼조시."

"개최일은?"

"오늘이요."

"어이, 기요시 친구가 나보다 낫네. 탐정 소질이 있어."

가벼운 농담을 던지긴 했지만 왠지 샘이 난다. 그렇게 질투를 느끼다가 문득 중요한 일을 떠올렸다.

"오늘이라고?"

"네. 오후 1시부터."

"오늘은 곤란한데."

오늘은 일이 없는 토요일이다. 하지만 사쿠라와 점심을 먹고 드라이브를 하기로 약속했다.

"하지만 선배, 오늘을 놓치면 다음엔 언제 어디서 할지 몰라요."

그건 그렇다.

"거참, 빨리 좀 알려주지. 어젯밤에라도 연락해줬다면 좋았을 텐데."

한숨을 내쉬며 나지막하게 혀를 찼다.

"나도 조금 전에야 전화를 받았단 말이에요."

"알았어. 오늘 가보지."

데이트는 내일도 할 수 있다.

"잘 부탁해요."

"잘 부탁하다니, 같이 가야지."

"네? 난 안 돼요. 강매에 약해서 그런 데 갔다간 금방 걸려들걸요. 100만 엔짜리 깃털이불이라도 사게 되면 어떡해요."

"둘이 가야지 위험에 처했을 때 서로 도와줄 수 있어. 게다가 내가 계획한 작전은 두 사람이 있어야 해."

"하지만 남자 둘이 그런 행사장에 가는 것도 좀 어색하잖아요. 여자끼리라면 몰라도. 꼭 둘이 가야 한다면 남자가 아니라 여자를 데려가는 게 좋을 것 같아요. 부부로 가장하면 의심받을 일은 없을 테니까요."

사쿠라에게 부탁해볼까? 데이트를 겸한 정탐이니 일석이조다. 하지만 5년이나 10년쯤 사귄 여자라면 모르겠지만, 사귄 지 얼마 안 된 그녀가 과연 내 부탁을 들어줄까. 아무 맛도 없는 건강식품보다는 아카사카의 유명 제과점에서 파는 치즈케이크를 먹고 싶다며 뾰로통한 표정을 지을 게 뻔하다. 맞아, 미야코 호텔에서 만났을 때도 밋밋한 화제에 버럭 화내지 않았던가.

이렇게 생각하고 있는데 기요시가 한마디 덧붙였다.

"동생분은 한가하지 않나요?"

10

우리가 찾아가는 건물은 밭 한가운데에 자리하고 있었다. 완만한 슬레이트 지붕의 상당히 길쭉한 건물이다. 벽에 셔터 문이 여러 개 달려 있어 과일을 저장하는 선과장이나 창고처럼 보인다. 옆쪽에는 건물과 비슷한 크기의 공터가 있는데, 이미 많은 차들이 주차되어 있다.

아야노가 화난 듯한 표정으로 입을 꾹 다물고 있다. 나도 아까부터 한마디도 하지 않았다. 오누이끼리 서로 다투고 있는 게 아니다. 말하기가 귀찮은 것이다. 선선해졌다고는 하지만 그건 아침저녁뿐이다. 이런 날씨에 15분만 걸으면 자연스레 짜증이 나기 마련이다.

차는 17번 국도 옆의 패밀리 레스토랑에 세워두고 왔다. 휘발유가 바닥난 게 아니다. 사이타마의 구마가야 넘버들만 있는 곳에 도쿄의 시나가와 넘버를 단 자동차를 끌고 가면 아무래도 이상하게 생각할 것 같았다.

아야노에겐 자세히 얘기하지 않았다. 지인에게 상품의 신뢰성을 확인해달라는 부탁을 받았다고만 얘기했다. 물론 아이코의 이름도 얘기하지 않았다. 설령 상대가 친동생일지라도 의뢰자의 이름은 밝히지 않는 게 도리라고 생각했다. 오빠의 교육 덕분인지 아야노는 꼬치꼬치 캐묻지 않았다. 단, 교환조건으로 친구 요코와 하와이 여행을 갈 때 나리타 공항까지 차를 태워주겠다고 약속했다. 그곳에서 살고 있는 친구네 집에서 3주일이나 신세를 질 예정이라 짐이 만만치 않았다.

건물의 셔터 문은 도로와 가장 멀리 떨어진 곳 한 군데만 열려 있다. 그 앞에 양복 차림의 사내 둘이 서 있다.

"아, 잠깐만."

입구로 곧장 걸어가려는 아야노의 팔을 잡아끌고 나는 주차장을 둘러보았다. 예상한 대로 늘어선 차들은 대부분 구마가야 넘버였고, 오미야와 군마 넘버도 간간히 눈에 띄었다. 그중에서 유일하게 한 대만이 시나가와 번호판을 달고 있었다. 대형 왜건이다.

예감은 적중했다. 가까이 다가가 내부를 들여다보니 손가방에 든 깃털이불과 골판지 상자들이 쌓여 있다. 호라이 클럽의 회사용 왜건이 분명하다. 본부의 소재를 확인할 만한 물건이 있는가 싶어 창문에 얼굴을 바짝 들이밀고 살펴본다.

"무슨 일이시죠?"

갑자기 누군가가 등 뒤에서 말을 걸었다. 깜짝 놀라 돌아보니, 양복 차림의 젊은 남자가 서 있다. 가슴에는 '히다카'라고 적힌 명찰이 붙어 있다. 호라이 클럽의 직원인가.

"아, 아뇨, 그냥, 저……."

나는 마땅한 핑곗거리가 떠오르지 않아 우물쭈물 망설였다.

"죄송해요. 머리가 어지럽다고 해서 차 옆에 가 있으라고 했어요. 이제 좀 괜찮아요?"

그러면서 아야노는 근심스러운 표정으로 내 얼굴을 들여다봤다.

"으응, 많이 나아졌어. 가벼운 열중증인 것 같아. 이렇게 더운 날에 계속 걸었으니까."

나는 손을 이마에 대고 후후, 하며 거친 숨을 내쉬었다. 현기증이 나는 듯한 시늉도 했다.

"아, 고생하셨네요. 어서 안으로 들어가시죠. 차가운 물도 준비되어 있습니다."

히다카가 우리를 입구로 안내한다.

"덕분에 살았다."

나는 아야노에게 속삭였다.

"귀국할 때도 마중 나와야 해."

"오케이."

"이렇게 찾아주셔서 감사합니다!"

입구에 선 두 사내가 힘찬 목소리로 말했다. 둘 다 갈색 머리의 청년으로, 양복을 입고 운동화를 신은 묘한 차림새였다.

"자, 신발은 여기에 넣어주십시오."

비닐봉지를 받아 신발을 집어넣고 엉성한 돗자리 위로 올라갔다.

행사장 안으로 들어와보니 예상 밖으로 깃털이불도 마사지 기구도 눈에 띄지 않았다. 화이트보드가 있고, 그 앞에 긴 책상이 열 개쯤 늘어서 있다. 화이트보드에는 '인생 80년 시대의 건강 설계, 의학박사 노구치 히데오 선생'이라고 씌어 있다.

자리는 벌써 거의 다 찼다. 선풍기 몇 대가 돌아가고 있을 뿐 에어컨은 없다. 준비성이 좋은 이들은 부채를 갖고 와 흔들어대고 있다. 우리는 뒤편의 자리로 안내되었다.

"물 좀 드시죠. 저희 회사의 천연 알칼리 이온수인 '호라이 신명身命의 물'입니다. 기운이 나실 겁니다."

히다카가 종이컵을 들고 왔다.

"그리고 이건 댁으로 갖고 가서 드십시오. 방문해주신 기념으로 드리는 선물입니다."

그러면서 페트병 두 개를 책상 위에 놓는다.

"'호라이 신명의 물'은 보통 2만 엔에 판매되고 있는 세계 최상급의 물입니다만, 오늘은 특별히 무료로 드리고 있습니다. 이 무더운 날에 이곳까지 방문해주신 것에 대한 감사의 표시입니다."

아하, 구다카 류이치로가 틀니를 담가두었다는 물이 바로 이거로군. 라벨에는 '호라이 신명의 물'이라고만 씌어 있을 뿐, 수원지도 성분 표시도 판매자도 적혀 있지 않았다. 시판되는 생수에 라벨만 바꿔치기 했거나, 아니면 수돗물을 집어넣었을 게 뻔하다. 처음부터 강한 의심을 품고 찾아온 내가 이렇게 확신하는 것은 당연한 일이다.

잠시 후 화이트보드 앞에 몸집이 작은 30대 중반의 사내가 등장했다.

"이렇게 찾아주셔서 감사합니다! 땀이 나십니까? 많이많이 흘리십시오. 땀을 흘리면 몸속의 나쁜 물질들이 빠져나갑니다. 땀을 흘린 다음에는 이 '호라이 신명의 물'을 마시세요. 자주 마시고 자주 땀을 흘리세요. 그렇게 한 달만 계속해보십시오, 아침에 눈뜰 때의 기분이 달라집니다. 반년쯤 계속해보십시오, 잠자리가 달라집니다."

손님들이 웃었다. 에어컨이 없는 것을 이런 식으로 얼버무리는 건가. 필경 회사 직원이 의학박사를 사칭하고 있는 것이리라. 하얀 가운을 입고 강연하는 것도 왠지 어색하고, 이름도 지어낸 느낌이 든다. 하지만 노구치 선생의 화술만은 인정해줄 만했다.

프랑스에는 루르드Lourdes의 샘물이 있다. 성모 마리아가 발현한 자리에서 솟아오른, 만병을 치유하는 샘물이다. 독일에는 노르데나우Nordenau의 물이 있다. 눈먼 소녀에게 광명을 안겨준 신비의 물이다. 인도에는 나다나Nadana의 물이 있다. 그 물을 끼얹으면 피부병이 낫는다고 한다. 멕시코에는 트라코테Tlacote의 물이 있다. 불로장생의 물로 명성이 자자하다. 하지만 전 세계 그 어떤 기적의 물도 '호라이 신명의 물'과는 비교가 안 된다. 게르마늄과 활성수소의 함유량은 그 어느 물보다 풍부하다. 게르마늄에는 항암 기능이 있어 면역력을 향상시킨다. 활성수소는 유해한 활성산소를 제거한다. 게다가 이 물은 다이옥신까지 안전하게 분해한다.

이렇게 자사의 물을 선전한 다음 일단 추상적인 내용으로 화제를 돌렸다.

현대 사회는 완전히 오염되었다. 공기도 흙도 물도 오염되었다. 야채에는 농약이 살포되고, 물고기에는 환경호르몬이 축적되고, 가축들은 항생물질에 찌들어 자신도 모르는 사이에 여러분의 몸은 병들고 있다. 인생 80년의 시대라고 하지만 병든 몸으로 고생하며 장수한들 무슨 의미가 있겠는가.

그리고 마지막에는 호라이 클럽의 상품을 사용하면 건강을 되찾을 수 있다는 식으로 얘기를 이끌어갔다. 그 도중에 빈번히 충격 요법도 쓰고, 외설적인 얘기도 꺼낸다. 또한 손님에게 질문을 던져 제대로 대답하지 못하면 빈정대다가 곧바로 다시 추켜세우는 등 손님을 주무르는 솜씨가 미노 몬타나 도쿠마무시 산다유* 빰치는 수준이다. 행사장에 흘러넘치는 웃음소리와 감탄의 소리를 듣고 있자니 마치 홈쇼핑 방송국의 객석에 앉아 있는 기분이었다. 귀를 기울이면 분위기에 휩쓸려 세뇌될 것 같아 중반부터는 대충 흘려들으며 실내를 관찰했다.

행사장에 모인 손님은 40~50명. 대부분은 고령자였지만, 아이코가

* 미노 몬타는 일본의 유명 방송 사회자, 도쿠마무시 산다유는 예능인이다.

말한 것처럼 젊은 층도 적잖게 눈에 띈다. 개중에는 아토피 피부염으로 얼굴이 절반쯤 새빨갛게 부어오른 교복 차림의 학생도 있다. 이런 어린 학생에게까지 마수를 뻗친다고 생각하니 이 사기 조직의 행태에 새삼 분노가 치밀었다.

직원들은 벽 쪽에 서 있다. 눈에 보이는 자들만 12명인데, 모두 벽을 등지고 일정한 간격으로 늘어서 있어 왠지 포위된 듯한 압박감이 전해진다.

처음에 확인했듯 상품은 보이지 않는다. 골판지 상자도 찾아볼 수 없다. 방문 선물로 나눠준 페트병만 있을 뿐이다. 장내 일부가 칸막이로 나뉘어 있는데, 그 뒤쪽에 상품을 감춰둔 건가.

다시 한 번 직원들을 둘러봤다. 몇몇은 손에 다이어리 수첩을 들고 있다. 저 수첩을 들여다볼 수 있다면 본부의 소재도 파악할 수 있을 텐데, 과연 그럴 기회가 있을까.

이윽고 성대한 박수 소리와 함께 강연이 끝났다. 옆을 돌아보니 아야노도 열심히 박수를 치고 있다. 박수를 다 친 뒤에도 자못 만족스러운 표정으로 가슴 앞에 손을 모은다.

"어이, 괜찮아?"

세뇌당한 게 아닌가 싶어 낮은 목소리로 걱정스럽게 물었다.

"오빠도 박수 치지 않으면 의심받을걸."

아야노가 섬뜩한 미소를 머금은 채 대답한다. 나는 고개를 끄덕이고 뒤늦게 손뼉을 쳤다.

"그럼 이제부터 저희 상품의 무료체험회를 거행하겠습니다. 자, 이쪽으로 오십시오."

갑자기 70년대 디스코풍의 음악이 울려 퍼진다. 곧바로 칸막이를 걷어내자 예상했던 대로 마루에 침구가 펼쳐져 있다. 그 옆으로 길게 놓인 책상에는 건강식품이 늘어서 있다.

"우선 이쪽부터 시음해보십시오. 자, 무료니까 사양하지 마시고 마음껏 드세요."

직원의 말이 끝나기가 무섭게 손님들이 건강식품 코너로 우르르 몰려간다. 나눠주는 직원이 둘밖에 없어 이내 손님들이 길게 늘어섰다. 일부러 기다리게 만들어 갈증을 유도하려는 속셈인 것 같다.

놀랍게도 시음하자마자 물건을 사겠다는 신청자가 나타났다. 한 사람이 손을 들자 여기저기서 너도나도 사겠다며 아우성치는데, 그 분위기가 자이언트 팀의 우승 기념으로 세일할 때와 다를 바 없었다. 개중에는 바람잡이인 듯한 손님도 있지만, 몇 명은 정말로 최면 상태에 푹 빠져 있었다. 신나게 울려 퍼지는 음악도 구매 욕구를 부추기는 것 같다.

드디어 우리 차례가 되어, 은단처럼 생긴 검은 알갱이 몇 알을 건네받았다. 해초와 고려인삼과 꿀밀을 해양심층수로 반죽한 것이라는데, 코에 가까이 대보니 약간 자극적인 냄새가 났다.

"기운이 나는 것 같아요."

아야노는 한 알 삼키자마자 이렇게 말하며 직원을 기쁘게 해줬다.

이어서 일곱 가지 색깔의 알약과 육포 같은 식품과 병에 든 음료를 받았다. 하나같이 이상한 냄새를 풍기고 있고, 기분 탓인지 먹은 뒤에 몸이 달아오르는 듯했다.

물론 본래의 목적은 잊지 않았다. 직원의 설명을 열심히 듣는 척하며 사방을 살폈다.

침구를 비롯해 마사지 기구와 조리 기구, 장신구, 옷감, 식품 등 잡다한 물건들이 홀을 가득 메우고 있다. 하나같이 들어본 적이 없는 브랜드로, 포장부터 싸구려 티가 난다. 디즈니나 산리오의 캐릭터를 집어넣은 불법 복제 상품도 있다. 도산한 기업의 상품들을 덤핑으로 세일하고 있는 듯한 분위기다.

빠른 템포의 곡이 흘러나온다. 90퍼센트 할인이라느니 한 개 가격으로 세 개를 살 수 있다느니 남은 것은 이제 한 세트뿐이라느니, 하는 소리에 손님들이 아우성치며 앞다퉈 달려든다. 100엔짜리 항균 양말이나 200엔짜리 건강 샌들뿐만 아니라, 1만 엔짜리 족온기足溫器나 2만 엔짜리 저주파 치료기도 꽤 팔리고 있다.

직원들을 둘러본다. 상품을 설명할 때 다이어리 수첩을 옆에 놔두는 직원들이 종종 눈에 띈다. 일단 손에서 내려놓으면 2~3분은 그 상태로 놔두는 것 같다. 하지만 직원과의 거리가 너무 가깝다. 다른 직원들의 눈도 있어 훔쳐보기가 쉽지 않을 것 같다.

"오늘은 특별한 상품을 소개해드리고 있습니다."

히다카가 손을 비비며 슬그머니 다가온다.

"어머, 그게 뭔데요?"

아야노가 짐짓 놀란 표정을 지으며 대꾸한다.

"사모님은 요통을 앓고 계시지 않으세요?"

"어머나, 나보고 사모님이래, 사모님."

아야노는 깔깔거리며 그의 팔을 탁탁 친다.

"그럼 이분은 애인? 이런, 뜨거운 사이셨군요. 근데, 허리나 어깨가 아프진 않나요?"

"지금은 괜찮지만 추워지면 좀 그래요."

"냉증은?"

"있어요."

"아, 운이 좋으시네요. 오늘은 그런 분들에게 딱 맞는 물건을 갖고 왔습니다."

그리고 우리를 데려간 곳이 돗자리 위에 펼쳐놓은 이불 앞이다. 그가 이불을 젖히며 말한다.

"자, 누워보세요, 누워봐. 사양하지 말고 어서요. 직접 누워볼 수 있는 기회는 지금뿐입니다."

아야노는 나를 힐끗 쳐다보더니 매트리스 위에 몸을 눕힌다. 아하, 이렇게 매트에 누워보게 하려고 처음부터 신발을 벗게 한 거로군.

"어떻습니까? 몸이 조여지는 것 같지 않습니까?"

"좀 딱딱하네요."

"아, 지금 좋은 지적을 하셨네요. 맞아요, 딱딱하죠. 하지만 그게 몸에 좋은 겁니다. 부드러운 매트는 허리에 좋지 않아요. 그리고 이 매트는 표면이 울퉁불퉁하죠. 이 요철이 등의 급소를 자극해 잠자는 동안 마사지를 해줍니다. 더구나 튀어나온 부분에는 영구자석이 들어 있어, 2000가우스G의 강력한 자기로 혈액의 흐름을 원활히 해줍니다. 커버의 소재에도 주목해주세요. 라돈radon이 함유된 섬유로 짠 겁니다. 라돈이라고 해서 〈고질라Godzilla〉에 등장하는 아소산阿蘇山의 괴수를 말하는 게 아닙니다. 손님도 들어본 적이 있을 텐데요, 라돈 온천이라고. 그 라돈이죠. 원자 기호는 Rn. 천연 음이온이 발생해 몸의 기운을 되찾아주죠. 어때요? 이렇게 잠깐 누워 있는 것만으로도 몸이 한결 가벼워질 텐데요. 실제로 이 매트를 쓰고 병을 고친 사람들도 많아요. 류머티즘으로 15년이나 병상에 누워 있던 할머니가 이 매트를 반년쯤 사용하더니 지금은 멀쩡히 걸어 다닌다니까요."

시간이 지날수록 그의 목소리에는 힘이 들어간다. 그렇게 손짓까지 동원해서 설명하는 동안, 그의 다이어리 수첩은 휴대폰과 함께 돗자리 위에 방치되었다.

주위를 살핀다. 이불 세트는 홀 여기저기에 펼쳐져 있고, 직원들은 그 앞에서 제각기 열띤 설명을 늘어놓고 있다. 건강식품 같은 잡다한 물건들을 덤핑으로 파는 코너에도 사람들이 잔뜩 몰려 있다. 우리 쪽을 주목하는 사람은 아무도 없는 듯했다.

히다카의 움직임을 곁눈질하며 천천히 손을 뻗는다. 다이어리 수첩의 표지를 들춘다. 완전히 펼치지는 않고 60도 정도에서 멈춰 안을 들여다본다. 아무렇게나 갈겨쓴 글씨가 군데군데 보인다. 포스트잇도 붙어 있다. 몸은 히다카 쪽으로 향한 채 고개만 살짝 기울여 작은 글씨들을 읽어나간다. 가까스로 내용을 살펴보니, 이 페이지에는 유용한 정보가 없는 듯했다. 리필 용지를 넘겨본다.

"자, 남자친구분."

갑자기 말을 거는 바람에 깜짝 놀라며 손을 뺐다.

"이번엔 남자분이 누워보세요."

"네? 아아, 그래볼까요."

나는 어색한 웃음을 지으며 아야노와 교대했다. 이불에 들어갈 때 힐끗 돌아보니 다이어리 수첩은 닫혀 있다. 표지를 예각으로 들추고 있었기에 저절로 닫힌 것이다.

"어때요? 이불이 가볍죠? 가볍다기보다는 무게가 전혀 느껴지지 않을 겁니다. 꼭 선녀의 깃옷 같죠. 불가리아의 최고급 깃털을 사용했으니까요. 사실 우리는 아무거나 다 깃털이불이라고 하는데, 진짜 깃털이불은 깃털을 사용하지 않아요. 깃털이 아니라 솜털, 그러니까 거위의 가슴 부분에 있는 부드러운 털을 다운이라고 하는데, 진짜 깃털이불은 다운만 사용합니다. 물론 저희 이불은 100퍼센트 다운입니다. 한 마리에서 한 줌밖에 나오지 않는 가슴 솜털을 넉넉히 집어넣었죠. 그것도 거위 중에서 최고라는 흰 거위의 다운입니다. 손으로 일일이 선별했기 때문에 다른 털이 섞일 수가 없어요. 시중에서 파는 건 전부 일반 깃털이에요. 닭털 같은 걸 쓰고 있다니까요. 닭털 만져본 적 있으시죠? 빳빳하죠. 그걸로 이불을 만들면 어떻게 되겠어요. 보온력은 없으면서 무겁기만 하죠. 무거운 이불은 못써요. 어깨도 결리고 숨쉬기도 힘들어지죠. 하지만 저희 이불은 정말 가볍습니다. 진드기 방지 소재이기 때문에 알레르기가 있는 분도 안심하고 사용할 수 있습니다. 그리고 커버에 주목해주십시오. 세라믹을 특수 배합한 백금 섬유로 만들었습니다. 다량의 원적외선을 방사하기 때문에 겨울에는 몸속까지 따뜻해지죠. 그냥 편하게 원적외선이라고 했지만, 물고기를 구울 때의 원적외선과 몸에 좋은 원적외선은 달라요. 몸에 좋은 건 파장이 10미크론 전후의……."

"저기요, 미안하지만 우리끼리 잠깐 의논하고 싶은데요."

나는 이불에서 기어 나왔다.

"오늘은 특별히 깃털 베개를 서비스로 드리죠. 여분의 이불 커버와 시트도 덤으로 드리고요."

"담요는요?"

"남자분 수완이 좋으시네요. 좋습니다, 두 장 드리죠."

나는 아야노의 손을 잡아끌고 약간 떨어진 곳으로 데려갔다. 그리고 귀엣말로 속삭인다.

"한 세트 사겠다고 해."

"지금 무슨 말 하는 거야. 얼만지나 알아? 한 세트에 100만 엔이야."

아야노가 눈을 부라렸다.

"내 말 들어. 그럼 아마 대출을 받으라고 할 거야."

"대출도 싫어. 아무리 몸에 좋다고 해도 그건 너무 비싸. 그럴 돈이 있으면 차나 새로 뽑아. 이번에 좀 큰 차로 뽑자."

"내 말 들으라니까. 그러면 대출 신청서에 엉터리로 이름과 주소를 써넣어."

"들통 나면 어떡해."

"아, 당연히 들통 나겠지. 그러니까 그전에 달아나야지."

"도망칠 수 있어?"

"아마 한 번 기회가 있을 거야."

대출을 받으려면 신용판매회사의 심사가 필요하다. 히다카가 그곳에 전화하는 사이에 도망치면 된다.

"오빠, 대체 어떡하려고 그래?"

"걱정 말고 나 좀 도와줘. 대출 신청서를 쓰면서 이런저런 질문으로 녀석의 주의를 끌어줘."

"그런 힘든 일까지 시키려면 여행갈 때 용돈도 좀 줘야 하는데."

그러면서 아야노는 고개를 움츠린다.

"달릴 수 있겠어?"

"고3 때 800미터 달리기 대회에 출전했잖아. 지금도 수영으로 체력을 단련하고 있고."

"잘 좀 부탁해."

나는 아야노의 어깨를 툭툭 치고 히다카 곁으로 데려갔다.

"한 세트요? 한 세트로는 부족할 텐데요."

히다카는 어떻게든 하나라도 더 팔려고 안달이다.

"사용해보고 괜찮으면 또 주문하죠."

내가 웃으며 말했다.

"이 가격에 드리는 건 오늘뿐입니다. 평소엔 300만 엔이에요. 그걸 오늘만 특별히 소비세 포함해 100만 엔에 드리는 겁니다."

"항상 같이 자니까 우선은 한 세트만 있으면 돼요."

아야노가 빙그레 미소 지었다.

"정말 부럽네요. 아, 이건 세미더블 사이즈니까 격렬하게 밤일을 해도 괜찮아요."

히다카가 천박한 웃음을 흘린다. 어머나, 무슨 그런 말씀을, 하고 호들갑을 떠는 아야노.

"자, 그럼 한 세트 구입하는 걸로 하고, 이쪽으로 오시죠."

그가 수첩을 들고 자리에서 일어났다.

우리가 향한 곳은 노구치 선생의 강연을 들었던 책상이다. 이미 몇 명이 자리에 앉아 대출 신청서를 작성하고 있다.

"근데 오늘이 며칠이더라? 헤이세이* 13년…… 어? 올해가 14년이었던가?"

아야노는 곧바로 연기를 시작했다. 히다카는 엉거주춤한 자세로 책상에 몸을 기대고 신청서 작성을 도와준다.

다이어리 수첩은 휴대폰과 함께 그에게서 20센티미터쯤 떨어진 곳에 놓여 있어 안을 들여다볼 수는 있다. 그러나 조금 전의 도전을 통해 알 수 있듯 모든 페이지를 전부 확인할 수는 없다.

나는 바지주머니에 오른손을 집어넣고 비장의 병기를 움켜쥐었다. 히다카는 물론이며 다른 직원들의 시선에도 주의하면서 왼손을 책상

* 平成, 1989년부터 사용하고 있는 일본 연호.

으로 뻗는다. 내가 잡은 것은 수첩이 아닌 휴대폰이다.

"한자 밑엔 가타카나를 써요, 히라가나를 써요?"

아야노는 계속 연기하고 있다. 히다카도 공손히 응하고 있다.

나는 주머니에서 오른손을 꺼내 그의 휴대폰에 있는 외부접속단자에 비장의 병기를 꽂았다. 외부접속단자란 충전기의 커넥터를 꽂는 부분이다.

"어머, 주소가 너무 기네요. 주소란 밖에 써도 괜찮아요? 여기요, 아니면 여기요?"

아야노는 쉴 새 없이 재잘거리며 그의 주의를 끌고 있다. 나는 500엔짜리 동전 크기의 비밀 병기를 감추듯 휴대폰 아랫부분을 손바닥으로 감싸고 작업 종료 신호를 기다린다.

비밀 병기란 영국 정보부 MI6에게 부탁해 입수한 특수 장비 같은 게 아니라, 시중에서 쉽게 구입할 수 있는 휴대폰 백업 장비다. 자기 휴대폰에 저장된 전화번호를 여기에 저장해두면 휴대폰을 분실하거나 휴대폰이 파손됐을 때 그 번호들을 새 단말기에 고스란히 입력할 수 있다. 그게 이 장비를 만든 본래의 목적이다.

하지만 이것은 상당히 위험한 장비이기도 하다. 만약 타인의 휴대폰에 사용하면 타인이 저장한 번호들을 전부 알아낼 수 있는 것이다. 지금 나는 그 불법적인 용도로 장비를 사용하고 있다.

단점이라면 시간이 좀 걸린다는 것이다. 1초 동안에 저장할 수 있는 데이터는 고작해야 두세 건이다. 등록된 전화번호가 많을수록 시간도 오래 걸리는데, 그 사이에 들키기라도 하면 어디 한두 군데는 부러질 각오를 해야 한다. 심장이 터질 듯한 긴장감 때문에 이렇게 무더운데도 땀이 쏙 들어갔다. 제발 그가 돌아보지 않기를, 다른 직원들에게도 들키지 않기를 빌고 또 빌었다.

"네, 수고하셨습니다. 잠시만 기다려주세요."

히다카가 몸을 일으키고 이쪽으로 돌아선다. 다이어리 수첩과 휴대폰을 집어 들더니 대출 신청서를 펄럭이며 홀 안쪽으로 걸어간다. 예상했던 대로 일이 진행되고 있다.

나는 휴우, 하며 거칠게 한숨을 몰아쉬고 손에 쥔 장비를 호주머니에 집어넣었다.

"나 괜찮았어?"

아야노가 고개를 들었다.

"으응, 아주 훌륭해. 자, 가자."

주위를 살피며 벽까지 슬금슬금 뒷걸음질친 뒤 벽을 따라 게걸음으로, 하지만 적당히 속도를 내어 출구 쪽으로 나아갔다.

"잠깐만. 저기에 신발을 두고 왔어."

아야노가 조금 전에 앉았던 책상 밑을 가리켰다.

"그냥 가."

"안 돼."

"다시 돌아갔다간 붙잡힐 거야. 가는 길에 페라가모든 구찌든 사줄게."

"여기서 패밀리 레스토랑까지 얼마나 먼 줄 알아? 거기까지 어떻게 맨발로 가라는 거야. 아스팔트가 얼마나 뜨거운데."

그건 그렇다.

"내가 가져올게. 넌 먼저 나가서 조금이라도 멀리 가 있어. 그때까지만 맨발로 버텨봐."

"알았어. 조심해."

나는 책상으로 돌아갔다. 슬쩍 상체를 숙여 밑으로 손을 뻗는다. 2만 엔짜리 생수도 깜빡했는데, 이건 그냥 놔두기로 했다. 신발을 넣은 봉지만 집어 들고 엉거주춤한 자세로 천천히 뒷걸음질친다.

그때 갑자기 누군가가 어깨를 툭 친다.

"무슨 일이시죠?"

깜짝 놀라며 허리를 펴고 돌아보니 낯익은 하얀 가운의 사내가 서 있다. 노구치 선생이다.

"아뇨, 아무것도."

"이런, 아직 아무것도 사지 않으셨어요?"

노구치는 안경테를 슬쩍 들어올리며 내 얼굴과 두 손을 번갈아 쳐다본다.

"네, 아직."

"좋은 물건들만 있어 어떤 걸 골라야 할지 모르시겠죠? 제가 자세히 안내해드리죠."

그러면서 내 팔을 잡는다.

"아뇨, 그게 아니라……."

나는 아랫배를 감싼다.

"아아, 그렇습니까. 화장실은 이쪽입니다."

노구치는 홀 안쪽으로 걸음을 옮긴다. 내 팔을 잡고 있기에 마지못해 그를 따라간다.

칸막이 뒤편으로 히다카의 모습이 보였다. 대출 신청서를 손에 들고 전화를 걸고 있다. 표정이 밝은 것을 보니 아직은 아야노가 적은 엉터리 내용이 들통 나지 않은 모양이다. 하지만 그 상태가 앞으로 얼마나 더 오래갈까. 농담이 아니라, 진짜로 배가 아프기 시작했다.

"선생님, 좀 천천히 가세요. 배가 울렁거려서."

그렇게 저항하는 게 내가 할 수 있는 전부였다.

그때 구원의 여신이 강림했다.

내 바지주머니 속에서 〈신 필살 처형자〉*의 '출전의 테마'가 울리기 시작했다.

"저기, 잠깐만요. 전화 좀 받고요."

나는 노구치의 손을 떨치고 착신 멜로디가 울리는 2호 휴대폰을 꺼내 귀에 갖다 댔다.

"어떻게 된 거예요?"

불안한 듯한 여자의 목소리가 들렸다.

"아!"

"어디 몸이라도 아픈 거예요?"

"깜빡했어."

"잊고 있었다고요?"

"미안해, 그만."

"그게 무슨 말이에요?"

불안해하던 목소리가 단번에 불쾌해하는 목소리로 바뀌었다.

사쿠라였다. 이곳으로 오는 도중에 약속을 취소하자고 전화할 생각이었는데, 행사장에서의 행동 계획을 세우느라 까맣게 잊고 있었다.

"난 한 시간이나 기다리고 있는데, 깜빡했다고요? 정말 어이가 없네요."

사쿠라가 목소리 톤을 높인다.

* 1977년 TV 아사히에서 방영된 유명 사극 드라마.

그 순간 문득 묘안이 떠올랐다. 나는 휴대폰을 귀에서 떼고 노구치에게 말했다.

"미안합니다, 우리 가게에서 말썽이 좀 생겨서요. 여기선 잘 안 들리니까 밖에서 통화하고 오겠습니다."

양해를 구하듯 한 손을 쳐들고 몸을 낮추며 출구로 향했다.

"그러니까 그게 말이야, 으응, 그렇지."

휴대폰을 귀에 대고 굽신굽신 머리를 숙이면서 출구로 향했다. 노구치는 따라오지 않았다.

"지금 무슨 얘길 하는 거예요?"

사쿠라의 목소리가 점점 더 험악해진다.

"미안. 중요한 일이 생겨서."

나는 작은 목소리로 대꾸했다.

"나하고 한 약속은 중요하지 않다는 거네요."

"이번 일은 나중에 꼭 벌충하겠어. 지금은 상황이 여의치 않으니까 이따 밤에 전화할게. 아 참, 아주 절묘한 타이밍에 전화해줘서 고마워."

이윽고 열린 셔터 문에 다다랐다. 나는 머리를 긁적이며 밖으로 나와 휴대폰을 호주머니에 집어넣었다. 그런 다음 비닐봉지 하나를 거꾸로 털고 재빨리 몸을 웅크려 신발을 신은 뒤, 아야노를 뒤쫓아 쏜살같이 내달렸다.

11

무사히 패밀리 레스토랑까지 도망쳐 어두워지기 전에 도쿄로 돌아올 수 있었다. 우리가 입은 피해라면 아야코의 발바닥이 까진 것뿐이다. 행사장에서 신발을 벗게 한 데는 밖으로 나가기 어렵게 하려는 의도도 숨어 있을지 모른다.

집에 도착하자마자 히다카에게 훔친 저장 번호를 2호 휴대폰에 전송해 내용을 확인했다.

운이 좋았다.

대개 휴대폰에는 비밀번호가 설정되어 있다. 이를테면 제3자에 의한 무단 사용을 방지하기 위해 잠금 상태를 설정하거나 이를 해제할 때는 비밀번호를 입력해야 한다. 그 외에도 저장 번호 전체를 삭제하거나 비밀로 등록한 전화번호를 불러내거나 비밀번호를 변경하려면 반드시 정확한 비밀번호를 알아야 한다. 비밀번호는 네 자리 숫자로, 처음에 출하될 때는 어느 단말기나 0000으로 설정된다. 그러면 구입한 뒤에 사용자가 자유롭게 바꾸는 것이다.

그리고 예의 백업 장비를 이용해 저장 번호를 빼내려면 복사할 단말기의 비밀번호가 0000으로 설정되어 있어야 한다. 즉 처음에 구입한 뒤에 비밀번호를 변경한 단말기에서는 저장 번호를 빼낼 수 없는 것이다. 비밀번호를 0000으로 되돌려놓으면 빼낼 수는 있다. 하지만 비밀번호를 변경하려면 정확한 비밀번호를 입력해야 하는데, 그 비밀번호는 임의의 숫자로 바뀌어 있기 때문에 일이 그렇게 간단치가 않다.

그럼 비밀번호를 처음 출하될 당시의 상태인 0000으로 계속 사용하는 사람이 과연 얼마나 될까. 사실은 그런 부주의한 사람들이 의외로 꽤 많다. 매뉴얼을 제대로 읽지 않았거나 번거롭다고 생각했거나 깜빡 잊어버린 것이다. 아무리 주의를 환기시켜도 생년월일을 신용카드의 비밀번호로 쓰는 사람이 끊이지 않는 것처럼, 카페에서 자리를 차지하려고 휴대폰을 놔두는 것처럼, 이 나라에는 자기만은 안전하리라 생각하며 방심하는 사람들이 얼마든지 있다.

호라이 클럽의 히다카도 그중 한 명이었다. 한 방에 명중한 것은 분명 행운이지만, 사실 복권의 꼴등에 당첨될 확률 정도는 기대하고 있었다. 어쨌든 나는 호라이 클럽과 관련된 자의 전화번호 내역을 손에 넣었다.

내가 전화번호를 빼낸 이유는 전화번호를 통해 주소를 알아내려고 생각했기 때문이다. 히다카가 저장한 전화번호 속에는 '호라이(본부)'라는 이름으로 등록된 번호가 있었다. 전단지에 실려 있는 대표번호와는 다르다.

그런데 이제부터가 문제다. 상대는 유령회사다. 전화를 걸어 주소를 물어본들 순순히 가르쳐주지는 않을 것이다. 그래서 나는 전화번호부의 데이터베이스 소프트웨어를 이용했다.

디지털 데이터의 좋은 점은 검색의 유연성과 용이함이다. 종이로 된 전화번호부의 경우, 주소로 전화번호를 찾을 수는 있어도 전화번호로 주소를 찾을 수는 없다. 불가능한 것은 아니지만, 정순도 역순도 아닌 숫자들 속에서 특정한 번호를 찾아내기란 결코 쉽지 않다. 하지만 컴퓨터라면 가능하다. 전화번호를 입력하고 엔터 키를 치면 결과를 알려주기까지 1초도 안 걸린다.

이론적으로는 그렇지만 현실에서는 항상 예외라는 게 있기 마련이다.

전화번호부 소프트웨어는 NTT*의 전화번호부를 바탕으로 작성되어 있다. 따라서 해당 번호가 전화번호부에 기재되기를 거부하는 가입

* 일본전신전화.

자의 번호라면 검색해도 아무것도 나오지 않는다. 이 때문에 '호라이(본부)'의 번호를 통한 주소 검색도 불가능했다. 상대는 사기꾼이다. 전화번호부에 기재하지 않는 게 당연하다.

그럼 다음 방법은?

아 참, 그전에 먼저 연락해야 할 사람이 있다.

아사미야 사쿠라다. 약속을 지키지 못한 점에 대해 사과해야 한다. 나는 그날 밤에 그녀의 휴대폰으로 전화를 걸었다.

"무척 바쁘신가 보네요."

기분이 상한 게 분명했다.

"오늘은 미안했어. 내일은 어때? 낮이든 밤이든 상관없는데."

"무리하실 필요 없어요. 바쁘신 중에 일부러 시간을 내려면 힘드실 테니까요."

"너무 그러지 마. 내일 뭐 먹을까. 초밥? 프랑스 요리?"

"아뇨, 됐어요. 다이어트 중이라서."

"그럼 가볍게 메밀국수나 우동이라도."

"면 종류는 매일 점심때마다 먹어요."

"그럼 차나 마시면서 얘기하지."

"별로 얘기할 게 없는데요."

"난 있어."

"무슨 얘기요?"

"그건 일단 만나서……."

"얘기라면 전화로도 충분하잖아요. 지금 얘기하세요. 무슨 얘길 하자는 거죠?"

"새로 시작한 일은 어떤지 궁금하기도 하고……."

"별거 없어요."

도무지 말을 붙일 수가 없다. 현재 상황을 처음부터 자세히 얘기하면 이해해줄지도 모르겠지만, 타인의 비밀을 함부로 얘기하고 싶지는 않다. 게다가 다른 사람에게 말하지 않기로 아이코와 약속했다. 나는 별로 정직한 사람은 아니지만 기본적인 도리는 중시한다.

사쿠라와는 잠시 냉각기간을 갖는 편이 나을지도 모른다. 그렇다고 이대로 전화를 끊는 건 왠지 께름칙하다.

"그럼 만나는 건 다음 기회로 미루지. 근데 물어보고 싶은 게 하나 있어."

"얘기하시라니까요."

"그건 그러니까, 별로 중요한 건 아닌데, 좀 궁금한 게 있어서, 어떻게 설명해야 할까……."

물론 묻고 싶은 게 있을 리 없다. 부드러운 분위기로 헤어질 수 있는 무난한 화제를 찾으려 대화를 질질 끌고 있을 뿐이다. 그렇게 적당히 말을 이어가는 중에 문득 떠올랐다.

"그렇지, 머리 좀 빌리고 싶어."

"머리요?"

"응, 사쿠라의 지혜로운 머리."

"저는 머리 나쁜데요."

"간단한 게임이야. 어떡하면 전화번호로 주소를 알아낼 수 있지?"

"그 번호로 전화해서 주소를 물어보면 되죠."

"상대가 불친절해서 가르쳐주지 않는다면?"

"상대의 이름은 알고 있어요?"

조금은 얘기에 흥미를 느끼는 것 같다.

"응, 알아."

"그럼 돌아다니면서 찾아야죠."

"바보 아냐? 주소를 모르는데 어떻게 찾는다는 거야?"

"그러니까 머리 나쁘다고 했잖아요."

실수했다. 황급히 말을 잇는다.

"아니, 머리는 내가 더 나쁘지. 돌아다니며 찾는다는 건 무슨 뜻이지? 머리가 나빠서 잘 모르겠는걸."

"시내 국번을 보면 대충 어디쯤인지 알 수 있잖아요. 몇 번 몇 번은 어느 전화국이라고 정해져 있으니까요."

"아, 그렇군."

그 방법은 미처 생각지 못했다. 호라이 클럽 본부의 전화번호는 03-3444-5×××. 그러니까 3444국을 관할하는 전화국을 알아내 그 지역을 돌아다니며 호라이 클럽의 간판을 찾으면 된다. 그런데 대체 이 국번을 쓰는 지역의 면적이 어느 정도나 될까.

"1000명 정도가 흩어져서 찾는다면 그것도 좋은 방법이겠지만."

"번호 순서대로 게재된 전화번호부는 없나요?"

"그런 컴퓨터 소프트웨어가 있긴 한데, 내가 알고 싶은 번호는 등록돼 있지 않았어."

"〈이토 집안의 식탁〉에선 안 하던가요? 전화번호로 주소를 찾는 숨은 비법 같은 거요."

"그런 거 안 했어."

나는 피식 웃음을 흘렸다. 전화 저편에서도 킥킥거리는 소리가 났다. 이것으로 기분 좋게 전화를 끊을 수 있다고 생각했다.

"아!"

사쿠라가 짧게 목소리를 높인다.

"뭐야, 바퀴벌레라도 본 거야?"

"생각났어요. 전화를 걸어서 주소를 가르쳐달라고 해요."

"그러니까 그건 안 된다고 했잖아."

"불친절하니까요?"

"그래."

"불친절해도 가르쳐주는 숨은 비법이에요."

"그게 뭔데?"

"택배 직원인 척하는 거예요. 그쪽에 배달할 물건이 있는데, 송장의 글씨가 흐려서 주소를 알아보지 못하겠다고."

나도 모르게 탄성이 터져 나왔다.

"우와, 머리 좋네."

"가끔은요."

"정말 고마워. 다음에 내가 한턱낼게. 뭐가 먹고 싶은지 생각해둬. 오늘 일도 사과할 겸, 아무리 비싼 거라도 다 사줄 테니까."

12

8월 26일 일요일. 나는 적군의 본영 앞에 우뚝 섰다.

시부야구 에비스 2가 ×번지 ×호 히라키 제3빌딩 4층. 점심때 택배 직원을 가장해 주소를 알아내고, 경비 일이 끝나자마자 내 미니로 부리나케 달려왔다.

몇 해 전에 의료사고로 신문에 크게 보도됐던 도립 히로오 병원에서 그다지 멀지 않은, 시부야가와 하천 옆의 5층 건물이다. 층수는 사사즈카에 있는 빌딩과 똑같지만, 전체적인 규모는 이쪽이 훨씬 더 크다.

만전을 기하려고 1층의 건물 우편함을 확인했다. 각 층마다 회사가 하나씩 입주해 있는데, 4층 우편함에만 이름이 적혀 있지 않았다. 투입구를 통해 안을 들여다보니 우편물도 들어 있지 않았다. 계단을 통해 4층으로 올라가 봤지만 문에 명판이 없다. 그런데 4층 복도에 납작하게 찌부러뜨려 노끈으로 묶은 골판지 상자들이 쌓여 있었다. 유성 매직으로 '호라이 신명의 물'이라고 갈겨쓴 글씨가 보인다.

조사를 시작한 지 2주일이 지나서야 가까스로 본거지에 다다랐다. 가슴속은 성취감으로 가득 찼다. 탐문도 벌이고 감시도 하고 이단 헌트*처럼 아슬아슬한 모험을 감행하기도 했다. 꽉 쥔 주먹으로 하늘을 찌르며 쾌재라도 부르고 싶은 심정이다.

아니, 아니, 감상에 젖기에는 아직 이르다. 이제 겨우 고개 하나를 넘은 것에 불과하다. 아직은 정상으로 향하는 험준한 길이 남아 있다. 사방이 짙은 안개에 싸여 있어 길조차 보이지 않는다.

내 임무는 류이치로의 죽음에 호라이 클럽이 관련되어 있는지 아닌지 확인하는 것이다. 적어도 하네다 창고관리라는 유령회사의 정체가 호라이 클럽인지 아닌지 정도는 확인해야 한다. 그러려면 호라이 클럽의 내부를 조사해야 하는데, 어떻게 안으로 들어가지?

자물쇠를 따는 기술이라도 있으면 심야에 침입하겠지만, 내게는 그런 재주도 없고 사무실을 털며 생계를 꾸려가는 친구도 없다. 창문을 깨고 들어갈 생각도 했지만, 사무실이 4층인 데다가 빌딩 입구에는 경

* 영화 〈미션 임파서블〉의 주인공. 뛰어난 첩보 요원이다.

비회사의 스티커까지 붙어 있다.

직원이나 아르바이트로 잠입해 업무 중에 틈틈이 조사하는 식의 깔끔한 방법도 생각해봤다. 하지만 느닷없이 방문한 사람에게 내일부터 당장 출근하라고 하는 회사는 없을 것이다.

아니, 채용되지 않더라도 일단 안으로 들어가기만 하면 무슨 방법이 있을지 모른다.

최근에 금고 도둑이 횡행하고 있다. 심야에 사무실이나 점포에 침입해 금고를 통째로 갖고 가는 것이다. 피해 업체 중 상당수는 경비회사와 계약한 상태다. 하지만 경비회사의 연락을 받고 경찰이 출동했을 때는 이미 도둑이 금고와 함께 사라진 뒤다.

일을 처리하는 속도가 빠른 데는 이유가 있다. 문이나 창을 따자마자 곧바로 금고로 다가가 재빨리 운반하기 때문이다. 금고의 위치를 몰라 우왕좌왕하는 일은 없다. 금고가 너무 무거워서 쩔쩔매는 일도 없다. 사전에 표적으로 삼은 회사로 찾아가 아르바이트 면접을 보는데, 그때 금고의 위치와 크기를 체크한다는 것이다. 한때 절도단의 일원이었던 사람이 와이드 쇼에 출연해 그렇게 말했다.

그럼 나도 무작정 호라이 클럽에 찾아가 채용해달라고 버티면서 그 사이에 실내의 구조를 확인해볼까? 그리고 밤중에 다시 찾아가 쇠지레로 문을 따고, 낮에 봐둔 캐비닛으로 직행해 산타클로스가 들고 다니는 것 같은 자루에 닥치는 대로 서류를 쑤셔 넣는 거야. 그런데 과연 내가 경찰이 도착하기 전에 무사히 달아날 수 있을까?

층계참에 우두커니 서서 이런저런 생각을 하고 있는데, 갑자기 누군가가 어깨를 건드린다.

"무슨 일이시죠?"

나는 순간적으로 긴장했다. 불과 며칠 전에도 똑같은 일로 간담이 서늘해진 적이 있다.

"어디 불편하세요?"

흠칫흠칫 고개를 드니 수척한 백발의 사내가 서 있다. 연녹색 작업복을 입고 손에는 대걸레를 들고 있다.

"아뇨, 괜찮습니다."

나는 그에게 자리를 양보하고 계단을 내려갔다.

세 계단쯤 내려왔을 때 불현듯 묘안 하나가 뇌리를 스친다. 걸음을 멈추고 돌아서서 남자에게 말을 걸었다.

"청소하시는 분입니까?"

남자는 이쪽을 힐끗 쳐다보곤, 보면 모르냐는 듯이 대걸레를 두세 번 바닥에 찧는다.

그의 이름은 와타나베 요이치. 5년 전에 유명 전기회사를 정년퇴직한 뒤, 회사의 재고용 프로그램으로 지난가을까지 계열사에서 일하고 있었다. 상장기업인 만큼 퇴직금도 그런대로 받았다. 연금도 아내와 둘이 생활하기에 충분한 액수를 받고 있다. 몸도 건강하므로 유유자적한 노후생활을 보낼 수 있다. 그런데 그는 40년 동안 회사에만 매달리며 살아왔기 때문에 별다른 취미가 없다. 분재와 게이트볼을 시작해봤지만 오래가지 못하고, 결국은 집에서 사극 재방송을 보는 정도밖에는 할 게 없었다. 그러자 오랜 세월 함께해온 아내와 하루 종일 얼굴을 마주하게 되어 답답해서 견딜 수 없었다. 게다가 이대로 빈둥빈둥 지내다가는 빨리 늙을지도 모른다는 위기감도 느꼈다. 그래서 담뱃값이라도 벌 겸 이런 청소 일을 시작했다. 이상은 내가 멋대로 상상한 거다.

"매일 일하세요?"

나는 웃음 띤 얼굴로 와타나베(가명)에게 물었다.

"그런데요."

"토요일하고 일요일은 쉬시고요?"

"그렇죠."

그는 귀찮은 듯이 대꾸하고 한 계단 위로 올라갔다.

"근무 시간은요?"

대답이 없다.

"아침에는 몇 시부터 일하세요?"

역시 대답이 없다. 나는 계단을 뛰어 올라가 그의 앞으로 돌아선다.

"댁에 들어가시다가 이걸로 한잔하세요."

1000엔짜리 세 장을 쥐여주자 그는 여전히 무뚝뚝한 표정으로 돈을 호주머니에 쑤셔 넣으며 대답한다.

"일은 오후부터 시작해요."

"아, 그러세요. 대개 청소는 아침에 하지 않나요?"

"전에는 오전에 했던 것 같아요. 하지만 아침엔 어느 회사든 바쁘잖아요. 일에 방해가 되니까 오후로 변경한 모양이에요."

"방해가 된다는 건, 계단이나 복도만이 아니라 사무실까지 청소한다는 겁니까?"

나는 속으로 쾌재를 불렀다.

"그렇죠. 엘리베이터랑 화장실이랑 바깥의 쓰레기장까지 전부 청소해요."

"그럼 4층에 있는 회사도 청소하시겠네요."

"그럼요. 1층부터 5층까지 전부 하는걸요."

"그 사무실엔 방이 몇 개나 됩니까?"

"따로 방은 없어요. 칸막이로 나뉘어 있을 뿐이죠."

"그 회사 직원들은 몇 명이나 되는데요?"

"일정치가 않아요. 많을 때는 열 몇 명, 적을 때는 두세 명."

내가 또다시 마음속으로 쾌재를 부른 순간, 위쪽에서 목소리가 났다.

"뭐해요? 이리 와서 좀 도와줘요."

계단 난간 너머로 여자가 이쪽을 내려다보고 있다. 쉰 살 전후로 보이는 통통한 얼굴의 여자다. 와타나베와 똑같은 작업복을 입고 있다.

"청소는 두 분이 하세요?"

나는 두 사람을 번갈아 쳐다봤다.

"네, 둘이 하죠."

"또 다른 분도 있는 거 아녜요?"

"아뇨, 항상 저 여자하고 둘이 해요."

이번에는 마음속으로가 아니라 실제로 쾌재를 불렀다. 그의 귓가에 가까이 입을 대고 들뜬 목소리로 낮게 속삭였다.

"아르바이트하지 않으실래요?"

13

이튿날 저녁에 사쿠라와 만났다.

"정말 기막힌 맛이군."

아주 살짝 연분홍 빛깔을 띤 투명한 회 한 점을 입에 넣고 나는 한숨을 내쉬었다. 씹을수록 단맛이 배어 나와, 무심결에 또다시 한숨이 새어 나온다.

"아, 또 찢어졌네."

사쿠라의 손이 약간 떨리고 있다.

"자꾸 겁을 내니까 그런 거야. 처음 먹어봐?"

"아녜요. 근데 잘 안 되네요."

"자, 마음 가라앉히고 천천히 집어봐."

나는 웃으며 그녀의 조그만 술잔에 차가운 청주를 따랐다.

아카사카의 요릿집이다. 검은 윤이 감도는 노송나무 기둥이 있고, 산수화를 걸어놓은 도코노마*가 있으며, 방문 위쪽의 교창에는 송죽매松竹梅가 새겨져 있다. 그런 방에서 우리는 옻칠로 마무리된 좌식 탁자를 사이에 두고 마주 앉아 있다. 물론 우리만 쓰는 독방이다. 겨우 두 명이 여섯 평짜리 방을 독차지하는 사치를 누리고 있는 것이다.

탁자 위에 놓인 것은 복어다. 작은 사발에는 끓는 물에 살짝 데쳐 잘게 썬 껍질이 담겨 있고, 네모난 접시에는 옅은 갈색의 튀김이 놓여 있다. 하지만 그중에서도 압권은 역시 얇게 썬 복어회다. 대패로 깎아낸 것처럼 썬 투명한 살이 한 자 일곱 치의 청자 접시에 국화 꽃잎처럼 수북이 담겨 있다.

"착 달라붙어 잘 떨어지지 않는단 말이에요."

사쿠라는 접시로 젓가락을 가져가지만, 제대로 살점을 떼어내지 못하고 젓가락 끝을 덜덜 떨고 있다.

"착 달라붙은 건 신선하다는 증거야. 좀더 힘 주지 않으면 떨어지지 않을걸."

나는 접시 가장자리에 젓가락을 비스듬히 세우고 드릴처럼 집어넣

* 床の間, 방 한 켠에 바닥보다 높게 만들어둔 공간. 보통 꽃과 족자 등으로 장식한다.

어 열 점 정도를 단번에 떼어냈다.

"그렇게 한꺼번에 집는 건 반칙이에요. 한 점씩 떼어봐요, 얼마나 어려운데요. 그렇게 먹기엔 너무 아깝잖아요."

"이렇게 먹어야 먹는 맛이 나지."

부채 모양으로 겹쳐진 살점 위에 잘게 썬 실파와 빨간 무즙을 얹고, 둥그렇게 말아 폰즈 소스를 찍어 입에 넣는다. 신맛 속에서 서서히 단맛이 우러나 또다시 한숨이 새어 나온다.

"복어는 몇 번 먹어본 적이 있지만, 이맘때 먹는 건 처음이에요."

그녀도 겨우 회 한 점을 입에 넣었다.

"사실 여름의 복어라면 보통은 쑤기미를 말하지."

"쑤기미?"

"눈이 튀어나왔고 주둥이가 비뚤어졌고 등에 큼직한 가시가 있는 괴상하게 생긴 물고기 말이야."

"무슨 물고기인지는 알고 있어요. 근데 그게 복어하고 무슨 관계죠?"

"쑤기미는 겉모습만 그렇지 살은 굉장히 깨끗한 흰색으로, 쫄깃쫄깃하게 씹히는 감촉이나 담백한 맛이 복어하고 비슷하지. 그리고 한창 나올 때가 여름이니까 여름의 복어라는 거야."

"아하, 그건 처음 듣는 얘기네요."

"독이 있는 고기는 역시 맛있어. 여자도 그렇고."

실수했다. 의미를 모르는 것인지, 속으로 경멸하는 것인지 그녀는 담담히 큰 접시로 젓가락을 뻗는다. 나는 몸을 움츠리고 술잔에 입을 댄다.

"어? 복어는 겨울이 제철 아닌가요?"

그녀가 고개를 갸웃거린다.

"그러니까 쑤기미를 여름의 복어라고 하잖아. 복어의 제철이 여름이었다면, 다른 물고기에 굳이 여름의 복어라는 이름을 붙일 필요가 없겠지."

"그럼 우린 어떻게 8월에 복어를 먹을 수 있는 거죠? 냉동인가요?"

"맛없어?"

"아뇨. 전혀 냉동인 것 같지가 않아요."

"그럼 미각에 자신감을 가져도 되겠네. 여름에도 복어는 잡혀. 단지 몸집이 작아서 가격이 낮기 때문에 별로 출하되지 않는 거야. 겨울에 잡히는 것처럼 지방이 많지는 않지만, 그 대신 살이 단단해서 씹으면 씹을수록 단맛이 나지. 고기도 어린 것과 성숙한 건 맛이 다르잖아. 이것도 마찬가지야."

작은 사발에 있는 껍질을 조금 집어 먹고, 곧바로 튀김을 입에 잔뜩 쑤셔 넣는다. 둘 다 맛있지만 역시 회가 최고다.

"미식가도 아닌데 이런 진미를 먹어도 되는 건지 모르겠어요. 게다가 이런 고급스러운 곳에서 대접받으니까 황송하네요. 아, 이건 그쪽에서 사는 걸로 생각하고 있는데."

사쿠라가 손을 입에 갖다 댔다.

"약속한 대로 오늘은 내가 사는 거야. 후원자도 생겼으니까."

"후원자?"

"그런 부자가 있어."

이건 아이코에게 경비로 청구하자.

"거짓말쟁이."

"내 정체가 드러났군."

"정말로 어느 게 진담이고 어느 게 농담인지 모르겠어요."

그녀가 어깨를 움츠린다.

“맞아, 난 거짓말쟁이야. 그리고 도둑이기도 하지. 거짓말쟁이가 도둑이 된다는 건 정말 딱 맞는 말이야.”

“꼭 어린애 같은 말만 하네요.”

“정말로 도둑이야. 일전에 긴자에서 커피도 훔쳤잖아.”

“그건 도둑질이 아니라 교육이라면서요.”

“내가 그렇게 말했던가?”

“거봐요, 또 거짓말하고 있잖아요.”

사쿠라가 입을 삐죽 내밀며 묻는다.

“누구 주소를 알고 싶었던 거죠?”

“응?”

“전화번호로 주소를 알아내려고 했잖아요.”

“아아, 그거.”

나는 자작으로 술잔을 비웠다.

“혹시 〈이토 집안의 식탁〉에 응모하려는 거 아네요, 숨은 비법이라며?”

“딩동댕.”

“진짜 이유는 뭐죠?”

“누구한테 부탁을 받았어.”

“흐음.”

그녀가 진위를 가리려는 듯한 눈빛으로 나를 쳐다본다. 나는 방문 위의 교창으로 시선을 돌리며 말을 이었다.

“기요시라는 동생이 있어. 친동생은 아니고 동생처럼 귀여워하는 녀석이지. 고등학교 후배인데, 그 녀석이 아직 철이 없어 어떤 연상의 양갓집 여자한테 한눈에 반했어. 근데 고백은커녕 제대로 말도 붙여보지 못하는 거야. 어렵게 그 여자네 집의 전화번호를 알아냈으면서 전화도 걸지 못하고 말이야. 그러다가 멀리서 그 여자의 모습이라도 바라보고 싶은 마음에 그 집 앞에 숨어서 지켜보기로 했지. 그런데 찾아가려고 해도 주소를 모르잖아. 그래서 나한테 도와달라고 울며 애원하더군."

"그건 스토커잖아요."

"뭐 그 비슷한 거지."

"비슷한 게 아니라 스토커 맞네요."

"나도 좀 꺼림칙해서 그 녀석한텐 아직 방법을 가르쳐주지 않았어."

"앞으로도 절대 가르쳐주면 안 돼요."

사쿠라는 야무지게 입을 다물고 고개를 좌우로 흔들었다.

"예, 알겠습니다. 그런데 새로 시작한 일은 좀 어때?"

내 엉터리 얘기가 어느 정도 먹힌 것 같아 나는 화제를 바꾸었다.

"그냥 그저 그래요."

"좀 익숙해졌어?"

"네, 그럭저럭."

그러면서 한숨을 내쉰다.

"힘든 일이야?"

"힘든 건 아니지만 별로 재미도 없고, 아무래도 돈벌이가 안 되니까."

또 한숨 소리를 낸다.

"대체 얼마나 빚을 졌기에…… 아, 미안. 지금 한 말은 취소."

나는 황급히 손을 내젓고 술병을 내밀었다. 아물어가는 상처에 소금을 뿌려 다시 자살을 꾀하게 할 수는 없지 않은가.

"뭔가 기술이라도 있으면 좋을 텐데 말이에요. 양재나 기쓰케*, 영어, 피아노…… 그런 재주라도 있으면 벌이도 좀 달라질 텐데, 제겐 아무런 재주도 없어요. 그러니까 급료가 낮은 오니기리 가게에서 일하는 거죠."

사쿠라는 세 번째 한숨을 내쉬고는 집게손가락 끝으로 술잔에 묻은 립스틱을 닦았다.

"그렇게 비하할 필요는 없어. 오니기리를 도톰하게 뭉치는 것도 기술이야. 아무나 할 수 있는 게 아니라고. 나 같은 놈은 엄두도…… 어?"

나는 갑자기 입을 다물고 천장을 올려다봤다.

"왜 그러세요?"

"기시감이야."

"기시감?"

"지금 했던 얘길 어디선가 말했던 것 같은데."

그러면서 관자놀이를 톡톡 친다.

"어떤 말이요?"

"오니기리를 도톰하게 뭉치는 것도 기술이다. 아무나 할 수 있는 게 아니다."

그다지 멀지 않은 과거에 누군가를 상대로 똑같이 말한 것 같은 느낌이 든다.

"아, 알았다."

사쿠라가 손뼉을 쳤다.

"언제나 그런 말로 여자를 꼬드기고 있는 거죠? 술집 같은 데서."

* 着付け, 기모노를 입혀주는 일.

"아냐, 아냐, 그런 거 아냐."

나는 웃으며 술을 들이켰다.

"정말 그럴까요."

의심스러워하는 시선이 날아온다.

"정말이야."

"거짓말쟁이의 얘긴 믿을 수가 있어야죠."

"눈에 보이는 뻔한 거짓말은 안 해."

나는 짐짓 태연한 척하며 머리를 고쳐 묶는다.

"실례합니다."

방문 저편에서 목소리가 들렸다. 네, 하고 대꾸하자 여종업원이 스르르 문을 열고 안으로 들어왔다.

탁자 중앙에 버너를 고정시키고, 다시마를 우린 국물이 담긴 질냄비를 올려놓고, 살점이 붙은 복어 뼈를 집어넣고, 거품을 건져내고, 야채를 넣고, 어느 정도 끓자 곧바로 두 사람의 사발에 떠주고, 먹는 대로 건더기를 더 집어넣고, 불 상태를 조절한다. 종업원이 계속 옆에 달라붙어 시중을 들자 자연히 다 같이 얘기하게 되면서 무던한 대화가 이어졌다. 오늘은 이 여종업원을 구원의 여신으로 인정하자.

냄비에 밥과 달걀을 넣고 끓이는 것으로 마지막 마무리를 지었다.

"덕분에 잘 먹었어요."

사쿠라가 공손히 손을 모아 하얀 찻잔을 집어 든다.

"잘 먹었다니 다행이군."

나도 배가 꽉 찼다. 담배에 불을 붙였다.

"다음엔 제가 대접할게요."

"그거 기대되는데."

"뭘 드시고 싶으세요?"

"으음, 지금은 배가 불러서 아무것도 생각나지 않는데."

우리는 얼굴을 마주보며 웃었다.

"아, 제가 직접 만들게요."

"응?"

"아마추어가 만든 요리는 싫어하세요?"

"그런 건 아니지만."

"댁에 가서 만들게요."

"우리 집에서? 우리 집엔……."

아야노의 얼굴이 떠오른다.

"언제 갈까요?"

"글쎄, 일단 생각해볼게."

나는 애매한 웃음을 지으며 담배를 재떨이에 올려놓는다.

"어, 좀 수상한데요."

사쿠라가 고개를 내밀었다. 나는 모르는 척하며 찻잔을 입에 댔다.

"혹시 집에 누군가 기다리고 있는 거 아녜요?"

"그런 거 아냐."

흥, 하며 살짝 웃는다.

"정말로?"

"정말이야."

"그럼 지금 잠깐 들러볼까요."

한순간 말문이 막혔다.

"그건 다음에."

"아아, 역시 누군가 있군요."

사쿠라가 한층 더 고개를 내민다.

"집이 좀 지저분해서 말이야."

"그건 남자들이 흔히 써먹는 변명이죠."

"싱크대에 잔뜩 쌓인 그릇들이랑 여기저기 벗어놓은 팬티를 그대로 보여줄 순 없잖아."

"저는 전혀 아무렇지도 않은데요."

그녀는 엉뚱한 얘기를 꺼내고는 엽차를 홀짝인다. 나는 담배를 끄고 천천히 일어난다.

"자, 데려다줄게."

바깥의 밤하늘에는 별들이 총총히 떠 있으리라 생각했다. 요릿집에 들어올 때 저녁노을이 선명했기 때문이다. 그런데 완전히 해가 저문 지금은 빌딩의 불빛과 네온사인의 방해로 하늘이 온통 무채색으로 뒤덮여 있다.

아오야마 거리까지 걸어가 택시를 잡았다. 오늘은 술 마실 생각으로 나왔기에 차를 몰고 오지 않았다.

"시로카네. 후루카와바시에서 메이지 거리를 따라 시노하시 쪽으로."

운전기사에게 목적지를 일러준 뒤 뚱한 얼굴로 팔짱을 낀 채 말없이 라디오에 귀를 기울였다. 라디오에서는 카프 대 자이언트 경기의 중계방송이 흘러나오고 있다. 9 대 8로 7회 말이 끝났다. 메이지 거리로 들어서는 동안 니오카와 에토가 각각 투런 홈런을 치고 마에다가 솔로 홈런을 날리며 화려한 경기를 펼친다. 자이언트가 리드하고 있으므로 불만은 없지만, 감칠맛이 없는 이런 시합은 내 취향이 아니다.

신후루카와바시에서 좌회전해 시로카네로 들어서자, 운전기사에게 우회전이니 좌회전이니 지시하며 히카리소 연립 앞까지 길을 안내했다. 기사에게 잠시 기다리라는 말을 남기고, 사쿠라를 데리고 택시에서 내렸다.

"너무 허름하지?"

나는 고개를 움츠리며 담배를 물었다.

"아뇨, 별로."

사쿠라는 가볍게 손을 내저었다.

"그냥 솔직히 얘기해도 괜찮아. 보다시피 엄청나게 낡은 건물이야. 그러니까 보여주고 싶지 않았던 거야. 내부는 더 끔찍하지. 다음에 대충 정리한 뒤에 초대할 테니까 오늘은 이걸로 봐줘. 아, 그리고 우리 집은 저기야. 여자는 없어."

그러면서 불 꺼진 103호의 창문을 가리켰다. 건물을 직접 보니 들어갈 마음이 사라졌는지 그녀는 순순히 고개를 끄덕였다.

"그만 갈까?"

나는 그녀를 택시 뒷좌석으로 밀어 넣고 나도 옆자리에 올라탔다. 그리고 물었다.

"집은 어디지?"

"네?"

"집은 어디냐고?"

"우리 집이요?"

그녀가 어리둥절한 표정으로 자기 얼굴을 가리킨다.

"그럼 또 누가 있어? 기사 아저씨한테 집을 물어봤을 리는 없잖아."

나는 운전기사에게 웃어 보였다.

"그런 건 왜 물어요?"

"집이 어디냐고 묻는 게 뭐 이상한가?"

“아뇨, 그런 건 아니지만…… 세타가야 쪽인데요.”

사쿠라는 나직이 대답하며 눈 밑을 비빈다.

“자, 세타가야로 가주세요.”

뒷좌석 문이 닫히자 택시가 출발한다.

“세타가야의 어디요?”

운전기사가 묻는다. 사쿠라는 대답하지 않는다.

“세타가야의 어디?”

내가 묻는다. 가냘픈 목소리로 대답한다.

“산겐자야.”

“산겐자야로 가주세요.”

중간에서 통역해 운전기사에게 전한다.

“근데 왜 저와 함께 가는 거죠?”

그녀는 내게서 떨어지려는 듯 문 쪽으로 몸을 기댔다. 남자의 집에 가고 싶다기에 적극적이라고 생각했는데, 이제는 남자를 피하고 있는 느낌이다. 도무지 종잡을 수 없는 여자다.

“술 마신 여자를 혼자 돌려보낼 순 없지.”

“택시를 타면 혼자라도 안전해요. 그렇게 취할 정도로 마시지도 않았고요.”

“집까지 바래다주는 게 신사의 도리지.”

“신사는 밤늦게 여자의 집을 방문하지 않아요.”

“사쿠라 씨, 자의식이 너무 강한 거 아냐? 집 앞까지만 바래다줄 건데.”

“그럴 것까진…….”

“한턱낸 사람이 말하면 고분고분 들어야지.”

내가 고압적으로 나가자 앞쪽에서도 한마디 거든다.

"남자친구가 말하면 잘 들어야죠."

눈치가 빠른 기사다. 그녀는 더 이상 아무 말도 하지 않았다.

12 대 9의 난타전이 막을 내릴 즈음 택시는 산겐자야에 도착했다. 아니, 좀더 정확히 말하면 산겐자야와 인접한 다이시도다. 기사에게 잠시 기다려달라고 하고 나도 택시에서 내렸다.

"실망하셨죠?"

사쿠라는 문 앞에 선 채 고개를 숙였다.

2층 건물의 연립주택이다. 내가 사는 곳보다 약간 나을까 말까 한 시대에 뒤떨어진 모르타르 벽의 목조 건물로, 욕실도 없을 것 같은 오래된 건물이다.

"뭐야, 나하고 비슷한 처지네."

나는 웃으며 그녀의 어깨를 툭툭 쳤다.

"아까 당신의 집을 보고 사실은 마음이 놓였어요. 정원에 연못이 딸린 저택이나 30층짜리 고급 아파트라면 내가 주눅이 들 것 같아 걱정했거든요."

그녀는 가슴에 손을 대고 크게 한숨을 토해냈다.

"쓸데없는 걱정을 했군."

"하지만 항상 좋은 옷만 입잖아요."

"집에선 추리닝이야."

그러면서 아르마니 셔츠의 소매를 슬쩍 가린다.

바람이 약간 분다. 온몸을 감싼 공기는 후덥지근하지만, 건물들 사이로 불어오는 바람은 왠지 부드럽다. 일주일 전의 기온에 비하면 확실히 다르다.

"차라도 마시고 갈래요? 비좁긴 하지만."

그녀가 부끄러운 듯이 얼굴을 들었다.

"그럴까. 아냐, 오늘은 그냥 갈게. 아까 집 앞까지만 바래다주겠다고 했잖아."

"괜찮아요, 그런 거 신경 쓰지 않아도."

"아냐, 역시 그냥 가는 게 좋겠어. 내일은 일찍 일어나야 하니까. 자, 그럼."

나는 손을 들고 곧바로 택시에 올라탔다.

아침에 일찍 일어나는 것은 일상적인 일이다.

사쿠라에 대해서는 어느 정도 호감을 느끼고 있다. 단둘이 식사도 하고 영화도 봤으니까 단순히 알고 지내는 정도는 아니다.

하지만 한편에는 그녀와 분명히 선을 긋고 싶어 하는 마음도 있다. 알고 지낸 지 얼마 안 됐기 때문인가? 아니, 그건 아니다. 평소의 나는 만나자마자 그날로 섹스하는 타입이다.

그녀를 다른 여자와 구분해서 대하고 싶은 건가? 사실 채팅 사이트 같은 걸로 만난 여자와는 달리 그녀는 말도 잘 통하고, 함께 있으면 마음도 편하고, 2만 5000엔짜리 복어 요리를 사줘도 아깝다는 생각은 들지 않는다. 그런 여자와는 굳이 육체관계를 맺을 필요 없이, 이른바 교제를 즐기기만 하면 그것으로 충분하다고 생각하는 건가? 아니면…… 그녀가 자살을 꾀할 것 같은 여자이기에 본능적으로 피하는 건가?

내 도움을 받고 마음을 고쳐먹었다고는 하지만, 인간의 마음이란 오랜 세월에 걸쳐 이루어진 것이다. 하루나 이틀 사이에 완전히 바뀔 수 있는 게 아니다. 그녀를 자살로까지 내몰았던 원인이 아마도 그대로 계속 남아 있을 것이다. 그렇다면 머잖아 또다시 그런 기분에 휩싸일 게 뻔하다. 자살은 습관이라는 말을 들은 적도 있다.

만약 사쿠라가 자살하면 내 마음이 어떨까. 그녀와 친해질수록 그 슬픔도 깊어지겠지.

오랜 그리움

얘기는 2년쯤 전으로 거슬러 올라간다.

당시 나는 니시아자부의 오래된 꼬치구이집에 자주 얼굴을 내밀었다. 내 옆에는 언제나 시로카네에 사는 안도 씨가 있었다.

"나루세 선생은 고향이 어디지?"

그는 나를 선생이라고 부른다.

"도쿄입니다."

"오호, 도쿄 토박이로군."

"도쿄 토박이라는 말엔 약간 거부감이 느껴지네요. 번듯한 도회지에서 자란 것도 아니니까요. 그냥 도쿄 출신이라고 하세요."

"선생은 항상 따지길 좋아하는군. 어쨌든 고향에서 지낸다는 건 부러운 일이지."

안도 씨의 나이는 일흔둘. 인생 선배에게 선생이라는 말을 듣는 건 아무래도 불편하다.

"나는 오히려 지방 출신이 부러운데요. 돌아갈 데가 있으니까요."

"당치도 않은 소리. 도쿄에 있으면 돌아갈 필요도 없잖아. 옛 친구도 언제든 만날 수 있고. 이발소나 술집, 메밀국수집 주인들도 다 예전부터 알고 지내던 사이겠지? 그게 얼마나 좋아."

"아뇨, 고향이란 멀리 떨어져 있어 자주 가볼 수 없어야 그리운 겁니다. 몇 시간쯤 오가는 동안 새로운 활력도 얻을 수 있고요. 그런 점에서 보면, 고향에서 지내는 내 생활은 뭔가 맺고 끊는 맛이 없어요."

"또 따지려고 드네. 잘은 모르겠지만, 내 생각엔 다 배부른 소리 같아. 나 같은 사람은 고향에 돌아가고 싶어도 그럴 수가 없으니까. 그게 얼마나 외로운 건지 모를 거야."

그는 쓸쓸한 얼굴로 술잔을 입에 가져갔다.

이 노인과는 미나토구가 문화센터에 개설한 컴퓨터 교실에서 처음 만났다. 고령자를 대상으로 열고 있는 강좌다. 나는 그곳 강사였고, 그는 컴퓨터를 배우는 학생들 중 한 명이었다.

나는 거의 2년쯤 그 교실에서 고령자들을 가르쳤는데, 안도 씨만큼 진도가 안 나가는 학생은 본 적이 없다. 그에게 마우스의 왼쪽 클릭과 오른쪽 클릭의 차이를 이해시키는 데만 두 달이 걸렸을 정도다. 아니, 어쩌면 지금도 이해하지 못하고 있을지 모른다.

하지만 그는 유달리 붙임성이 좋아 강습이 끝난 뒤에도 나를 붙들고 끊임없이 질문을 해댔다. 그렇게 한 시간쯤 보충 강습을 받은 뒤에는 어김없이 감사의 표시로 한잔 사겠다며 니시아자부의 이 꼬치구이집으로 나를 데려왔다. 그런 만남이 강좌가 끝난 지금도 이렇게 계속되고 있다.

"안도 씨는 고향이 어디세요?"

술병을 내밀며 내가 물었다.

"이바라키. 쓰쿠바산 뒤편의 작은 마을이야."

"뭐예요, 돌아가고 싶어도 갈 수 없다기에 굉장히 먼 데인 줄 알았잖아요. 당일로 다녀올 수 있지 않나요? 원하시면 이번 주말에 차로 모셔다 드릴 수도 있는데."

내가 코웃음을 쳤다.

"가깝다거나 멀다거나 하는 거리의 문제가 아닐세. 안 그런가, 친구?"

그는 술잔을 내려놓으며 꼬치구이집 주인에게 불쑥 동의를 구한다. 주인아저씨는 스스럼없이 그럼요, 그럼요, 하며 장단을 맞춘다.

"아아, 시골에서 지명수배된 거군요. 은행을 털고."

나는 수준 낮은 농담을 던졌다.

"맞아, 그 비슷한 건데 아깝군. 사실 그 마을엔 은행이 없어."

"그럼 농협을 턴 거군요."

나는 아직 진지하게 받아들이지 않고 있다.

"내가 넷째 아들이잖아."

그가 느닷없이 생뚱한 말을 꺼냈다.

"아아, 그러세요."

"그것도 몰랐단 말이야? 이름을 보면 알 수 있잖아."

"모르겠는데요."

그의 정식 이름은 안도 시로安藤士郎다.

"알 텐데. 넷째 아들이니까 시로."

"한자가 다르지 않습니까."

"선생, 뭘 모르는군. 시四는 재수가 없으니까 부시武士의 시士 자를 쓴 거야."

"아아, 그렇군요."

"선생이 왜 그렇게 둔해."

모르는 척하는 것도 원활한 커뮤니케이션을 꾀하는 데는 중요하다.

"근데 넷째 아들이 뭐 어떻다는 거죠?"

"나는 넷째라서 도쿄로 나온 걸세."

"네?"

"부모든 친척이든 넷째에겐 아무런 기대도 하지 않았어. 밭도 손바닥만 한 걸 물려받아, 그걸 일구며 근근이 생활했지. 혼담 얘기도 전혀 들리지 않았고. 그러던 어느 날 문득 나라는 인간은 평생 자기 목구멍만 풀칠하다가 이대로 인생을 끝내는 게 아닌가 하는 생각이 들더군. 그런 생각으로 왠지 서글퍼진 데다가 마침 그날은 저녁노을까지 짙게 깔려 있어, 나도 모르게 눈물이 주르르 흐르더라고. 이대로 끝날 순 없다고 생각해 결국 상경하기로 마음먹었지. 두고봐, 도쿄에서 멋지게 성공하겠어. 그렇게 떠들며 마을을 돌아다녔지. 부모님은 어디 떠날 수 있으면 떠나보라며 비웃을 뿐 별 얘기도 없더군. 내게는 그런 배짱이 없을 거라고 생각한 모양이야. 어쩌면 넷째 아들은 있어도 그만, 없어도 그만이라고 생각했는지도 모르지. 어쨌든 나는 그때부터 달아오르기 시작했어. 반드시 떠나겠다고 결심했지."

"그게 언제 일인데요?"

"1950년. 석양을 바라보며 눈물을 흘린 건 5월 14일."

"기억력이 대단하시네요."

"내 생일이었으니까. 아무튼 그렇게 상경을 결심하게 됐는데, 아무리 떠들고 다녀도 누구 하나 여비를 주는 사람이 없는 거야. 부모도 마찬가지고. 그때는 도쿄로 나가 생활할 돈은커녕 당장 기차를 탈 돈도 없었지. 따로 모아둔 돈도 없었으니까. 그쯤 되자 도둑질을 할 수밖에 없더군."

역시 얘기는 그렇게 돌아가는 건가.

"그래서 무덤을 파헤치기 시작했지."

그가 혀로 입술을 핥았다.

"네?"

"무덤을 파헤쳐 돈을 긁어모았어. 그걸로 그럭저럭 상경할 수 있었지. 그저 조상님께 감사할 따름이야."

그는 건배하듯 술잔을 든다.

"그게 무슨 말이죠? 안도 씨의 고향엔 피라미드라도 있는 겁니까? 금은보화가 시신과 함께 매장되어 있는."

물론 농담이다. 그런데 이게 정답이었다.

"우리 시골에선 관 속에 현금과 생쌀과 인형을 집어넣었어. 부처님이 배고프지 않도록, 혼자 외롭지 않도록, 그리고 필요한 물건을 살 수 있도록 한다는 의미에서 그랬던 것 같아. 돈은 삼도천을 건너는 뱃삯일지도 모르겠군. 지금은 어떤지 모르겠지만, 당시에는 전부 매장이라서 무덤을 파헤치면 현금을 손에 넣을 수 있었어. 거의 동전들뿐이었지만, 개중에는 지폐도 섞여 있어 무덤 서너 개를 파헤치니 그럭저럭 돈이 모이더군. 그걸 들고 도쿄로 줄행랑을 친 거야. 아주 오래전에 매장된 관에는 진기한 화폐도 들어 있었는데, 그건 도쿄에서 꽤 비싸게 팔았지."

"불당에서 돈을 훔치는 거나 똑같네요."

나는 내심 감탄하고 있었다.

"그래, 천벌을 받을 짓이지."

"밤중에 파헤친 겁니까?"

"당연하지. 대낮에 어떻게 남의 무덤을 파헤치겠나."

"그럼 무서웠겠네요."

"으응, 겁나더군. 매장한 거라 뼈가 사람 형태로 고스란히 남아 있더라고. 해골까지 말이야. 마치 괴기영화 속에 들어가 있는 것처럼 섬뜩한 느낌이었어. 특히 나쁜 짓을 하고 있다는 자책감 때문에 더 두려웠어. 천벌을 받고 죽는 게 아닌가 하는 두려움 말이야. 도쿄에 와서 고라쿠엔이나 하나야시키 같은 유원지의 귀신의 집에 들어가 봤는데, 그런 건 아무것도 아니야."

그는 부르르 어깨를 떨며 단숨에 술잔을 비웠다. 나는 그의 잔에 술을 따르고, 한 병 더 건네준 주인아저씨를 쳐다보며 말했다.

"그러니까 무덤을 파헤쳤기 때문에 고향엔 돌아갈 수 없다는 거군요. 하지만 그게 언제 얘깁니까. 공소시효도 지난 지 한참 됐고, 사람들도 다들 잊어버렸을 겁니다."

"무덤을 파헤친 건 이제 괜찮아. 매일 고향 쪽을 바라보며 두 손을 모아 조상님께 용서를 빌었으니까. 내가 돌아가지 못하는 이유는 아무것도 이룬 게 없기 때문이야. 멋지게 성공하겠다며 고향을 떠난 것까진 좋았는데, 결국은 아무것도 이루지 못한 채 이렇게 늙고 말았어. 성공하기는커녕 완전 실패야. 이런 내가 무슨 낯으로 부모 형제나 친척, 친구들을 찾아갈 수 있겠나."

"그거야말로 신경 쓸 일이 아닌 것 같은데요."

"신경이 쓰이지."

"나름대로 열심히 살았잖아요."

"사람은 결과가 중요한 거야."

"혹시 상경한 뒤로 한 번도 안 가본 거 아녜요?"

"당연하지."

"놀랍군요. 상경한 지 벌써 몇 년입니까. 반세기가 아닌가요. 다들 걱정하고 있을 거예요."

올해는 서기 2000년이다.

"벌써 까맣게 잊었을 거야, 나 같은 넷째는."

"그렇지 않다니까요. 부모 형제분께 건강한 모습을 보여드려야죠. 조상님께 정성 들여 공양도 하고요."

"알고 있어. 알고 있지만 돌아가면 안 되는 거야. 그게 남자야."

그는 단번에 술을 쭉 들이마시고 거칠게 술잔을 내려놓았다.

"남자는 말이야, 오기로 사는 거야."

주인아저씨가 아는 체하며 새 술병을 건넸다.

"참을 수는 있지만, 요즘 들어 부쩍 고향 생각이 나서 말이야. 늙으니까 나도 별수 없군."

그가 나지막이 중얼거렸다.

(바보가 따로 없네.)

그 말은 가슴속에만 담아두고 나는 다 식어버린 곱창전골에 젓가락을 댔다. 그가 묻는다.

"선생, 자식은?"

내가 손을 저으며 아직 없다고 했다.

"그럼 사모님은?"

"총각입니다, 아직."

나는 웃으며 고개를 움츠린다.

"부모님은?"

"안 계세요."

"그럼 혼자 사는 건가?"

"아뇨, 여동생하고 둘이서."

"아, 동생하고. 그나마 다행이군. 난 혼자니까 너무 적적해서 말이야. 이런 가을밤엔 특히 더 그렇지. 그러니까 자꾸 선생에게 한잔하자고 그러는 거지만. 결국 고향이 그리워지는 건 혼자 살기 때문이지. 함께 사는 가족이 있으면 고향 생각도 덜 날 거야."

처자식은 어떻게 된 걸까. 부인이 먼저 세상을 떠난 건가. 자식은 어디에 살고 있을까. 혹시 안도 씨도 줄곧 독신으로 살았던 게 아닐까. 마음속으로 이런 생각을 하며 홀짝홀짝 술을 마시고 있는데, 마치 알아듣기라도 한 듯 그가 말을 꺼냈다.

"난 말이야, 자식이 하나 있어."

"아, 그렇습니까."

"여자아이야."

"네에."

"올해 열일곱이던가."

"한창 예쁠 때네요."

그렇게 대꾸하고 나니 뭔가 이상한 기분이 들었다. 안도 씨는 일흔둘이다. 그런데 딸이 열일곱. 72 빼기 17을 계산하고 있는데 그가 말했다.

"쉰다섯에 낳은 아이지. 좀 부끄러운 얘기지만."

"그렇지 않아요. 남자는 몇 살이 됐든 여자에게 애정을 느낀다잖아요."

나는 부드럽게 미소 지었다.

"결혼한 건 쉰다섯 살 때였어. 이것도 좀 부끄러운 얘긴데, 상대는 닛포리의 조그만 술집에 다니는 아가씨야."

"부끄러울 게 뭐 있습니까. 접객업도 기능직인데요. 손님을 접대하고 유쾌하게 만드는 건 아무나 할 수 있는 게 아닙니다."

"그런가. 그렇게 말해주니 고맙군. 사실 그 여자는 가만히 바라보기만 해도 마음이 편안해지는 그런 타입이었지. 눈이 크고, 속눈썹이 길고, 키도 훤칠한 괜찮은 여자였어. 하지만 아무래도 나이가 어려서 말이야. 그쪽은 스물세 살이었거든. 20년 이상 차이가 나니까 힘들더라고. 결국 오래 못 가고 헤어졌지. 딸은 그쪽이 데려갔고. 어쩔 수 없잖아. 오십이 넘은 홀아비가 무슨 수로 아이를 키우겠어."

그는 휴우, 하며 긴 한숨을 흘리고 손가락으로 술잔 테두리를 만지작거린다.

"이혼하실 때 따님은 몇 살이었어요?"

"1년 9개월."

"그 뒤로 만난 적은 있어요?"

그가 고개를 좌우로 흔들었다. 이윽고 윗도리 주머니를 뒤적이더니 지갑을 꺼낸다. 지갑을 열고 뭔가를 빼내 내게 내밀었다. 구김이 많은 빛바랜 사진이다.

"헤어지기 직전에 찍은 걸세."

곰돌이 푸가 새겨진 원피스 차림의 아기가 다다미 위에 오도카니 앉아 있다. 부드러워 보이는 머리칼은 물결치듯 구불구불하고, 볼은 사과처럼 빨갛다. 눈은 뭔가에 놀란 것처럼 동그랗게 뜨고 있다. 안도 씨의 눈은 웃을 때든, 화낼 때든 펜으로 그은 것처럼 가느니까 이건 어머니를 닮은 모양이다.

"이름이 지에야."

그는 실 같은 눈을 더욱 가늘게 떴다.

"건강하게 자라고 있으면 좋겠군요."

나는 사진을 돌려준다. 그는 사진 속 딸의 머리를 사랑스러운 듯이 쓰다듬고 다시 지갑 속에 집어넣었다.

"아 참, 선생. 한 가지 부탁해도 될까?"

갑자기 그가 허리를 꼿꼿이 폈다.

"무슨 부탁이요?"

"내 딸을 만나 어떻게 지내는지 알아봐줄 수 없겠나?"

"나보고 따님을 만나라고요?"

"바쁜가?"

"특별히 바쁜 건 아니지만…… 안도 씨가 직접 만나보면 되잖아요."

"난 안 돼. 아내와 헤어질 때 다시는 만나지 않겠다고 약속하기도 했고, 지에도 나에 대해서 아무것도 기억하지 못해. 그런데 내가 불쑥 나타나서 아버지라고 하면 얼마나 놀라겠나."

그는 얼굴 앞에서 손을 흔들어댔다.

"멀리서 바라보는 것 정도는 상관없잖아요."

"안 돼, 안 돼. 겁나서 쳐다보지도 못할 거야. 생각만 해도 이렇게 가슴이 두근거리는데."

그러면서 얼굴을 찡그리며 가슴에 손을 갖다 댄다.

"따님은 지금 어디 있는데요?"

"만나보고 올 텐가? 부탁하네. 다음에 한잔 살 테니까. 아니, 그냥 오늘 한턱내지."

그는 곧바로 술과 꼬치구이를 추가했다.

"오키나와의 이시가키지마섬까지는 못 가요."

나는 농담조로 말하며 웃었다.

"가와사키에 있어."

"아니, 그렇게 가까운 데 있으면 안도 씨가……."

"난 안 된다니까 그러네. 심장마비에 걸린다니까."

그가 손으로 가슴을 움켜쥔다.

"좋습니다. 힘 닿는 데까지 도와드리죠."

나는 엄지손가락을 세웠다.

"고맙네, 고마워."

그러면서 내 손을 잡는다.

"아버지가 보내서 왔다고 하면 절대 안 되네."

"알고 있습니다."

"그리고 선생은 컴퓨터 카메라를 갖고 있을 테지?"

"디지털 카메라요?"

"그래, 그거. 그걸로 지에를 찍어올 수 없겠나? 몇 장쯤 파파팟."

"그럼 이번 휴일에 파파팟 찍어올게요."

그렇다, 그건 충분히 파파팟 끝낼 수 있는 일이었다.

사흘 뒤 일요일, 나는 다마가와*강을 건넜다. 내게 가와사키는 낯선 지역이었기에 자가용이 아닌 전철을 이용했다. 도쿄 시나가와역에서 불과 10분 거리지만, 쇼난 열차의 4인용 좌석에 앉아 덜커덩거리는 소리를 들으며 다마가와강의 긴 철교를 건널 때는 약간 여행 기분도 났다.

가와사키시 사이와이구 나카사이와이초 1-×-× 하이츠 오쿠라 201호. 이것이 안도 씨가 내게 가르쳐준 주소다. 그는 이혼한 뒤로 헤어진 부인으로부터 딱 한 번 편지를 받은 적이 있는데, 그 편지로 이 주소를 알았다고 한다. 덧붙이자면, 그 편지는 미야케 아무개라는 남

* 多摩川, 도쿄도와 가나가와현의 경계를 이루는 강.

성과 재혼했다는 소식을 전하는 간략한 내용이었다.

지도를 살펴보니 그 주소지는 JR 가와사키역 서쪽 출구에서 걸어갈 수 있는 거리에 있었다. 나는 역 구내의 카페에서 사 갖고 나온 커피를 손에 쥐고, 구획 정리된 역전 광장을 가로질러 가와사키 거리를 걷기 시작했다. 청명한 가을 하늘에는 새털구름이 살짝 나와 있을 뿐이다. 아직 아침 8시인데도 윗도리를 입고 있으면 땀이 배일 정도다.

재개발된 고층 빌딩, 아케이드가 덮인 오래된 상가, 대형 공장이 철거된 부지, 중층의 아파트와 상가 빌딩…… 교차로를 건널 때마다 거리가 모습을 바꾸더니 이윽고 저층 아파트와 정원 딸린 단독주택, 목조 건물의 상점, 함석지붕을 인 연립, 야외주차장 등이 한데 뒤섞인 풍경이 펼쳐진다. 길은 차도 들어가지 못할 정도로 좁아졌다. 120만의 시민들이 이용하는 역에서 불과 10분 거리에 이런 주택지가 있다는 게 놀라울 따름이다. 어딘가 시로카네와 비슷한 냄새를 풍기는 동네다.

하이츠 오쿠라는 맨션과 연립의 중간쯤 되는 3층 건물의 공동주택이었다. 201호에도 문패가 없고, 1층의 건물 우편함에도 이름이 씌어 있지 않았다. 도시 공동주택에서는 흔한 일이다. 201호의 베란다에 스키 보드와 골판지 상자가 놓여 있는 것을 보니 사람은 살고 있는 모양이다.

이제부터는 그저 참고 기다릴 수밖에 없다. 집으로 쳐들어가 사진을 찍겠다고 할 수도 없는 노릇이니 지에가 밖으로 나올 때까지 기다려야 한다. 지에가 나오면 몰래 뒤따라가 역 같은 곳에서 혼잡한 틈을 이용해 파파팟 사진을 찍을 생각이다. 다행히 하이츠 오쿠라는 모든 집의 현관이 거리 쪽으로 나 있어 망보기는 어렵지 않다.

무료함을 달래려고 휴대용 라디오와 경마신문을 준비해 왔다. 지에는 벌써 외출했는데 밖에서 열심히 기다리는 어처구니없는 일을 당하지 않으려고 아침 일찍 서둘러 나왔다. 나도 한때는 탐정을 꿈꿨던 몸이다. 그 정도 머리는 돌아간다. 하지만 제대로 일도 배우기 전에 때려치웠기 때문에 지금도 그 수준밖에 안 된다.

11시가 가까워져서야 201호의 문이 열렸다. 밖으로 나온 것은 미역처럼 너울거리는 헤어스타일의 사내다. 그는 가죽 스타디움 점퍼에 팔을 꿰면서 계단을 내려가 건물 옆 노상에 세워진 스쿠터에 올라타더니, 헬멧도 안 쓰고 역 쪽으로 내달렸다.

예상 밖이다. 그 사내는 아무리 봐도 20대 전반이다. 지에의 새아버지라고 하기에는 너무 젊다. 집에서 나올 때 문을 잠근 것을 보면 단순히 놀러 온 사람은 아니다. 새아버지의 자식인가? 그럴 수도 있다는 생각은 들지만…….

나는 망보고 있던 전봇대 옆에서 떨어져 나와 하이츠 오쿠라의 계단을 올랐다. 201호 앞에 서서 자세히 살펴봤지만, 이름을 확인할 만한 뭔가는 눈에 띄지 않는다.

초인종을 눌렀다. 지역 자치회 직원인 척하며 이름을 캐낼 생각이었다. 일단 미야케라는 성만 확인되면 다시 계속 기다릴 생각이다.

초인종을 세 번이나 눌렀는데도 아무런 응답이 없다.

나는 202호로 자리를 옮겼다. 초인종을 누르자 나른한 사내 목소리가 들렸다.

"옆집 201호에 대해 여쭤보고 싶어서요."

"뭐요?"

나를 수상쩍게 생각하는 듯한 목소리다. 문은 열지 않았다.

"옆집에 사시는 분이 미야케 씨 맞죠?"

아무런 대답이 없다. 다시 한 번 물었다.

"옆집 사시는 분이 미야케 씨 맞나요?"

"생각하고 있잖아요."

화를 내듯 버럭 소리치고 나서 곧바로 말을 잇는다.

"아녜요. 몇 번인가 배달된 물건을 맡은 적이 있는데, 히라이인가 히라타인가 하는 이름이었어요."

나는 힘없이 고개를 떨어뜨렸다. 일단 다시 한 번 확인해본다.

"고등학교 다니는 여학생이 살고 있지 않나요?"

"본 적 없는데요."

"그럼 그전에는 어떤 분이 살았습니까?"

"여기 산 지는 옆집 사람이 나보다 더 오래돼요."

2층의 다른 집에도 물어봤다. 201호에 소녀가 사는 것을 봤다는 사람은 아무도 없었다.

하지만 나는 어떤 경우에든 반드시 뭔가를 얻어내는 성격이다. 마지막에 초인종을 누른 205호에서 이 맨션의 관리자가 누구인지 알아냈다. 근처의 부동산에서 관리한다고 했다.

사카에 부동산은 이 맨션에서 걸어서 10분쯤 걸리는 미나미가와라 긴자라는 상가 안에 자리하고 있었다. 요즘 부동산답게 출입구 쪽의 둥근 테이블에 컴퓨터 몇 대를 설치해 손님이 물건을 자유롭게 검색할 수 있도록 했다. 근무하는 직원들도 요즘 추세에 맞게 세 명 모두 20대 여성이다. 손님에게 부담을 주지 않으려는 것인지 어서 오십시오, 하고 인사한 뒤에는 더 이상 말을 걸지 않는다.

"하이츠 오쿠라는 여기서 관리하고 있죠?"

나는 카운터로 다가가 가장 앞쪽에 있는 여성에게 말을 건넸다.

"네?"

감청색 유니폼을 입은 여성이 고개를 갸웃거리며 자리에서 일어났다.

"나카사이와이초 1가의 하이츠 오쿠라요. 벽돌색 3층짜리 맨션."

"아, 네. 거긴 현재 다 찼습니다."

"아뇨, 전에 살았던 사람에 대해 여쭤보고 싶은 게 있어서요."

그녀가 의자에 앉으라고 손짓했지만 나는 선 채로 물었다.

"네에."

"201호에 살았던 미야케 씨에 대해서요."

"잠시만 기다려주세요."

여직원은 가볍게 고개를 숙이고 곧바로 안쪽 문 저편으로 사라졌다.

이윽고 골프 셔츠를 입은 60대 남자를 데리고 자리로 돌아왔다. 예전의 부동산업자 같은 모습이 엿보이는, 약간 교활해 보이는 사내다.

"무슨 일이시죠?"

사내는 카운터에 양손을 짚고 황갈색 뿔테 안경 너머로 의심의 눈초리를 보냈다.

"예전에 하이츠 오쿠라 201호에 미야케라는 분이 살았던 걸로 아는데요, 어디로 이사했는지 알 수 있을까요?"

"댁은 누구시죠?"

"저는 사이와이 초등학교에서 나왔습니다. 하이츠 오쿠라에 살았던 미야케 지에는 저희 학교 졸업생입니다. 지금 동창회 명부를 작성하고 있는데, 그 학생의 현주소가 빠져 있어서요."

하이츠 오쿠라에서 이곳으로 오는 도중에 봤던 초등학교를 핑곗거리로 이용했다.

"아, 학교에서 나오셨군요. 근데 우리도 이사하는 곳의 주소까지 확인하는 경우는 거의 없는데요."

그러면서도 사내가 캐비닛 문을 연다.

"어느 맨션이라고 하셨죠?"

"하이츠 오쿠라입니다. 거기 201호요."

"하이츠 오쿠라, 하이츠 오쿠라…… 아아, 이거군."

사내가 빨간 바인더를 꺼내 카운터로 들고 온다.

"201호의 미야케 씨입니다. 귀여운 여자아이가 살고 있었을 겁니다."

형용사는 나의 희망 사항일 뿐이다.

"201호의 미야케, 미야케, 201호…… 아아, 필리핀 사람."

"필리핀 사람이요?"

내가 확인하듯 되물었다.

"맞아, 맞아. 귀여운 여자아이가 있었지."

사내가 눈을 가늘게 뜬다. 나는 카운터로 몸을 내밀며 다시 물었다.

"필리핀 사람이라뇨?"

"미야케 씨를 찾는다면서요? 부인이 필리핀 사람인."

사내는 손으로 안경테를 잡고 바인더의 파일과 나를 번갈아 쳐다본다.

"아, 맞아요. 지에의 어머니가 외국인이었죠."

나는 재빨리 얼버무리며 말을 이었다.

"그럼 미야케 씨가 이사한 곳도 알 수 있는 겁니까?"

"흐음, 역시 그런 기록은 없는 것 같네요."

사내는 파일을 이리저리 들척인다.

"미야케 씨가 이사할 때 어디로 간다는 말은 하지 않던가요?"

"흐음, 그런 얘긴 못 들은 것 같은데. 아, 맞다!"

"생각나셨어요?"

나는 몸을 앞으로 좀더 내밀었다.

"가게를 그만두고 멀리 간다는 얘길 들었던 것 같아요."

"멀리요?"

"어디라고 했더라. 그건 말하지 않은 것 같은데."

사내가 고개를 좌우로 갸웃거린다.

"그럼 지에의 어머니는 야간업소에 나간 겁니까?"

내가 질문의 방향을 바꾸었다.

"으음. 필리핀 술집이라고 했지, 아마."

"혹시 가게 이름이 뭔지 아세요? 그 가게로 찾아가서 물어보려고요."

"가게 이름은 모르겠고, 호리노우치에 있다는 얘기만 들었어요. 어? 초등학교 졸업? 그 댁이 이사할 때 아이가 그렇게 컸던가?"

사내는 파일을 들여다보며 손가락을 꼽는다.

"번거롭게 해서 죄송합니다."

나는 황급히 그 자리를 빠져나왔다.

뒤도 돌아보지 않고 한참을 걷다가, 쫓아오는 사람이 없음을 확인하고 나서야 걸음을 늦추며 휴대폰을 꺼냈다. 그런데 전원을 꺼놓은 건지, 지하에 있는 건지 안도 씨의 휴대폰과 연결이 되지 않는다.

안도 씨의 헤어진 부인이 외국인이라는 얘기는 금시초문이다. 그는 어째서 미리 알려주지 않은 걸까. 지금 생각해보니, 딸에 대한 얘기만 하고 부인에 대해서는 거의 얘기하지 않았다. 필리핀 여자와 결혼한 걸 부끄럽게 생각한 걸까. 부동산에서 필리핀 여자라는 말을 듣고 놀랐던 나 역시 어쩌면 뿌리 깊은 차별 의식을 갖고 있는지 모른다.

호리노우치는 JR 선로를 사이에 둔 정반대의 위치에 있다. 가와사키역 구내 카페에서 가볍게 점심을 먹고 잠시 휴식을 취한 뒤에 오후 활동을 시작했다. 이제부터 갈 곳은 가와사키의 중심부다.

JR 가와사키역 동쪽 출구에서 곧장 걸어가 게이힌큐코선 전철역을 지나면 옛 도카이도 도로가 나온다. 편도 1차선의 좁은 길이다. 여기서 북쪽의 다마가와강에 이르는 수백 미터의 거리가 예전에는 가와사키의 역참 마을이었다. 도쿄의 니혼바시에서 시작되는 도카이도 가도의 53개 지역 중 시나가와 다음에 있는 숙박업소 밀집 지역이다.

역참은 나그네가 여독을 푸는 곳이다. 나그네는 여기서 단지 잠만 자는 게 아니다. 밥을 먹고, 술을 마시고, 특산품을 사고, 도박을 하고, 그리고 여자도 산다. 가와사키의 호리노우치라는 곳은 한때 가와사키의 유곽 지역이었다고 생각해도 무방할 것 같다. 도로에서 약간 들어간 뒷골목에는 풍속업소들이 빽빽이 늘어서 있다.

나는 대낮부터 그런 지역에 발을 들여놓은 것이다. 할 일이 있어 찾아왔지만, 그런 건 아무도 알아주지 않는다. 각 점포 앞에 서 있는 검은 복장의 호객꾼들이 나를 보더니 사장님이라느니, 풀코스가 3만 엔이라느니 하며 접근한다. 쾌청한 가을 하늘 아래에서 듣는 소프랜드 호객꾼의 목소리. 영 어색하다.

호리노우치는 수도권 지역에서 손꼽히는 소프랜드 거리이면서 동시에 요릿집의 메카이기도 하다. 요릿집이라고는 하지만 술과 안주를 즐기는 가게는 아니다. 간판에는 요릿집이라고 씌어 있지만, 어느 가게든 하나같이 활짝 열어놓은 문 안쪽에는 테이블도 의자도 카운터도 없다. 짙게 화장한 여자 두세 명이 문 뒤에 서 있거나, 마루 끝에 걸터앉아 담배를 피우고 있다. 그녀들은 속이 훤히 비치는 시스루 블라우스에 미니스커트, 망사 타이츠에 하이힐 차림새로 페로몬을 풀풀 풍기고 있다. 눈이 마주치기라도 하면 요염한 목소리로 "놀다 갈래요?"라고 말을 건넨다. 그렇다, 그녀들은 매춘부다. 호리노우치의 요릿집은 이른바 '숏타임 가게'로 안쪽 방이나 이층의 좁은 방에서 일을 벌인다. 숏타임 가게는 말 그대로 짧은 시간의 성교를 제공하는, 그 유래가 오래된 풍속업소다. 말하자면 풍속업소의 패스트푸드점인 셈이다.

요코하마의 고가네초도 이와 비슷한 곳이다. 나는 에바타를 떠올리고 약간 가슴이 뭉클했다. 하지만 지금은 감상에 젖을 여유가 없다.

나는 놀러 온 게 아니다. 필리핀 술집을 찾아야 한다는 목적이 있으므로 주의 깊게 주변을 살펴봐야 한다. 하지만 오른쪽이든 왼쪽이든 소프랜드와 요릿집뿐이다. 천천히 걸으며 좌우로 시선을 돌리자 좋은 여자를 물색하고 있다고 생각했는지 말을 거는 여자들이 점점 더 많아진다. 아직 해가 중천에 있어 거리는 한산하다. 자연히 여자들의 시선이 내게로 집중된다. 여자와 노는 것은 좋아하지만, 이런 시선들은 부담스럽다.

작은 사거리에 이르러 좌우를 살펴보니 가라오케 바의 간판이 보인다. 남북으로 뻗은 대로에는 소프랜드와 요릿집뿐이지만, 그 대로변의 골목에는 성 풍속업과 무관한 가게도 눈에 띈다.

오른쪽으로 고개를 돌리자 야자나무 그림이 눈에 들어왔다. 간판에는 석양과 히비스커스와 열대어와 소라도 그려져 있다. 필리핀인지 하와이인지는 모르겠지만, 주변의 시선을 피하기 위해서라도 일단 그곳으로 들어가보기로 했다. 나는 모퉁이에서 오른쪽으로 돌아가 '마부티Mabuti'라는 가게의 문을 열었다. 가게 안은 어둑어둑하고 무척 조용하다. 카운터도 비어 있다. 정면에는 귀신의 집 입구처럼 검은 벨벳 커튼이 드리워져 있다. 커튼을 젖히고 들여다보니 안쪽에서 목소리가 들렸다.

“영업은 4시부터인데요.”

검은 복장의 남자가 대걸레를 밀며 나타났다.

“여긴 외국인 호스티스가 있는 가게인가요?”

나는 밝은 목소리로 물었다.

“그런데요? 우린 필리핀 술집이에요. 한 시간에 3000엔이고요.”

“뜬금없는 질문입니다만, 이곳에서 예전에 미야케라는 이름의 필리핀 여성이 일하지 않았습니까?”

“댁은 누구시죠?”

사내의 목소리와 눈초리가 바뀐다.

“저는 그 여성 전남편의 친척 되는 사람입니다. 얼마 전에 전남편의 부친이 돌아가셨는데, 유언장을 개봉해보니 유산의 일부를 손녀딸에게 상속하라고 적혀 있었습니다. 손녀딸이란 그 필리핀 여성과 전남편 사이에 태어난 지에라는 아이입니다. 단 하나뿐인 손녀였기 때문에 그런 유언을 남긴 것 같습니다. 그런데 지에의 거처를 알 수가 없군요. 그래서 제가 이렇게 찾아다니는 겁니다. 아, 이것 좀 드세요.”

이곳으로 걸어오면서 생각해낸 거짓말을 늘어놓고 작은 케이크 세트를 내밀었다.

“얘기가 복잡하네. 그러니까 그 필리핀 여자의 주소를 알고 싶다는 거군요.”

“네. 일본인과 결혼한 뒤로 미야케라는 이름을 썼을 겁니다.”

“미야케…… 신디인가?”

사내가 자기 관자놀이를 톡톡 찌른다.

“딸이 있습니다. 이름은 지에.”

"아, 신디인 것 같네."

나는 힘이 들어간 목소리로 물었다.

"미야케 신디 씨는 여길 그만두고 어디로 가셨습니까?"

"신디는 일할 때 쓰는 이름이에요. 본명은……."

"월라야."

커튼 뒤에서 여자가 나타났다. 조그만 얼굴에 이국적인 이목구비, 윤기가 흐르는 검은 머리와 다갈색 피부, 늘씬하게 뻗은 팔다리 등 전형적인 남방계 미인이다.

"어이, 사브리나, 일찍 왔네."

"안녕하세요, 이구치 씨. 병원에서 약 받고 곧장 왔어요."

사브리나라는 이름의 여자는 곧바로 나를 쳐다보며 말을 잇는다.

"신디 본명은 월라야. 그리고 신디는 필리핀 아녜요. 타일랜드."

"아, 태국이었습니까."

부동산의 나이 많은 사내에게는 필리핀이든 태국이든 베트남이든 별 차이가 없을 것이다.

"신디에게는 여자아이가 있었어요."

"이름은 지에?"

"맞아요, 지에. 신디는 항상 사진을 갖고 있었어요. 귀여운 아이의 사진."

"신디 씨가 여길 그만둔 게 언제입니까?"

내가 찾던 인물임이 확인되자 한층 더 목소리에 힘이 들어간다.

"굉장히 오래됐어요. 5년인가 6년 전에."

"신디 씨는 가게를 그만두고 어디로 갔습니까?"

나는 사브리나를 올려다봤다. 굽 없는 신발을 신었는데도 나보다

키가 크다.

"나고야."

"이사 간 곳의 주소는 모르세요?"

"몰라요. 그냥 나고야 쪽으로 간다고만 했어요."

이구치에게 시선을 보내자 그도 고개를 가로저었다.

"나고야의 어느 가게에서 일한다는 말은 없었나요? 가게 이름이요."

"신디는 가게를 차린다고 했어요."

"자기 가게를 갖게 됐다는 건가요?"

"그래요, 새로 생긴 파파가 돈을 대준대요. 파파가 나고야 사람이라서 거기로 갔어요."

"파파? 미야케 씨와 헤어지고 다른 남자와 재혼한 겁니까?"

"결혼은 아직. 여자는요, 이혼하고 6개월 안에는 재혼할 수 없도록 정해져 있어요."

알기도 잘 안다.

"그 남자의 이름은 뭐죠?"

"몰라요."

이구치도 고개를 젓는다.

"가게 이름은요?"

"난 못 들었어요. 오치아이 씨는 알지도 모르겠네요."

"오치아이 씨?"

"카사블랑카의 지배인."

"저쪽 모퉁이에 있는 소프랜드."

이구치가 덧붙여 말했다.

"오치아이 씨가 가와사키역에서 신디를 만났다고 했어요."

"언제요?"

"신디가 없어지던 날."

나고야로 떠나던 당일을 말하는 건가.

"정말 고맙습니다."

나는 사브리나에게 미소를 보이고, 이구치를 돌아보며 말했다.

"바쁘실 텐데 정말 감사합니다. 덕분에 많은 도움이 됐습니다. 그런데 한 가지만 더 부탁드릴 수 있을까요?"

"으응, 뭔데요?"

"지금 곧바로 카사블랑카의 지배인을 만나보려고 하는데, 전화 한 통만 해주실 수 없습니까? 신디에 대해 얘기를 듣고 싶어 하는 사람이 그리로 간다고요. 아무래도 미리 얘기를 해놓는 편이 나을 것 같아서요."

나는 머리를 긁적였다.

"일부러 미리 전화할 필요는 없는데."

이구치가 노골적으로 싫은 표정을 지었다.

"난 한가해요. 같이 가줄게요. 이구치 씨, 케이크 전부 먹으면 안 돼요."

사브리나는 앞장서서 밖으로 나간다. 내가 이구치에게 물었다.

"신디의 사진은 없습니까?"

"없어요."

찾아볼 생각도 하지 않고 단호히 대답했다. 나는 사브리나를 따라 밖으로 나왔다.

카사블랑카는 중세 유럽의 성을 모방해 벽을 세운 건물로, 이 지역의 가게치곤 세련된 느낌이다.

"어? 우리 가게로 옮긴 거야?"

호객꾼이 간들거리는 목소리로 그녀에게 말을 건넨다.

"오치아이 씨, 있어?"

"응. 어이구, 손님! 지금 서비스 타임이라 요금 5000엔 할인입니다!"

우리가 동행으로 보이지 않았는지 호객꾼은 내게 적극적이었다. 나는 사브리나와 나를 번갈아 가리키고 그녀 뒤에 착 달라붙어 가게 안으로 들어갔다.

사브리나는 카운터에 얼굴만 비치고 그대로 통과한 뒤, 빨간 융단이 깔린 복도를 이리저리 돌아가 가장 안쪽의 문을 노크도 없이 열었다. 세 평 정도의 방에는 금발 머리를 바싹 치켜 깎은 사내가 소파에 깊숙이 앉아 경마 중계를 보고 있다.

"어, 이게 누구야. 잘 지냈어?"

사내는 소파에 앉은 채 손을 뻗어 사브리나의 균형 잡힌 엉덩이를 만진다. 그녀가 그의 손을 탁 치며 말한다.

"바람둥이. 부인한테 이를 거예요."

"가게에선 좀 만져볼 수 있잖아."

"우리 가게에 오지 않으면 안 돼요."

"이거 너무 인색하군. 저쪽은 누구야?"

사내는 나를 보고는 몸을 바로 세웠다.

"신디의 친척인데, 그녀를 찾고 있어요. 오치아이 씨가 좀 가르쳐줘요."

나는 문 옆에서 잘 부탁한다며 머리를 숙였다.

"신디?"

오치아이가 고개를 살짝 갸웃거린다.

"우리 가게에서 일했던 신디요. 벌써 잊었어요? 너무하네요."

사브리나가 볼을 부풀린다.

"아아, 나고야로 간 신디. 기억하지."

"역시 나고야로 갔군요."

나는 자연스레 오치아이 쪽으로 다가갔다.

"이제 난 그만 가볼래요. 다음엔 손님으로 찾아오세요. 오늘도 괜찮고요."

그녀는 내게 명함을 쥐여주고 손을 흔들며 밖으로 나갔다.

"문 좀 닫죠."

오치아이는 텔레비전 음량을 낮추고 내게 손짓으로 자리를 권했다.

"유산 상속에 관한 일로 신디 씨의 딸을 찾고 있는데요……."

나는 다시 거짓말을 늘어놓으며 그의 맞은편 자리에 앉았다. 내 얘기를 다 듣고 나서 그가 말했다.

"가와사키역에서 우연히 마주쳤죠. 큼직한 트렁크 하나하고 아이를 데리고 있더군요. 여행을 가느냐고 물으니까 나고야로 이사를 간다는 거예요. 처음 듣는 얘기라서 좀 놀랐죠."

"나고야 쪽의 주소는 물어봤습니까?"

"아뇨."

"이를테면 나고야성 근처라든가, 바다 쪽이라든가, 그런 거는요?"

"듣지 못했는데. 마지막으로 식사나 같이 하자니까 열차 시간이 다 됐다더군요. 그래서 두세 마디 얘기를 나누곤 헤어졌죠."

"그 두세 마디가 무슨 얘기였는지 기억나세요?"

"신요코하마에서 신칸센으로 갈아탄다고 했어요."

"그 밖에 다른 말은요?"

"그동안 신세가 많았다며 공손히 인사하더군요. 딸도 무슨 영문인지 모르는 표정으로 같이 인사했고요."

"나고야에는 남자를 따라간 거라고 하던데요."

"그런 모양이에요. 하지만 역에서 만났을 땐 그 여자와 딸뿐이었어요."

"남자의 이름이 뭔지 아세요?"

"못 들었는데요."

"그쪽에서 가게를 낸다고 했다는데요."

"그런 것 같더라고요."

"가게 이름이나 장소 같은 건 듣지 못했습니까?"

"듣지 못했는데…… 아니, 들은 것 같아요. 잠깐만 기다려요."

오치아이는 자리에서 벌떡 일어나 소파를 넘어가 사무용 책상으로 걸어갔다. 서랍을 활짝 열고 자리에 선 채 손을 이리저리 휘젓는다.

"거기 있는 담배라도 피우고 있어요."

나는 사양하지 않고 테이블 위의 담배 케이스에서 양담배 하나를 꺼냈다. 담배의 씁쓸한 맛을 찬찬히 음미하고 있는데, 오치아이가 아, 찾았다, 라고 소리치고 소파로 돌아왔다.

"'야마시타'라는 가게네요."

그는 테이블 위에 명함 한 장을 내려놓았다. '야마시타'라는 글씨가 서툴게 세로로 씌어 있다.

"헤어질 때 그 자리에서 써준 거예요. 가게 이름이라면서."

마부티 가게의 명함 뒤쪽에 대충 흘려 쓴 메모였다. 나는 고개를 갸웃거렸다.

"일본 술집인가요?"

"이름을 보면 그런 분위기인 것 같은데."

"태국인이 일본 술집을? 가게 이름이 아니라 새로 생긴 남자의 이름이 아닐까요?"

"아뇨, 가게 이름이에요. 나고야에 오면 들르라면서 적어줬으니까요."

남자의 이름을 그대로 가게 이름으로 쓴 건가.

"이건 뭐죠?"

나는 명함의 한쪽 모퉁이를 가리켰다. 작은 글씨로 '시장'이라고 씌어 있다. '야마시타'와는 다른 필적이다.

"이건 내가 쓴 거죠. 아, 생각났다. 장소가 어디냐고 물었어요, 내가. 그러니까 나고야 쪽의 시장이라고 하더군. 그래서 나중에 메모해뒀죠."

"시장이요?"

나는 갈피를 잡을 수가 없었다. 술집이 아니라 해산물 도매상이라도 시작한 건가? 야마시타라는 이름은 생선 도매업자의 상호로 제격인 것 같은데.

"시장이라는 건 그걸 거예요, 커다란 상가도 흔히 시장이라고 하잖아요. 오사카의 구로몬 같은 재래시장이요. 그런 데는 술집도 있으니까요."

오치아이도 약간 당혹스러운 표정이다.

"잘못 들으신 건 아니죠?"

"그럴지도 모르죠. 너무 오래된 일이라서 확실치는 않아요."

그러면서 고개를 천천히 좌우로 흔들었다.

"정말 감사합니다. 덕분에 그 여자를 찾는 데 많은 도움이 됐습니다."

명함을 돌려주자 그가 손을 내젓는다.

"그냥 가져가요."

"그래도 되겠습니까? 고맙습니다."

나는 명함을 호주머니에 집어넣으며 물었다.

"아 참, 한 가지만 더 부탁드리고 싶은데요, 신디의 사진을 구할 수 없겠습니까?"

"그런 거 없어요."

그러면서도 오치아이는 자리에서 일어난다. 책상 서랍을 이리저리 뒤적이더니 금방 히죽히죽 웃으며 소파로 돌아왔다.

"이런 것밖에 없는데요. 밖에서 손님으로 만났을 때 찍은 거예요."

여러 장으로 이어진 스티커 사진이었다. 하트 모양의 테두리 안에서 오치아이와 검은 머리에 시원스러운 눈매를 지닌 여자가 볼을 맞대고 있다. 사진도 작고 초점도 흐리지만, 얼굴을 알아보기에는 충분했다.

"이거 한 장 가져갈 수 있을까요?"

"아아, 가져가요, 가져가. 아까 그것 좀 잠깐 줘봐요."

그는 사진 한 장을 떼어내 신디의 명함 뒤쪽에 붙였다.

"그리고 말이에요, 신디를 찾거든 디즈니랜드라도 놀러 올 기회가 있으면 가와사키에도 들르라고 전해줘요."

"네, 꼭 전하겠습니다."

밑바닥 세계에서 살아가는 인간은 겉보기에는 험상궂지만 의리가 있어, 나는 그들이 싫지 않다.

도쿄로 돌아오자 그 길로 안도 씨를 찾아갔다.

"부인이 외국인이었다는 얘긴 왜 안 한 겁니까?"

내가 따지듯이 물었다.

"일부러 감출 생각은 없었네. 내가 찾는 건 지에였고, 윌라야는 아무래도 상관없었으니까…… 아냐, 역시 감추고 싶었던 것 같아. 창피하게 생각했으니까."

그는 서서히 고개를 숙이더니 혼잣말처럼 "미안하네"라고 중얼거렸다.

"괜찮습니다. 저야말로 죄송합니다."

나도 하고 싶은 말을 했기 때문에 감정이 수그러들었다.

"선생, 이건 혼자만 알고 있게."

그는 고개를 숙인 채 작은 목소리로 말했다.

"윌라야하고는 위장결혼을 한 거야."

"네?"

"닛포리의 술집에서 처음 만났을 당시, 그 여자는 불법체류자였어. 그래서 어떤 경로를 통해 호적에 넣어주지 않겠느냐는 부탁을 받았지. 경로를 자세히 밝힐 수는 없고, 그냥 외국인 여성의 야간업소 일을 관리하는 야쿠자 조직쯤으로만 알고 있게."

일본에서 술집에 나가는 외국인 여성들 대부분은 관광 비자로 입국한다. 술집이나 소프랜드에서 일할 목적으로 입국하는 여성에게는 취업 비자를 내주지 않기 때문이다.

관광 비자로 국내에 체류할 수 있는 기간은 길어야 90일. 즉 관광 비자로 입국하면 3개월밖에 일하지 못하는데, 그 기간으로는 용돈을 버는 게 고작이다. 대부분 일본보다 화폐 가치가 낮은 나라 출신인 그녀들은 장기간에 걸쳐 본국으로 돈을 보내고 싶어 한다. 오랫동안 일하려면 관광 비자가 끊기기 전에 일단 본국으로 돌아갔다가 다시 비자를 재발급받아 입국할 수밖에 없는데, 그것이 되풀이되면 당국의 의심을 살 게 뻔하다. 그런 의심을 피하려고 재입국하기까지 몇 달쯤 공백을 두기도 하는데, 그 방법에는 꾸준히 일할 수 없다는 단점이 있다.

그래서 불법체류자가 발생한다. 이런저런 방법을 동원하기도 번거로워 비자 기간이 끝나도 그대로 체류해버린다. 그러나 불법체류라는 게 발각되면 본국으로 강제 송환되기 때문에 항상 당국의 눈을 피해야 한다.

그래서 위장결혼이 이루어진다. 일본인과 결혼하면 배우자 비자가 발급되어 장기간 취업할 수 있게 된다. 하지만 이국 땅에서 결혼 상대를 찾는 것도 쉬운 일은 아니므로 결혼 상대를 돈으로 산다. 경제적으로 곤란할 것 같은 독신 남성에게 접근해 호적에 넣어달라고 하는 것이다. 물론 그런 남성을 물색하는 것은 전문 브로커의 몫이므로 본인이 직접 접근할 필요는 없다. 채무자에게 빚 변제 대신에 위장결혼의 상대역을 맡기기도 하고 노숙자를 끌어들이기도 한다. 결혼의 목적은 일본인의 호적에 이름을 올리는 것뿐이므로 함께 살 필요는 없다. 따라서 상대 남자의 용모나 연령은 아무래도 상관없다. 혼인신고가 가능한 연령이라는 것과 독신이라는 것, 이 두 가지 조건만 맞으면 누구든 상관없다.

일본인 남성에게 지불하는 보수의 시세는 계약금으로 수십만 엔에서 백 수십만 엔, 호적에 올라간 뒤에는 다달이 수만 엔에서 십 수만 엔. 게다가 중간에 브로커도 끼어 있어, 외국인 여성은 그 금액에 소개료까지 부담해야 한다. 하지만 그렇게 지불하면서까지 그녀들이 일본에서 일하는 것은 나름대로 메리트가 있기 때문이다. 도쿄 증권거래소의 주가 지수가 1만 엔을 밑돌고 실업률이 5퍼센트를 돌파했어도 이 나라가 아직 풍요로운 것만은 분명하다.

"단, 내 경우엔 좀 달랐어."

안도 씨가 말을 잇는다.

"돈은 한 푼도 안 받을 테니까, 그 대신 함께 살아달라고 했지. 나는 그 나이가 되도록 한 번도 결혼한 적이 없어서 돈보다는 그런 분위기를 맛보고 싶었던 거야. 윌라야는 금방 오케이하더군. 계약금도 없고 다달이 돈을 내지 않아도 되니까 그 여자한테는 좋은 조건이지. 더구나 집세든 광열비든 식비든 다 내가 부담하니까, 자기가 번 돈은 고스란히 자기 돈이 되는 거야. 브로커에게 얼마간의 돈을 쥐여주더라도 다른 위장결혼에 비하면 상당히 유리한 조건이지.

난 말이야, 그저 함께 살고 싶었을 뿐이야. 여자와 함께 살고, 함께 텔레비전을 보고, 함께 식사하고 싶었어. 결혼생활의 기분을 맛보고 싶었던 거지. 밥하거나 빨래하는 건 바라지도 않았어. 잠자리도 그렇고. 물론 그럴 수 있다면 좋겠지. 하지만 그걸 강요한다면 돈을 받는 거하고 다를 게 없잖아.

근데 얼마쯤 지나자 그 여자 쪽에서 다가오더군. 함께 살면서 정이 들었는지…… 아니, 내가 불쌍해 보였던 거겠지. 그래서 아이를 임신했어. 나는 당연히 지울 거라고 생각했는데, 그녀는 독실한 크리스천이었어.

지에가 태어나고 반년쯤은 행복했지. 윌라야는 다시 일해야겠다며 곧바로 출근하기 시작했어. 그때부터 내가 육아서를 옆에 끼고 아이를 돌봤지. 그녀는 일을 마치고 돌아오면 아무리 시간이 늦어도 지에를 안아줬고, 나는 그런 그녀를 위해 라면이나 우동을 끓여줬어. 쉬는 날에는 둘이서 분유랑 종이기저귀를 사러 갔지. 진짜 부부, 진짜 가족 같았어.

하지만 행복은 그리 오래가지 않았지. 그녀가 헤어지자는 말을 꺼냈어. 무슨 특별한 이유가 있었던 것도 아냐. 어느 날 갑자기 내가 왜 이런 남자와 같이 살고 있지, 하고 생각한 것 같아. 원래 사랑이 없는 결혼이었으니까 그렇게 생각하는 것도 당연하겠지. 딸의 이름은 내가 지어주었는데, 그녀는 자기 딸한테 일본 이름을 지어준 것도 후회하는 것 같더군. 내가 만약 좀더 젊었다든지 괜찮은 남자였다든지 돈 많은 부자였다면 얘기는 달라졌겠지만 말이야.

그녀는 나하고 정식으로 헤어지기 전부터 이미 미야케라는 남자와 사귀고 있었어. 하지만 그가 나타났기 때문에 나를 버린 건 아니라고 생각해. 그 남자와 만났든 안 만났든 결국 나랑은 헤어질 운명이었겠지. 어쩌면 이건 나 자신을 위로하려고 하는 말인지도 몰라. 딱 한 번 미야케라는 남자를 슬쩍 본 적이 있는데, 나보다 훨씬 젊고 믿음직스럽더군. 그녀의 행복을 생각하면 그쪽으로 간 게 다행이었다고 생각해. 듣자니 오타 시내에서 조그만 공장을 운영하는데, 다달이 생활비도 넉넉히 준다더군. 이른바 후원자인 셈이야. 괜찮은 남자를 붙잡은 거지. 어쨌든 지에와 함께 행복하게 살고 있길 바랄 뿐이야."

안도 씨는 긴 독백을 마치자마자 다다미 위에 대자로 드러누웠다. 내가 말했다.

"죄송해요. 제가 아픈 과거를 들춘 것 같네요."

"그게 무슨 말이야. 사과해야 하는 건 내 쪽이야. 엉뚱한 부탁으로 모처럼의 휴일을 망치게 했잖아. 여기저기 찾아다니느라 고생했을 테지. 고맙네. 자, 한잔하러 갈까?"

그가 벌떡 몸을 일으킨다.

"아뇨, 한잔하는 건 따님을 찾아낸 다음으로 미루죠."

나는 그를 손으로 제지했다.

"찾기 힘들게 됐잖아."

"여기서 포기할 순 없죠. 나고야로 가면 만날 수 있어요."

"거기까지 가겠다고?"

그의 눈빛이 바뀌었다.

"가야죠. 나고야가 뭐 먼가요. 신칸센으로 1시간 40분밖에 안 걸려요."

나는 도중하차를 싫어하는 성격이다.

"하지만 선생, 주소를 모르면 찾을 방법이 없잖아."

"아뇨, 어떻게든 찾아내겠어요. 이래 봬도 전직 고바야시 소년이었어요."

"고바야시?"

"제가 전에 탐정사무소에서 일한 적이 있거든요."

"허어, 그래? 선생은 못하는 게 없군. 좋아, 어쨌든 한잔하러 가세."

그가 자리에서 일어난다.

"축배를 들기에는 아직……."

"성공을 기원하는 의미에서 한잔하자는 거야."

큰소리야 얼마든지 칠 수 있다. 문제는 어떻게 찾아내느냐, 하는 것이다.

집으로 돌아온 뒤 저녁식사 자리에서 아야노에게 물었다.

"나고야에 대해서 좀 알아?"

"전혀."

"우리 친척 중에서 나고야에 사는 사람 없나?"

"없어."

"나고야에 아는 친구 없어?"

"오빠, 여행갈 거야?"

"여행은 아니지만, 가야 할 것 같아."

"미소노자의 모나카 아이스크림 좀 사와."

"뭐?"

"미소노자 극장에서만 파는 아이스크림 있잖아. 모나카 과자 안에 들어 있는 거."

"그런 건 나중에 얘기하고, 친구는?"

"있어."

"그 얘길 먼저 해야지. 물어보고 싶은 게 있는데, 통화 좀 할 수 있을까?"

"모레 만나는데."

"뭐?"

"도쿄에 사는 나고야 사람은 안 돼?"

"아니, 괜찮아."

"우리 모임에 있는 사람이야."

"아, 그래?"

"모레 연습이 있는데, 끝나고 만날래?"

"물론이지."

"그 사람, 요코의 애인이야."

"그래?"

"어느 틈에 찰싹 달라붙었어, 나도 모르는 사이에."

"흐음."

"서로 좋아하니까 어쩔 수 없지만, 모임에서 그렇게 둘이 달라붙으니까 주변 사람들하고 좀 어색해지는 것 같아. 가가미 씨는 다른 여자들한테 인기가 있어서 그런지 더 그런 것 같더라고."

"넌 어떤데?"

"뭐가?"

"넌 누구 사귀는 사람 없어?"

"모임에서 사귀는 건 내 취향이 아니라니까."

"밖에는?"

"애인 말이지?"

아야노는 멍하니 허공을 바라본 뒤, 뭔가 의미심장한 미소를 지으며 말한다.

"어느 쪽일 것 같아?"

다음다음날 오후, 시로카네다이의 플래티나 스트리트에 있는 오픈 카페에서 가가미 유키오를 만났다.

얼굴이 작고 늘씬한 체형에 가늘게 째진 눈매, 영국인처럼 오뚝한 콧날, 흉하지 않을 정도로 적당히 기른 머리, 머리 양 옆의 브리지, 목에 두른 레드와인 색깔의 스카프 등 사람의 이목을 끄는 사내인 것만은 분명하다. 게다가 기타도 잘 치고 춤도 잘 춘다니, 여자가 그냥 놔둘 리 없다.

각자의 소개가 끝나자 말 많은 아야노와 요코를 다른 자리로 쫓아내고 그와 단둘이 얘기했다.

"나고야에서 도쿄의 쓰키지에 해당되는 시장이 어디지?"

나이가 어려 보여서가 아니라 꿀리는 외모에 대한 반발심으로 그만 반말이 튀어나오고 말았다.

"중앙도매시장 말입니까?"

"거기가 어디야?"

"가나야마 쪽입니다."

"가나야마?"

나는 나고야의 포켓 지도를 꺼냈다.

"나고야역에서 한참 남쪽입니다. 잠깐 줘보세요."

그는 지도를 빼어들고 페이지를 넘기더니, 곧바로 중앙도매시장의 위치를 손가락으로 가리켰다. 나고야 운동장과 아쓰타 신궁의 중간쯤이다.

"거기가 본바닥이고 지점 같은 곳도 두 군데 있습니다. 도쿄로 말하면 오타 시장에 해당되는 곳이죠."

그러면서 다카하타 시장과 호쿠부 시장을 가리킨다. 전자는 나고야 서부 지역에, 후자는 나고야 공항 근처에 있다. 후자는 행정구역상으로 나고야가 아니지만, 바로 인접해 있으므로 나고야라고 생각해도 무방할 것 같다.

"아, 도매시장이라도 일반인들이 이용할 수 있는 규모가 큰 시장은 없나? 도쿄의 아메요코 상가나 오사카의 구로몬 시장 같은 곳."

"야나기바시 중앙시장이 있죠."

가가미는 지도의 페이지를 넘겨 그 장소를 가리켰다. 나고야역 바로 근처로, 걸어서 5분이면 갈 수 있는 곳이다.

"이 근처에 술집이 많은가?"

"시장 안은 어떤지 잘 모르겠네요. 주변에는 많이 있습니다만."

"외국인이 일하는 술집도 있을까?"

"있지 않겠습니까."

왠지 도매시장이 아니라 이 야나기바시 시장에 있을 것 같은 생각이 들었다. 도매시장은 아무래도 술집 이미지와는 맞지 않는다. 도매시장에는 도매업자나 중개상, 소매상을 상대로 장사하는 음식점들이 있고, 개중에는 술을 제공하는 가게도 있을 것이다. 하지만 이제껏 필리핀 술집에서 일했던 여성이 새로 가게를 차릴 만한 장소로는 과연 어떨까. 의자도 없는 가게에서 앞치마를 두르고 접시를 닦는 모습은 도무지 상상이 되지 않는다.

내가 잠깐 생각에 잠겨 있자 그가 묻는다.

"나고야에서 물건이라도 구입할 생각입니까?"

"아니, 사람을 찾고 있어. 동남아시아 여성인데, 나고야의 시장에서 술집을 하고 있대. 근데 어느 시장인지를 모르겠어."

나는 그 정도만 설명했다.

"술장사라면 야나기바시 부근일 것 같은데요."

"아무래도 그런 것 같지?"

이 싹싹한 사내에게 왠지 호감이 간다.

"도매시장에는 술집이 어울리지 않으니까요. 아 참, 나고야에는 다른 시장도 있는데, 그건 관계없는지 모르겠네요."

"지금 가르쳐준 곳 말고 다른 시장?"

"아뇨, 그게 아니라 지명 말입니다."

"응?"

"그게 아마 모리야마에 있을 거예요."

가가미는 지도를 뒤척이더니 나고야 돔의 북쪽 방향을 손끝으로 가리켰다. 엷은 물색으로 구분된 지역의 한가운데에 굵은 고딕체로 '이치바市場'라고 씌어 있었다.

"동네 이름?"

"네. 나고야시 모리야마구 이치바."

"아, 이런 지명도 있었네. 음, 어쩌면 이쪽일지도 모르겠군."

나는 턱을 쓰다듬으며 잇따라 고개를 끄덕였다. 지바의 후나바시에도 이치바라는 지명이 있었던 것 같다.

"하지만 나루세 씨, 말을 꺼내놓고 이렇게 말하긴 뭐하지만……."

가가미는 고개를 갸웃거렸다.

"이 부근은 교외의 주택지입니다. 물론 술집이 전혀 없지는 않겠지만, 외국인 여성이 일할 만한 가게는 없을 것 같네요."

"아냐, 가게의 형태는 고려하지 않아도 돼."

그렇다, 한 가지 잊고 있었다. 가게 이름이 '야마시타'라고 했다. 언뜻 듣기에도 조그맣고 수수한 술집일 것 같다. 게다가 개인이 가게를 연다면, 경제적인 면을 생각하더라도 번화가보다는 외곽 지역이 나을 것이다.

"그리고 이치바기초라는 곳도 있는데, 그건 됐습니까?"

"또 있어?"

"니시구 이치바기초. 근데 여긴 번화가가 아닙니다. 모리야마구의 이치바보다 약간 번화한 곳이긴 하지만."

나고야시의 북쪽 외곽이다.

"고마워. 자네한테 물어보길 잘한 것 같아. 근데 요코하고는 좀 어때?"

가가미 유키오, 꽤 괜찮은 녀석인 것 같다.

돌아온 일요일, 도쿄역 7시 3분발 히카리호 열차에 올라탔다. 노조미호 열차를 타지 않은 것은 예산 때문이다. 스스로 나고야로 가겠다고 나선 처지에 안도 씨에게 경비를 청구할 수는 없지 않은가.

화요일부터 토요일 사이에 도쿄에서 할 수 있는 일은 전부 끝냈다.

우선 인터넷의 타운 페이지*에서 나고야시 모리야마구 이치바에 야마시타라는 이름의 술집이 있는지 조사했다. 거기에는 한 건도 게재되지 않았다. 주점, 음식점, 요정, 요릿집, 선술집, 찻집 등에도 야마시타라는 상호는 없었다. 그건 둘째 치고 그 지역에는 음식과 관련된 가게가 단 두 곳뿐이었다. 아무래도 이 지역은 상당히 환경이 좋은 주택지인 모양이다. 니시구 이치바기초라는 지역도 조사해봤는데, 야마시타라는 음식점은 없었다.

다음으로 야나기바시 중앙시장이 있는 나카무라구의 메이역 주변에 야마시타라는 음식점이 있는지 조사했는데, 이쪽에서도 전혀 찾을 수가 없었다. 그래서 이번에는 과감히 조사 범위를 나고야시 전체로 확대시켰다. 대체 몇 백 건이나 나오려나 싶었는데, 겨우 여덟 건밖에 나오지 않았다. 돈가스 가게와 초밥 가게까지 포함해서 여덟 건이다. 도쿄에서 그 여덟 곳에 모두 전화를 걸었다. 월라야인 듯한 여성은 어디에도 없었다.

그 다음에는 아리스 공원의 도립 중앙도서관으로 걸음을 옮겼다. 이곳에는 전국의 모든 전화번호부가 비치되어 있다. 모리야마구가 실려 있는 나고야 북동부의 전화번호부를 펼쳐보니, 이치바라는 동네에 야마시타 씨가 두 명 있다. 니시구가 실려 있는 서부 지역의 전화번호부에는 이치바기초에 한 명 있다. 카사블랑카의 오치아이는 부정했지만, 야마시타는 상호가 아니라 새 후원자의 이름일 가능성도 있다. 후원자의 이름을 그대로 상호로 지었을지도 모르는 일이다. 그런데 세

* 직업별 전화번호부.

명의 야마시타 씨에게 모두 전화해보니, 윌라야라는 이름은 들어본 적도 없다고 한다.

이렇게 된 이상, 나고야시 전역의 야마시타 씨를 확인해볼 수밖에 없다. 역시 200만 명의 인구가 사는 도시인 만큼 나고야 북동부에서 372건, 서부 지역에서 374건, 중남부 지역에서 511건이 나왔다. 노트에 옮겨 적는 것만 해도 정신이 아득해지는 작업이었지만, 닷새 동안 일일이 전화를 걸어댔다. 그러나 전화가 연결되지 않은 몇 건을 제외하고는 전부 빗나갔다.

일시에 피로가 몰려들었다. 하지만 이 정도로 주저앉을 내가 아니다. 무릇 탐정 활동은 100번 중 99번이 헛수고로 끝나기 마련이다. 요즘 세상에는 전화번호부에 게재되는 걸 거부하는 경우도 흔하지 않은가.

그래서 내 발로 직접 나고야 거리를 돌아다니기로 결심한 것이다.

8시 56분, 히카리 113호 열차가 나고야역에 도착했다. 이곳에서 도카이도 본선의 상행 열차로 갈아타, 두 번째 역인 가나야마에서 내렸다. 우선 중앙도매시장부터 찾아보기로 했다.

가나야마역은 JR과 나고야 철도와 지하철이 모두 운행되기 때문인지, 역전에 고층 빌딩의 호텔이 들어서 있는 등 북적이는 분위기였다. 하지만 후시미 거리를 건너가 호리카와 하천을 따라 남쪽으로 조금 내려가자 창고와 주택이 뒤섞여 한적한 느낌으로 바뀌었다. 저편에 도매시장인 듯한 콘크리트 건물이 보인다.

그런데 그 건물 바로 뒤편까지 다가가도 주변은 여전히 쓸쓸한 분위기였다. 시장의 독특한 열기가 전혀 느껴지지 않았다. 이상하게 생각하며 낮은 담장 너머로 안을 들여다보니, 인기척도 없이 텅 비어 있다. 그제야 나는 중요한 사실을 깨달았다.

오늘은 일요일이다. 도매시장은 일요일이 휴일이었던 것이다. 사전에 거기까지 생각이 미치지 못한 나 자신이 한심스러워 기분까지 우울해졌다.

하지만 나는 금방 마음을 고쳐먹는 타입이다. 시장 부지를 멍하니 걷다 보니 사람들이 간간이 눈에 띄었다. 지게차를 이용해 화물을 운반하고 있다. 나는 뒷문을 통해 무작정 안으로 들어가 그들 중 한 명에게 말을 걸었다.

중앙도매시장 안에는 술을 파는 초밥집과 불고기집과 식당이 몇 군데 있다. 하지만 그중에 야마시타라는 가게는 없었다. 도매점 이름도 조사해봤는데 야마시타라는 상호는 없었다. 더 나아가 몇몇 사람들에게 월라야의 사진을 보여주었지만, 그녀를 봤다는 사람은 아무도 없었다.

시장 주변도 둘러보았다. 시장은 편도 3차선의 대로와 접해 있는데, 도매점과 창고만 눈에 띌 뿐 술집이 있을 만한 분위기는 아니다. 커피숍과 편의점에서도 사진을 보여주었지만 별다른 대답을 듣지 못했다.

나는 나고야역으로 돌아왔다. 불길한 예감을 가슴에 담고 사쿠라도리 출구로 나와 야나기바시 중앙시장으로 걸음을 재촉했다. 시장은 역에서 걸어서 10분쯤 걸리는 거리에 있어 헤매지 않고 금방 찾을 수 있었다. 시장 입구에는 요코하마의 차이나타운 같은 아치가 세워져 있고, 거리 양쪽에는 작은 점포들이 빽빽이 늘어서 있다. 규모가 상당히 큰 시장임을 한눈에 알 수 있었다. 하지만 어느 점포든 하나같이 셔터 문이 내려져 있다. 쓰레기를 뒤지는 고양이나 까마귀조차 눈에 띄지 않는, 마치 유령도시 같은 모습이었다. 셔터 문 하나를 자세히 들여다보니 일요일과 수요일은 휴일이라고 적혀 있다. 어제 왔어야 했는데

하고 후회해봐야 이미 때는 늦다.

그래도 나는 골목을 돌아보고 텅 빈 건물 안으로 들어가, 휴일에도 열심히 일하는 몇몇 사람들을 찾아내 질문을 던지고 사진을 보여주었다. 성과는 없었다. 시장 주변에 술집은 많았지만 모두 상가 건물 안에 있는 대형 점포들로, 개인이 혼자 운영할 만한 술집은 보이지 않았다.

시간이 금방 지나가 벌써 점심때가 다 됐다. 몸도 상당히 지쳐 있다. 하지만 나는 기시멘* 가게의 포렴을 곁눈질하며 서둘러 다음 장소로 이동했다.

지하철에서 나고야 철도로 갈아탄 뒤 야다라는 역에서 내렸다. 모리야마구 이치바에서 가장 가까운 역이다. 홈에 내려서자 손이 닿을 듯한 곳에 나고야 돔의 은빛 지붕이 보였다. 그런데 개찰구로 나와보니 자동 개찰기도 없을뿐더러 역무원도 없다. 나고야역에서 30분밖에 걸리지 않고, 또한 바로 근처에 근대적인 운동장까지 있는데도 무인역이라는 사실에 적잖게 놀랐다.

야다역을 빠져나와 길을 따라 걷다 보니, 이윽고 커다란 하천이 눈에 들어왔다. 야다가와라는 하천이다. 넓은 하천 부지에는 남녀노소가 조깅을 하거나 제방에서 나뒹굴며 제각기 한가로운 휴일 오후를 보내고 있다. 강한 바람을 맞으며 100미터쯤 되는 돌다리를 건너가니 바로 모리야마구 이치바다. 지도를 보면 1가나 2가로 나뉘지도 않은, 사방 1킬로미터 정도의 작은 동네다.

큰길가에 미용실이 있다. 찾고 있는 대상이 여성이므로 쓸 만한 정보를 얻을 수 있지 않을까 하고 은근히 기대했다. 하지만 사진 속의

* きしめん, 면이 납작한 나고야 우동.

여성을 봤다는 사람은 없다. 또한 이 동네에는 야마시타라는 상호도 없을뿐더러 바 같은 술집도 없다고 한다. 파친코점과 편의점에서도 물어봤지만 결과는 마찬가지였다.

내 눈으로 직접 확인해보려고 동네 안쪽으로 들어가 보니 금방 납득할 수 있었다. 이곳은 신사를 둘러싼 숲을 중심으로 이루어진 상당히 오래된 주택지였다. 집들은 대부분 지은 지 10년 이상 된 단독주택으로, 외국인이 살 만한 동네는 아닌 것 같다. 동네가 형성된 이래로 기본적으로 아무것도 변한 게 없는 듯한 그런 정적인 분위기가 감돌고 있다.

모리야마구의 이치바에 은근히 기대했던 만큼 낙담도 컸지만, 아직 니시구의 이치바기초가 남아 있다. 이쯤 되니 〈엄마 찾아 삼만리〉에 나오는 마르코 소년의 심정도 알 것 같았다.

야다역으로 돌아와 나고야 철도에서 지하철로 갈아타고 이치바기초를 찾아갔다. 이곳도 주택지였는데, 동네가 모리야마구의 이치바보다는 오래되지 않은 듯 아파트가 눈에 띈다. 곳곳에 음식점도 들어차 있다. 하지만 결과는 똑같았다. 야마시타라는 가게도 없거니와 윌라야의 사진에 반응을 보이는 사람도 없었다.

나는 캔커피를 손에 들고 편의점 주차장에 맥없이 주저앉았다. 가능성으로 본다면 아직 도매시장인 다카하타 시장과 호쿠부 시장이 남아 있지만, 체력도 기력도 상당히 저하되었다. 시각은 오후 4시. 11월의 차가운 바람이 체온을 앗아간다.

커피를 다 마시고 지도를 펼쳤다. 다카하타 시장과 호쿠부 시장의 위치를 파악하기 위해서가 아니라 나고야역으로 돌아가는 길을 확인하기 위해서다. 그렇다, 그만 포기하고 도쿄로 올라갈 생각이었다.

그때 갑자기 서광이 비쳤다. 지도를 넘기던 중에 머리가 찌릿해지는 느낌을 받았다.

"이건 뭐야?"

무심코 탄성의 목소리가 튀어나왔다.

지도의 그 페이지에는 '이치바一場'라는 글자가 있었다. 그 옆에는 이치바유미마치와 이치바후쿠시마도 있다. 더 나아가 니시이치바와 기타이치바초라는 글자도 눈에 들어왔다.

기요스초 지역이 실린 페이지였다. 니시카스가이군 기요스초. 행정구역상으로는 나고야시가 아니지만, 나고야시와 인접한 지역으로 일반적인 개념으로는 나고야 권내에 포함시킨다. 기타이치바초는 이나자와시에 포함되지만 기요스초와 인접하고 있어, JR 기요스역도 이곳에 있다.

여행지에서 내 눈에 띈 것도 뭔가 인연이 있기 때문인지 모른다. 나는 마지막 희망을 걸고 기요스로 향했다.

나고야역에서 도카이도선의 보통열차로 불과 6분 만에 기요스에 도착했다. 그 중간에는 역이 하나밖에 없다. 역시 나고야에 포함시켜도 별문제는 없을 것 같다.

하지만 나고야와 그 정도로 가까운데도 분위기는 사뭇 달랐다. 선로 한쪽에는 논밭이 펼쳐져 있고, 집들이 늘어선 다른 한쪽의 거리도 쥐 죽은 듯 조용했다. 집들도 제법 많고 대기업 공장도 있건만, 가게는 거의 없고 행인들도 보이지 않는다. 역전에 흔히 있는 부동산이나 라면 가게, 버스 정류장, 택시 승차장도 보이지 않는다. 도시와 멀리 떨어진 시골 마을에 들어온 느낌이다.

적잖이 당황하며 조금 걸어가니 미용실이 눈에 띄었다. 안으로 들어가 긴 소파에 깊숙이 앉아 텔레비전을 보고 있는 아주머니에게 이 근처에 동남아시아 여성이 운영하는 술집이 있는지 물었다.

"있어요."

전혀 기대하지 않았기에 그 말을 듣자 잠시 멍해졌다. 황급히 명함을 꺼내 뒤에 붙은 사진을 보여주었다.

"맞아요, 맞아. 이 여자예요."

이번에도 순순히 고개를 끄덕인다.

"가게 이름이 야마시타 아닙니까?"

여우에 홀린 듯한 기분으로 다시 물었다.

"아뇨."

이번에는 고개를 저었다. 하지만 곧바로 그녀가 내뱉은 말에 나는 무심코 목소리를 높이고 말았다.

"지에라는 조그만 바예요."

"지에라고요?"

"네, 지에요."

"어디쯤에 있는 겁니까?"

나는 재빨리 지도를 펼쳐 가게의 위치를 확인한 뒤, 인사도 하는 둥 마는 둥 하고 미용실에서 뛰쳐나왔다.

얍삽하게도 한껏 기분이 들뜬 지금은 마을의 쓸쓸한 분위기가 왠지 정겹게 느껴진다. 이 마을에는 예전의 검은 판자벽과 창살문으로 된 집들이 많고, 현관 앞의 소나무 가지도 보기 좋게 뻗어 있다. 역참 마을처럼 늘어선 그런 집들 사이를 걷고 있자니 문득 먼 옛날이 그리워져, 지금도 여전히 전통과 더불어 살아가는 이 지역 사람들이 부러웠다.

하지만 향수에 젖은 기분도 그리 오래가지는 못했다. 조금 걸어가자 투박한 신호등이 보이고 승용차와 트럭들이 오가는 도로가 나온다. 이 도로를 따라 남쪽으로 내려갔다.

내가 찾아가는 건물은 일반 주택과 자동차 정비공장 사이에 우뚝 서 있었다. 조잡한 조립식 건물로, 입구 위에 페인트로 그린 간판이 달려 있다. 거기에 씌어진 글자는 가타카나도 한자도 아닌, 영어 'TIE'였다. 일부러 그렇게 디자인한 것인지 글자 모양이 오른쪽으로 비스듬히 올라가 있다. 그걸 본 순간 나는 모든 것을 깨달았다. 웃음이 터져 나왔다.

그렇다, 윌라야는 외국인이다. 한자보다는 영어를 쓰는 게 당연하다. 그녀는 명함 뒤에 'TIE'라고 썼다. 알파벳이므로 가로로. 오치아이와 나는 그것을 반시계 방향으로 90도 돌려서 읽었던 것이다.

글자를 쓸 당시 윌라야는 서두르고 있었다. 그 때문에 'T'와 'I'의 간격이 좁아지고 'I'가 길어졌으며 'E'의 가로획도 불규칙했다. 그 명함을 왼쪽으로 90도 회전시켜 'TIE'를 '山下(야마시타)'로 잘못 읽었던 것이다.

내가 깨달은 것은 그뿐이 아니다.

'TIE'는 딸의 이름인 '지에'에서 비롯되었을 것이다. 그런데 어째서 헵번식* 표기법에 따라 'CHIE'라고 쓰지 않고 일본식 표기법으로 'TIE'라고 쓴 걸까. 필경 이것은 비슷한 음운을 띤 다의어多義語일 것이다.

'TIE'는 영어로 읽으면 [tai], 즉 넥타이가 된다. 동사로는 '매다'라는 뜻이다. 하지만 여기서 중요한 것은 의미가 아니라 발음이다.

타이는 윌라야의 모국인 태국을 뜻하는 단어다. 영어 스펠링은

* 미국 선교사 헵번이 고안한 일본의 로마자 철자법.

THAI지만, 발음은 TIE와 동일한 [tai]. 말하자면 윌라야는 'TIE'라는 상호로 자신이 사랑하는 두 가지, 즉 딸과 모국을 표현한 것이다.

웃음 뒤에는 감격으로 눈물이 글썽거렸다. 드디어 찾아냈다. 피곤함은 일시에 사라졌다.

시각은 5시를 조금 넘어서고 있다. 문에는 '준비 중'이라는 팻말이 걸려 있다. 하지만 가게 앞에는 불 켜진 이동식 간판이 나와 있다. 가게를 연 것인지 아닌지 약간 애매한 상황이지만, 일단 안을 살펴보기로 했다. 이 가게가 확실하다. 주저할 이유가 없다.

"어서 오세요!"

문을 열자 무척 밝은 목소리가 나를 맞이한다. 빨간 드레스를 입은 여자가 카운터에서 먼지를 털고 있다. 언뜻 봐도 윌라야가 아니라는 것을 알 수 있다. 훨씬 젊은 일본 여자다.

"영업하나요?"

"네. 이쪽으로 오세요."

여자는 카운터 자리의 의자 하나를 자기 앞으로 끌어당겼다.

"밖에 준비 중 팻말이 걸려 있던데."

"어머, 내 정신 좀 봐."

여자는 멋쩍은 듯 혀를 날름 내밀고 홀을 가로질러 밖으로 나간다. 나는 안정감이 없는 의자에 앉아 좌우로 천천히 고개를 돌렸다. 카운터 좌석이 열 몇 개, 6인용 소파 좌석이 한 세트, 그리고 가라오케가 있는 무대. 좁은 가게다. 손님은 한 명도 없다. 점원도 이 여자뿐인 것 같다.

"손님, 처음 뵙는 얼굴이네요."

여자가 돌아와 카운터 안으로 들어갔다. 벽의 스위치를 조작해 유선 방송을 켠다. 엔카일 거라는 예상을 깨고 팝송이 흘러나왔다.

"응, 여긴 처음이야. 기요스도 처음 와본걸."

"아아, 별로 볼 거 없죠?"

"기요스성이 있잖아."

열차에서 차창 밖으로 붉은 난간이 달린 망루가 보였다. 오다 노부나가*는 이곳에서 오케하자마로 진군해 이마가와 요시모토**의 병력을 무찔렀다.

"성은 재미없잖아요. 쇼핑하거나 놀 만한 곳이 있었으면 좋겠어요."

"그런 건 나고야에 많이 있잖아. 도심에서 이 정도 떨어진 데가 가장 살기 편한 거야. 도쿄로 치면 오기쿠보나 지유가오카쯤 되겠지. 맥주 좀 줘."

상대가 지방 사람이라고 생각해 나는 대충 얘기했다. 사실 도심과의 거리는 지유가오카든 기요스든 별 차이 없지만, 동네 분위기는 전혀 다르다. 이곳과 비슷한 정경을 도쿄에서 찾아보려면 오우메나 나리타 근처까지 나가야 할 것 같다.

여자가 냉장고에서 병맥주를 꺼내 카운터 위로 상체를 기울이며 내 앞의 잔에 따른다. 드레스의 가슴 부위가 벌어졌지만, 시선을 돌릴 곳이 마땅치 않다.

"손님, 도쿄 분이에요?"

"응. 만난 기념으로 한잔하지."

나는 맥주병을 집어 들었다. 여자는 씽긋 웃으며 작은 글라스를 내게 내민다.

* 織田信長, 1534~1582, 일본 전국시대의 무장. 전국통일의 기초를 닦았다.
** 今川義元, 1519~1560, 일본 전국시대의 유명 무장.

"잘 마실게요."

크기가 다른 글라스가 쨍 하고 소리를 낸다.

"근데 주인 마담은?"

내가 고개를 좌우로 돌리며 물었다.

"아, 일이 좀 있어서. 이따가 나올지 어떨지 모르겠네요."

뭔가 숨기는 듯한, 석연치 않은 말투다.

"여기 마담이 태국 사람이라지?"

"네. 어머? 처음이라면서 마담에 대해 어떻게 아세요?"

"아, 근처에서 소문을 들었지. 난 동남아시아 여자가 있는 가게에서 즐겨 마시거든."

"필리핀 술집 같은 데요?"

"그런 화려한 데는 별로 안 좋아해. 이런 조그만 데가 좋지. 근데 마담이 없으니 다음에 다시 와야겠군."

"새끼마담은 안 될까요?"

여자가 자기 얼굴을 가리키며 웃는다.

"새끼마담도 나름대로 좋지만, 외국인을 더 좋아하지."

"저, 혼혈인데요."

"응?"

"마담의 딸. 그러니까 진짜 새끼마담이죠."

"뭐라고!"

"뭘 그렇게 놀라세요? 아, 제 얼굴이 좀 하얘요. 그래서 믿지 않는 사람이 많아요. 어머, 서비스 안주도 내놓지 않았네요. 물수건도 안 드렸고."

여자는 감 씨 모양의 과자를 한 줌, 또 한 줌 집어 작은 나무 쟁반에 담는다.

이 여자가 지에? 잠깐만, 안도 씨의 얘기로는 열일곱 살이라고 했는데. 지금 눈앞에 있는 아가씨는 가슴이 드러난 새틴 소재의 의상을 입은 데다 입술은 너무 진하다 싶을 정도로 새빨갛다. 붙인 눈썹 같은 긴 속눈썹에는 마스카라를 덕지덕지 칠하고, 길게 기른 손톱에는 펄이 들어간 붉은 매니큐어를 바르고…… 아니, 요즘 아이들은 예전과는 달리 성숙해 보이잖아. 막상 열일곱이라고 생각하니 정말 그런 것 같기도 하다. 위팔의 피부는 팽팽하고, 손등이나 손가락 마디는 어설프고, 말투는 앳되다. 근데 열일곱 살짜리가 이런 데서 일해도 되는 건가? 아니면 안도 씨가 기억이 흐려져서 나이를 잘못 알고 있는 건가?

"안주 메뉴는 칠판에 써 있어요. 우리 가게의 명물은 볶음우동."

새끼마담은 내 앞에 물수건과 과자 접시를 놓고, 글라스에 맥주를 채워주었다.

"이쪽 사투리를 쓰지 않는 것 같은데, 다른 지방에서 온 건가?"

물수건으로 얼굴을 닦으며 티 안 나게 넌지시 물어봤다.

"저요? 그런가. 사투리도 꽤 쓰는 편인데. 하지만 뭐 도쿄 쪽에도 있었으니까."

"도쿄 어디?"

"도쿄는 아니고 가와사키요."

역시 그녀인가? 과감히 핵심을 찔러본다.

"새끼마담은 이름이 뭐지?"

"지에예요. 그러니까 가게 이름도 지에죠."

이미 각오했지만, 그 말을 들으니 따귀라도 얻어맞은 기분이었다. 내 딸도 아니고 애인도 아닌데 왜 이런 기분이 드는 걸까.

미성년자가 왜 술장사를 하는 거지? 어머니는 어떻게 됐지? 새아버지는 뭐 하는 사람이지? 그녀에게 묻고 싶은 말은 수두룩하다. 하지만 그렇게 다그쳐서 그녀를 곤혹스럽게 만드는 것은 안도 씨가 바라는 바가 아닐 것이다.

"아, 어서 오세요."

새로운 손님이 들어오자 지에가 그쪽으로 자리를 옮긴다. 그녀를 어떻게 대해야 할지 몰라 어색하던 참에 다행이다.

그 뒤로 미즈와리* 한 잔을 더 마시고 가게를 빠져나왔다. 취기가 오른 척하며 지에에게 카메라를 들이대고 사진 몇 장을 찍었다.

가게에서 나왔지만 역으로 가지는 않았다. 시각은 6시 반. 마지막 열차 시각까지는 아직 네 시간쯤 여유가 있다. 나는 가게 앞에서 망을 보며 서성거렸다. 11월의 바람은 역시 차다. 블루종 점퍼의 지퍼를 끝까지 올리고 양손을 호주머니에 쑤셔 넣었다. 때때로 캔커피로 몸을 녹이며 100미터 정도의 범위에서 가게 앞의 기후 가도를 왔다 갔다 하고 있었다.

8시쯤 되자 중년의 사내 하나가 가게에서 나왔다. 얼큰하게 취한 듯 발을 내디딜 때마다 몸이 좌우로 크게 흔들린다. 가도에는 차들이 끊임없이 지나가고 있어 무척 위태로워 보였다.

"괜찮으세요?"

나는 사내에게 다가가며 말을 걸었다.

"아, 괜찮아요, 괜찮아."

술 취한 인간들은 대개 꼬부라진 혀로 그렇게 대답한다.

* 水割り, 물 탄 위스키.

“저 아시겠어요? 아까 가게에 있었는데.”

“아, 그런가요.”

사내가 대뜸 악수를 청한다.

“기분이 무척 좋으신 모양이네요.”

“아니, 아니, 그렇지도 않아요.”

“저하고 한잔 더 하시겠어요?”

“이거 주머니가 바닥났는데. 마누라한테 혼나겠는걸.”

“뭐 어떻습니까. 제가 한잔 사죠.”

“아, 그래요? 그럼 가야지.”

사내는 내 등을 툭툭 치며 어깨동무를 한다.

술에 취했어도 계산할 정신은 있는 듯, 신카이라는 이 중년의 사내가 나를 데려간 곳은 가도 옆의 작은 초밥집이었다.

처음 얼마 동안은 횡설수설하는 말에 대충 맞장구를 치다가 적당한 때를 노려 질문을 던졌다.

“마담은 오늘 가게에 안 나온 모양이네요.”

“결국 오늘도 못 만났네요.”

신카이는 술 냄새를 풍기며 한숨을 내쉰다.

“마담은 가게에 잘 안 나옵니까?”

“최근에는 통 보이질 않더라고요. 문 닫기 전에 슬쩍 얼굴을 내미는 것 같은데, 난 마누라가 들볶아서 그렇게 늦게까지는 못 있어요. 주인장, 여기 성게초밥 하나. 김말이로.”

또 먹어?

“어디가 아픈 겁니까?”

“간장인가 신장이 안 좋다더군요.”

몸이 안 좋은 것 같다는 예감은 들었다.

"입원하진 않았나요?"

"그러진 않은 것 같아요. 입원했다면 가게에 얼굴을 내밀 수 있겠어요?"

"마담이 못 나오니까 딸이 도와주고 있는 겁니까?"

"그렇죠. 지에도 꽤 귀여운 아가씨지."

"지에는 언제부터 가게에 나온 거죠?"

"반년쯤 됐을까."

"매일 나옵니까?"

"네."

"학교는 잘 다니고 있나요?"

"학교?"

신카이가 눈을 크게 떴다.

"지에는 열일곱 살이잖아요. 아직 고등학생일 텐데."

"벌써 졸업했어요."

"네?"

"지에는 스물하나예요."

그러고 나서 신카이는 집게손가락을 입술에 대고 목소리를 낮춘다.

"다들 스물한 살인 걸로 알고 있죠."

"청소년보호법에 걸리니까요?"

"그렇죠. 들통 나면 마담도 처벌받고 가게도 문을 닫게 돼요. 그러면 마담하고 지에가 힘들어지겠죠. 이 근처엔 술 마실 곳도 별로 없는데, 그 가게마저 없어지면 우리 같은 술꾼도 곤란해질 테고."

그는 김말이 초밥을 한입 덥석 문다.

"다른 점원은 없습니까?"

맥주를 따라주면서 물었다.

"없어요. 거긴 줄곧 마담 혼자였어요."

"지금이라도 누군가 고용할 수는 없는 건가요?"

"돈이 없으니까 지에가 돕고 있는 거잖아요. 참 기특한 아이야."

"가게를 그만두거나 잠시 쉬는 것도 생각해볼 수 있을 텐데요."

"그럴 처지가 못 되니까 지에가 열심히 일하는 거잖아요."

"마담의 남편은 뭐 하는 사람이죠?"

"남편이 없으니까 가게를 그만두지 못하는 거예요."

"헤어진 겁니까?"

"도망쳐버렸어요."

"도망쳐요?"

"빚만 잔뜩 남기고 어디론가 사라져버렸죠."

"그게 언제 얘깁니까?"

"한 일 년쯤 됐나. 그것 때문에 마담이 여러모로 고생하고 있을 거예요. 남편이 남긴 빚도 갚아야 하고. 나도 좀 도와주고 싶지만, 보잘것없는 회사원이라서. 기껏해야 가게에 드나들면서 매상을 올려주는 게 고작이죠."

그는 한숨을 내쉬고 맥주를 단숨에 들이켰다.

우리는 어렸을 적부터 학교나 가정에서 절대 거짓말하면 안 된다는 말을 귀에 못이 박히도록 듣는다. 그런데 그 가르침을 어른이 되어서까지 우직하게 지키는 인간은 정직한 사람이 아니라 바보로 취급당한다. 예를 들어 크리스마스를 손꼽아 기다리는 네 살짜리 딸에게 산타클로스는 미국 상업주의의 산물이라고 말해주는 게 과연 옳은 일일까?

내 고민은 거기에 있다. 안도 씨에게 딸의 현실을 있는 그대로 전해주는 게 옳은 일일까? 가공의 현실을 만들어내 그를 안심시켜야 하는 것 아닌가? 돌아오는 열차 안에서도, 집에 돌아와 이불 속에 들어가서도, 한창 경비 일을 할 때도 나는 계속 고민했다.

그렇게 고민하고 내린 결론은 있는 그대로 알려주자는 것이었다.

명문 사립고에 다니고, 학교가 엄격해서 염색은커녕 화장도 안 했고, 성적은 전교에서 20등쯤 되고, 테니스부 부주장을 맡았고, 남자친구는 없지만 연애편지는 자주 받고…… 그렇게 미화시켜 거짓말하는 것은 안도 씨를 우롱하는 행위라는 생각이 들었다. 그것은 나루세 마사토라가 안도 시로보다 우위에 있다는 의식을 전제로 한 행동이 아닐까? 내가 윗사람 입장에서 약자를 동정하고, 무상으로 은혜를 베푸는 게 어른스러운 행동이라고 생각하는 것 아닐까? 가령 이렇게 생각해보자. 케이크를 사오라고 부탁하면서 특정한 가게는 지정하지 않았다. 그래서 노인이니까 어차피 맛도 잘 모를 거라며 동네 슈퍼에 들어가 공장에서 제조된 싸구려 케이크를 사갖고 돌아간다. 이와 별반 다를 바 없지 않은가.

나는 그를 친구로 생각하고 있다. 나이는 다르지만 그래도 친구다. 컴퓨터 교실에서 선생과 학생으로 만났지만 그래도 친구다. 그렇다면 우리는 서로 대등한 관계여야 하지 않겠는가.

나는 마음의 결정을 내리고 그를 찾아갔다. 디카의 사진을 보여주면서 솔직하게 실상을 알려주었다.

예상했던 대로 그는 심한 충격을 받은 듯했다. 얘기를 다 들은 뒤에도 여느 때처럼 한잔하러 가자는 말이 없었다.

그의 충격은 그날 하루로 끝나지 않았다. 그전에는 일주일에 한 번씩 우리 집에 전화를 걸었고 한 달에 두 번쯤은 함께 술도 마셨는데, 그날 이후로는 전혀 연락이 오지 않는다. 걱정이 되어 내 쪽에서 먼저 연락해 한잔하자고 하면 술자리에 나오긴 한다. 하지만 이전의 붙임성 있는 미소는 오간 데 없고, 근황을 물어도 질문한 것 이외에는 말하려고 하지 않는 등 완전히 딴사람이 되었다.

그 원인을 알고 있는 만큼 나도 그를 대하기가 점점 어색해졌다. 게다가 그에게 무슨 말을 어떻게 해야 할지도 모른다. 고지식하게 얘기한 것이 잘못이었다는 자책감도 들어 자연히 그와 거리를 두게 되었다.

물론 나는 그를 친구로 생각하고 있다. 하지만 내겐 챙겨야 할 다른 친구도 있지 않은가. 나는 하는 일도 많다. 그에게만 얽매일 수는 없다.

내가 스스로에게 할 수 있는 변명은 그 정도였다.

그도 나를 찾지 않고, 나도 그를 찾지 않고, 그렇게 1년이 흘러갔다.

밀월

14

엊저녁의 호화로운 식사는 출전 직전의 만찬이었던 셈이다.

8월 28일 수요일 오후 3시, 나는 에비스에 있는 히라키 제3빌딩의 입구에 서 있다. 내 옆에는 기요시가 있다. 둘 다 연녹색 작업복을 입은 채이다.

이틀 전, 나는 와타나베(가명)에게 대신 일을 할 수 없겠느냐며 이렇게 말했다.

일자리를 뺏겠다는 게 아니다. 나는 청소를 하고 싶을 뿐이다. 돈은 한 푼도 필요 없다. 임금은 지금까지 받았던 것처럼 모두 당신에게 돌아간다. 내가 일하는 동안 당신은 어디 가서 적당히 시간을 때우면 된다. 차를 마시거나 파친코를 하려면 돈이 필요할 테니 약간의 용돈도 얹어주겠다.

일하지 않고 급료를 받고, 게다가 별도로 용돈까지 얹어준다. 이런 달콤한 이야기에 솔깃하지 않을 인간이 어디 있겠는가. 와타나베가 제안을 받아들이자 그의 파트너인 아주머니에게도 똑같은 말을 건넸다.

청소부로 호라이 클럽에 드나들다가 기회를 노려 서류를 훔쳐보겠다는 작전이다. 혼자 감행할 수도 있지만 둘인 편이 더 마음 든든하다. 염탐할 기회도 두 배로 늘어난다.

단, 나도 경비와 컴퓨터 교실의 일을 병행해야 하는 입장이다. 휴일이나 지각, 조퇴 등에 대해 너그러운 직장이긴 하지만 너무 지나치면 자칫 쫓겨날 수 있다. 기요시 역시 얼마 후에는 신학기가 시작된다. 내년에 대학 입시를 치러야 하기 때문에 슬슬 공부에 전념해야 한다. 그래서 염탐 활동은 일주일에 월, 수, 금, 사흘로 한정했다.

그리고 오늘은 그 기념할 만한 첫날이다. 가까운 커피숍에서 늦은 점심을 먹으면서 두 전문 직업인에게 청소 업무에 대한 설명을 듣는 것으로 모든 출전 준비를 마쳤다.

"내가 진짜 탐정 일을 하게 될 줄은 몰랐네요."

기요시가 감격한 표정으로 담배를 빼든다.

"고등학생이 무슨 담배야."

나는 담배를 낚아챘다.

"긴장돼서 그래요. 선배는 익숙하니까 아무렇지도 않겠지만 난 처음이잖아요. 이것 봐요."

그러면서 손을 내밀었는데, 약간 떨리고 있다. 하지만 나는 매정하게 그 손을 탁 쳤다.

"담배를 꼬나물고 청소하는 녀석이 어딨어. 훌륭한 탐정은 연기할 때도 빈틈이 없는 법이야. 전문가 못지않게 확실히 청소하자고."

청소는 변소부터 시작했다. 브러시와 세제로 말끔히 닦고 화장지를 보충했다. 그런 다음 계단과 복도에 대걸레질을 하고, 마지막으로 각 사무실 안을 청소했다.

은근히 걱정된 것 중 하나는 갑자기 청소부가 바뀌어 이 건물에서 일하는 사람들이 이상하게 생각지 않을까 하는 것이었다. 그에 대비해 나름대로 구실도 준비하고, 원래 일하는 두 사람과도 입을 맞춰놓았다. 하지만 청소부가 바뀐 것에 대해 뭐라 하는 사람은 아무도 없었다. 청소부의 얼굴 따윈 아무래도 상관없다는 건가.

또 한 가지 걱정된 것은 호라이 클럽의 사무실에 혼조의 무료체험회장에서 일했던 자가 있지 않을까 하는 것이었다. 나는 그 행사장에서 속임수를 쓰고 도망쳤으니, 그들의 입장에서 보면 일종의 수배자인 셈이다. 특히 히다카나 노구치와는 직접 얘기를 나누었기 때문에 그들과 얼굴을 마주치면 곤란한 상황으로 치달을 확률이 높다. 일단 안경과 마스크와 머리에 두르기 위한 수건은 준비했지만, 아마추어의 변장에 그들이 속아 넘어갈지 어떨지는 의문이었다.

하지만 그것도 기우에 그쳤다. 4층의 사무실에는 낯익은 얼굴이 아무도 없었다. 그들은 지방을 전전하느라 바빠서 본부에는 거의 얼굴을 내밀지 않는 모양이다.

자, 이제 호라이 클럽의 사무실을 살펴보자. 직원을 총동원해 페트병에 수돗물을 담고 있다거나, 서민에게 갈취한 지폐뭉치가 아무렇게나 나뒹굴고 있다거나, 겁 많아 보이는 노파를 에워싸고 황금빛 단지를 강매하는 것 같은 색다른 광경은 찾아볼 수 없었다. 철제 책상이 스무 개쯤 놓여 있고, 캐비닛이 있고, 로커가 있고, 응접세트가 있고, 복사기가 있고, 커피 서버가 있는 지극히 평범한 사무실이다. 직원들은 서로 농담을 주고받거나 진지한 표정으로 컴퓨터 자판을 두드리기도 한다.

사무실 내부는 칸막이를 이용해 세 부분으로 나눴다. 그중 한 곳은 사무용 책상이 여기저기 놓여 있는 직원들의 업무 공간. 다른 한 곳은 화이트보드와 장의자가 놓여 있는 것으로 보아 회의용 공간인 것 같다. 마지막 한 곳에는 목제 양수책상과 가죽의자와 고정식 금고가 놓여 있는데, 필경 사장이나 고위 간부의 집무 공간일 것이다.

첫날은 사무실 내부의 배치 상태를 확인한 것만으로 만족해야 했다. 청소도 건성으로 하는 게 아니므로 어쩔 수 없는 일이다. 이틀 뒤인 금요일에 두 번째 활동을 벌였고, 그 다음주 월, 수, 금도 청소부로 일했다.

기본적으로 사무실 청소는 대걸레질뿐이다. 대걸레질을 하면서 책상 위나 컴퓨터 화면을 슬쩍 들여다볼 수는 있지만, 서류를 들춰보거나 서랍을 뒤지기는 힘들었다.

와타나베가 말했던 것처럼 직원이 두세 명밖에 없을 때도 있었다. 아니, 오히려 그럴 때가 더 많다. 남자 직원들은 수시로 영업을 나간다. 처음 물건을 구입한 사람들을 상대로 벌이는 제2, 제3의 강매 영업이다. 직원들끼리 나누는 대화나 통화 내용을 엿들어보니 대충 그런 것 같다.

사무실에 남는 두세 명은 항상 정해져 있는데 모두 여자다. 경리 담당인 40대 아주머니와 그녀의 부하직원인 호리바 양, 서류를 복사하지 않을 때는 늘 매니큐어를 칠하고 있는 유 양.

그래도 사무실이 완전히 비기 전에는 서류를 뒤지기 어렵다. 아무리 청소부에 무관심하다고 해도 서랍을 뒤지고 있으면 대번에 달려들 것이다. 여기까지 온 이상 실패는 절대 용납할 수 없다. 복도에도 로커가 놓여 있는데, 그 안은 이미 확인했다. 직원들의 옷가지와 잡동사니가 들어 있을 뿐이다.

이쯤 되면 이제 쓰레기에 기대를 걸 수밖에 없다. 각 사무실에서 나오는 업소용 쓰레기봉투를 쓰레기장까지 운반하는 것도 청소부의 일이다. 나와 기요시는 호라이 클럽의 쓰레기봉투를 분담해서 집으로 가져가 내용물을 철저히 확인했다.

9월 6일 현재까지는 아무런 수확도 거두지 못했다. 하지만 아직은 초기 단계가 아닌가. 언젠가 반드시 기회가 찾아오리라 믿고, 주 3회씩 청소부 역할을 계속했다.

15

오늘이 13일의 금요일이라고 해서 뭔가 나쁜 일이 일어나지 않을까 하고 걱정할 만큼 나는 순진하지 않다. 실제로 머리털 나고 지금까지 수십 차례나 13일의 금요일을 맞이했지만, 제이슨*에게 습격당하는 불상사는 한 번도 경험한 적이 없다.

금요일인 9월 13일도 전날이나 전전날과 별반 다르지 않은 하루였다.

오늘도 아무런 수확 없이 히라키 제3빌딩의 청소 업무를 끝마쳤다. 물론 좋은 일이 없었다는 것뿐, 나쁜 일이 일어났다는 것은 아니다.

그런데 밤에 제이슨 정도까지는 아니지만 약간 섬뜩한 이의 전화를 받았다.

"최근에 소원해진 사쿠라인데요."

2호 휴대폰을 받자마자 불만스러운 목소리가 튀어나왔다.

"아아, 무슨 일이야?"

"특별한 용건이 없으면 전화도 못하나요?"

"아니, 그런 건 아냐."

빌딩 청소를 시작한 뒤로 그녀와는 한 번도 만나지 않았다. 전화나

* 영화 〈13일의 금요일〉의 살인마 캐릭터.

메일도 거의 신경을 쓰지 못했다. 내일부터 사흘 연휴라는데, 아직 데이트 약속도 하지 않았다. 그만큼 몸이 지쳐 있는 것이다. 집으로 돌아온 뒤에도 쓰레기봉투를 꼼꼼히 확인해야 한다. 이런 사정을 모르는 그녀는 내가 자기를 피하는 것이라 생각해 화가 난 모양이다.

"근데 좀 갑작스런 질문인데요."

"뭔데?"

"어젯밤에 뭐 했어요?"

"특별히 한 건 없는데."

내가 뭔가 그녀의 비위를 건드린 게 아닌가 싶어 기억을 더듬는다.

"어디 갔었는데요?"

"아무 데도 가지 않았어."

내가 데이트 약속을 잊어버리기라도 한 건가.

"거짓말."

"정말이야."

"집에 없던걸요."

"응?"

"어젯밤에, 집에, 찾아갔어요."

그녀가 한마디씩 꼭꼭 씹듯이 말한다.

"뭐? 여기 왔었다고?"

"그래요. 요리해서 같이 먹으려고 장도 봤죠. 근데 당신은 집에 없더군요."

"뭐야, 그런 건 미리 알려주지 그랬어."

나는 웃으면서 대꾸했다.

"좀 놀래주려고 했죠."

"그랬군. 내가 모처럼의 이벤트를 망친 꼴이 됐군. 아, 잠깐 밖에 나간 적이 있지."

또 웃는다.

"그리고요?"

그녀는 여전히 쌀쌀한 말투다.

"뭐가?"

"어디 갔어요?"

"목욕탕."

"거짓말."

"정말 목욕탕에 갔다니까."

"목욕탕이 꽤 먼 곳에 있나 보네요."

"으응?"

"그게 아니면, 목욕을 세 시간이나 하시는 모양이죠."

"응?"

"집 앞에서 당신이 돌아오기를 기다렸어요."

가슴이 뜨끔했다.

"세 시간이나?"

"8시부터 11시까지."

"11시? 그렇게 늦게까지?"

"아무개 씨가 집에 있었다면 밤이슬을 맞을 일도 없었겠지만."

덤덤히 대본을 읽어 내려가는 듯한 말투다.

"알았어. 사실대로 말할게."

나는 한숨을 내쉬었다.

"누굴 좀 만났어."

"어머, 데이트? 부럽네요."

"오해하지 마. 거 있잖아, 내가 일전에 말했던 기요시라는 후배. 그 녀석을 만났어."

"스토커 행각을 도와준 건가요?"

"어이어이, 그런 거 아냐. 롯폰기에서 한잔했어."

"아하, 거기서 새벽까지 마신 거군요. 세월 좋으시네요."

"마시다 보니까 좀 늦어졌어."

"시간 가는 줄 모를 정도로 재밌었나 보군요. 꽤 괜찮은 술집인가 보죠? 다음에 저도 한번 가봐야겠네요."

오늘은 기분이 상당히 언짢은 모양이다.

"미안해. 내일이나 모레, 무슨 볼일 있어? 사과하는 의미에서……."

"왜 화가 났는지 아세요?"

"내가 밤늦게까지 술 먹고 돌아다녀서 그렇겠지."

"이틀 연속으로 그랬기 때문이에요."

"응?"

"그저께 밤에도 놀러 나갔더군요."

그 말을 듣자 가슴이 덜컹 내려앉았다.

"그저께도 여기 왔었어?"

"이틀 연속으로 고기하고 회를 사들고 갔는데, 허탕을 치고 말았네요."

"그건 좀 미안하게 됐는데…… 미리 말해줬어야지. 요즘에 좀 바쁜 일이 있어서 집을 비울 때가 많아."

"바쁘시다는 분이 술을 마시러 다니나요?"

"그저께는 술을 마신 게 아니야."

"어머나, 그럼 뭘 하셨을까. 좋은 분을 만나신 모양이네요."
"그건 오해야."
나는 보이지 않는 상대에게 손을 내저었다.
"어머, 나는 그냥 물어보기만 했는데요."
"조금만 더 기다려줘."
"뭘 말이에요?"
"지금 하는 일이 이제 곧 마무리될 거야. 그러면 집으로 초대할 테니, 요리 솜씨를 발휘하는 건 그때까지 잠시 미뤄줘."
나는 머리를 숙인다.
"일이요?"
"응, 일이라고 할 수 있지."
"밤에요?"
"밤에도 일하고 뭐, 그렇지."
"설마 나쁜 일은 아니겠죠?"
"정의의 사자."
"네?"
"지금은 그 정도밖에 말할 수 없어. 나중에 다 해결되면 가르쳐줄게. 아무튼……."
좀더 기다려달라고 말하려던 참이었다.
"커피 타놨어."
등 뒤에서 아야노가 소리친다.
"하루라도 빨리 요리 솜씨를 구경할 수 있도록 최선을 다할게. 그럼, 잘 자."
나는 황급히 전화를 끊었다.

"오빠, 커피 탔다니까."

아야노가 가까이 다가왔다.

"갑자기 말을 거니까 놀랐잖아."

나는 부루퉁한 얼굴로 돌아보았다.

"나보고 미리 예고라도 하고 말을 걸라는 거야? 그럼 말을 걸겠다고 예고하기 전에도 또 예고해야 하고, 그렇게 예고하기 전에도 또 예고해야 하고…… 아, 정신없어."

아야노가 웃으면서 머그컵을 내민다. 나는 얼굴을 찌푸리며 혀를 찬다.

"어라? 커피를 타준 사람을 대하는 태도가 왜 그래?"

"시끄러워."

"아, 마시기 싫은 모양이지?"

그러면서 머그컵을 자기 쪽으로 끌어당긴다.

"객쩍은 소리 그만하고 여행 준비나 해."

나는 재빨리 컵을 낚아채 뜨거운 줄도 모르고 단숨에 목구멍으로 흘려보냈다.

사쿠라가 동생의 목소리를 들었을까. 혹시 들었더라도 그냥 텔레비전 소리로 생각하지 않을까. 이런 걱정을 하는 나 자신이 신기했다.

16

그것이 13일의 금요일에 일어난 사소한 재난이다. 그런데 그와는 비교가 되지 않을 정도로 커다란, 정말로 제이슨에게 습격당한 정도의 재앙이 18일인 수요일에 발생했다. 5일이 늦은 13일의 금요일인 셈이다.

수요일이라서 여느 때처럼 오후부터 히라키 제3빌딩에 가서 청소를 했다. 평소와 다른 점은 기요시는 콧물을 훌쩍이고, 나는 연달아 가래를 삭이고 있다는 것이다. 둘 다 감기가 들었다. 요 며칠 동안 긴소매 옷이 필요할 정도로 쌀쌀한 날이 이어지다가 갑자기 30도를 웃도는 늦더위가 몰려오는 등 들쑥날쑥한 날씨로 건강관리가 쉽지 않았다. 7~8월의 기록적인 더위에 따른 피로도 축적되어 있었으리라.

기요시는 하루 쉬자고 제안했다. 하지만 나는, 어쩌면 오늘 4층 직원들도 긴장을 늦출지 모른다며 그의 제안을 물리쳤다. 전혀 근거가 없는 말은 아니다. 날씨는 누구에게나 공평하게 영향을 미치는 법이다. 호라이 클럽에도 몸 상태가 좋지 않은 직원이 있을 테고, 그중에 몇 명은 결근했을지도 모른다.

나는 실수를 저질렀다. 컨디션이 나쁘면 오감이 둔해진다. 그 때문에 터무니없는 재앙을 불러들이고 말았다.

하지만 노림수 자체는 빗나가지 않았다.

4층 사무실의 상황은 여느 때와 달랐다. 경리 아주머니와 유 양의 모습이 보이지 않았다. 책상 위가 깔끔히 정리된 것으로 봐서, 잠깐 자리를 비운 게 아니라 출근을 하지 않은 것 같다. 호리바 양도 좋지 않은 안색으로 이따금 콜록콜록 기침을 한다.

사무실에 남아 있는 남자는 세 명이다. 이들만 없으면 기회가 생길 텐데. 호리바 양이야 몸이 저러니 우리의 행동에 주의를 기울일 여유가 없을 테고.

이런 생각을 하며 대걸레질을 하고 있는데, 갑자기 호리바 양이 자리에서 벌떡 일어나 잰걸음으로 사무실을 빠져나갔다. 화장실에 가는 건가.

"선배."

기요시가 속삭이듯 나를 부르며 대걸레 자루를 좌우로 크게 움직인다. 어느새 나갔는지 남자 직원들의 모습도 보이지 않았다.

회의실을 들여다본다. 아무도 없다. 사장실도 들여다봤다. 텅 비었다.

"거봐. 쉬지 않길 잘했지. 난 여기를 맡을게. 넌 직원들 책상을 조사해봐."

나는 사장의 의자에 앉아 책상 서랍을 열었다. 서류를 일일이 읽을 시간은 없다. 서류 뭉치를 휙휙 넘기면서 '하네다 창고관리'와 '구다카 류이치로'라는 단어만 찾았다.

"선배."

기요시가 작은 목소리로 나를 불렀다.

"대충 봐도 시간이 걸리겠는걸."

청구서 뭉치를 뒤적인다.

"선배."

"책상을 다 봤으면 캐비닛을 살펴봐. 컴퓨터는 건드리지 말고. 다운되면 큰일이니까."

다음 서랍을 열었다. 명함철을 살펴본다.

"선배."

"거 정말 시끄럽네. 입 말고 손을 움직이란 말이야…… 어? 뭐 좀 찾은 거야?"

나는 쓰윽 고개를 들었다.

눈이 마주쳤다.

"뭘 찾고 계신가?"

기요시가 한 말이 아니었다. 회색 양복을 입은 호라이 클럽의 직원이 눈앞에 서 있다.

"선배……."

기요시는 그 옆에서 울상을 짓고 있다. 사내는 기요시의 오른쪽 손목을 잡은 채 팔의 관절을 비틀고 있다.

"움직이지 마라. 움직이면 이 자식의 어깨를 뽑아버리겠어."

사내는 그 상태에서 다른 한 손을 책상 옆으로 뻗어 내가 세워둔 대걸레를 잡았다. 올백의 머리에 테 없는 안경을 쓴 이 사내는 분명 무라코시다. 아직 20대 중반인 듯한데, 좀더 젊은 녀석들에게는 부장으로 불리고 있다.

"이 좀도둑놈들."

이렇게 내뱉으며 무라코시는 기요시의 등을 세게 밀쳤다. 기요시가 비틀거리며 내 가슴으로 뛰어든다.

"거기 얌전히 있어. 한 발자국이라도 움직였다간 없애버리겠어."

녀석은 야쿠자처럼 으름장을 놓은 뒤 대걸레 자루로 우리를 위협하면서 칸막이 저편으로 걸어갔다.

"미처 손쓸 틈도 없이 순식간에 팔목을 붙잡혔어요."

기요시가 신음하듯 중얼거리며 오른쪽 어깨를 주무른다. 나도 사람이 들어온 것을 전혀 눈치채지 못했다. 작업에 너무 몰두한 탓도 있지만, 감기로 청각이 둔해졌기 때문이기도 하다. 의자에서 일어나 뒤쪽을 돌아보니 커다란 창문이 있다. 붙박이창이 아니다.

"움직이지 말랬지. 뭐야, 뛰어내리기라도 하겠단 거야?"

무라코시가 다시 돌아왔다. 여기는 4층이다.

"어이, 두건 두른 놈, 돌아서서 이쪽으로 와. 마스크 쓴 놈은 가만히 앉아 있어."

나는 다시 의자에 앉는다. 기요시는 엉거주춤한 자세로 뒷걸음질친다. 사내는 청테이프로 기요시의 손을 뒤로 묶고 양 발목까지 단단히 결박한 뒤 거칠게 바닥에 쓰러뜨렸다. 예상했던 대로 나 역시 신체적 자유를 빼앗겼다.

"뭘 찾고 있었지?"

무라코시는 대걸레를 석장처럼 짚고 서서 바닥에 쓰러진 우리를 내려다봤다.

"돈이요."

내가 대답했다. 뒤로 묶인 손목을 움직여보지만 꿈쩍도 하지 않는다.

"몇 번째지?"

"처음입니다."

"거짓말하지 마라."

"정말입니다. 다들 자리를 비우기에 그만 순간적으로. 평소엔 항상 누군가 남아 있어서 감히 엄두도 못 냈습니다."

일부는 사실이다.

"몇 번째야?"

"정말 처음이라니까요."

"너 말고 이 자식한테 묻는 거야."

으윽 하는 신음소리가 울린다. 고개를 들어보니 대걸레 자루 끝이 기요시의 엉덩이에 올라가 있다.

"대답해. 몇 번째야?"

"처음입니다."

"몇 번째라고?"

또다시 으윽 하는 신음소리가 울렸다. 그리고 곧바로 기요시가 중얼거리듯이 말했다.

"살인마."

"가볍게 콕콕 찌른 것뿐인데."

사내가 피식 웃곤 골프 퍼팅하듯 기요시의 엉덩이를 때린다.

"살인마."

"말을 막 하는군, 도둑놈 주제에."

"이 살인마!"

기요시가 고개를 비스듬히 들며 소리쳤다.

"주둥이를 함부로 놀리면 안 되지."

사내가 아이언 샷을 날리듯 대걸레를 휘두른다. 기요시는 일그러진 얼굴로 이를 악물더니 이내 기관총처럼 마구 쏟아내기 시작했다.

"너희들은 엉터리 물건을 팔아댔을 뿐만 아니라 사람까지 죽였잖아. 미나미아자부의 구다카 류이치로, 설마 모른다고 하진 않겠지. 보험을 들어놓고 차로 쳐서 죽였겠지. 우린 너희들이 한 짓을 다 알고 있어!"

"기요시!"

내가 황급히 말렸지만 이미 늦었다.

"너희들, 단순히 도둑질이나 하러 온 게 아니로군. 어디서 왔지?"

사내가 눈을 부라리며 노려본다.

"가이엔 클린 서비스입니다."

이곳은 와타나베(가명)를 파견한 곳인데, 지금 그렇게 말해봐야 통할 리 없다.

"누가 보낸 거지?"

"아뇨, 아무도."

"뭘 찾는 거지?"

"돈을 찾은 것뿐입니다."

"넌 닥치고 있어!"

숨이 턱 막혔다. 사내가 발끝으로 아랫배를 가격했다.

"그러고 보니 계속 마스크를 쓰고 있네. 이렇게 더운 실내에서 말이야."

사내가 내 얼굴 앞에 웅크리고 앉았다. 먼지 알레르기 때문이라고 변명해보지만, 말도 채 끝나기 전에 마스크를 벗겨냈다. 사내가 고개를 갸웃거린다. 다행히도 이 녀석은 혼조 행사장에 있지 않았기에 당장 정체가 탄로 날 염려는 없다.

"자, 시간 좀 줄 테니까 잘 생각해보라고. 순순히 부는 게 신상에 좋을 거야."

사내는 몸을 일으켜 세우고 책상에 걸터앉아 담배를 물었다.

나는 호라이 클럽의 불법성을 확신했다. 사무실털이범을 현장에서 붙잡고도 경찰에 넘기지 않고 있다. 우리를 대하는 행태로 보건대, 실제로 아무런 피해도 입지 않아 온정을 베풀고 있다고 생각하기는 어렵다. 요컨대 이 회사는 불법적인 일을 하고 있으므로 경찰을 끌어들이고 싶지 않은 것이다.

하지만 지금 상황에서 그런 확신이 무슨 소용이란 말인가. 아까부터 계속 양쪽 손목을 조금씩 비틀며 움직이고 있지만, 청테이프는 꿈쩍도 하지 않는다. 오히려 손목을 깊이 옥죄어 살갗이 벗겨진 것 같다.

앞으로 네댓 번쯤 더 걷어차이면 사실을 털어놓게 될지도 모른다. 나 자신이나 가족과 관련된 일이라면 기절할 때까지라도 참을 수 있지만, 구다카 아이코는 타인일 뿐이다. 게다가 기요시처럼 특별한 감정을 갖고 있는 것도 아니므로 의리로 버티는 것도 한계가 있다. 그런 나약한 마음이 점점 크게 자리를 잡아가고 있을 때였다.

귀청을 찢는 듯한 소리가 사무실 전체에 울려 퍼졌다. 비상벨이다.

사내는 한순간 움찔하더니 이내 여유 있게 담배를 피운다. 비상벨은 오작동하는 경우가 많아 익숙해진 사람은 그 소리를 듣고도 태연하기 마련이다.

그런데 이번에는 그게 아니었다.

"누구 있나요? 어서 피해요! 불났어요, 불!"

요란한 벨소리 속에서 여자의 목소리가 들렸다. 호리바 양인 것 같다.

"정말 불이 난 거야?"

사내가 책상에서 내려와 칸막이 저편으로 걸어간다.

"아아, 부장님. 불났어요. 어서 피하세요."

"어디서 난 건데?"

"아래층 쓰레기장인 것 같아요. 다른 층 사람들도 피하고 있어요. 저거 봐요."

창문을 여는 소리가 났다.

"우와, 연기가 가득하네."

"안에 누구 없나요?"

"없어."

그 뒤로 말소리는 더 이상 들리지 않았다. 비상벨이 계속 울린다.

"불났대요."

기요시가 중얼거렸다.

"그런 모양이야."

"심각한 상황인가 보죠?"

"글쎄."

"탄내가 나는데요."

"그렇군."

"우린 어떻게 되는 거죠?"

"입 다물고 몸이나 움직여봐."

나는 몸 전체를 애벌레처럼 꿈틀거리며 칸막이 쪽으로 나아가려고 했다. 그런데 채 50센티미터도 나아가기 전에 탈출을 막으려는 듯 누군가가 달려들었다.

"잠깐만요, 금방 풀어줄게요."

귀에 익은 목소리였다. 놀라며 고개를 돌린다.

"움직이지 말아요. 다칠 수 있으니까."

사쿠라였다.

이게 꿈인가, 환각인가? 그렇게 멍하니 있는 사이에 손이 자유로워졌다.

"발목은 직접 풀어요."

사쿠라는 재빨리 기요시의 등 뒤로 돌아갔다.

"여길 어떻게?"

나는 겨우 말을 꺼냈다.

"설명은 나중에요. 빨리 도망쳐야 해요."

사쿠라는 커터칼로 기요시의 손목을 묶은 청테이프를 자른다. 나는 황급히 발목에 감긴 테이프를 떼어냈다.

뭐가 어떻게 돌아가는 건지는 잘 모르겠지만, 한 가지만은 확실하다. 지금 눈앞에 있는 사쿠라가 〈미녀 삼총사〉*의 주인공인 질 몬로처럼 믿음직스럽다는 것이다.

17

그렇게 우리는 히라키 제3빌딩에서 무사히 탈출했다. 사쿠라가 유도하는 대로 비상계단을 피해 일부러 일반 계단으로 내려왔기 때문에 도중에 무라코시나 호리바 양과 마주치지도 않고 곧바로 구경꾼들 속으로 뛰어들 수 있었다.

"질 몬로, 이제 어떻게 된 건지 설명 좀 해줘."

"질 몬로?"

"아냐, 혼잣말이야. 내가 거기에 붙잡혀 있는 걸 어떻게 알았지?"

"마술은 비밀을 모르는 게 더 재밌을 것 같은데요."

나는 그녀와 함께 집에 있다. 여기서 집이란 히카리소의 내 보금자리다. 기요시는 없다. 탈출하자마자 그 녀석을 먼저 가미오자키의 집까지 바래다주었다. 아야노도 없다. 동생은 지금쯤 마이타이**라도 마시면서 훌라 댄스를 추고 있을 것이다. 그래서 지금은 사쿠라와 단둘이 있다.

"비밀을 모르면 불면증에 시달릴 거야. 오니기리 가게가 그 근처에 있는 거야?"

* Charlie Angels, 1970년대 미국에서 방영한 TV 시리즈. 탐정사무소에 근무하는 세 명의 여성이 온갖 액션을 선보이며 맹활약을 펼치는 내용이다.

** Mai Tai, 럼을 베이스로 한 트로피컬 칵테일.

"아뇨."

"마치 상황을 다 지켜본 것처럼 타이밍이 절묘하던데."

"네, 맞아요. 당신을 미행했거든요."

나는 얼빠진 사람처럼 3초쯤 멍하니 있다가 되물었다.

"날 미행했다고?"

"저는 운전을 못해서 택시로 당신 차를 뒤쫓았죠. 주차장부터는 걸었고요. 그리고 그 빌딩으로 들어가는 걸 봤어요."

"어이어이, 택시까지 이용해서 미행했단 말이야? 왜 그런……."

"스토커 같은 짓을 한 거냐고요?"

사쿠라가 고개를 앞으로 내밀었다. 나는 머리를 긁적이며 말했다.

"그렇게 말할 수도 있겠군."

"저도 그렇게까지는 하고 싶지 않았어요. 돈도 들고 일도 쉬어야 하니까요."

"그럼 하지 않으면 되잖아."

"다 당신 때문이에요."

"어째서?"

"약속은 저버리지, 밤에는 밖으로 나다니지, 계속 그러기에 분명 다른 여자를 만나는 거라고 생각했어요. 그래서 직접 내 눈으로 확인하고 싶었던 거예요."

사쿠라는 고개를 숙이고 무릎 위에 올려놓은 손을 꼭 쥐었다.

"다른 여자라고? 그건 터무니없는 생각이야."

나는 웃었다. 그러자 아랫배가 땅긴다. 무라코시가 발로 걷어찬 부위다.

"웃을 일이 아녜요."

사쿠라는 옆으로 고개를 휙 돌렸다. 어쩌면 내 태도가 너무 애매해서 다른 여자를 만난다는 느낌을 주었을지도 모른다.

"미안해. 하지만 다른 여자는 없어."

집 안을 둘러보라는 듯 팔을 크게 펴 보인다.

"지금은 없는 것 같네요."

까다로운 여자다.

"내가 빌딩으로 들어간 다음엔 어떻게 했어?"

나는 다시 이야기를 재촉한다.

"밖에서 기다렸어요. 그런데 아무리 기다려도 나오지 않더군요. 그래서 몇 층으로 갔는지 확인하려고 안으로 들어갔죠. 복도를 기웃거리며 계단으로 올라갔는데, 4층 문이 열려 있었어요. 그리고 안에서 귀에 익은 목소리가 새어나왔죠."

"내 목소리?"

"네. 다투고 있는 것 같았어요. 그래서 조심조심 사무실 안을 들여다봤는데, 아무도 없는 거예요. 그런데도 목소리는 들리고요. 그래서 안으로 들어가 소리 나는 쪽으로 살금살금 다가갔죠."

"이거 놀랍군. 보기하곤 달리 배짱이 있네."

"그런 일이 벌어지고 있으리라고는 생각지도 못했으니까요."

그녀가 고개를 좌우로 흔든다.

"나하고 기요시가 꽁꽁 묶여 칸막이 안쪽에 나뒹굴고 있는 걸 봤군."

"네. 사정은 잘 모르겠지만 붙잡혀 있는 것만은 분명했어요. 서 있는 남자는 말투가 거칠어서 나쁜 사람이라는 걸 알았죠. 제가 도와줘야 한다고 생각했어요. 하지만 섣불리 나섰다간 저까지 금방 붙잡히고 말겠죠. 어쨌든 그 남자를 일단 밖으로 내보내야 했어요. 그래서 화재

경보기를 울린 거예요."

"역시 당신이 비상벨을 울린 거로군."

일단 고개를 끄덕이고 나서 다시 물었다.

"근데 탄내도 났었는데. 무라코시가 창밖을 내다보더니 연기가 난다고 했고."

"제가 불을 질렀어요."

"아니, 어떻게?"

"비상벨이 울려도 오작동이라고 생각해 피하지 않을 수 있잖아요. 그 남자가 그렇게 생각하면 곤란할 것 같아 정말로 불을 지른 다음에 화재경보기를 울렸어요."

"하마터면 정말 큰일날 뻔했군."

나는 한숨을 내쉬었다.

"저도 그렇게 생각해요. 지금 돌이켜봐도 겁나요."

사쿠라가 두 팔로 자기 어깨를 감쌌다.

"겁나는 건 둘째 치고 그런 방화는 범죄야."

"그건 그렇지만."

"방화는 중죄로 처벌될 수 있어. 살인은 사정에 따라 3년 이하의 징역으로도 처리될 수 있지만, 방화는 아마 최소한 5년쯤 될걸."

쿵 하는 소리와 함께 날림 공사한 건물이 흔들렸다.

"그래서 경찰에 넘기겠단 건가요?"

사쿠라는 다시 한 번 양손으로 다다미를 내리쳤다. 그리고 천천히 눈을 감고 중얼거리듯이 말했다.

"그럼 어떡하란 말이에요? 그렇게 안 했으면 도망치지 못했을 거예요."

나는 입을 다물었다. 자칫 살해될 수도 있는 상황이었다. 그 점을 간과해선 안 된다.

"도와줘서 고마워. 정말 고마워."

나는 정중히 감사의 말을 되풀이했다. 진심이었다.

잠시 공백을 갖는 편이 낫다고 판단해 화장실에 가려고 일어섰다.

걸음을 옮기자 왼쪽 다리가 약간 쑤신다. 아까 바닥에 쓰러질 때 허리뼈의 튀어나온 부분을 부딪쳤다. 그 외에도 뺨과 팔꿈치에 찰과상이, 손목은 살갗만 벗겨진 게 아니라 내출혈도 생겼다. 하지만 이 정도로 그친 것은 기적인지 모른다. 그대로 붙잡혀 있었다면 다른 직원들도 달려들어 고문을 했을 게 분명하다. 녀석들은 보험금을 노리고 살인까지 서슴지 않는 집단이다. 나나 기요시처럼 나약해 보이는 인간을 고문하다가 죽이는 건 대수롭지도 않게 여길 것이다.

그걸 생각하면 그녀에게 감사하지 않을 수 없다. 그녀는 역시 구원의 여신이다.

방으로 돌아오니 사쿠라가 식탁에 턱을 괴고 앉아 있다.

"편의점에서 뭐 좀 사올 걸 그랬네. 하필 이럴 때 차도 커피도 다 떨어져서. 물이라도 마시겠어? 수도꼭지에서 막 나온 거라 아주 신선한데."

사쿠라가 웃으며 고개를 젓는다. 조금은 기분이 나아진 듯했다.

"그럼 밖으로 나갈까? 배도 고프고. 어, 벌써 7시네."

"아까 하던 얘기부터 마저 끝내죠."

"다 끝난 얘기잖아. 정말 고맙게 생각해. 당신은 내 생명의 은인이야."

나는 다시금 머리를 숙인다.

"이번엔 제가 물을 차례예요. 어쩌다 그런 일을 당하게 된 거죠?"

사쿠라는 바른 자세로 고쳐 앉더니 나를 올려다봤다.

"그건……."

나는 한순간 어떻게 대답해야 할지 몰랐다. 하지만 곧 머리를 끄덕이고 그녀 옆에 책상다리를 하고 앉았다.

"설명이 좀 길어질 텐데."

"아침까지라도 들어줄 수 있어요."

이젠 더 이상 숨길 수 없다. 나는 아이코가 의뢰한 일에 대해 설명해줬다. 사쿠라는 처음에는 간간이 탄성도 지르고 얼굴도 찡그리더니 중간부터는 맞장구도 치지 않고 열심히 귀를 기울였다.

"정말 희한한 일이야."

나는 설명을 다 끝낸 뒤 미소 지으며 말했다.

"내가 만약 처음부터 사실대로 다 말했다면, 당신은 날 의심하지도 않았고 미행하지도 않았을 테지. 그랬다면 난 당신의 도움을 받지 못하고 지금도 그 4층에서 나뒹굴고 있었을 거야. 아니면 거적에 둘둘 말린 채 바다에 가라앉아 있거나. 하지만 난 지금 이렇게 내 방에 있잖아. 이렇게 자유로운 몸이 된 건 당신 덕분이야. 만약 사소한 오해가 없었다면 당신은 찾아오지 않았을 거야. 살면서 언제 누구의 도움을 받을지는 정말 모르는 일이야. 국어 시간에 배웠을 거야. '인생지사 새옹지마'라고. 난 오늘 체험을 통해 그 의미를 깨달았어. 정말 희한한 일이야."

사쿠라는 무릎 위에 손을 올려놓은 채 잔뜩 긴장하고 있다. 다시 한 번 "안 그래?" 하고 말을 걸자 고개만 끄덕인다.

"왜 그래?"

나는 그녀의 얼굴을 들여다봤다. 그녀는 굳은 표정으로 불쑥 한마디 던졌다.

"찾아냈어요?"

"뭘?"

"보험살인과 관련된 증거요."

"아니. 찾기도 전에 이런 꼴이 됐어."

그녀가 가만히 나를 바라본다.

"왜 그래?"

"무서워요……."

그러면서 뺨에 손을 갖다 댔다.

"아아, 이제야 좀 실감이 나는 모양이네. 녀석들은 야쿠자나 다름없으니까. 그걸 미리 알았다면 아마 아까처럼 행동하진 못했겠지."

나는 웃으며 그녀의 어깨를 툭툭 쳤다. 그녀는 고개를 가로젓는다.

"그게 아녜요. 보복을 당할 거예요."

"그걸 걱정한 거군. 괜찮아. 녀석들은 우리에 대해 아무것도 몰라. 이 대도시에서 무슨 수로 우릴 찾아내겠어. 불가능한 일이야. 우리 소지품을 조사하지 않은 건 녀석의 실책이야."

와타나베(가명)에게도 우리의 정체는 밝히지 않았다.

"하지만 또 거기 갈 거죠?"

사쿠라가 눈을 치켜뜨며 묻는다.

"그래야겠지."

"너무 위험해요."

"물론 좀 잠잠해질 때까지 기다려야겠지."

"하지만 결국엔 갈 거잖아요."

"당연히 가야지. 아직 아무것도 찾아내지 못했으니까."

"그만둬요, 그런 위험한 일은."

"오늘은 우연찮게 실수를 저지른 것뿐이야. 컨디션이 안 좋았어."

이런 핑계라도 대며 위안을 삼지 않으면 내 자존심이 허락지 않는다.

"하지만 얼굴은 알려졌잖아요. 이제 그 사무실에는 가까이 갈 수 없어요. 청소부로 변장해도 소용없을 거예요."

"물론 다른 방법을 써야겠지."

"어떤 방법이요?"

"글쎄, 뭐가 좋을까. 몸이나 추스르면서 천천히 생각하지 뭐. 느긋하게 지내다 보면 의외로 기가 막힌 생각이 떠오를 수도 있거든."

사쿠라는 입술을 깨물고는 그대로 입을 다물었다.

나는 담배를 물었다. 입안이 찢어졌는지 연기가 배어드는 느낌이다.

담배가 절반쯤 재로 변할 즈음 그녀가 고개를 들었다.

"가지 않겠다고 약속해요. 다시는 그런 위험한 일을 하지 않겠다고요."

"그럴 순 없어. 일단 맡은 일은 끝까지 해내는 게 남자야."

이 말에는 나 자신의 오기도 포함되어 있다. 여기서 끝내는 것은 에베레스트산의 정상을 500미터 남겨두고 하산하는 거나 마찬가지다. '포기하는 용기' 따윈 내 사전에 없다. 게다가 이렇게 빚진 건 다시 갚아줘야 하지 않겠는가.

"당신은 저한테 했던 말을 다 잊은 거예요?"

사쿠라는 금방이라도 덤벼들 것 같은 기세였다.

"그게 무슨 말이야?"

"자살하지 말라고 하지 않았던가요? 자살을 굉장히 싫어한다고 했잖아요."

"아아, 그랬지. 자살은 저질이고 최악이야."

"그럼 당신도 저질이고 최악이네요. 당신이 하는 일은 자살행위니까요. 상대는 아무렇지도 않게 살인을 저지르는 자들이에요. 그런 자들을 찾아가는 건 자살하러 가는 거나 마찬가지잖아요."

"그건 억지야. 자살이나 자살행위하고는 본질적으로 달라."

"다르지 않아요! 목숨을 소홀히 여기는 건 마찬가지예요!"

그녀는 거칠게 소리치며 탁자를 내리쳤다. 그리고 잠시 나를 물끄러미 쳐다보고는 긴 한숨을 내쉰다.

"그러니까 약속해요. 더 이상 거기 가지 않겠다고. 위험한 일에서 손을 떼겠다고."

그리고 눈을 감더니 손가락을 눈꺼풀에 갖다 댄다.

"우는 거야?"

"콘택트렌즈가 옆으로 움직여서 그래요."

"알았어. 더 이상 안 가겠어."

나는 고개를 끄덕여 보였다.

"정말이죠? 약속한 거예요?"

그녀가 눈을 뜨고 내 손을 잡는다.

"으응, 약속하지. 위험한 일은 하지 않겠어."

나는 그녀의 어깨를 가볍게 치고, 그 손을 약간 올려 머리칼을 쓰다듬고, 머리를 감싸 내 쪽으로 끌어당겼다. 저절로 몸이 그렇게 움직였다. 그녀는 아, 하며 낮은 소리를 냈지만 거부하지는 않았다.

나는 그녀의 뺨에 입을 맞추고, 이어서 불그스름한 립스틱을 바른 입술에 가볍게 키스했다. 일단 입술을 떨어뜨리고 그녀의 감은 눈을 바라본 뒤 이번에는 좀더 세게 키스했다.

이윽고 다시 입술을 떨어뜨렸다. 이마에 이마를 댄 채 중얼거리듯 말했다.

“바래다줄게.”

나는 그녀의 몸에서 떨어져 나왔다.

“몸, 괜찮겠어요?”

그녀는 흐트러진 머리칼을 매만지면서 어색한 웃음을 보였다.

“괜찮아, 괜찮아.”

“제가 옆에 없어도 괜찮겠어요?”

그건 여기서 자고 가겠다는 의사 표시인가.

“이런 건 상처 축에도 못 껴. 자, 바래다줄게. 가다가 어디서 밥이나 먹지.”

그러면서 나는 키를 들고 일어섰다.

“저녁은 집에서 지어 먹어도 되는데요.”

“그건 다음 기회에 부탁할게. 이런 몸 상태로 모처럼 만들어주는 요리를 먹긴 너무 아깝잖아. 하지만 이 정도로 그친 건 평소에 꾸준히 운동한 덕분이지. 복근을 단련하지 않았더라면 내장이 파열됐을 거야.”

내가 왜 이렇게 말이 많아진 걸까.

내 안의 뭔가가 아직도 그녀를 거부하고 있다.

사건의 내막

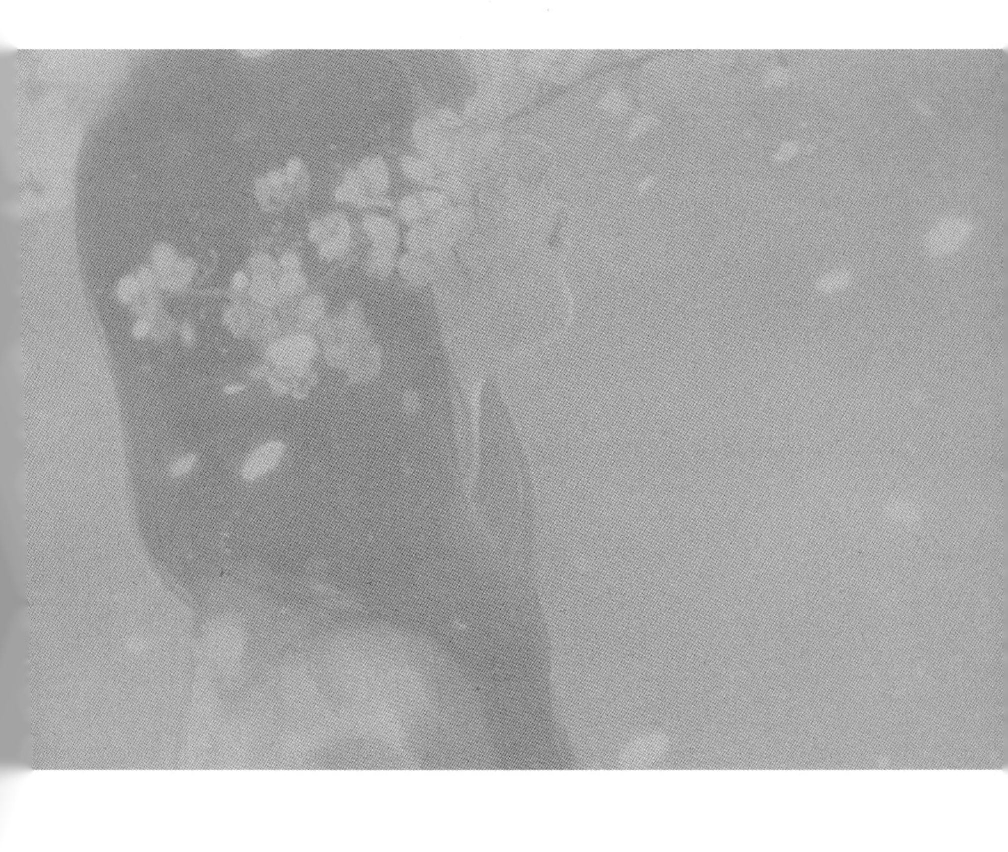

7월 14일 이른 오후, 후루야 세쓰코가 아리스 공원의 나무그늘 아래에서 서성이고 있다.

아리스 공원은 모리오카의 영주였던 난부 미노노카미의 별장 자리로, 울창한 수목과 백로가 사는 연못, 폭포수가 흐르는 계곡이 있는 예전 에도 시대를 연상케 하는 도내 유수의 자연 공원이다.

세쓰코의 몇 미터 앞에는 하얀 폴로셔츠를 입은 남자가 서 있다. 다리 난간에 양손을 짚고 서서 아래쪽 계곡에서 물놀이를 하는 아이들을 바라보는 중이다. 지팡이는 다리 난간에 기대놓았다.

천천히 담배를 피우며 긴장을 풀던 세쓰코가 남자에게 다가갔다.

"류이치로 씨."

남자가 베이지색 등산모에 손을 대며 돌아본다.

"류이치로 씨 맞으시죠? 구다카 류이치로 씨."

남자는 어리둥절한 표정으로 가볍게 고개를 끄덕였다.

"그저께 히로오역 근처의 커피숍에 계시지 않았습니까?"

남자는 손가락으로 안경테를 잡으며 미심쩍은 눈빛으로 쳐다봤다.

"빠삐용이라는 커피숍 말이에요. 거기서 호라이 클럽의 직원 두 사람과 얘기를 나누지 않으셨나요?"

"댁은 뉘시오?"

류이치로는 지팡이를 잡고 검은 고무가 달린 끄트머리를 그녀에게 향했다.

"저도 호라이 클럽에게 여러모로 이용당했습니다."

"네?"

"류이치로 씨도 호라이 클럽 때문에 고생이 많으시겠죠? 사실 저는 그저께 커피숍에서 세 사람이 나누는 대화를 들었습니다."

그녀가 꾸벅 머리를 숙였다.

"댁도 호라이 클럽에게?"

류이치로는 지팡이로 바닥을 짚고 한 걸음 앞으로 나갔다. 세쓰코는 크게 고개를 끄덕이고 그의 옆에 나란히 섰다. 아아, 그렇습니까, 라며 류이치로가 긴장을 늦추었다.

"노후를 위해 모아뒀던 돈이며 연금이며 모두 빼앗겼습니다."

세쓰코가 길게 한숨을 내쉬었다.

"그자들은 정말 하이에나 같은 놈들이죠. 여태껏 그걸 알아채지 못한 나도 참 어리석었소."

류이치로는 지팡이 끝으로 바닥을 친다.

"야스이 소타로* 화백의 그림까지 넘겨야 했습니다."

"아아, 그 귀한 걸."

"쥬모**의 인형도 갈레***의 램프도 전부 잃었습니다. 5000만 엔의 빚을 갚으려니 그걸 팔 수밖에 없었어요. 세상을 떠난 남편에겐 정말 할 말

* 일본의 유명 서양화가. 일본 근대 서양화단의 쌍벽으로 불렸다.

** Jumeau, 19세기 프랑스의 비스크 인형 작가.

*** Emile Galle, 19세기 프랑스 유리 공예가. 아르누보 양식의 작품으로 유명하다.

이 없습니다."

그녀가 뺨에 손을 갖다 대고 한숨을 내쉰다.

"정말 상심이 크겠군요. 나는 그래도 좀 나은 편인 것 같네요."

"하지만 저보다 훨씬 더 비참한 분도 계세요. 다카이 씨의 경우는 직원들이 아드님 회사에까지 몰려가 빚을 독촉했다고 합니다. 후지모토 씨는 단독주택을 팔고 비좁은 원룸으로 이사했고요. 환갑을 넘긴 부부가 두 평 남짓한 원룸에서 살게 된 겁니다. 저도 그렇게 될 거라고 생각하면 정신이 아득해집니다."

류이치로가 놀란 표정으로 묻는다.

"댁은 그 밖의 다른 피해자들도 많이 알고 있소?"

그녀가 고개를 끄덕인다.

"오늘은 그 일로 드릴 말씀이 있어서 이렇게 찾아뵌 겁니다."

류이치로는 의아한 듯이 양미간을 좁힌다.

"이번에 역시 호라이 클럽에게 시달림을 당한 가토 조이치로라는 분이 중심이 되어 피해자 모임을 결성하게 되었습니다."

"아아, 그래요?"

류이치로의 눈빛이 밝아졌다.

"현재 저를 포함해 일곱 분이 참가 의사를 밝히고 있습니다만, 가토 씨가 말씀하시길 이런 모임은 한 명이라도 인원이 더 많을수록 좋다고 하셔서."

"아, 그렇겠죠."

"그래서 류이치로 씨도 꼭 참가해주셨으면 해서요. 저는 모임에 참가하도록 권유하는 일을 맡았기에, 틈틈이 빠삐용에 들러 피해를 당한 분들을 찾고 있습니다. 그 커피숍은 호라이 클럽의 직원들이 자주 이용하는 곳입니다. 아니, 호라이 클럽이 관리하고 있는 곳이죠. 그저께 그곳에 계신 류이치로 씨를 보고, 오늘 이렇게 저희 모임에 참가하시라는 말씀을 드리게 된 겁니다."

"그 커피숍도 한통속이었군. 그래서 걸핏하면 그곳으로 불러내 물건을 팔아댄 거로군."

오랜 의문이 풀린 듯이 류이치로가 연거푸 고개를 끄덕인다.

"모임에 참가해주시겠죠?"

세쓰코는 그의 얼굴을 가만히 칩떠본다.

"아, 아아, 글쎄요."

그의 표정이 왠지 어둡다.

"뭔가 마음에 걸리시는 일이라도……?"

"아무리 그래도 마음을 정리할 시간은 있어야죠."

"새삼스레 무슨 정리가 필요한 겁니까. 그렇게 돈을 갈취당했는데 분하지도 않으세요?"

"물론 분하죠. 하지만……."

"하지만? 설마 순순히 포기하겠다는 건 아니시겠죠?"

세쓰코가 얼굴을 찡그리자 그가 황급히 손을 내저었다.

"그런 건 아녜요."

"그럼 아무 문제도 없는 거 아닙니까? 저희와 함께 호라이 클럽하고 싸워요, 네?"

그녀는 지팡이를 잡은 노인의 손에 자기 손을 얹었다. 류이치로가 손을 움찔거렸다.

"으음, 알겠소."

"아, 다행이네요. 정말 기뻐요."

세쓰코는 여학생처럼 가슴에 손을 모으고 그의 얼굴을 눈부신 듯이 쳐다봤다. 그리고 말한다.

"그럼 가실까요."

"가다뇨?"

"피해자 모임이 있거든요."

"오늘요?"

"네, 조금 뒤에요."

그러면서 빙그레 미소 짓는다.

"하지만 너무 갑작스러운 일이라서."

류이치로는 신음하듯 중얼거렸다.

"오늘이 첫 번째 모임입니다. 결성식도 치러야 하니까 꼭 참석해주세요."

세쓰코가 그의 팔을 잡았다. 그는 또 몸을 움찔거렸다.

"아, 알았어요, 알았어. 우선 집에 전화 좀 하고."

류이치로는 쑥스러운 웃음을 보이며 목에 걸려 있는 휴대폰을 손에 쥔다. 세쓰코가 얼른 그 손을 붙잡았다.

"안 돼요. 이 모임에 대해선 당분간 비밀로 해주세요. 가족한테도 마찬가지고요."

"좀 늦어진다는 얘기만 할 거요."

"그런 건 도착한 다음에 할 수도 있잖아요. 자, 어서 가시죠. 차가 기다리고 있어요. 서두르지 않으면 주차위반으로 딱지를 떼일 거예요."

세쓰코는 그를 계단 쪽으로 잡아끈다.

차는 공원 입구 근처에 세워져 있다. 회색의 국산 승용차다. 운전석에는 은발을 올백으로 넘긴 남자가 앉아 있다.

뒷좌석에 올라탔다. 차가 출발하자 그녀는 류이치로에게 운전사를 소개했다.

"이쪽은 다카기 씨로 우리 동료예요. 인사가 늦었습니다만, 저는 시모무라라고 합니다."

그녀는 차 타고 가는 동안 한시도 말을 멈추지 않았다. 류이치로에게 전화 걸 틈을 주지 않기 위해서다. 그녀가 잠시 말문이 막히기라도 하면 운전사가 끼어들어 그 공백을 메웠다. 이 운전사는 그녀와 똑같은 처지의 사내다. 즉 거액의 빚을 지고 호라이 클럽이 시키는 대로 일하고 있다. 다카기라는 이름이 본명인지 아닌지는 확실치 않다.

두 마리의 '개'는 번갈아 얘기해가며 류이치로에게 전화 걸 틈을 주지 않았다. 그런데 도중에 한 번 그가 차에서 내리겠다는 말을 꺼내 세쓰코가 마음을 졸인 적이 있다. 왜 내리겠다는 거냐고 그녀가 묻자 류이치로가 힘없이 말했다.

"아직 마음을 정하지 못해서."

"새삼스럽게 뭘 망설이시는 거예요."

"호라이 클럽만 생각하면 나도 울화가 치밀어요. 지금까지 그럭저럭 5000만 엔쯤 뺏겼으니까. 최근에야 겨우 깨닫게 된 거요. 이불이든 생수든 단지든 모두 가짜였소. 그놈들은 사기 집단이죠. 개인적인 감정은 둘째치고라도, 그렇게 사기 치며 장사하는 놈들을 제멋대로 설치게 놔둘 수는 없다고 생각해요."

"그럼 주저할 필요도 없는 거잖아요."

"이치로 따지자면 그렇지만, 사람이 대쪽같이 곧게만 살 수는 없잖소. 요즘 나는 녀석들에게 돈을 돌려달라고 얘기하고 있어요. 전액을 다 돌려달라는 건 아니고, 상품의 적정한 금액만 지불하겠다는 거죠.

그저께 커피숍에서 만난 것도 그 일 때문이고. 헌데 녀석들은 언제나 실실 웃으면서 얼렁뚱땅 넘어가려고 해요. 녀석들에겐 아무리 얘기해봐야 소용없다는 걸 깨달았죠. 이젠 법으로 해결할 수밖에 없어요."

"맞아요, 법으로 해결해야죠. 하지만 혼자보다는 여럿이 소송하는 편이 더 효과적이잖아요. 매스컴에 알리기도 쉽고요. 그러니까 우리가 모임을 만들어 집단소송을 내려는 거예요."

"끝까지 들어봐요. 재판을 벌이려면 모든 일을 공개해야 하죠. 다시 말해, 자신이 어떤 수법에 걸려들어 얼마나 피해를 입었는지 숨김없이 낱낱이 밝혀야 한다는 거죠. 하지만 그걸 밝히는 건, 곧 세상에 자신의 어리석은 행동을 밝히는 것이기도 해요. 내게도 나름대로 체면이라는 게 있어 그렇게 선뜻 결정하기가 쉽지 않은 거요."

류이치로는 머리를 감싸고 한숨을 내쉬었다.

"그까짓 체면 때문에……."

"아니, 지위나 위치가 높으면 높을수록 자연히 그런 체면에 얽매이는 법이죠."

그가 힘없이 웃는다.

"그럼 그냥 포기하겠다는 건가요?"

"그러긴 너무 억울하지. 돈 문제에 대해선 포기할 수도 있소. 하지만……."

그러자 운전사가 불쑥 끼어들었다.

"포기할 수 있다고요? 당신, 제정신으로 하는 소리예요?"

"수업료라고 생각하면 돼요."

"수업료라니, 자그마치 5000만 엔이에요."

"포기할 수도 있다는 거요. 물론 돌려받을 수 있다면 더할 나위 없겠지만. 그딴 것보다도 내가 결코 용서할 수 없는 건, 그 녀석들의 썩어빠진 근성이에요. 호라이 클럽의 소행을 만천하에 알리지 않고선 내 가슴에 맺힌 응어리를 풀 수 없을 거요."

"돈을 '그딴 것'이라고 하네요. 역시 부자들은 말하는 게 다르군. 아아, 그럼 그냥 포기하시죠. 어차피 댁의 인생도……."

"다카기 씨."

세쓰코가 황급히 운전사에게 주의를 주었다. 그리고 곧바로 류이치로 쪽으로 몸을 돌려 그의 손을 잡는다.

"호라이 클럽의 실체를 세상에 알려야 해요. 혼자서는 힘들겠지만, 모두가 힘을 합하면 틀림없이 잘될 거예요."

"으음. 호라이 클럽을 이대로 놔두긴 너무 분하죠. 하지만 내겐 나름대로 지켜야 할 체면이 있소. 그래서 망설이는 거요. 도무지 어떻게 해야 할지 모르겠소. 호라이 클럽 녀석들에겐 변호사를 부를 테니까 단단히 각오하라고 땅땅거렸지만, 사실은 아직 아무한테도 상담하지 못하고 있죠. 그리고 또……."

그가 또다시 한숨을 길게 내쉰다. 좀처럼 뒷말을 잇지 않자 세쓰코가 재촉한다.

"그리고 또 뭐죠?"

"가족 때문이죠. 가족들은 처음부터 다들 호라이 클럽을 의심했어요. 학교를 갓 졸업한 손녀딸조차 '호라이 신명의 물'이라는 페트병을 보더니 이런 건 다 사기라며 나를 말렸소. 그런데 난 그 말을 무시하고 깊이 빠져들어 지금의 상황을 초래하고 말았죠. 5000만 엔이라는 거금을 하수구에 내버린 거요. 이제 와서 무슨 낯으로 가족들에게 내가 잘못했다고 말할 수 있겠소. 스물밖에 안 된 어린 손녀에게 머리를 숙일 순 없잖소."

"그거야말로 쓸모없는 허세가 아닐까요?"

"아뇨. 집안의 윗사람은 권위가 있어야 해요. 설령 잘못했더라도 스스로 잘못을 인정할 수는 없어요. 우린 그런 집안이오. 나 자신에게 너무 화가 나는군요. 처음에 전단지를 보고 혹하지만 않았어도 이렇게 되진 않았을 텐데. 몇 해 전에 입원한 뒤로 마음이 약해졌다고밖에는 생각할 수 없네요. 이제 와서 푸념해봐야 다 부질없는 일이겠지만."

그는 몇 번째인가 한숨을 내쉬고 주먹 쥔 손으로 넓적다리를 툭툭 친다.

"죄송해요. 댁의 사정은 생각지 않고 너무 몰아대기만 한 것 같네요."

세쓰코는 온순한 표정으로 사과했다.

"아뇨, 괜찮아요. 어쨌든 아직 마음을 정하지 못했으니, 모임에 참가하는 건 일단 보류하죠. 적당한 곳에서 내려줘요."

"그럼 이렇게 하시죠. 오늘은 얘기만 듣는 걸로요. 그러니까 돌아가겠다는 말씀은 거둬주세요."

세쓰코는 그의 넓적다리를 어루만지며 미소를 던졌다.

"뭐 얘기만 듣는 거라면. 그럼 오늘은 참관인으로 참석하겠소."

그렇게 해서 다 함께 차를 타고 도착한 곳은 가와사키다. 가와사키 중에서도 공업단지와 환락가가 있는 해안 쪽이 아닌, 내륙의 구릉지대다. 이곳은 고도성장기 이후에 도쿄의 위성도시로 급속히 발전한 주택지역이다. 21세기가 된 지금도 개발의 손길이 미치지 않은, 한낮에도 인적이 뜸한 곳이 군데군데 남아 있다.

세쓰코는 두 남자를 차에 남긴 채 혼자 밖으로 나왔다. 차는 잡목림에 머리를 처박고 세워져 있다. 상수리나무와 느티나무가 울창하게 우거진 데다가 땅거미가 질 무렵이었기에 금방 눈에 띄지는 않았지만, 50미터쯤 전방에도 차 한 대가 세워져 있었다.

세쓰코가 그쪽으로 다가가자 검은 벤츠의 문이 열리고 검은 복장의 사내 둘이 차에서 내렸다. 그중 하나가 그녀의 어깨를 툭 친다.

"수고했어. 잠시 차 안에서 기다려."

그리고 선글라스를 매만지는 다른 한 명과 함께 곧장 회색 승용차 쪽으로 걸어갔다. 호라이 클럽의 직원인 아카다와 무라코시였다.

세쓰코는 벤츠의 뒷좌석에 올라타 문을 닫고는 창문에 얼굴을 갖다 댔다. 두 사내가 류이치로의 옆자리에 막 올라타고 있었다. 그녀는 아무런 얘기도 듣지 못했다. 단지 그 노인을 데려오라는 말만 들었을 뿐이다. 하지만 벌어질 일에 대해서는 대충 예상하고 있었다.

호라이 클럽은 류이치로를 인적이 드문 곳으로 끌어내고 싶었다. 하지만 지금의 그는 호라이 클럽을 잔뜩 경계하고 있어 순순히 따라올 것 같지 않았다. 그렇다고 사람들이 오가는 길거리에서 납치할 수도 없는 일이다. 그래서 약간 어수룩해 보이는 세쓰코를 이용해 끌어내기로 한 것이다.

그런데 무엇 때문에 그를 이런 한적한 곳까지 유인한 것일까. 그야 뻔하다. 구다카 류이치로는 이곳에서 살해당한다.

거의 한 시간쯤 지나 저편에 있는 승용차의 문이 열렸다. 아카다와 무라코시가 밖으로 나온다. 사이에는 고개를 축 늘어뜨린 류이치로가 있다. 두 사내는 류이치로의 양팔을 한쪽씩 어깨에 두르고 도로 쪽으로 걸어갔다. 운전사인 다카기는 그대로 앉아 있다가 얼마 후에 차를 천천히 후진시킨다.

세쓰코도 벤츠에서 내렸다. 차에서 기다리라는 말을 듣고도 밖으로 나간 것은 그들에게 반발하거나 거역하겠다는 뜻이 아니다. 무슨 일이 벌어지는지 자기 눈으로 직접 확인하고 싶었던 것이다.

그녀는 언제나 아무런 설명도 듣지 못했다. 요시다 슈사쿠를 데리고 나오라는 지시를 받았을 때도 그 이유에 대해서는 들은 바가 없다. 그의 아내인 요시다 데루코의 명의로 계좌를 개설하라는 지시를 받았을 때도 무엇에 쓸 계좌인지는 듣지 못했다. 시모무라 이사무의 밥에 가루를 섞으라는 지시를 받았을 때도 그 가루에 대해서는 아무런 설명도 듣지 못했다. 그저 지시대로 따랐을 뿐인데, 그 다음에는 반드시 불행한 일이 생긴다.

자신의 행동이 불행을 초래한다는 것은 대충 짐작하고 있다. 하지만 그녀는 불행한 일이 벌어지는 광경을 직접 목격한 적이 없으며, 호라이 클럽의 직원들도 그 점에 대해서는 함구하고 있다. 그래서 그녀는 자신의 행동과 불행한 일 사이에는 아무런 인과관계도 없을지 모른다는 생각을 마음 한구석에 1퍼센트쯤 갖고 있었다. 사람은 누구나 자신의 죄를 인정하기 싫어하기 마련이다.

지금이 그 1퍼센트를 확인할 수 있는 절호의 기회였다.

만약 직접 불행의 순간을 목격하게 된다면 그 1퍼센트의 희망마저 사라지고 만다. 그렇다면 쓸데없이 확인하려 들지 말고, 지금처럼 약간의 희망이나마 갖고 있는 게 좋지 않을까.

벤츠 안에서 기다리는 한 시간 동안 그녀의 마음은 끊임없이 흔들렸다. 호라이 클럽의 두 사내가 류이치로를 데리고 밖으로 나왔을 때도 아직 마음을 정하지 못하고 있었다. 하지만 본인의 의지와는 상관없이 몸이 움직였다. 사실을 확인하고 싶은 마음이 본능적으로 작용한 것이다.

두 사내는 류이치로를 사이에 끼고 잡목림 옆의 도로로 나갔다. 이미 숨이 끊어진 건가? 아니, 그렇지 않다. 다리는 움직이고 있다. 상체는 힘없이 내맡겼지만 다리는 땅바닥을 차고 있다. 저항할 기력이 없는 것뿐이다.

다카기가 운전하는 차는 앞서 잡목림에서 빠져나와 그들 세 명과 20미터쯤 떨어진 곳까지 후진해가고 있다. 그렇게 30미터, 50미터 계속 후진하더니 이내 커브 길 저편으로 사라진다.

차선이 없는 포장도로다. 세쓰코가 그들을 뒤쫓기 시작한 뒤로 자동차는 한 대도 지나가지 않았다. 왕래하는 사람도 없다. 사방 어디에도 인가는 보이지 않았다. 기척이라고는 멀리서 들리는 까마귀 울음소리뿐이다. 석양은 이미 서쪽 지평선 너머로 사라져 늙은 세쓰코의 눈에는 하늘과 숲의 경계선마저 흐릿해 보였다.

그때 자동차의 엔진 소리가 희미하게 들렸다. 커브 길에서 하얀 불빛이 나타났다.

그다음 일은 순식간에 벌어졌다.

엔진 소리가 커졌다. 헤드라이트 불빛이 점점 더 눈부시게 빛났다. 하얀 불빛의 원 안으로 사람의 실루엣이 뛰어들었다. 쾅 하는 둔탁한 소리가 났다. 사람 형태의 그림자가 공중으로 날아올랐다. 그림자는 팔다리를 버둥거리지도 않고, 저녁 하늘을 배경으로 포물선을 그리며 20미터쯤 날아가 도로 위에 떨어졌다. 마치 충돌 실험을 하는 마네킹 인형 같았다.

아카다와 무라코시가 바로 가까이에 서 있다. 앞쪽에 사람이 쓰러져 있다. 그보다 조금 더 앞쪽으로 자동차의 후미등이 보인다. 두 사내가 바닥에 쓰러진 그림자에게 다가간다. 차도 후진으로 되돌아온다.

바닥에 쓰러진 류이치로 옆에서 무라코시가 몸을 웅크렸다. 몸 이곳저곳을 살펴보고 있는 것 같다. 그 옆에서 아카다는 지팡이를 빙글빙글 돌리고 있다.

"오케이."

무라코시가 손을 들었다. 다카기가 차에서 내린다.

"자, 이건 차표."

아카다가 그에게 봉투 같은 것을 건넨다. 무라코시는 차 앞으로 돌아가 허리를 굽힌다. 차의 상태를 확인하고 있는 것 같다.

"오아라이에서 배 타는 거 맞죠?"

봉투 안을 들여다보며 다카기가 묻는다.

"그래. 밤 11시 59분발. 시간은 아직 충분하니까 안전운전하고 가라고."

"그럼, 저어, 제 빚은?"

"걱정 마. 약속대로 1000만 엔 탕감해줄 테니까. 물론 홋카이도의 일까지 깨끗이 마무리해야겠지."

"어이, 여기 좀 닦아."

무라코시가 말했다. 다카기가 차 안에서 수건을 갖고 나와 그의 곁으로 다가간다. 범퍼와 보닛에 피가 묻은 모양이다.

"좋아. 그만 철수하지."

무라코시가 일어선다. 아카다가 류이치로 옆에 지팡이를 툭 던진다. 세쓰코는 황급히 벤츠로 돌아왔다.

아카다가 핸들을 잡고 무라코시가 조수석에 앉자 곧바로 차가 출발한다. 잡목림에서 빠져나와 좌회전할 때 오른편으로 바닥에 쓰러진 사람의 모습이 흘끗 보였다.

무라코시는 담배를 피우고 아카다는 카스테레오에서 흘러나오는 음악에 맞춰 콧노래를 부른다. 하지만 세쓰코의 두근거리는 심장은 좀처럼 안정될 기미를 보이지 않는다.

"저어…… 다카기 씨는요?"

세쓰코는 조심스럽게 입을 열었다.

"맛있는 초밥을 먹으러 오타루에 갔지."

아카다가 노래하듯 대답했다.

"홋카이도요? 거긴 무슨 일로 간 겁니까?"

"뭐라도 본 거야?"

무라코시가 인상을 쓰며 돌아보았다. 세쓰코는 설레설레 고개를 흔들고 더 이상 아무것도 묻지 않았다.

다음은 훗날 알게 된 이야기다.

다카기가 오타루에 간 것은 증거 인멸을 위해서였다. 증거란 류이치로를 친 승용차를 말한다. 다카기는 이바라키의 오아라이에서 출항하는 도마코마이행 여객선을 이용해 승용차와 함께 홋카이도로 건너갔다. 오타루에는 러시아인을 상대하는 중고차 브로커가 있다. 호라이 클럽은 범행에 사용한 차를 러시아로 팔아넘기고 있었던 것이다.

세쓰코는 스스로에게 말한다. 두 사내가 류이치로를 떠밀고, 다카기가 차로 친 것이라고. 하지만 사실은 그렇지 않다는 것을 그녀 자신도 잘 알고 있다. 자신이 류이치로를 데려오고, 두 사내가 떠밀고, 다카기가 차로 친 것이다.

그녀는 마지막 1퍼센트의 도피처를 잃었다. 눈으로 직접 목격함으로써 자신이 범죄에 관여했음을 인정할 수밖에 없었다.

자신은 데려오기만 했을 뿐이고, 실제로 차로 친 것은 다카기다. 그녀는 이렇게 스스로 위로하는 것이 고작이었다. 하지만 그와 같은 자위로는 죄책감에서 벗어날 수 없다는 것을 그녀 자신도 잘 알고 있었다.

후루야 세쓰코는 끝없는 절망의 구렁텅이로 빠져들었다.

그러나 아무리 발버둥쳐도 그녀는 호라이 클럽이라는 거미줄에서 빠져나올 수 없다.

다음 목표물은 안도 시로라는 70대 중반의 노인이다. 독신이고 일가친척도 없으니 보험살인의 대상으로는 안성맞춤이었다.

그녀는 다시금 감정을 마비시키고, 악마의 종이 되어 사악한 길로 들어서고 있었다.

고백

18

탐정 활동을 그만두겠다고 사쿠라와 약속한 것은 그 자리의 상황을 수습하기 위한 임시방편이었다.

나는 자기애가 강한 남자다. 자존심에 상처를 입은 채 꽁무니를 빼고 도망치는 건 딱 질색이다. 그뿐만이 아니다. 호라이 클럽의 악행을 만천하에 폭로해야 한다는 생각도 나날이 더욱 커져갔다.

말은 그럴듯한데, 사실은 사회정의에 눈을 떴다기보다 허영심을 채우고 싶은 욕구가 강했다. 지금껏 드라마의 조연은 헤아릴 수 없을 만큼 여러 번 경험했지만, 주연을 맡아본 적은 한 번도 없었다. 호라이 클럽의 악행을 폭로한다면 나는 정의의 사도로 우뚝 설 수 있다. 그렇다, 주연이다. 인생에서 한번쯤은 주연을 맡아봐야 하지 않겠는가. 그래서 상처가 아무는 대로 다시 탐정 활동을 재개할 생각이었다.

그런데 사흘이 지나기도 전에 의욕이 시들해지고 말았다.

그 이유 중 하나는 호라이 클럽에 침입할 새로운 방법이 떠오르지 않았기 때문이다. 청소부는 더 이상 통하지 않는다. 가짜 전기공사나 소방검사 등 사무실에 들어갈 방법 몇 가지를 생각해봤다. 하지만 어느 것이든 나는 부적격이다. 얼굴을 보인 게 치명적이었다. 아마치 시게루*가 열연한 아케치 고고로처럼 변장술이 뛰어난 것도 아니다. 할리우드의 특수 분장사를 고용할 정도로 부자도 아니다.

이미 사무실 구조는 숙지하고 있으므로, 한밤중에 문을 따고 들어가 경비회사가 출동하기 전에 몇몇 서류를 빼낼 수는 있다. 목표물은 사장의 책상과 금고다. 아주 크지만 않으면 기요시와 둘이서 금고를 운반할 수 있을 것이다. 하지만 지난번 일로 잔뜩 위축된 기요시가 내 제의를 받아들일지 어떨지가 문제다. 그리고 일단 서류를 훔쳐내고 나면 그중에 증거가 될 만한 내용이 없더라도 재도전은 불가능하다. 호라이 클럽은 경비를 한층 더 강화시켜 더 이상 아마추어의 접근을 허용하지 않을 것이다.

그래서 그 사무실을 포기하고 다른 방법으로 류이치로 살해사건에 접근할 생각도 해봤지만, 이쪽은 더 막막하다.

내가 의욕이 꺾인 또 한 가지 이유는 골절 때문이다.

허리뼈의 통증이 가라앉기는커녕 오히려 시간이 지날수록 더 심해지는 것 같아 병원에 가 보니 금이 갔다고 한다. 평소에 그렇게 몸을 단련했건만 의자에서 바닥으로 나뒹군 것만으로 골절이라니. 충격이었다. 뼈 자체를 단련한 것도 아니고, 단지 잘못 부딪친 것뿐이고, 골절의 정도도 그다지 심하지 않고, 목발 없이도 걸을 수 있다고 스스로 위로해보지만 영 개운치가 않다. 내가 그 정도밖에 안 된다고 생각하니 기운이 나지 않는다. 의기소침해지면서 탐정 활동에도 흥미를 잃었다.

멍하니 지내다 보니 어느새 2주일이 후딱 지나갔다. 그러다가 다시 거리로 나간 것은 10월 5일 토요일 오후였다.

* 天知茂, 일본의 유명 영화배우.

사쿠라와 만난 뒤로 나는 여자와의 유흥을 자중해왔다. 그녀에게 미안해서가 아니다. 탐정 활동으로 바빠서 다른 일에 힘을 쏟을 여유가 없었던 것이다. 그러므로 탐정 활동을 멈춰버린 지금, 다시 여자가 그리워지는 것은 당연한 일이다. 최근 그녀와 육체관계를 맺지 않으려고 의식적으로 자제한 데 따른 스트레스의 반동일 수도 있다.

오늘은 정신적 만족을 추구하지 않는다. 그쪽 방면은 사쿠라에게 충분히 느끼고 있다. 지금은 그저 육체만을 원할 뿐이다. 그렇다면 상대하기 번거로운 아마추어보다는 다 알아서 리드해주는 프로가 낫다.

시부야역 앞에서 데이트클럽에 전화를 걸었다. 지정된 커피숍에서 기다리고 있으면 클럽 소속의 여자가 찾아온다. 마음에 들면 호텔로 가고(유원지나 백화점도 상관없지만), 마음에 들지 않으면 다른 여자를 보내달라고 하는 시스템이다.

내 앞에 나타난 것은 마쓰모토 사나에라는 여자다. 물론 본명은 아니다. 나도 여자와 놀 때는 적당히 가명을 댄다. 본명을 댔다가 성가신 일에 휘말리면 골치 아프다. 사나에는 몸이 오동통하고 얼굴도 내가 좋아하는 타입과는 약간 거리가 있지만, 다른 여자로 바꾸기도 귀찮아 그냥 호텔에 가기로 했다.

사쿠라와의 관계는 지극히 양호하다. 그 구출극을 경계로 친밀도가 두 단계쯤 높아진 것 같다. 일주일에 세 번쯤 만나고 있다. 그러나 육체관계는 없다. 키스도 그날 내 방에서 한 번 했을 뿐이다. 나는 의도적으로 선을 넘지 않고 있다. 그러면서 다른 여자로 성욕을 채우려고 하는 것이다. 나도 참 편리하게 사는 인간이다.

사쿠라와는 내일 저녁에 아자부주반에서 만나기로 약속했다. 함께 쇼핑하고 우리 집에서 마주앉아 식사할 예정이다. 마치 신혼부부 같은 알콩달콩한 계획이다. 그러면서 그 전날 다른 여자와 섹스하려고 한다. 내가 잘못하고 있는 걸까.

얼마 전까지만 해도 이런 일로 고민하지는 않았다. 어제와 오늘의 여자가 다른 것을 어제와 오늘의 식사 메뉴가 다른 것쯤으로 생각했다. 내일 여자를 품을 때면 오늘 품었던 여자의 얼굴은 잊어버린다.

섹스는 하고 싶다. 하지만 사쿠라를 품는 데는 거부감이 느껴진다. 그렇다면 그녀를 품기 전까지는 계속 금욕생활을 이어가야 하는 건가. 아니면 그녀와 헤어지고 성욕을 채워야 하는 건가. 가볍게 섹스할 수 있는 여자와 사쿠라는 다른 종류의 인간이란 말인가. 다르다면 구체적으로 어디가 어떻게 다른 걸까.

해답은 얻지 못했다. 그래서 일단은 지금껏 해왔던 대로 행동하기로 했다. 하지만 한 가지, 그녀의 출현으로 내 안에서 뭔가 변화가 일어나기 시작한 것만은 분명했다.

시부야의 도겐자카 언덕길에서 오른쪽으로 돌아 하켄다나 상가로 들어갔다. 혼잡한 골목을 걸어가는데 맞은편에서 커플 한 쌍이 걸어온다. 이제 조금만 더 가면 러브호텔 거리다.

"어?"

나는 낮게 소리치고 재빨리 몸을 돌렸다. 지금 왔던 길 왼편으로 음료수 자판기가 보였다. 나는 사나에의 손을 휙 낚아채고 자판기 뒤로 몸을 숨겼다.

"왜 이래요!"

사나에가 매섭게 쏘아본다.

"아무거나 뽑아."

"뭘요?"

"음료수 말이야."

"이까짓 걸 뽑으려고 그렇게 세게 잡아당긴 거예요? 아아, 팔 부러지는 줄 알았네."

"빨리 뽑기나 해."

나는 거리를 등지고 손을 뒤로 내밀어 잔돈을 건넨다.

"뭘 마실래요?"

"네 맘대로 골라."

딸각딸각 동전 떨어지는 소리가 들린다. 내가 물었다.

"맞은편에서 커플 한 쌍이 오고 있지?"

"그런데요."

"다 지나가면 내 등을 쳐줘."

나는 담배를 꺼내 물었다. 심장이 요란하게 고동치고 있다.

"아는 사람이에요?"

"그건 알 거 없고, 지나가면 등이나 쳐줘."

쿵, 하고 캔 떨어지는 소리가 난다.

"안 마셔요?"

"너 마셔."

담배가 순식간에 재로 변한다. 심장이 벌렁거린다. 금방이라도 대흉근을 뚫고 튀어나올 것 같다.

사나에가 내 등을 두 번 친다. 나는 그냥 그 자세로 말한다.

"두 사람이 10미터쯤 떨어지면 다시 알려줘. 아니, 20미터."

나는 두 번째 담배에 불을 붙인다. 전혀 맛을 모르겠다. 아무리 피워대도 폐가 담배를 거부하지 않는다.

"어라?"

"왜 그래?"

"20미터 가기 전에 모퉁이로 꺾었어요."

"그럼 빨리 말해야지, 멍청아."

나는 휙 돌아서서 사나에를 놔둔 채 커플을 뒤쫓았다.

첫 번째 모퉁이를 끼고 오른쪽으로 돌자 10미터쯤 앞에 그 커플의 뒷모습이 보였다. 팔짱을 끼고 나란히 걷고 있다. 남자는 폴로셔츠와 골프용 바지 차림에 헌팅캡을 썼고, 여자는 핀스트라이프 무늬 원피스에 모자는 쓰지 않았다.

나는 발소리가 나지 않도록 주의하면서 빠른 걸음으로 5미터 뒤까지 쫓아갔다. 여자가 입은 원피스의 벨트에는 멋내기용으로 스카프가 끼워져 있다.

좀더 과감하게 2미터까지 거리를 좁힌다.

스카프는 갈색 톤의 광택이 있는 것으로, 황금빛 장구를 두른 말과 지붕 달린 사륜마차가 서양풍의 화려한 터치로 그려져 있다.

나는 골목길 한가운데에 우뚝 멈춰 섰다.

사쿠라다.

아사미야 사쿠라가 남자와 팔짱을 끼고 걸어가고 있다.

아까 저 멀리 맞은편에서 걸어오는 모습을 보고 직감적으로 알아챘다. 뒷모습도 낯설지 않다. 150센티도 안 되는 키, 가느다란 몸매, 느슨하게 퍼머한 검은 머리. 내가 잘못 봤을 리 없다. 불과 이틀 전에도 만나지 않았던가.

핀스트라이프의 원피스도 본 적이 있다. 벨트에 매달린 스카프는 오니기리 가게에 취직한 것을 축하하면서 내가 선물한 것이다. 소비세를 포함해 2만 엔 넘게 주고 산 에르메스 스카프.

사쿠라와 남자는 서서히 멀어지더니 이내 맞은편에서 다가오는 사람들 틈으로 모습을 감추었다.

어째서 사쿠라가 남자와 팔짱을 끼고 있는 거지?

나는 꿈쩍도 할 수 없었다.

그녀는 러브호텔 쪽에서 남자와 함께 걸어왔다.

나는 거칠게 머리를 흔들었다.

섣불리 단정하지 말자. 러브호텔에서 나오는 장면을 직접 봤는가? 아니다. 호텔이 있는 방향에서 걸어오는 모습을 본 것뿐이지 않은가. 호텔 거리 저편은 깔끔하게 정돈된 주택가로 공원이나 미술관도 있다. 이 골목을 시부야역으로 가는 지름길로 이용한 것인지도 모르지 않은가. 옆에 있던 남자도 가족일지 모른다. 오빠나 남동생. 그런데 팔짱을 낀 것은 어떻게 받아들여야 할까. 어린애도 아닌데 남매끼리 팔짱을 낀단 말인가.

누군가 내 등을 툭툭 친다. 돌아보니 사나에가 서 있다.

"아직도 안 갔어?"

"어머, 너무하네요."

"오늘은 그냥 돌아가."

힘없이 손을 내젓는다.

"장난하지 마세요."

"지금은 놀 기분이 아냐."

"좋아요. 그럼 돈이나 줘요."

사나에가 손을 내민다. 나는 바지주머니에서 지갑을 꺼내 만 엔짜리를 빼낸다. 지폐에 달라붙은 영수증이 바닥에 떨어졌다. 그저께 휘발유를 넣고 받은 영수증이다. 사쿠라를 집까지 바래다주고 돌아오는 길이었다.

옆에 있던 남자는 집에도 찾아가는 사이일까?

아아, 그래서 그랬었나? 복어를 먹고 돌아가는 길에 내가 바래다주려고 하자 당황하지 않았던가. 집에 남자의 흔적이 있어서 그랬던 게 아닐까?

갑자기 마음이 바뀌었다. 나는 지갑을 호주머니에 집어넣고 사나에의 손을 움켜쥐었다.

"호텔 가자."

나는 사나에가 아파하는데도 아랑곳하지 않고 성큼성큼 걸어 가장 가까운 러브호텔에 들어갔다.

방에 들어가자마자 그녀의 옷을 벗겼다. 단추를 잡아떼듯이 블라우스를 벗기고, 브래지어의 호크도 풀지 않고 억지로 컵을 끌어내렸다.

"자, 잠깐, 샤워부터……."

입술로 입술을 막았다. 그대로 양 손목을 잡고 침대에 쓰러뜨려 입술을 깨물고 혀를 빨아댔다. 스커트를 걷어 올려 스타킹과 팬티를 한꺼번에 끌어내렸다. 스타킹 올이 소리를 내며 풀어졌다. 혀로 핥고, 손가락을 놀리고, 깨물고, 빨고, 쓰다듬고, 문지르는 등 땀까지 흘리며 풍만한 육체를 탐닉했다.

사나에가 덤덤한 목소리로 말한다.

"이제 시간 다 됐어요. 연장할래요?"

"제기랄!"

나는 주먹으로 침대를 내리쳤다.

왜 발기가 되지 않는 거지.

19

시로카네다이의 헬스클럽에 갔다.

80킬로그램의 바벨을 들다가 2킬로그램, 그리고 5킬로그램씩 플레이트를 늘려갔다. 덤벨로 이두박근을 단련하고, 150와트의 부하를 걸어 헬스사이클을 탔다. 부상을 입은 뒤로 트레이닝을 하지 않았기 때문인지 금방 숨이 차고 근육이 뻐근해진다.

녹초가 될 때까지 몸을 혹사시켰는데도 사쿠라 생각이 머릿속에서 떠나지 않았다. 집에 돌아오자마자 일찌감치 이불 속으로 파고들었지만, 한 시간이 지나도록 계속 몸을 뒤척였다.

잠자는 것은 포기하고 휴대폰을 집어 들었다. 주소록에서 그녀의 이름을 선택했다. 하지만 발신 버튼은 누르지 않고 그냥 휴대폰을 내려놓았다. 얼마 후에 다시 집어 들었다가 또 내려놓았다.

그렇게 몇 차례 되풀이하다 결국 발신 버튼을 눌렀다. 하지만 착신음이 울리기 전에 종료 버튼을 눌렀다. 다시 발신 버튼을 눌렀다가 곧바로 종료 버튼을 눌렀다.

드디어 마음을 정하고 발신 버튼을 길게 눌렀다. 이렇게 하면 이쪽 번호가 상대의 단말기에 표시되지 않는다.

일곱 번째 착신음에서 사쿠라가 전화를 받았다.

"네."

나는 숨을 죽였다.

"여보세요?"

가만히 귀를 기울인다. 남자 목소리는 들리지 않는다.

"여보세요? 누구시죠?"

나는 전화를 끊었다.

몇 분 뒤에 다시 휴대폰의 발신 버튼을 길게 눌렀다. 이번에는 다섯 번째 착신음에서 전화를 받았다.

"네."

나는 숨을 죽였다.

"여보세요?"

가만히 귀를 기울인다. 남자 목소리는 들리지 않는다.

"여보세요? 누구시죠?"

나는 전화를 끊었다.

이렇게 몇 번쯤 반복하자 그녀는 더 이상 전화를 받지 않았다.

나는 스토커인가.

그렇다, 스토커다.

어느새 나는 고야마소 앞에 다다랐다. 사쿠라가 사는 다이시도의 연립주택이다. 1층에 네 세대, 2층에 네 세대가 산다. 1층 오른쪽에서 두 번째가 사쿠라의 집이다.

시각은 오후 8시. 102호는 불이 꺼져 있다.

나는 전봇대에 몸을 기댄 채 담배를 물었다. 자자와 거리에서 꽤 안쪽으로 들어온 주택가다. 사람이나 자동차도 이따금 한 번씩 지나갈 뿐이다.

8시 반이 되었다. 102호에는 아직도 불이 켜지지 않았다.

나는 휴대폰을 꺼냈다. 발신 버튼을 길게 눌렀다.

"여보세요?"

사쿠라가 전화를 받았다. 나는 전화를 끊었다. 102호로 시선을 보냈다. 컴컴하다.

9시가 되었다. 102호에는 아무런 변화가 없다. 자전거가 다가왔다. 내 앞을 지나친 뒤에 나를 힐끗 돌아본다. 나는 일단 그 자리를 떠나 담배 자판기를 찾았다.

편의점에서 30분쯤 시간을 보내고 다시 연립으로 돌아왔다. 102호는 여전히 어둡다.

나는 연립주택 부지에 발을 들여놓았다. 102호 앞에 섰다. 매직으로 '아사미야'라고 쓰인 종이가 압정에 꽂혀 있다. 귀를 기울인다. 문에 귀를 들이댄다. 인기척은 없다.

주먹을 쥐었다. 눈을 감고 심호흡을 한다. 눈을 뜨고 주먹으로 문을 두드렸다. 두세 번 노크한다. 반응이 없다. 손잡이를 잡고 돌려본다. 자물쇠가 채워져 있다.

우편함을 살핀다. 화분 밑과 전기 계량기 위, 가스 미터기 뒤를 뒤진다. 열쇠는 어디에도 없다.

지금 내가 뭘 하고 있는 거지? 나도 모른다. 모르지만 몸이 제멋대로 움직인다. 뭔가를 확인하고 싶어 한다.

건물 반대편으로 빙 돌아가 본다. 발소리를 죽이고 블록 담장과 건물 사이의 좁은 공간을 빠져나간다. 102호의 창문은 자물쇠가 걸려 있다. 커튼이 쳐져 있어 내부를 들여다볼 수도 없다.

앞쪽으로 나와 다시 한 번 우편함을 살핀다. 수도요금 고지서, 우체국에서 보낸 다이렉트 메일, 배달 피자집의 광고 전단지. 남자의 흔적은 눈에 띄지 않는다.

한숨인지 신음인지 알 수 없는 소리가 쉴 새 없이 새어나왔다.

나는 연립주택을 빠져나와 차로 돌아갔다. 하지만 시동은 걸지 않았다. 핸들을 끌어안는 듯한 자세로 담배를 피웠다. 한 개비를 다 피울 때마다 차에서 나와 연립주택 앞까지 갔다 온다.

밤 11시가 되었다.

12시가 지나고, 10월 6일이 되었다.

나는 아직 노상 주차한 차 안에 있다. 5분에 한 개비씩 담배를 피우고, 5분 간격으로 연립주택과 차 사이를 왕복한다.

머릿속으로는 줄곧 뭔가를 생각하고 있다. 하지만 그게 무엇인지는 잘 모르겠다.

구름 사이로 둥근 달이 드러난다. 구름이 흘러가 달을 가린다. 하늘은 아까부터 줄곧 밝게 희어졌다가 금방 짙은 회색으로 변하는 등 종잡을 수가 없다.

사방은 쥐 죽은 듯 고요하다. 구름이 저렇듯 바삐 움직이고 있건만, 주변 나뭇잎은 꿈쩍도 하지 않는다. 새나 곤충의 소리도 전혀 들리지 않는다.

어둠 속에서 손전등 불빛이 둥근 원을 그리고 있다.

그 불빛에 의지해 사내가 한 발 한 발 힘주어 땅을 밟는다. 사내는 보따리를 끌어안고 있다. 양팔에서 흘러내리는 것처럼 보일 정도로 커다란 모포 보따리다. 전방의 땅바닥에는 큼직한 구덩이가 파여 있다. 그가 한 시간에 걸쳐 파놓은 구덩이다.

구덩이 앞에 다다른 사내는 그 자리에 쭈그리고 앉아 조심조심 모포 보따리를 내려놓았다. 그리고 두 손으로 보따리를 밀친다. 보따리는 경사면을 따라 한 바퀴 빙글 돌고는 구덩이 바닥에 안치되었다.

사내는 구덩이 가장자리에 웅크리고 앉았다. 구덩이 바닥으로 얼굴을 향한 채 눈은 꼭 감고 양손은 가슴 앞에 모으고 있다. 언제까지나 그렇게 앉아 있다. 그의 뺨에 눈물이 흐른다.

사내는 오랫동안 합장한 뒤 삽을 잡고 일어났다. 수북이 파낸 흙을 떠서 구덩이 바닥에 던진다.

푹, 푹, 푹.

기계처럼 규칙적으로 팔을 당기고, 허리에 힘을 주고, 팔을 비스듬히 내리찍는다. 눈물은 완전히 말라 있다. 사내의 눈은 굳은 결의로 가득 찼다.

구름 사이로 둥근 달이 드러난다. 하얀 달이 사내의 얼굴을 비춘다.

전자음이 들렸다.

깜짝 놀라며 고개를 든다.

나는…… 차 안에 있다.

전자음이 다시 들린다. 바지주머니 속에서 울리고 있다.

1호 휴대폰을 꺼내 흐릿한 눈으로 화면을 들여다본다. 상대의 번호는 찍혀 있지 않다. 통화 버튼을 누르고 휴대폰을 귀에 댄다.

"알로하!"

이 촐랑거리는 목소리의 주인은 아야노다.

"밥은 제때 먹는 거야?"

"으응……."

담배를 너무 많이 피워 목소리가 잠겨 있다.

"밖에서 파는 음식은 염분이 너무 많아서 몸에 안 좋아."

"쓸데없는 소리 그만해."

"잔소리꾼이 없다고 실컷 놀러 다니는 모양이네."

"별로."

"엊저녁에 집에 전화했는데 안 받던데. 지금도. 어디서 주무시는 건가요?"

창밖으로 시선을 보낸다. 신문배달 오토바이가 차 옆을 지나갔다.

"야간 순찰을 도는 거야."

가래를 삭이고 또다시 담배를 문다.

"좀더 그럴듯한 거짓말을 해봐."

"잔소리하려고 국제전화를 한 거야?"

"얼마나 걱정했는데. 쓰러진 건 아닌가 싶어서."

"그래서 용건이 뭐야?"

"확인전화야. 모레 돌아간다고."

"잊지 않았어."

"오후 3시 10분에 도착하는 071편이야."

"알고 있어."

"잊지 말고 마중 나와야 해. 아 참, 미나미가 전화하지 않았어?"

"안 했어."

"자니스* 운동회에 대한 일로."

"안 했다니까."

"이상하네, 벌써 주말인데. 정말 구경하러 갈 건가. 오빠, 확인 좀 해줄래?"

"난 바빠."

"밤에 노느라고?"

"시끄러. 이렇게 오래 전화할 여유 있으면 거기서 네가 직접 걸어."

* Johnnys, 일본의 유명 연예기획사. 주로 남성 아이돌을 배출해왔다.

끝내 참지 못하고 버럭 소리치며 전화를 끊었다.

손목시계를 보니 6시 40분이었다. 나도 모르게 잠이 든 모양이다. 뭔가 무서운 꿈을 꾼 것 같다.

차를 몰고 간나나 도로가에 있는 패밀리 레스토랑으로 갔다. 어제 낮부터 아무것도 먹지 않았는데도 식욕이 나지 않아 커피만 주문했다.

다섯 잔이나 무료로 리필을 받으며 10시까지 끈질기게 앉아 있다가 다시 고야마소로 돌아왔다.

102호의 문을 노크한다. 아무런 반응이 없다.

101호의 문을 노크한다.

"누구세요?"

소심한 듯한 사내 목소리가 들렸다. 문은 열지 않았다.

"옆집에 대해서 뭐 좀 여쭤보고 싶습니다만."

"뭔데요?"

"여자가 살고 있죠?"

"네."

"동거하는 남자는 없습니까?"

"글쎄요."

"옆집 여자는 어떤 분인가요?"

"어떤 분이라뇨?"

"사교적이라든지, 노는 걸 좋아한다든지."

"글쎄요. 잠깐 인사한 적밖에 없어서."

"남자가 출입하진 않던가요?"

"아뇨."

"한 번도요?"

"본 적이 없는데요."

"남자가 얘기하는 소리를 들은 적은요?"

"없는 것 같은데요."

"어제부터 계속 안 계신 것 같은데, 집을 자주 비우나요?"

"글쎄요. 조용할 때가 많긴 한데."

다음으로 103호의 주인에게도 물어보았다. 남자가 있는 것 같지는 않았다.

20

집으로 돌아와 멍하니 있는데 〈신 필살 처형자〉의 '출전의 테마'가 울렸다. 사쿠라가 건 전화다.

나는 전화를 받지 않았다. 스무 번쯤 울리다 끊어지더니 금방 또 울리기 시작한다.

"어떻게 된 거예요?"

전화를 받자 불안한 듯한 목소리가 흘러나왔다.

"만나기로 한 시각이 4시였죠?"

"……."

"아닌가요?"

"……."

"여보세요?"

"……."

"여보세요? 끊긴 거 아니죠? 전파 상태가 안 좋은 건가. 여긴 안테나가 세 개나 떴는데. 무슨 일이에요?"

"그건 자기 자신에게 물어봐."

나는 전화를 끊었다.

휴대폰이 울린다.

"뜬금없이 대체 왜 그래요?"

사쿠라는 화가 나 있었다.

"정말 대단한 여자야."

나는 억양 없는 목소리로 말했다.

"뭐라고요?"

"어이없게 당했군."

"무슨 말이에요?"

"사람을 갖고 놀았어."

"무슨 말인지 모르겠어요. 그리고 당신은 그렇게 말할 자격도 없어요. 사람을 갖고 노는 건 그쪽이잖아요. 항상 거짓말만 하고."

"일 때문에 어쩔 수 없었다고 설명했어."

"생일은요?"

"생일?"

"생일도 엉터리로 가르쳐줬잖아요."

"그건 당신을 돕기 위한 방편이었다고 설명했잖아."

이럴 줄 알았으면 그냥 내버려둘 걸 그랬다.

"그만 됐어요. 더 이상 말하고 싶지 않아요. 잘 먹고 잘 살아요."

그리고 전화가 끊겼다. 그건 내가 할 말이야, 멍청아.

연애 따윈 이제 지긋지긋하다. 상대에게 행동 하나하나에 대해 일일이 이유를 대야 하다니, 바보 같고 피곤한 일이다. 차라리 육체적인 관계가 훨씬 더 속 편하다.

이번에는 내 쪽에서 전화를 걸었다.

"이제 와서 사과해봐야 소용없어요."

사쿠라는 화가 나 있다.

"어제 뭘 했지?"

나는 감정을 억누르고 물었다.

"남에게 사생활을 얘기할 의무는 없는데요."

"오후 1시쯤 어디서 뭘 하고 있었지?"

"네?"

그녀의 목소리가 변했다.

"시부야, 도겐자카 언덕길, 핀스트라이프 원피스, 허리에 찬 스카프."

"무, 무슨 말이에요……."

확실히 동요하고 있다.

"러브호텔에서 나오는 걸 봤어."

부인해주기를 바라는 심정으로 슬쩍 넘겨짚었다.

"어떻게……."

"당신 맞지?"

"잠깐만요. 사정이 있어요. 설명할게요."

한 가닥 희망이 사라지자 나는 곧바로 전화를 끊었다.

휴대폰이 울렸다.

"변명은 필요 없어."

사실은 정말 듣고 싶다.

"부탁이에요. 설명하게 해줘요. 지금 집이죠? 당장 그리로 갈게요."

"오지 마."

"전화로는 도저히 말할 수 없어요."

"오지 마."

지금 만나면 무슨 일을 저지를지 나도 모른다.

"정말 피치 못할 사정이 있어요. 부탁이에요. 설명하게 해줘요."

"내일 보자."

"몇 시에 어디로 가면 되죠?"

"집엔 오지 마."

"하지만 커피숍 같은 데선 얘기하기 곤란해요."

"집에선 안 돼."

내일도 마음이 차분해질 거라는 보장은 없다. 밀실에서 일대일로 만나는 건 위험하다.

"히로오의 아리스 공원에서 기다릴게. 도서관 앞에서 5시에 만나지."

"알겠어요. 근데 한 가지 물어봐도 되나요?"

"뭐야."

"당신은 무슨 일로 그런 곳에 있었던 거죠?"

"나베시마쇼토 공원에서 영화 촬영을 한다기에 거기로 가던 길이었어."

나는 이런 상황에서도 거짓말을 꾸며대는 비겁한 인간이다.

21

이튿날, 약속한 대로 중앙도서관 입구에서 만났다. 1년 만에 재회하는 듯한 기분이었다. 사쿠라는 내게 인사를 건넸지만, 나는 눈도 맞추지 않고 계단을 내려갔다.

도서관 맞은편에 조그만 연못이 있다. 나는 그 연못가에 자리를 잡고, 옆에 앉으라며 평평한 정원석을 툭툭 쳤다.

지팡이에 몸을 의지하며 노인이 걸어간다. 청년이 인라인스케이트를 타고 지나간다. 옆쪽의 잔디에서는 아이들이 뛰놀고 있다. 저녁때가 다 된 시간이라서 개를 데리고 산책하는 이들도 자주 눈에 띈다.

이런 장소에서는 말하기 곤란하다며 사쿠라가 꽁무니를 뺀다. 하지만 나는 은밀한 얘기를 할 때는 의외로 이런 곳이 적당하다며 그녀의 의견을 일축했다. 공원에서는 남의 시선을 의식해 감정이나 행동을 자제할 수 있다. 결국 그녀는 뜻을 굽히고 내 옆에 앉았다.

"죄송해요."

사쿠라가 대뜸 머리를 숙였다.

"뭐가?"

"솔직하게 얘기하지 못한 거요. 그럴 생각은 아니었지만, 결과적으로 당신을 속인 꼴이 됐어요. 정말 미안해요."

"사과는 됐으니까, 무슨 사정인지나 얘기해봐."

내가 퉁명스럽게 내뱉었다.

"저는 빚이 있어요."

"일전에 들었어."

"3000만 엔쯤."

"흐음."

놀라움을 감추고 냉담한 반응을 보였다.

"아마 그 정도쯤 될 거예요. 정확한 액수는 저도 잘 몰라요. 어쨌든 정신이 아찔해질 정도의 액수예요. 오니기리 가게에서 시급 720엔을 받으며 일하는 걸로는 도저히 감당할 수가 없어요. 그래서 그 남자하고……."

사쿠라는 머뭇거리며 새끼손가락으로 눈가의 검은 사마귀를 만지작거린다.

"몸을 판 거야?"

나는 노골적으로 물었다. 그녀가 말없이 고개를 끄덕인다.

"한두 번 그랬던 게 아니로군."

"네."

"언제부터 그랬던 거야?"

"1년쯤 돼요. 하지만 그렇게 해도 겨우 이자나 갚는 정도였어요. 도무지 벗어날 길이 없었죠. 몸도 마음도 지칠 대로 지쳐 평생 이렇게 생활하느니 차라리 죽는 편이 낫다고 생각해……."

그래서 전철에 뛰어든 건가.

"자살을 방해한 당신을 원망했어요. 생지옥으로 다시 몰아넣다니, 너무 잔인한 거 아닌가. 혹시 이 사람은 악마가 아닐까 하고 생각했죠. 하지만 얼마쯤 지나 마음이 안정되자 다시 한 번 열심히 살아보자고, 조금만 더 참으면 상황이 호전될지도 모른다고 생각하게 됐어요. 그래서 당신에게 감사하고 있어요. 그건 정말이에요. 하지만 마음을 고쳐먹었다고 해서 현실까지 바뀌는 건 아니에요. 살아가려면 빚을 갚아야 하고, 그러려면 큰돈을 벌어야 하는데, 정직한 직장생활로는 어림도 없죠. 결국 예전처럼 남자에게 의지할 수밖에 없었어요. 오니기리 가게에 취직했다는 건 거짓말이에요. 주먹밥을 만드느니 그 시간에 원조교제할 남자를 찾는 편이 나을 거예요."

그녀는 크게 한숨을 내쉬고 힘없이 고개를 떨구었다.

잔디로 사람들이 모여들고 있다. 어떤 이는 대형견의 목줄을 쥐고 있고, 어떤 이는 리본으로 치장한 개를 끌어안고 있다. 서로 애견을 자랑하는지 다들 즐거운 표정이다. 고급 주택가가 인접해 있는 만큼 어느 개든 하나같이 깔끔하고 영리해 보인다. 10미터쯤 떨어진 곳에서는 빚이니 원조교제니 자살이니 하는 얘기가 오가고 있다. 현실이란 그런 거다.

"빚은 어떻게 지게 된 거지?"

나는 중얼거리듯이 물었다.

"숨기고 있었는데, 저는 열아홉 살 때 한 번 결혼했어요. 미안해요."

"사과할 일은 아닌 것 같은데."

"아이도 있어요. 여자아이예요."

"결혼했으니 당연히 애가 있을 테지."

"결혼생활은 오래지 않아 파탄에 이르렀어요. 그 원인은…… 그냥 흔히 있는 일이라고만 해두죠. 아이는 전남편이 맡기로 했어요. 아니, 그쪽 집안에 뺏긴 거죠."

"그런 불평은 딴 사람한테나 하지."

나는 담배를 물었다.

"1년 반 전의 일이에요. 헤어진 딸아이가 무슨 난치병에 걸렸다는 소식을 들었어요. 앞으로 2년밖에 살 수 없다는 거예요. 딸을 살릴 수 있는 단 한 가지 방법은 최신 화학치료를 받는 거였어요. 그런데 국내 의학계에선 승인이 나지 않아 오스트레일리아까지 찾아가야 했죠. 보험도 적용되지 않고, 반년이나 치료를 받아야 하고, 그 뒤에 재활치료도 있고…… 비용이 만만치 않았어요. 그래서 아이 아빠가 저한테까지 도움을 청하더군요. 이혼한 뒤로 한 번도 만나지 않았지만, 그래도 제가 낳은 아이잖아요. 차마 거절할 수가 없었어요. 얼마 안 되는 저금하고 여기저기 돌아다니며 빌린 돈을 합치니까 300만 엔쯤 되더군요. 그게 얼마나 보탬이 됐는지는 모르지만, 어쨌든 딸아이는 멜버른에 있는 병원에 입원할 수 있었어요. 그제야 안도의 한숨을 내쉴 수 있었죠. 하지만 제 앞엔 지옥 같은 생활이 기다리고 있었어요. 돈을 빌린 것까지는 좋았는데, 막상 갚으려고 하니 막막했어요. 딸을 구하겠다는 일념으로 앞뒤 가리지 않고 무작정 빌렸던 거죠. 돈을 빌려준 사람들 중에는 고리대금의 사채업자도 끼여 있었고요. 청구서가 날아올 때마다 변제액이 엄청나게 불어나더군요. 이자가 이자를 낳아 500만, 1000만, 1500만으로 마구 불어나더니 도저히 감당할 수 없을 정도가 되었는데, 그게 지금의 상황이에요. 더 이상 빚이 늘어나지 않게 하려면 그 일을 할 수밖에 없어요."

사쿠라는 긴 얘기를 끝내고 나서 심하게 콜록거렸다.

나는 양쪽 무릎에 팔꿈치를 올려놓고 도서관 위로 흘러가는 구름을 멍하니 바라보았다. 구름은 어렴풋이 붉은 빛을 띠고 있다. 잔디에서 얘기를 나누고 있는 개 주인들의 얼굴도 흐릿해졌다. 추분이 지나자 눈에 띄게 해가 짧아졌다. 그런데도 아직은 반소매 차림으로 충분하다. 옷을 갈아입을 시기가 해마다 점점 뒤로 밀려나는 것 같다. 지구의 환경은 분명 변하고 있다. 그런데 신기하게도 일몰 시간은 예전하고 똑같다.

시간이 꽤 흐른 뒤에 내가 물었다.

"딸은 어떻게 됐지?"

"덕분에 치료는 잘 받았어요. 지금은 많이 호전된 모양이에요."

"앞으로 어떡할 거야?"

"더 이상 이자가 불어나지 않도록 하면서 만 엔씩이라도 원금을 줄여가야겠죠. 점보 복권도 꼬박꼬박 사고요."

사쿠라는 자조적인 웃음을 보였다.

"이제 몸은 팔지 마."

내가 말했다.

"하지만 달리 큰돈을 만들 방법이 없는걸요."

"내가 어떻게든 해보겠어. 그러니까 이제 몸은 팔지 마."

나는 고개를 들었다.

"하지만 뭘 어떻게 하겠다는……."

"어떻게든 해보겠어, 어떻게든."

나는 몸을 틀어 그녀를 똑바로 쳐다본다.

"하지만……."

"'하지만'이라는 말은 그만해. 더 이상 자신을 망가뜨리지 마. 망가뜨리지 말아줘."

나는 그녀의 어깨를 끌어당겼다.

눈앞으로 사람이 지나간다. 옆쪽의 잔디에도 사람이 있다. 도서관에서도 줄줄이 걸어 나온다. 하지만 나는 아랑곳하지 않고 그녀를 꼭 껴안았다.

내가 이 여자를 사랑한다는 것을 이제야 확실히 인식할 수 있었다.

22

나는 미니의 핸들을 잡고 있다. 조수석에는 아이코가 앉아 있다. 차는 아리스 공원의 옆을 달린다. 아리스 공원 거리와 기노시타자카 언덕, 난부자카 언덕으로 이루어진 삼각주를 아까부터 빙글빙글 돌고 있다.

열아홉에 결혼한 인기 여가수, 1년 4개월 만에 씨름판으로 돌아온 요코즈나*, 잇따라 터져 나오는 육류 식품의 허위표시 사건 등 잠시 세상 이야기를 나눈 뒤 본론으로 들어갔다.

"전화로 얘기할 수도 있겠지만, 이런 건 직접 만나서 얘기하는 게 예의일 것 같아서."

"무슨 얘긴데 그렇게 뜸을 들이시죠?"

아이코가 입에 손을 갖다 댔다.

"내가 맡은 그 일은 며칠 안에 결말이 날 거야."

"정말이세요? 역시 호라이 클럽이?"

그녀가 긴장된 표정을 짓는다.

"아니, 아직은 확실치 않아. 하지만 며칠 안에 낱낱이 밝혀질 거야. 꼭 밝혀내겠어."

"고맙습니다. 좋은 소식 기다리겠습니다."

아이코는 운전석 쪽으로 몸을 틀어 머리를 숙였다. 그런 부자유스러운 자세에서도 무릎에 손을 올려놓고 깍듯이 예의를 갖춘다.

"그래서 말인데, 이제 와서 이런 말을 꺼내긴 좀 어색하지만, 우리가 중요한 걸 아직 정하지 않은 것 같아."

"중요한 거요?"

"내가 자원봉사를 하는 건가?"

* 일본의 전통 씨름인 스모계의 천하장사.

"아아, 돈을 말씀하시는 거군요. 자원봉사라뇨, 당치도 않아요. 당연히 사례금을 드려야죠. 교통비나 전화비 같은 경비도 말씀해주시면 따로 계산해드리겠습니다."

나는 고개를 끄덕이고 슬쩍 헛기침을 한다.

"사례금은 어느 정도나 생각하고 있지?"

"글쎄요, 저는 이런 일의 시세를 잘 모르니까 나루세 씨가 적당히 알아서 청구하세요."

"내가 부르는 대로 주겠다고?"

"네. 1억 엔을 말씀하시면 그건 좀 응하기 어렵겠지만."

아이코는 웃음소리를 내며 손으로 입을 가린다.

"내가 알아서 청구하는 거라면 사례금을 받지 않을 수도 있겠네."

"네?"

"경비도 필요 없어. 일일이 적어놓은 것도 아니고."

"하지만 그렇게 되면 나루세 씨가……."

"됐어, 사례는. 그 대신 돈을 빌렸으면 해."

"빌려요?"

아이코가 고개를 갸웃거린다.

"10만이나 20만이 아니야. 500이나 600, 아니, 아마 1000만 엔쯤 빌려야 할 거야."

"1000만 엔……."

"어려울까?"

나는 곁눈질로 조수석을 살핀다. 그녀가 또다시 고개를 갸웃거린다.

"어렵다기보다, 그 정도 거금은 저 혼자 마음대로 결정할 수가 없어서요."

"그렇겠지. 그러니까 아이코 개인이 아니라 구다카 집안에게 빌리려는 거야. 사건을 해결한 뒤에 집으로 찾아가 정식으로 돈을 빌리고 싶어. 그럴 때 아이코가 옆에서 도와주었으면 좋겠어. 내게 돈을 빌려주도록 말이야."

"아하, 뭐 그런 거라면."

아이코가 여전히 고개를 갸웃거리고 있다.

"반드시 갚겠어. 차용증도 쓰고 담보도 넣을게."

"나루세 씨를 믿어요."

"5000만 엔짜리 생명보험을 들어둔 게 있어. 수령인은 여동생인데, 만약 내 신상에 무슨 일이 생기면 보험금이 그쪽에 지급되도록 유서를 써두겠어."

"그럴 것까진……."

"원한다면 새로 보험을 들 수도 있고. 어쨌든 내 목숨을 걸고라도 꼭 갚겠어. 그러니까 꼭 좀 부탁해."

나는 핸들에 이마가 닿을 정도로 머리를 숙였다.

"왠지 좀 으스스하네요."

아이코가 어깨를 움츠렸다.

"그렇겠지, 느닷없이 돈을 빌려달라고 하니까. 그것도 1000만 엔이나."

"대체 어디에 쓰시려는 거예요?"

그녀가 가만히 나를 쳐다본다.

"그게 말이야, 좀 부끄러운 얘기라서."

그러면서 코 밑을 긁적였다.

"그럼 말씀하지 않으셔도 돼요. 그저 좀 걱정이 돼서."

"뭐가?"

"나루세 씨가 왠지 비장해 보여서, 죽는 건 아닌가 싶어서."

아이코의 목소리가 떨리고 있다.

"죽어?"

나는 이내 웃음을 터뜨렸다.

"죽지 않아. 이렇게 돈을 빌려달라고 부탁하고 있잖아. 죽으면 어떻게 돈을 빌리겠어."

"그건 그렇지만……."

그녀는 여전히 불안한 듯 뺨에 손을 대고 있다.

"어쨌든 조만간에 다 끝날 거야. 조만간에."

이것은 나 자신에게 들려주는 말이기도 하다.

나는 구다카 저택 앞까지 묵묵히 차를 몰다가 헤어질 즈음에야 입을 열었다.

"그쪽이야말로 성급하게 굴지 마."

"성급하게 굴어요?"

"엉뚱한 일을 생각하고 있는 거 아닌가? 아니라면 다행이지만."

"대체 무슨 말씀을 하시는 건지."

아이코의 시선이 허공을 헤엄친다.

"자기 감정에 깊이 빠지면 주변 사람들이 불행해질 수 있어."

"무슨 말씀인지는 잘 모르겠지만, 이런 제가 뭘 할 수 있겠어요."

"나는 아이코 편이야. 하지만 무조건 당신이 원하는 대로 해줄 순 없어. 당신 편이기 때문에 나쁜 길로 가도록 내버려둘 수 없는 거야."

"오늘은 좀 이상하세요. 영문을 알 수 없는 말씀만 하시고."

아이코의 표정이 굳어 있다.

"어쨌든 지금 내가 한 얘기를 머릿속에 담아둬. 피차 죽음을 서두르진 말자고. 맞아, 근언신행이야. 그게 구다카 집안의 가훈이랬지. 그럼 또 봐."

때는 10월 13일 일요일.

드디어 결전의 무대에 오른다.

23

아이코와 헤어지고 몇 시간 뒤, 나는 고혼기에 가 있었다. 이곳은 메구로구 한가운데에 위치한 주택가다.

도요코선 유텐지역과 가쿠게이대학역의 정확히 중간 부분에 있는 고마자와 거리에서 약간 북쪽으로 올라가면 '플로렌스 고혼기'라는 원룸 아파트가 있다. 나는 그곳 3층 303호 앞에 서 있다.

인터폰을 누르고 얼마 뒤에 네, 하는 여자의 목소리가 들렸다.

"밤중에 죄송합니다. 조금 전에 전화했던……."

나는 모 택배회사의 이름을 댔다.

"네, 잠깐 기다리세요."

인터폰이 뚝 끊기고 곧이어 검은 현관문이 열렸다.

20대 중반의 갸름하게 생긴 여자다. 눈코입이 얼굴 한가운데로 몰려 있는 느낌이다. 검정과 갈색이 뒤섞인 머리는 위로 치켜 올려 하얀 머리띠로 고정시켰다. 낮에는 저 머리를 등까지 늘어뜨리고 있다.

"호리바 가오리 씨죠?"

내가 물었다.

"네."

"히라키 제3빌딩 4층의 호라이 클럽에 근무하시는 호리바 가오리 씨."

"네? 그런데요."

약간 당황하는 기색이다.

"밤중에 불쑥 찾아와 미안해요. 다시는 이런 일 없을 테니까 오늘만 양해해줘요."

나는 정중히 고개를 숙였다.

"저어, 물건은요?"

그녀가 괜스레 도장을 든 오른손을 흔든다.

"물건은 없어요."

"네?"

"난 택배회사 직원이 아녜요. 내 얼굴 본 적 없어요?"

그러면서 고개를 내밀고 손가락으로 내 얼굴을 가리켰다. 호리바 양이 인상을 찌푸렸다.

"아, 못 알아볼 수도 있겠네요. 평소엔 안경과 마스크를 쓰고, 해적처럼 머리에 수건을 둘렀으니까요."

"네? 어?"

그녀는 눈을 한껏 크게 뜨고 손을 입에 갖다 댔다.

"오늘은 댁한테 부탁할 게 있어서 찾아왔어요."

"사, 사람을 부르겠어요."

호리바 양이 한 걸음 뒤로 물러났다.

"잠깐만. 진정하고 내 얘기 좀 들어줘요. 부탁이에요."

나는 그녀를 잡으려는 듯이 왼팔을 앞으로 뻗었다.

"건드리지 마요!"

그녀가 또다시 뒷걸음질친다.

"진정해요. 아무 짓도 안 해요. 맹세해요. 제발 내 얘기 좀 들어줘요. 1분이면 끝나요."

나는 얼굴 옆으로 두 손을 들어올렸다.

"이런 상태로 얘기할게요."

"무슨 얘기죠? 빨리 끝내요."

호리바 양은 냉장고 옆까지 물러섰다. 하지만 얘기를 들어줄 마음은 있는 것 같다.

"댁이 근무하는 사무실에 들어가려고 해요."

"네?"

"지금 바로 들어갈 생각인데, 열쇠 좀 빌려줄 수 없을까요?"

직원에게 부탁해 밤에 사무실에 들어가겠다는 것은 도박에 가까운 생각이었다. 물론 아, 그러세요, 여기 있어요, 라며 순순히 열쇠를 내줄 리 만무하다. 하지만 어떻게든 설득해 열쇠를 빌리는 것 외에는 달리 방법이 없다.

문을 부수고 들어가 경비원이 달려오기 전에 몇 가지 서류를 챙겨서 도망치는 거친 방법도 있다. 하지만 그 방법은 성공하더라도 모든 서류를 다 확인하기 어렵고, 작업을 벌일 때도 시간적인 부담이 크다. 그에 반해 열쇠로 문을 열고 들어가는 평화적인 방법은, 경보기가 울리지 않으므로 시간에 구애받지 않고 서류를 하나하나 찬찬히 살펴볼 수 있다.

그럼 어떻게 직원을 설득할 것인가. 두고 온 물건을 찾으러 가겠다든지, 사무실이 비어 있을 동안에 왁스칠을 하겠다는 식의 거짓말은 통하지 않을 것이다.

그렇다면 정직하게 얘기할 수밖에 없다. 호라이 클럽의 사업은 부당하고 게다가 살인까지 저지르고 있는 것 같다. 그것을 폭로하고 싶으니 협조해달라. 이렇게 상대의 정의감에 호소하는 것이다.

그럼 직원 중 누구를 설득할 것인가.

남자는 어려울 것이라 생각했다. 남직원은 영업 활동을 하고 있다. 즉 직접 악행을 일삼고 있는 것이다. 그런 인간에게 정의를 얘기해봐야 통할 리가 없다. 보험살인에 직접 관여한 자도 있을 테고. 그런 점에서 내근하는 여직원들은 회사의 실정을 제대로 모르고 있을 가능성이 다분하다. 솔직하게 말한 뒤 정에 호소하면 내 뜻을 이해해줄 수 있지 않을까.

그럼 여직원에게 어떻게 접근할 것인가. 나는 이미 얼굴이 알려졌으므로 호라이 클럽의 사무실로 찾아갈 수는 없다.

하지만 나는 그들의 전화번호를 알고 있다. 히다카의 휴대폰에서 빼낸 전화번호다. 그리고 아흐레 동안 청소부로 드나들어 직원들 이름도 거의 다 알고 있다. 전화번호를 체크해보니 역시 호리바 가오리의 이름도 들어 있었다.

그 다음은 이미 짐작하는 대로다. 택배사 직원인 척하며 전화를 걸어 송장의 글씨를 알아보지 못하겠으니 주소를 가르쳐달라고 했다.

그리고 나는 지금 간절한 심정으로 그녀에게 매달리고 있다. 1분이면 끝난다고 했지만, 그 짧은 시간에 다 설명할 수는 없다. 하지만 그녀는 진지한 표정으로 귀를 기울이고 있다.

"……그래서 열쇠를 빌려달라는 거예요. 제발 부탁입니다."

마지막으로 다시 머리를 숙였다.

"알겠어요."

혼잣말처럼 중얼거렸지만 분명 그렇게 말했다.

"아, 정말 고맙습니다."

안도의 한숨과 함께 어깨 힘이 빠진다.

"하지만 열쇠를 건네주긴 좀 께름칙해요. 다시 돌려받지 못하면 제가 곤란해지니까요."

"오늘밤 안으로 반드시 돌려드릴게요."

"제가 함께 따라가서 열어드리는 건 어떨까요?"

그러면서 열쇠를 돌리는 시늉을 한다.

"성가시지 않다면 그것도 좋죠."

"근데 혼자서는 좀…… 유 양하고 같이 가도 될까요? 우리 사무실에서 일하는 여직원이요."

사실 밤늦은 시각에 혼자 낯선 남자를 따라나서긴 불안할 것이다.

"그 아가씨 집은 어디죠?"

"시모메구로예요."

"아, 가깝네요. 좋아요."

"그럼 지금 집에 있는지 전화해볼게요. 그리고 옷도 갈아입어야 하니까 잠깐만 기다리세요."

호리바 양은 일단 안쪽으로 들어갔다. 나는 다시금 안도의 한숨을 내쉬었다.

린시노모리 공원 근처에서 유 양을 차에 태웠다. 그녀에게도 사정을 설명하면서 에비스의 히라키 제3빌딩에 도착한 것은 밤 9시다. 평일이라면 아직 직원이 남아 있을지도 모르는 시간이지만, 오늘은 일요일이다. 빌딩의 불은 모두 꺼져 있다. 물론 그 점을 염두에 두고 오늘을 택한 것이다.

14일인 내일은 10월의 둘째 주 월요일, 즉 체육의 날이고 오늘은 사흘 연휴 중 둘째 날이다. 따라서 호리바 양이 놀러 나갔을 확률도 높았는데, 그럴 경우에는 내일 다시 찾아오면 된다고 생각했다. 결과적으로 계획을 미룰 필요는 없게 되었다. 이는 작전이 순조롭게 진행될 거라 암시하는 게 아닐까.

불은 꺼져 있지만 건물의 현관문은 열려 있고 엘리베이터도 가동된다. 호리바 양은 4층으로 올라가 문 옆에 달린, 경비회사 마크가 새겨진 박스에 카드를 꽂는다.

"감시를 해제합니다."

박스에서 기계음 같은 여자 목소리가 흘러나왔다.

"처음에 이렇게 안 하면 자물쇠를 돌리기만 해도 즉시 경비회사로 연락이 가요."

그러면서 열쇠구멍에 은색 키를 꽂았다. 딸깍 하며 자물쇠가 풀린다.

"고마워요. 가능한 한 빨리 끝낼 테니까 기다리고 있어요. 메이지 거리에 가면 아직 영업하는 커피숍이 있을 거예요."

내가 지갑을 꺼냈다.

"노래방에 갈래요."

유 양은 만 엔짜리 지폐를 낚아채고, 그렇지? 하며 호리바 양에게 웃어 보인다.

"다 끝나면 전화할게요. 늦어도 11시까지는 끝낼 거예요."

기다리라고 한 이유는 작업을 마친 뒤 원래대로 자물쇠를 잠그고 경비 시스템을 재가동하기 위해서다. 침입한 흔적은 남기고 싶지 않다.

나는 심호흡을 하고 문을 열었다.

오른쪽 벽에 전등 스위치가 있다. 하지만 건드리지 않고 따로 준비한 손전등을 켰다. 미니 맥라이트 AAA라는 크기가 10센티미터쯤 되는 손전등인데, 군대나 경찰에서도 사용하는 만큼 밝기는 확실하다.

우선 사장실부터 조사했다. 가죽 의자에 앉아 책상 서랍을 뒤진다. 스파이 영화의 주인공처럼 맥라이트를 입에 물고 양손으로 서류를 확인한다.

잠시 그렇게 조사하고 있는데 손전등의 둥근 원 안으로 눈길을 끄는 뭔가가 들어왔다. 지금 손에 들고 있는 서류는 아니다. 이걸 잡기 전에 봤던 것 같다.

그래서 천천히 동작을 되돌려보니 책상 위의 서류함이 눈에 들어왔다. 간부들의 책상 위에 흔히 놓여 있는, '미결'이나 '기결'이라는 라벨이 붙은 그것이다. 서류함 안에는 커다란 갈색 봉투가 들어 있다. 그 오른쪽 위에 낯익은 뭔가가 씌어 있다. 가는 펜으로 갈겨쓴 글씨다.

"어?"

무심결에 목소리가 튀어나왔다.

사람 이름이 적혀 있다. 그것도 내가 잘 아는 사람의 이름이.

안도 시로라는 이름이었다.

놀라며 봉투를 집어 들었다. 다시 한 번 들여다봐도 역시 안도 시로라고 씌어 있었다. 안도 시로?

나는 봉투 안에 손을 넣었다. 종이가 들어 있다. 생명보험 증서다. 피보험자 칸에 안도 시로라는 이름이 기재되어 있다.

"이럴 수가."

신음하듯 중얼거리고 주소지를 확인했다. 도쿄도 미나토구 시로카네…… 그 안도 씨가 틀림없다. 생년월일도 확인한다. 1928년 5월 14일. 틀림없다. 그 안도 씨다.

"이럴 수가……."

나는 어리둥절할 수밖에 없었다.

그의 선택

안도 씨가 내게 전화한 것은 작년 11월 말의 일이다.

"선생, 오랜만이군."

"아, 잘 지내셨어요?"

초면인 사람과 얘기할 때는 아무렇지도 않으면서, 잘 아는 사람과 오랜만에 얘기할 때는 가슴이 두근거리고 목소리가 들뜬다. 대체 왜 그런 걸까.

"응, 그럭저럭."

그다지 잘 지내는 것 같은 목소리는 아니었다.

"불쑥 이런 얘길 해서 미안한데, 한 가지 의논하고 싶은 게 있어."

"아, 네. 말씀하세요."

"으음, 전화로는 설명하기가 좀 곤란해서 말이야. 우리 집에 와줄 수 없겠나?"

"그러죠. 언제 갈까요?"

"가급적이면 빨리 만나고 싶은데."

"그럼 내일 가죠."

"몇 시쯤 오겠나?"

"내일은 저녁에 컴퓨터 교실에 나가는데, 그 전후 어느 쪽이 좋으세요?"

"나중이 낫겠군."

"그럼 9시쯤엔 갈 수 있어요. 강의가 끝난 뒤에도 끈질기게 질문하는 아무개 씨 같은 학생만 없다면요."

하지만 그는 웃지 않았다.

"어쩌면 그 시간에 잠깐 나갔다 올지도 몰라. 내가 없으면 안에 들어와서 기다리게. 열쇠는 전기 계량기 위에 놔둘게."

"그럼 차라리 교실에 나가기 전에 갈까요?"

"그 시간에도 집에 없을 거야."

"모레도 상관없는데요."

"아냐, 빠른 게 좋아. 그럼 내일 보세."

안도 씨는 도망치듯 전화를 끊었다. 나와는 대조적으로 1년 만에 듣는 목소리를 반가워하는 기색이 전혀 없다.

이튿날 나는 그의 집을 방문했다. 도착한 시각은 8시 50분이었다.

미리 예고했던 것처럼 노크를 해도 아무 응답이 없다. 연립주택 밖에서 담배를 피우며 기다려봤지만, 안도 씨는 9시 30분이 되어도 돌아오지 않았다. 밤공기가 차가워져 그의 말대로 일단 집 안으로 들어가서 기다리기로 했다.

여분 열쇠를 이용해 문을 열고 오른쪽 벽을 더듬었다. 몇 번인가 가본 적이 있어 전등 스위치가 달린 위치는 알고 있었다.

스위치를 켜자 백열등이 다다미 반 장 넓이의 부엌을 비춘다. 노란 빛을 띤 전등불이 안쪽까지 기어 들어가자 세 평짜리 방이 흐릿하게 모습을 드러냈다.

가슴이 철렁 내려앉았다.

너무 놀라면 소리도 지르지 못한다는 것을 알았다.

그리고 또 한 가지, 다리가 바닥에 닿더라도 목을 맬 수 있다는 것도 알았다.

안쪽 방에 그가 죽어 있었다.

벽 중간을 가로지르는 나무틀에 장대를 걸쳐놓고 그 한가운데에 밧줄을 걸었다. 그 밧줄에 목을 맨 채 고개를 푹 떨구고 있었다. 두 팔은 축 늘어지고, 두 다리는 무릎이 살짝 굽어지고, 발바닥은 다다미에 닿아 있었다.

나는 아무 소리도 내지 못했다. 비명을 지를 수도, 그의 이름을 부를 수도 없었다. 그저 거친 숨을 토해내며 방으로 뛰어 들어가 그를 내리려고 했다.

하지만 목을 옥죄고 있는 밧줄을 풀려고 해도 체중이 실려 있어 쉽지가 않았다. 악전고투하다가 손톱 끝이 부러지고 나서야 내가 멍청하다는 걸 깨달았다. 장대의 한쪽 끝을 들어올려 그대로 천천히 바닥에 내려놓았다. 그렇게 그를 다다미에 뉜 상태에서 밧줄을 풀려고 했지만, 매듭이 손톱을 집어넣을 틈이 없을 정도로 단단히 묶여 있었다. 이지러진 손톱이 갈라져 피가 배어나온 뒤에야 겨우 칼을 떠올렸다. 부엌에서 식칼을 갖고 와 밧줄을 끊었다.

그의 얼굴은 싸늘하다. 어깨를 마구 흔들어도 눈을 뜨지 않는다. 좌우 손목에 손가락을 짚어보니 맥이 뛰지 않는다. 심장에 귀를 갖다 대도 고동 소리가 들리지 않는다.

나는 당황할 수밖에 없었다. 일찍이 이런 일을 겪은 적이 없기에 어떻게 대처해야 할지 몰랐다. 119 구조대나 경찰에 전화할 생각도 못했고, 이웃집 사람들을 부르지도 못했다.

변사체를 접한 것은 처음이 아니다. 세라 모토테루의 시체는 이보다 열 배 스무 배나 참혹했다. 하지만 그쪽은 끔찍함이 도를 넘어 속이 울렁거리기는 했지만, 리얼리티가 결여되어 있었다. 마치 소설이나 영화 속으로 빠져든 것 같았다. 그래서 의외로 침착하게 하나하나 일을 처리할 수 있었다.

그런데 지금 눈앞에 있는 시체는 현실감이 넘친다. 게다가 세라 형님과는 별로 친분이 없었지만, 안도 씨와는 술도 자주 마시고 그의 딸을 찾으려고 이리저리 뛰어다니기도 했다. 그런 사람의 갑작스런 죽음을 어떻게 태연히 받아들일 수 있겠는가.

다다미 위에 주저앉아 입을 반쯤 벌린 채 별 의미도 없이 이곳저곳으로 시선을 돌려본다. 그러자 식탁 위에 놓인 봉투 몇 장이 눈에 띄었다. 그중 한 장에 '나루세 마사토라 앞'이라고 씌어 있다. 나는 봉투를 집어 봉해진 부분을 찢은 뒤 안에 담긴 편지지를 꺼냈다.

선생, 미안하네. 자네에게 이런 꼴을 보이게 됐군.

한 달 전의 일이네. 자꾸만 기침이 나기에 병원에 가서 검사를 받았더니 폐암이라고 하더군.

그래서 목을 맨 것은 아닐세. 병이 낫느냐 안 낫느냐 하는 건 문제가 아니야.

나는 지에에게 돈을 보내주고 있었네. 선생의 얘기를 듣고 나서, 그 아이를 도와줘야 한다고 생각했지. 어머니는 그런 상태이고 아버지는 어디론가 사라져버렸으니, 누가 그 아이를 도와줄 수 있겠나. 스무 살이 넘었다면 그냥 모르는 척하겠지만, 그 아이는 아직 열일곱이야. 그런데도 술장사를 하며 어머니를 돌보고, 학교도 가지 못하고, 친구들과 놀지도 못하고, 매일 술 냄새 풍기는 사내들을 상대해야 하지. 그런 불합리한 일이 어디 있겠나.

그럼 내가 어떻게 도와줄 수 있을까. 그 아이를 떠맡을까? 이제 와서 그럴 수는 없어. 나 같은 늙은이가 느닷없이 아버지라며 나타나는 건 오히려 폐가 될 뿐이야. 사실을 받아들이기 어려울 테니 갈등하며 혼란에 빠지겠지. 그건 절대 안 돼. 그럼 어떻게 도와줄까? 어차피 함께 살 수 없다면 돈이라도 보내줘야지.

약간 저축해둔 돈을 곧바로 전액 인출했네. 두 달에 한 번씩 통장에 들어오는 연금과 실버인재센터*에서 받는 보수도 대부분 지에에게 보냈네. 물론 익명이지. '키다리 아저씨'의 주인공처럼 말이야. 한 푼이라도 더 보내고 싶은 마음에 갱신수수료를 아끼려고 운전면허도 반납했네. 식사는 하루에 두 끼만 먹었지. 술도 담배도 다 끊었어. 그래서 선생하고도 술을 마시지 못한 걸세. 미안하네.

하지만 내 연금과 센터에서 받는 보수라야 뻔하지 않은가. 그 정도의 돈으로는 두 모녀가 먹고살기도 빠듯할 거야. 아마 지에는 지금도 계속 일하고 있겠지. 요즘은 의식주만으로 만족할 수 없는 세상이니까. 그 아이는 분명 오늘도 아저씨들에게 술을 따르고 있을 거야. 그렇다면 이제껏 내가 돈을 보낸 건 다 부질없는 일 아닌가.

그런 거야 아무래도 상관없어. 아버지로서 뭔가를 하고 싶었을 뿐이니까. 적어도 성인이 될 때까지는 뭐든 도와주고 싶어. 그러지 않으면 내 마음이 편치 않을 거야. 딸에게 도움이 되는 아버지로 남고 싶네. 이런 나도 살 가치가 있다고 생각하고 싶어. 아, 그러고 보니 나는 딸을 위해서

* 고령자에게 일자리를 지원하는 단체.

가 아니라 스스로 만족하려고 그 애를 돕는 건지도 모르겠군. 어쨌든 상관없어. 나는 지에를 돕는 일에 최선을 다하기로 결심했네.

그런데 암에 걸린 거야. 눈앞이 캄캄하더군. 물론 죽는 게 무서워서 그런 건 아니야. 암을 치료하는 데는 많은 비용과 시간이 들지. 노인이라고 공짜로 치료해주는 그런 병이 아니니까. 그럼 이제 무슨 수로 지에에게 돈을 보내지?

나는 평생 그 아이를 돕겠다는 게 아닐세. 그 아이가 아직 어린 동안, 말하자면 미성년자인 동안에만 도와주겠다는 걸세. 성인이 되면 더 이상 관여하지 않을 생각이네.

그런데 지금 내가 입원하면 더는 돈을 보내줄 수 없겠지. 그리고 설령 살아서 퇴원하더라도 그때는 이미 그 아이도 어른이 돼 있을 테고. 그러면 아무런 의미도 없는 거야. 내 병이 낫든 안 낫든 지금 도와주지 않으면 다 소용없다는 것은 바로 그런 뜻일세.

선생, 나를 도와준 김에 부탁 한 가지만 더 들어줄 수 없겠나.

이 편지와 함께 봉투 몇 장이 놓여 있을 걸세. 그 안에는 생명보험 증서가 들어 있네. 서둘러 의사의 진단서가 필요 없는 보험에 들었지. 수령인은 지에로 되어 있네. 전부 합쳐봐야 1000만 엔 정도지만, 아무것도 없는 것보단 낫겠지. 그 지급에 관한 수속을 선생에게 부탁하고 싶네. 보험금이 차질 없이 지에에게 전달될 수 있도록 조치해주기 바라네. 염치없는 줄은 알지만, 아무쪼록 잘 부탁하네.

나에 대해서는 신경 쓰지 말게. 실버인재센터의 일은 잘 마무리 지었네. 나는 일가친척이 없으니 뒷일은 구청에서 알아서 처리해주겠지. 일단 화장 비용으로 20만 엔을 봉투에 넣었는데, 만약 사용할 일이 없으면 이 돈도 지에에게 보내주게.

선생, 인생은 참 얄궂은 거야. 꼬치구이집에서 무심코 내뱉은 한마디가 인생의 마지막 후반부를 크게 바꿔버렸으니까. 그때 지에를 만나달라고 부탁하지 않았다면 일이 이렇게 되지는 않았을 테지. 이것도 운명이야. 신의 뜻이지.

최근 1년 동안 딸을 위해 정말로 악착같이 절약하며 살아왔네. 어찌 보면 하찮을 수도 있지만, 확실한 목적의식을 지니고 살아온 이 1년은 나름대로 보람이 있었네. 도쿄에 올라온 지 50년, 끝내 성공하지는 못했지만 커다란 일을 해낸 기분이야. 지금이라면 가슴을 펴고 떳떳이 고향으로 돌아갈 수 있을 것 같아. 선생이 지에를 찾아주었기 때문에 나는 지금 그런 기분을 맛볼 수 있는 거라네. 사람의 운명이란 참 묘한 거야.

선생, 짧은 시간이었지만 좋은 친구로 남아줘서 정말 고맙네.

"왜 이런 바보 같은 짓을. 어떻게 이런……."

나는 편지지를 꽉 움켜쥐고 한동안 이렇게 되뇌었다.

진실

24

"이럴 수가…… 어떻게 이럴 수가…… 말도 안 돼……."

나는 고장 난 자동인형처럼 혼잣말을 되풀이했다.

어째서 이 보험증서가 여기 있는 걸까. 안도 씨는 이미 이 세상 사람이 아니다. 죽은 지 거의 1년이 다 된다.

봉투 안에는 또 뭔가가 들어 있다. 그 역시 보험증서였다. 생명보험과 상해보험을 포함해 모두 네 가지였다.

너무 혼란스러웠다. 그는 자택의 방에서 목을 맸다. 현장을 발견한 게 나다. 그는 죽어 있었다. 죽은 사람이다. 이제 보험 따윈 필요 없는.

예전에 작성된 증서인가? 하지만 그는 내게 사후처리를 부탁하고 죽었다. 사망보험금이 딸에게 전달되도록 사무적인 일을 처리해달라고 했다. 그가 자살한 이유도 바로 그것 때문이었다. 경제적으로 곤란한 딸을 도와주려고 자살한 것이다. 따라서 유서와 함께 놓여 있던 보험증서 말고도 또 다른 보험에 가입했다면, 그 역시 내게 처리를 부탁했을 것이다.

오래전에 가입한 보험이라 본인도 잊고 있었던 건가? 그래서 증서의 계약일을 확인해보니 모두가 하나같이 최근에 계약한 것들뿐이다. 올해 10월이면 바로 이달이다.

죽은 사람에게 보험을 들어놓고 뭘 어쩌자는 걸까. 아니, 그보다 사망자는 보험에 가입할 수 없다. 혼란이 한층 더 가중된다.

그 순간 나는 중요한 사실을 떠올렸다.

여기가 어딘가? 호라이 클럽이다. 사망보험금을 노리고 류이치로를 살해했을 것으로 추정되는 호라이 클럽. 그 사무실에 안도 시로의 보험증서가 있다.

호라이 클럽이 1년 전에 사망한 그의 죽음과도 관련이 있는 건가? 그렇다면 자살이 아니었단 말인가?

호라이 클럽, 보험사기, 구다카 류이치로, 도쿄도 미나토구 시로카네, 안도 시로, 보험증서, 2002년 10월, 하네다 창고관리 회사…….

수많은 단어들이 머릿속에 떠올랐다 사라진다.

하네다 창고관리?

나는 사망보험증서의 수령인 칸을 살핀다. 안도 시로의 이름으로 가입된 이 보험들도 수령인이 하네다 창고관리 회사로 된 건가? 만약 그렇다면 류이치로의 보험살인을 간접적으로 증명할 수 있는데…….

"아!"

그 순간의 충격을 어떻게 표현해야 할까.

놀라움, 혼란, 당혹, 허탈, 공포, 아찔함…… 그 모든 게 한꺼번에 해일처럼 밀려왔다. 그리고 미처 머릿속을 정리할 새도 없이 두 번째 파도가 나를 덮쳤다.

"도둑질은 조용히 하는 거야."

어둠 저편에서 목소리가 울렸다.

머리 위로 섬광이 스쳤다. 두세 번 번개처럼 깜빡이는가 싶더니 이내 눈부신 흰빛이 방 전체를 감쌌다.

이마에 손을 대고 눈을 가늘게 떴다. 천장의 형광등이 불을 밝히고 있다.

"제 발로 죽으러 오다니, 고마운 녀석이군."

무라코시가 칸막이에 어깨를 기대고 서 있다.

25

"환영한다고 말하고 싶지만, 네가 모처럼의 휴일을 망쳐버리는 바람에 무척 화가 났어."

무라코시 뒤쪽에서 사내 하나가 이렇게 말하며 모습을 드러냈다. 나이는 무라코시보다 위인 30대 중반 정도로, 그 연령대치고는 몸집이 약간 작은 편이다. 화가 나 있다고는 해도 무라코시처럼 미친 듯이 날뛰지도 않고 표정도 부드럽다. 눈매는 낯이 익은데 어디서 봤는지는 정확히 기억나지 않았다.

"어이, 일어나. 거긴 네가 앉을 자리가 아냐."

무라코시가 짖어댔다.

"아냐, 오랜만에 다시 앉아본 건데 그냥 내버려둬."

옆의 사내가 말했다. 그럼 이자가 사장인 구레타 쓰토무? 이 의자에 앉아 있는 모습을 본 적은 없다.

"저어……."

여자 목소리가 들렸다.

"아, 자네들은 이제 됐어. 수고했어. 조심해서 돌아가."

의문의 사내가 고개를 돌리고 상냥하게 말을 건넸다. 그가 고개를 돌린 쪽에 호리바 양과 유 양이 서 있었다. 호리바 양은 고개를 숙이고, 유 양은 바이바이, 하고 내게 손을 흔들며 자리를 떠났다.

"아직도 뭐가 뭔지 모르겠어? 넌 속은 거야."

무라코시가 킥킥 웃었다.

"네가 그 여자들한테 뭐라고 했는지는 모르겠지만, 어디서 굴러왔는지도 모르는 놈의 말을 그대로 믿을 거라고 생각했나? 믿을 거라고 생각했겠지. 그러니까 여기 있는 거고. 정말 멍청한 놈이군."

호리바는 내게 설득당한 척했던 것이다. 옷을 갈아입겠다고 방 안쪽으로 들어갔을 때 상사에게 보고한 모양이다.

"애사 정신이 투철한 직원들이 있으니 마음이 든든하군. 아가씨들한테 금일봉이라도 줘야겠어."

옆의 사내가 만족스러운 듯이 뾰족한 턱을 쓰다듬는다. 그 말투로 보건대 역시 사장이 맞는 모양이다.

"아, 그래. 박사 역할을 맡았던……."

이제야 생각났다.

"오늘은 안경과 흰 가운을 걸치지 않아서 몰라봤네."

그렇다, 의학박사 노구치 히데오였다. 그가 사장인 구레타와 동일 인물이었던 것이다.

"흠, 노구치 선생을 본 적이 있나?"

구레타가 앞머리를 쓸어 올렸다.

"혼조 행사장에서 그물에 걸린 줄 알았던 물고기가 도망친 일이 있을 거야. 커플로."

"글쎄. 매일 여기저길 돌아다니니까 일일이 기억하진 못하지. 혼조 행사장이라……."

그는 고개를 갸웃하며 코 밑을 긁적거린다. 내게는 영화 같은 대모험이 이자에게는 그 정도로 사소한 일이었다니, 왠지 굴욕적인 느낌이 들었다.

"사장님."

무라코시가 초조한 듯이 말을 걸었다.

"으음, 인사는 이 정도로 해두지. 근데, 대체 무슨 목적으로 이러는 거지? 두 번이나 수상쩍은 일을 벌이고 말이야."

"수상쩍은 건 그쪽이겠지."

내가 내뱉듯이 대꾸했다.

"이 자식!"

무라코시가 윗도리 주머니에서 손을 뺐다. 칼이 들려 있다. 한때 사회문제가 되었던 버터플라이 나이프다. 구레타가 손을 들어 녀석을 제지한다.

"넌 누구지? 아니, 누가 고용한 거야?"

"신."

"뭐?"

"신이 내게 그러더군, 살아 있는 인간의 피를 빨며 발칙한 악행을 일삼는 세상의 추악한 귀신들을 물리치고 오라고."

"모모타로자무라이*에 나오는 말 같군."

무라코시가 나이프를 휘둘렀다. 서류함의 가장자리 부분이 깊이 파였다.

"어이, 부장, 비품을 손상시키면 안 되지."

* 桃太郎侍, 드라마와 영화로 각색된 일본의 유명 역사소설.

구레타가 인상을 찡그리며 다시 묻는다.

"구다카 류이치로와 관련된 건가?"

"아하, 역시 잘 아는 모양이군. 구다카 류이치로를."

나는 구레타를 노려보았다.

"아니, 일전에 무라코시에게 그런 말을 했다기에 물어본 것뿐이야. 대체 구다카 류이치로가 누구야?"

"이 상황에서도 시치미를 떼다니, 이런 회사의 사장치고는 너무 소심하군."

"이 자식, 아직도 자기가 어떤 처지인지 모르는 모양이네."

무라코시가 버터플라이 나이프를 여닫고 있다.

"행사장에 와봤다니 잘 알 텐데. 나는 매일 많은 사람들을 만나고 있지. 그런데 어떻게 일일이 얼굴이나 이름을 기억하겠나."

그는 살짝 어깨를 움츠리고는 윗도리 주머니에서 줄을 꺼내 손톱을 다듬는다.

"일일이 기억하지 못할 만큼 많이 죽인 건가?"

"그런 식으로 말하면 무사하기 어려울 텐데."

"어차피 순순히 돌려보낼 생각은 없겠지. 그렇다면 얘기해줄 수도 있잖아. 구다카 류이치로를 어떻게 한 거지? 미나미아자부의 구다카 류이치로 말이야. 기억을 더듬어보라고."

"없애버리겠어!"

나이프의 칼날 끝이 내 코끝을 스쳤다.

"배짱 한번 두둑하군. 마음에 들었어. 어디, 기억을 더듬어볼까."

구레타는 빙그레 웃으며 손톱 끝을 후 불었다. 나도 웃어 보였다. 하지만 책상에 가려서 보이지 않는 무릎 아래쪽은 아까부터 계속 덜

덜 떨리고 있다.

"저어, 사장님, 이 자식 말에 일일이 대꾸할 필요 있겠습니까. 질문해야 하는 건 우리 쪽인데요."

무라코시가 나를 째려본다.

"아, 서두를 거 없어. 밤은 기니까. 게다가 사형수도 마지막 날엔 목사님이나 스님한테 좋은 얘길 듣잖아. 자비심은 중요한 거야."

"역시 사장님이라 마음이 넓으시군."

이렇게라도 말하지 않으면 두려움을 견딜 수 없을 것 같았다. 게다가 오늘은 미녀 삼총사의 질 몬로도 나타나지 않을 것이다.

"구다카 류이치로…… 아아, 그 노인네로군. 미나미아자부의 부잣집 영감. 그 노인네는 최고의 고객이었지. 행사장에 온 날부터 물건을 많이 샀으니까. 한 명이 이불을 열 세트나 산 건 아마 그 노인네밖에 없을 거야. 너무 씀씀이가 좋기에 황금 관음상도 건넸지. 특별 주문한 물건이야. 우린 활성산소를 제거하는 자수정이나 관음상 옆에 두면 그 기운이 10퍼센트쯤 불어나는 황금 불상 같은 매력적인 신상품을 계속 개발하면서 오래도록 인연을 이어가려고 했지. 그런데 그쪽에서 일방적으로 인연을 끊겠다고 나오더라고. 아무래도 우리 상품의 효능을 의심하기 시작한 것 같더군. 그것뿐이라면 그런대로 봐주겠는데, 고소를 하겠다느니 뭐라느니 떠들어대는 거야. 맞아, 그건 협박이지. 그렇게 시비를 거는데 우린들 어쩌겠나. 싸우고 이별이지. 그래서 어차피 헤어질 거면 위자료나 받아내자고 생각했지."

"안됐군, 실제로 받아내진 못했으니."

"이번엔 어쩔 수 없어. 지금은 법인계약을 해도 예전과 달리 회사가 보험금을 쉽게 수령할 수 없는 구조로 바뀌었으니까. 원칙적으로 돈은 피보험자의 법정상속인에게 지불돼. 그러니까 보험금을 받으려면 법정상속인까지 끌어들여야 하는데, 이번엔 그렇게 꼼꼼히 챙길 시간이 없었어. 그 노인네, 당장이라도 변호사를 부를 기세였거든. 그래서 이번엔 잠잠하게 만드는 게 최우선이었어. 만약 심사가 느슨해서 보험금까지 지급된다면 더없이 고마운 일이겠지만."

"그래서 살해한 거였군."

나는 확인하듯 말했다.

"그 노인네는 사고사였을 텐데. 우린 보험만 들었을 뿐이고."

구레타가 입가에 미소를 띠었다. 무라코시는 벌레 씹은 표정으로 나이프를 돌리고 있다.

"이번엔 어쩔 수 없었다는 말은, 전에도 그런 일을 벌였다는 거로군."

"사실 그런 일은 하고 싶지 않았어. 노인에겐 고액의 보험금을 들 수 없잖아. 너무 비효율적이야. 거기 있는 안도라는 노인네도 사망보험금이 겨우 400~500만 엔밖에 안 돼."

"그럼 안 하면 될 텐데."

"상대가 신사적이면 우리도 신사적으로 대하지. 그런데 어느 날 갑자기 돌변해 빚을 갚지 않는다든지, 돈을 돌려달라며 고소하겠다고 설치는 인간들이 있어. 그런 반칙은 곤란하지. 아, 행사장에 와봤다니까 잘 알겠군. 우리가 언제 강매한 적이 있던가? 행사장은 언제나 부드러운 분위기였어. 다들 자발적으로 물건을 사지. 크게 기뻐하면서, 고맙다고 눈물까지 흘리면서 말이야. 그러고 나서 나중에 딴소리를 하는 건 도리가 아니지. 하지만 우리가 아무리 옳은 주장을 해도 그들은 들은 척도 하지 않아. 게다가 요즘 세상은 희한해서 법원이나 매스컴은 무조건 멍청한 소비자를 편들고 있어. 소비자에게도 책임이 있다고 불평해봐야 다 소용없는 일이니까 우리 스스로 방어할 수밖에 없지. 그러니까 일이 커지기 전에 조치를 취해야 하는 거야. 보험금은 그런 번거로운 일을 처리하는 보상금인 셈이지."

그의 얘기를 듣고 있자니 속이 메슥거렸다.

"게다가 나는 사회에 대한 생각도 하고 있지."

"사회?"

"노인은 이 사회의 짐이야. 요즘 노인은 너무 오래 살거든. 여든, 아흔까지 살잖아. 사회에 도움이 된다면야 스타워즈의 요다처럼 900년을 살아도 상관없지만, 대부분의 노인네들은 그저 곡식만 축내고 있지. 국가 재정은 어려워지는데, 3000만 명의 노인네들이 연금이라는 명목으로 국가에서 용돈을 챙기고 있어. 3000만 명! 어이, 총인구의 4분의 1이 공짜로 밥을 먹고 있는 거야. 정말 대단한 나라야. 그 짐은 고스란히 젊은 사람들이 떠맡고 있지. 재정 위기라며 제멋대로 인상한 연금을 꼬박꼬박 내고 있잖아. 장래에 돌려받을 수 있다는 보장도 없이 말이야. 그러니까 체납하는 녀석들이 늘어나고, 내야 할 연금은 점점 더 많아지는 거야. 게다가 의학이 발달하고 식생활이 향상되니까 노인들은 점점 더 오래 살아. 연금 수령자가 많아질수록 젊은이들은 더 많은 돈을 내야 하고. 정말 웃긴 일이지. 연금뿐만이 아냐. 치료비도 우대받고, 대중교통 요금도 무료거나 대폭 할인받고 있지. 그런 식의 보조금이 결국은 이 나라를 말아먹는 거야. 노인네들 의식에도 문제가 있어. 우대받는 걸 당연하게 생각하고 있다니까. 경로석 한가운데 떡하니 앉아 양옆에 짐까지 올려놓는 뻔뻔한 노인네도 있지. 정말 제멋대로야. 온갖 혜택을 다 누리고 있으면서 감사를 표하지 않는 인간은 쓰레기야. 조금은 사회에 공헌할 생각도 해야지. 자, 그럼 노인네들이 사회에 공헌하는 길은 뭘까. 그건 얼른 저세상으로 가주는 거야. 흔히 퇴직한 노인들이 '여생'이라는 말을 쓰곤 하는데, 그런 남은 인생은 없어도 되는 거야. 그렇다면 구차하게 굴지 말고 깨끗이 떠나야지. 안 그래?"

관자놀이가 지끈지끈 쑤신다.

"아 참, 사회 공헌에 대해 가슴 훈훈한 얘기 하나 해주지. 국내에 있는 1400조 엔의 개인자산 중 절반은 60세 이상의 노인들이 보유하고 있어. 그리고 그 절반 이상이 현금과 예금이지. 이게 무슨 뜻인지 아나? 노인들은 돈을 꽉 움켜쥐고 쓰지 않는다는 거야. 다시 말하면, 노인네들의 지갑이 조금만 느슨해지면 이런 불경기에서도 금방 벗어날 수 있다는 거지. 그런 의미에서 보면 우린 경기 회복에도 한몫하고 있는 셈이야. 노인네들의 돈을 빼내 시장을 활성화시키고 있으니까. 우리 호라이 클럽은 그렇게 이 사회에 공헌하고 있지."

"너도 언젠가 노인이 될 텐데."

더 이상 참지 못하고 내가 낮게 내뱉었다.

"그렇겠지. 아직 한참 뒤의 일이지만."

"아직은 여유가 있다는 거로군."

"보기보다 머리가 안 좋네."

구레타가 웃으며 계속 손톱을 다듬는다.

"여유가 어딨나. 젊을 때 한 푼이라도 더 벌어두려고 이렇게 부지런히 일하고 있잖아. 좀더 벌면 이런 침몰 직전의 나라하곤 땡이야. 어이, 알고 있나? 2025년쯤엔 남자의 평균수명은 84세, 여자는 무려 90세가 된다더군. 그땐 건강보험이나 연금 같은 사회보장비용이 170조 엔으로 증가해 국민부담률이 50퍼센트 가까이 되지. 그러면 이 나라는 침몰하는 거야. 나야 그전에 탈출하겠지만. 아마 노후는 남태평양의 어느 섬이나 호주에서 낚시나 하면서 느긋하게 보내게 될 거야. 요즘에 인기가 급상승한 스페인도 괜찮고."

그러면서 양쪽 귀 옆으로 두 손을 모아 손뼉을 친다. 플라멩코라도 추겠다는 건가.

아랫배에서 뜨거운 뭔가가 치밀어 오른다. 나는 크게 숨을 들이마셨다. 폭발할 것 같은 감정을 억누르고 숨을 천천히 내쉬며 말했다.

"너희는 한 가지 실수를 저지르고 있어. 한 가지뿐이지만 아주 치명적인 실수지. 일전엔 네가 나를 청테이프로 묶었지."

그러면서 턱으로 무라코시를 가리켰다.

"까불지 마라. 난 사장님처럼 느긋한 성격이 아냐."

무라코시가 나이프를 돌렸다.

"그때 네가 나를 묶은 건 넌 혼자고 우린 둘이었으니까 숫자로 밀렸기 때문이야. 근데 오늘은 그쪽이 둘이고 이쪽은 한 명. 처음엔 여직원들도 있었으니까 4 대 1이었지. 그래서 안심하고 묶지 않은 거겠지. 아니, 지금도 나를 우습게 보고 있어. 나이프도 갖고 있으니까 말이야. 하지만 너희는 크게 착각하고 있어. 내 겉모습만 보고 그렇게 생각했겠지. 나 같은 녀석을 다루는 건 누워서 떡 먹기라고. 정말 뭘 모르고 있어. 너희는 아직 사람 볼 줄 모르는 철부지들이야. 좀더 경륜을 쌓아야 할 것 같아. 오늘은 긴소매를 입고 있어서 잘 모르겠지만, 이래 봬도 벗으면 근육 좀 있거든."

나는 말을 멈추고 두 사내를 번갈아 쳐다봤다. 떨리던 다리는 이미 원래의 상태로 돌아갔다.

"어디 벗어보시지."

무라코시가 나이프를 쑥 내민 그 순간.

"말하자면 이런 거야."

나는 의자를 뒤로 차며 벌떡 일어났다. 상체는 고정한 채 무릎만 90도 굽히고, 양손은 어깨 넓이보다 약간 더 벌린 자세로 책상 가장자리를 꽉 움켜쥐었다. 그리고 스모에서 상대방을 떠미는 요령으로 혼신의 힘을 다해 책상을 앞으로 떠밀었다. 일직선으로 단숨에 힘껏 밀었다.

책상은 전방에 있던 두 사내를 잇따라 쓰러뜨렸다. 그들은 기이한 소리를 내며 몸을 굽히고는 그대로 무너져 내렸다. 그 기세를 늦추지 않고 계속 밀어대자 책상이 번쩍 들리더니 사내들의 몸 위로 획 뒤집혔다. 신음소리가 들렸다. 나는 뒤집힌 책상을 밟고 넘어가 사무실을 가로질러 출구로 달려갔다.

그렇다, 나도 옷을 벗으면 그렇게 만만한 놈이 아니다. 섹스만을 위해서 몸을 단련한다고 생각하면 큰 오산이다.

FUCK YOU!

26

복도로 나오자 재빨리 문을 닫고, 체중을 실어 맞은편에 늘어선 로커를 쓰러뜨렸다. 로커를 버팀목으로 이용해 문을 봉쇄한 것이다. 이것으로 조금은 시간을 벌 수 있다.

엘리베이터를 타자마자 휴대폰을 꺼냈다.

우선 아이코에게 전화한다. 스무 번이나 신호가 간 뒤에야 전화를 받았고, 그 사이 엘리베이터는 1층에 도착했다.

"자고 있었어? 미안."

"아아, 네……."

"나 누군지 알겠어? 나루세야."

건물에서 빠져나와 코인 주차장으로 걸음을 서두른다.

"아아, 나루세 씨."

"늦은 시간에 미안해. 근데 긴급사태야."

"긴급사태?"

"호라이 클럽의 직원들이 그리로 몰려갈지도 몰라."

"네?"

이제야 정신이 든 모양이다.

"전화할 가능성도 있어. 나에 대해 이것저것 캐물을 거야. 그럼 아무것도 모르는 척해줘. 특히 우리 집 주소는 절대 밝히면 안 돼. 혹시 호라이 클럽의 이름을 숨기고 경찰이나 관공서 직원을 사칭할지도 모르니까 조심하고."

"대체 무슨 일이세요?"

"그리고 어쩌면 나에 대해 알아내려고 아이코나 가족들에게 폭력을 쓸지도 몰라."

"네?"

"그러니까 누가 찾아오더라도 문을 열어주지 마. 지금 당장 문단속이 잘 됐나 확인해. 2층이라고 안심하지 말고 창문 꼭꼭 걸어 잠가."

"무슨 일이 생긴 거죠? 무슨 일이에요?"

아이코가 혼란 상태에 빠졌다.

"자세히 설명할 시간이 없어. 아무튼 오늘밤엔 최대한 조심해. 그쪽은 경비회사와 연결돼 있으니까 별일은 없겠지만, 그래도 방심하면 안 돼."

"근데 나루세 씨는 괜찮은 거예요?"

"난 멀쩡해. 단지 녀석들에게 주소가 알려지면 일이 복잡해지니까 그걸 막으려고 전화한 거야. 아직 시간이 조금 더 필요하거든. 내일이면 모든 게 끝날 거야. 전부 다."

나는 이를 악물었다.

"그럼 조사가 끝난 겁니까?"

"으응."

"저희 할아버지는 호라이 클럽에게?"

나는 잠깐 머뭇거리다 말했다.

"그래."

"역시 그렇군요……."

"다시 한 번 얘기할게. 절대 경솔하게 행동해선 안 돼. 아무튼 오늘 밤만은 조심해."

통화를 끝내는 것과 거의 동시에 코인 주차장에 도착했다. 빨간 미니만 한 대 덩그러니 세워져 있다. 주변에는 아무런 인기척도 없다. 구레타도 여기까지는 미처 생각지 못한 모양이다.

요금 정산기에 티켓과 코인을 투입하고 차를 출발시켰다. 도로교통법 위반이라는 것을 알지만, 핸들을 잡은 채 전화를 걸었다.

"네에."

덜렁대는 목소리가 흘러나왔다.

"미나미?"

"응."

"아야노는?"

"목욕 중."

"지금부터 내가 하는 말 잘 들어."

"응."

"문단속이 잘 됐나 확인해줘."

"응."

"현관문은 체인도 걸어놔."

"응."

"누가 찾아와도 절대 문을 열지 마."

"알았어."

"아야노한테는 손님을 데려간다고 전해줘."

"오케이."

전화를 끊고 곧바로 다른 번호를 눌렀다.

"여보세요."

사쿠라가 금방 전화를 받았다.

"지금 어디야?"

"집이요."

"전화코드를 뽑아."

"네?"

"얼른 코드를 뽑으라니까."

"왜요?"

"설명은 나중에 할 테니까 일단 뽑아."

20초쯤 지나서 다시 사쿠라의 목소리가 흘러나왔다.

"뽑았어요. 무슨 일이에요?"

"그럼 밖으로 나와."

"네?"

"이제부터 나하고 데이트하는 거야."

"네? 지금 몇 신 줄 아세요?"

"10시 반. 전철은 아직 있어."

"지금 농담하는 거죠?"

사쿠라가 웃었다.

"진담이야. 서둘러. 그냥 신발만 신고 바로 나와."

"잠옷 바람으로 나갈 순 없잖아요."

"그럼 얼른 옷 갈아입어. 아, 시부야 근처에서 만나는 게 좋겠네. 109 백화점 앞에서 만나지. 나는 차를 몰고 갈 거야. 전철 타기 귀찮으면 그냥 택시 타고 와. 택시비는 줄 테니까."

"갑자기 그러니까 좀…… 근데 전화선은 왜 뽑으라고 한 거죠?"

"그런 건 나중에."

"아까도 나중에 설명하겠다고 했잖아요."

"더 나중에. 만나서 얘기할게."

"대체 무슨 일이죠? 당신은 항상 이런 식이네요. 느닷없이……."

"그냥 내 말대로 해!"

나는 무라코시처럼 버럭 소리치며 사쿠라의 말을 가로막았다.

"만나면 하나부터 열까지 다 설명하겠어. 뭐든 전부 다."

"알았어요."

사쿠라는 뾰로통한 목소리로 대답했다.

"그리고 이 통화가 끝나면 곧바로 휴대폰 전원을 꺼버려. 진동으로 하라는 게 아니라 전원을 끄라는 거야. 알았지?"

"도대체 무슨 일인지 모르겠네요."

"대답은? 휴대폰 전원을 끄라고."

"알겠습니다."

사쿠라는 긴 한숨을 내쉬었다.

27

대로를 벗어나 조용한 주택가로 차를 몰았다. 모퉁이를 돌 때마다 길은 좁아지고 가로등의 수도 부쩍 줄어들었다.

이윽고 속도를 줄이다가 일단 정지한 뒤 단독주택의 차고로 후진해 들어갔다.

"다 왔어."

나는 엔진을 끄고 키를 뽑았다.

"여기가 어디죠?"

사쿠라가 창밖을 살핀다. 나는 묵묵히 차에서 내렸다.

"또 아무 대꾸도 하지 않네요."

사쿠라는 입술을 삐죽 내밀며 밖으로 나왔다.

나는 포석을 따라 그 집의 현관으로 향했다. 그래봐야 대여섯 걸음이면 다 가는 짧은 통로다. 정원도 빨래건조대 하나를 간신히 놓을 만한 크기다.

그 좁은 정원 쪽으로 창문 두 개가 나 있다. 모두 덧문이 설치되어 있는데, 안쪽 덧문 틈새로 불빛이 새어 나오고 있다.

나는 현관문 옆의 초인종을 눌렀다.

"누구세요?"

안에서 젊은 여자의 목소리가 났다.

"나야."

"이름을 대요."

"나루세 마사토라."

"생일은?"

"12월 16일."

"혈액형은?"

"O형."

"최종 학력은?"

"도쿄 아오야마 고교 졸업."

"오케이. 신원확인 완료."

실린더 자물쇠를 돌리는 소리와 체인을 빼는 소리가 나며 문이 바깥으로 열렸다.

"아주 잘하고 있군."

나는 안으로 들어가 미나미의 머리를 쓰다듬었다.

"어린애처럼 취급하지 말아줄래요?"

미나미가 얼굴 한쪽을 찡그렸다.

"자니스 운동회는 어땠어?"

나는 신발을 벗었다.

"스바루*가 멋졌어."

"기무타쿠**는?"

* 시부타니 스바루. 아이돌 그룹 '칸자니∞'의 전 멤버로 2018년 그룹과 사무소를 탈퇴했다.

** 기무라 타쿠야. 2016년 해산한 일본의 국민 아이돌 그룹 '스마프(SMAP)'의 멤버.

"스마프는 안 나오잖아."

"자니스 프로덕션에서 나온 건가?"

"아니, 너무 거물이라서 안 나오는 거야."

"흐음, 그런가. 아, 이쪽은 친척인 도키다 미나미."

사쿠라에게 미나미를 소개했다.

"처음 뵙겠어요."

미나미는 무릎 앞에 공손히 손을 모으고 고개를 숙였다. 보기보단 예의가 바르다.

"이쪽은 아사미야 사쿠라."

"아, 안녕하세요."

사쿠라는 당황한 표정으로 얼떨결에 인사했다.

"자, 올라오세요."

미나미가 슬리퍼를 내준다. 나는 현관 옆쪽의 방으로 들어가 불을 켰다.

"아야노는?"

"편의점에 갔어."

"밖에 나가면 어떡해. 문단속 잘하라고 했잖아."

"밖에 나가지 말라는 얘긴 안 했는데."

"그거야 그렇지만……."

"손님을 데려온다니까 먹을 것 좀 사러 나간 거야."

미나미가 퉁명스럽게 대꾸하며 문을 닫았다. 나는 한숨을 쉬고 사쿠라에게 손짓했다.

"이리 앉아."

사쿠라는 힐끔힐끔 집 안을 살피며 소파에 걸터앉았다. 소파에 앉은 뒤에도 6호 크기의 유화와 마이센Meissen의 이어 플레이트*, 오래된 문학 전집이 꽂혀 있는 책장 등으로 분주하게 시선을 돌린다.

"묻고 싶은 게 있으면 물어봐. 오늘은 뭐든 얘기해줄 테니까."

나는 담배를 꺼냈다.

"그러니까, 그게……."

무척 혼란스러운 모양이다.

"그럼 우선 전화선을 뽑으라고 한 이유부터 얘기하지."

"그보다는 아까 이상한 말을 하지 않았나요?"

"언제?"

"바로 조금 전에 현관 밖에서요."

"이상한 말을 한 적은 없는 것 같은데."

"나루세 뭐라고 하지 않았나요?"

"그랬지. 나루세 마사토라."

"그건……."

"내 이름인데, 그게 어떻다고?"

"이름이 나루세라고요? 당신은 안도잖아요, 안도 시로."

28

"아니. 난 나루세야. 나루세 마사토라."

사쿠라는 눈알이 튀어나올 정도로 눈을 크게 떴다.

* Year Plate, 장식용 도자기 접시.

"당신 이름은 안도 시로잖아요."

"아냐. 난 나루세 마사토라야."

"하지만 당신은 저한테 안도라고……."

"내가 언제 그런 말을 했지? 당신이 혼자 그렇게 생각한 거겠지. 히로오의 역무원에게 듣고."

"그럴……."

이렇게만 말하고 더 이상 말을 잇지 못한다. 뭔가 말하고 싶은 게 있는 듯한데, 아랫입술만 실룩거릴 뿐 말을 꺼내지 않는다.

나는 그녀의 다음 행동이 궁금해 말없이 추이를 지켜보기로 했다. 담배를 다 피워도 그녀는 입을 열지 않는다.

초인종이 울렸다. 문으로 달려가는 소리가 나고, 곧이어 현관문 열리는 소리가 났다. 아야노가 돌아온 모양이다.

"문단속을 잘하라니, 대체 무슨 일이야?"

응접실 문이 거칠게 열렸다.

"수상한 사람을 조심하라는 거야."

"제대로 설명해줘야 무슨 일인지 알 거 아냐."

아야노가 볼을 부풀렸다.

"그 정도로 말하면 알아채야지. 그런데도 밖에 나가고 말이야."

"손님을 데려온다니까 그랬잖아. 집에 대접할 게 아무것도 없는데 어떡해."

"그런 건 신경 쓰지 않아도 돼."

"오빠는 괜찮겠지만, 난 아니란 말이야. 어머, 안녕하세요. 누추한 곳이지만 천천히 쉬었다 가세요."

아야노는 손님에게 애교를 떨고는 문을 닫고 나갔다.

"여동생."

내 설명에도 사쿠라는 반응이 없다. 죽은 물고기 같은 눈으로 멍하니 날 쳐다보고 있다.

"함께 살고 있다는 얘긴 하지 않았군. 숨기려고 한 건 아닌데, 어쩌다 보니 아직 얘기하지 못했네."

"히카리소 연립은요?"

사쿠라가 힘없이 물었다.

"거긴 안도 시로의 집. 집세는 내가 내고 있으니까 내 집이라고 할 수 있겠지. 하지만 원래 내 집은 여기, 미나토구 시로카네 3-×-×."

"당신은 안도 시로가 아닌가요?"

"아까도 얘기했잖아. 나는 나루세 마사토라야. 태어났을 때부터 줄곧 그랬고, 안도 집안의 데릴사위나 양자가 된 적도 없어. 그래, 난 이 집에서 태어나고 자랐어. 고등학교를 졸업한 뒤에 2년쯤 집을 나간 적이 있지만, 그 외엔 줄곧 여기서 살고 있지."

"하지만 당신은 나한테 안도라고……."

"그것도 아까 얘기했잖아. 나는 역무원에겐 안도라고 했지만, 당신한테는 한 번도 그렇게 말한 적이 없어. 물론 나루세라고 말한 적도 없지만."

"어……."

사쿠라는 이렇게만 말하고 더는 입을 움직이지 않는다. 또 그 상태로 굳어버리는 건가 싶었는데, 몇 초 뒤에 책상을 탁 치며 벌떡 일어났다.

"어째서 거짓말을 한 거죠?"

얼굴은 창백하고 눈가는 귀신처럼 무섭게 치켜 올라가 있다.

"어이어이, 이거 완전히 주객이 전도됐군. 화내야 할 건 내 쪽인 것 같은데. 나는 아무개 씨한테 살해당할 뻔했어."

나는 가까스로 감정을 억누르고 씩 웃어 보였다. 그녀가 움찔 몸을 사리며 시선을 피한다.

"이제 게임은 끝났어. 나도 정체를 밝혔으니, 그쪽도 죄다 털어놓는 게 어때, 안도 사쿠라 씨. 자, 앉지."

하지만 그녀는 일어선 채 꼼짝도 하지 않는다. 나는 새 담배에 불을 붙였다.

그리고 또 한 개비를 다 피워도 그녀는 여전히 우두커니 서 있다.

그 침묵을 깬 것은 이번에도 아야노였다.

"무슨 일이야?"

방으로 들어오자 우뚝 서 있는 손님을 보고 눈을 동그랗게 뜬다.

"치질이 심해서 앉지 못하는 모양이야."

"오빠, 농담 좀 가려가면서 해. 죄송해요."

아야노는 친근한 웃음을 보였지만, 사쿠라는 여전히 넋이 나간 표정이다. 아야노는 왠지 어색한 느낌이 들었는지 약간 엉거주춤한 자세로 테이블 위에 홍차와 샌드위치를 내려놓는다.

나는 사쿠라의 팔을 끌어당겼다.

"정식으로 소개하지. 내 여동생인 도키다 아야노."

"처음 뵙겠습니다."

아야노는 쟁반을 든 채 가볍게 머리를 숙인다.

"아까 그 씩씩한 녀석은 동생의 손녀야. 연휴라 나가노에서 놀러 왔지."

사쿠라는 멍한 표정으로 고개만 끄덕였다.

"아이는 독립했고 할아버지, 아니, 남편도 세상을 떠나 친정으로 돌아온 겁니다. 노인네를 혼자 놔두기가 걱정돼서."

아야노는 나를 곁눈질하며 킥킥 웃었다.

"친정이라기보다는 그냥 내 집에 얹혀사는 거지."

이 집은 부모님이 돌아가신 뒤로 내 것이 되었다. 원래 상속받아야 할 형은 학도병으로 전쟁터에 나간 채 불귀의 몸이 되어 자연스레 내가 장남이 되었다.

"그리고 이쪽은 아사미야 사쿠라 씨."

이렇게 소개하고는 다시 덧붙여 말했다.

"아 참, 아사미야는 예전의 성이지. 지금은 안도 사쿠라 씨."

"안도?"

"안도 씨의 부인."

"어? 시라카네의 안도 씨? 오빠하고 자주 술을 마시던 그분?"

"그래."

"어머, 언제 결혼하셨어요?"

아야노가 물어도 얼어붙은 사쿠라는 대답이 없다.

"얼마 안 된 것 같아. 나도 조금 전에 알고 깜짝 놀랐거든."

호라이 클럽의 사무실에서 발견한 안도 시로의 생명보험과 상해보험, 그 사망보험금의 수령인이 모두 배우자인 안도 사쿠라로 되어 있었다.

"정말 축하드립니다. 근데 안도 씨는 함께 안 오셨어요?"

"응, 그거 말인데. 어차피 일이 이렇게 됐으니까 너한테도 알려주지."

나는 아야노를 옆자리에 앉혔다. 그리고 사쿠라도 억지로 앉히고, 안도 씨와 만났던 것부터 시작해 그가 자살하기까지의 일들을 대충 간추려 설명했다.

"그거 꾸민 얘기 아니겠지?"

아야노가 어리둥절한 표정으로 물었다. 동생에게는 안도 씨의 죽음에 대해 지금까지 말하지 않고 있었다.

"틀림없는 사실이야. 그런 연유로 보험에 관한 수속을 떠맡게 된 거지. 하지만 금방 깨달았어. 보험을 계약하고 곧바로 자살하면 생명보험금이 나오지 않는다는 걸. 계약하고 1년은 지나야 돈을 받을 수 있거든."

"그러면……."

"그래, 어처구니없게도 안도 씨의 죽음은 개죽음이나 마찬가지였어. 나는 어이가 없어서 한동안 움직이질 못했지. 죽음 그 자체가 놀랍거나 슬프다기보다는 목숨을 건 도박이 실패로 끝난 게 안타까워서 견딜 수가 없었어."

아야노는 고개를 끄덕이며 손끝으로 눈가를 훔쳤다. 한편 사쿠라 쪽은 유령 같은 표정은 어느새 사라지고, 담배꽁초가 수북한 재떨이만 가만히 응시하며 입술을 깨물고 있다.

"꽤 오랫동안 그의 시신 앞에서 멍하니 앉아 있었지. 그러는 사이에 화가 난다고나 할까 분하다고나 할까, 그런 감정으로 서서히 몸이 달아오르더군. 그런 자살은 무효라는 생각이 들었어. 만약 애초에 지금 목을 매봐야 한푼도 못 받는다는 걸 알았다면 그렇게 섣불리 행동하진 않았을 테니까. 당연히 자살하지 않았을 거야. 그래서 생각했지. 이렇게 된 이상 처음부터 다시 시작하기로. 안도 씨를 되살리고, 그의 딸인 지에를 위해 다른 방법을 강구하기로. 요즘 말로 리셋reset인 셈이지. 하지만 구급차를 불러봐야 이미 되살리긴 늦었고, 내 주위에 강령술사가 있는 것도 아니고. 그래서 내가 안도 시로가 되기로 했어. 그가 아직 살아 있는 것처럼 내가 안도 씨로 행세하는 거지. 그러면 연금도 계속 나올 테니까 그걸 지에한테 보내주는 거야."

"뭐라고?"

아야노가 눈을 부라렸다.

"말하자면 연금을 부정수급하는 거지."

"그건 범죄잖아."

"알고 있어. 하지만 그럴 수밖에 없었어. 그렇게 하지 않으면 그는 편히 잠들지 못할 거야. 그의 죽음을 헛되게 할 순 없잖아. 아랫배에서 뭔가 뜨거운 게 솟구치는 느낌을 받고, 나는 안도 씨 행세를 하기로 결심했어."

"설마 그 결심을 실행에 옮긴 건 아니겠지? 아냐, 오빠라면 충분히 그러고도 남아. 야쿠자에 입문했을 정도니까……."

아야노는 길게 한숨을 내쉬고 이마에 손을 갖다 댔다.

"결심할 때는 감정적이었지만, 일단 결심한 뒤에는 냉정하게 생각했어. 타인이 된다는 게 말은 쉽지만 실행에 옮기는 데는 몇 가지 문제가 있거든. 가장 큰 문제는 시신이야. 산에 묻거나 바다에 가라앉히는 것은 그를 소홀히 대하는 것 같아 내키지가 않았어. 관공서에 사망신고를 할 수 없으니까 화장터로 갈 수도 없었고. 그렇다고 히카리소 연립에 방치해둘 수도 없는 노릇이고. 그래서 썩 내키지는 않지만 사람들 눈에 띄지 않는 어딘가에 버릴 수밖에 없다고 생각했어.

그때 문득 생전에 안도 씨가 했던 말이 떠오르더군. 그의 고향에선 예전에 매장을 했대. 만약 지금도 그 풍습이 남아 있으면, 그의 시신을 고향의 묘지에 매장하기로 했지. 곧바로 조사해보니 다행히 이바라키에 있는 그의 고향에서는 지금도 매장이 행해지고 있더군."

오해하는 사람들이 많은데, 일본에서는 화장이 의무적인 것은 아니다. 대도시 중에는 매장을 조례로 금지하는 곳이 많다. 하지만 금지 조례가 없는 자치단체에서는 묘지 관리자가 납득한 경우, 혹은 사유지에 묘지가 있는 경우 매장해도 상관이 없다. 지방에 가면 간간이 그런 묘지들을 찾아볼 수 있다.

"나는 안도 씨의 시체를 차에 싣고 이바라키의 산중까지 달려가 묘지를 파고 매장했어. 정식으로 절차를 밟은 것도 아니고 스님을 부르지도 않았으니 벌 받을 짓인 건 분명해. 그래도 아무 데나 버리지 않고 묘지에 묻었으니 죄책감은 많이 희석됐지. 게다가 거긴 고인이 태어난 고향이고. 그도 날 이해해주리라 생각해. 사실 그의 소망은 화려한 장례식이 아니라 딸의 행복이었잖아. 그것 때문에 자살했으니 약간 색다른 형태로 장례를 치러도 별 불만은 없을 거야."

그건 내 허세다. 그로부터 1년이 지난 지금도 그를 매장했을 당시를 꿈속에서 회상하곤 한다. 나는 강한 죄의식에 사로잡혀 있다. 법을 어긴 것에 대한 죄책감이 20퍼센트, 제대로 장례를 치러주지 못한 것에 대한 죄책감이 80퍼센트.

"시체를 처리한 다음에 생각해야 할 게 대인관계였어. 주변 사람들에게 그의 죽음을 감춰야 했으니까. 부모 형제나 친척들은 수십 년이나 소식을 끊고 지냈으니까 그냥 내버려둬도 될 것 같고, 실버인재센터의 일은 자살하기 전에 그만뒀으니까 신경 쓸 필요 없고. 딸에게 돈을 보내겠다고 결심한 뒤로 사람들도 만나지 않고 단골 술집도 멀리했으니까 앞으로 계속 모습을 드러내지 않아도 크게 부자연스럽지는 않을 것 같았어. 말하자면 아무것도 하지 않아도 들통 나지는 않는다는 거지.

단, 집에 대해서는 신경을 쓸 필요가 있을 것 같았어. 이웃들과 그렇게 친하게 지내지는 않았을 거야. 이웃집과 친하게 지내는 세상도 아니고, 안도 씨와 이웃들은 나이 차이도 크게 나니까. 하지만 103호에 고령자가 혼자 살고 있다는 건 다들 알고 있을 거야. 그 집에 며칠, 아니 몇 주일씩 인기척이 없으면 할아버지가 죽은 게 아닐까 생각하겠지.

그래서 내가 안도 시로인 것처럼 행세하며 그 방에서 살기로 했어. 일주일에 몇 번씩 찾아가 텔레비전 소리나 웃음소리를 이웃에게 들려주고, 방에 불이 켜진 것을 보여주는 거지. 물론 가끔 현관이나 복도에서 옆집 사람과 마주칠 수도 있는데, 그건 신경 쓸 필요가 없을 것 같았어. 우리 같은 노인이 젊은이들 얼굴을 구분하지 못하는 것처럼 젊은이들 눈에도 노인들은 다 비슷한 얼굴로 비치기 마련이지.

건물 주인에 대해선 걱정할 필요가 없었어. 집세는 통장에 넣어주니까 얼굴을 마주칠 일이 없지. 연금도 통장으로 수령하고. 증명사진이 붙은 신분증도 없으니까 실물과 사진의 차이를 의심받을 일도 없어. 여권은 원래 만들지 않은 것 같고, 면허증은 이미 자진 반납한 상태야. 신분증명이 필요한 경우엔 사진이 붙지 않은 건강보험증을 이용했지.

그 밖에 다른 문제는? 없어. 10년이든 20년이든 안도 씨로 행세하려는 게 아니야. 기간은 딸인 지에가 성인이 되는 약 2년 동안이야. 그 정도라면 세상을 속일 수 있으리라 생각했어. 실제로 지금까지 1년 동안 아무에게도 의심받지 않았고. 안도 시로는 지금도 살아 있고, 두 달에 한 번씩 통장으로 들어오는 연금을 딸에게 보내고 있지."

나는 집세 3만 엔과 광열비를 제한 나머지를 모두 지에에게 송금하고 있다. 품삯을 챙기는 그런 쩨쩨한 짓은 하지 않는다. 미쓰코시유 목욕탕의 요금 400엔도, 목욕을 마치고 연립에서 마시는 캔맥주도 모두 자비로 부담한다. 광열비는 거의 기본요금 정도이므로 한 달에 10만 엔은 충분히 송금할 수 있다.

품삯은 챙기지 않지만, 그 대신 간간이 그의 이름을 사용하고 있다. 소프랜드에 예약전화를 할 때나 성인 비디오를 빌릴 때는 본명을 쓰고 싶지 않은 법이다. 나루세 마사토라라는 이름은 너무 튄다.

그리고 또 한 가지, 안도 씨의 휴대폰도 해지하지 않고 계속 사용하고 있다. 여자하고 놀 때는 휴대폰이 여러 대 있는 게 편리하다. 미심쩍은 여자에게는 내 전화번호를 가르쳐주고 싶지 않다. 요금은 내가 부담하므로 안도 씨도 불만은 없을 것이다. 이런 연유로 2호 휴대폰이 생겨났다.

"정말 어이가 없네."

아야노가 질린 표정으로 고개를 설레설레 흔들었다.

"그동안 숨겨서 미안해."

"지금 얘기해서 어쩌자는 거야. 나쁜 짓은 그만두라고 설교라도 할까? 아니면 나도 도와줄게, 하고 말해야 하는 거야?"

"각오는 돼 있어. 그러니까 솔직하게 얘기한 거야."

"각오?"

"이젠 때가 됐어. 경찰에 출두할 거야."

사쿠라가 어깨를 움찔거렸다.

"감옥에 가는 거야?"

"글쎄. 어쩌면 집행유예로 풀려날 수도 있고."

"그런 문제가 아니라…… 아아, 어쩌면 좋아. 내일은 발표회 날인데……."

아야노는 쟁반을 들고 일어났다. 그렇게 생각한 탓인지 다리가 떨리는 것 같다.

"넌 상관없어. 붙잡히는 건 나니까."

"왜 상관이 없어?"

"오빠는 유치장, 동생은 플라멩코 발표회. 이거 뭔가 그림이 되는데."

"그런 얘기를 듣고 어떻게 춤을 추라는 거야."

아야노가 다리를 끌며 문으로 걸어갔다. 손잡이를 잡는가 싶더니 다시 돌아서며 묻는다.

"저기, 아까 안도 씨가 최근에 결혼했다고 했지?"

"결혼했지, 이 여자하고."

그러면서 사쿠라를 가리킨다.

"그럼 안도 씨가 자살하고, 그 뒤에 오빠가 그분 행세를 했다는 건 꾸민 얘기야?"

"그것도 사실이고."

"그렇다면…… 어머, 오빠가 사쿠라 씨하고 결혼했단 말이야?"

아야노는 쟁반을 떨어뜨렸다.

"그런 건 아냐. 어떻게 된 건지는 나중에 천천히 설명해줄게. 미안하지만 이제부턴 이쪽하고 단둘이 얘기하고 싶어."

"분명 오빠가 결혼한 건 아니지?"

재차 확인하는 아야노의 질문에 내가 고개를 끄덕였다.

"아아, 뭐가 뭔지 하나도 모르겠어. 의상도 손봐야 하는데…… 아아……."

아야노는 혼잣말로 뭐라고 중얼거리며 쟁반도 줍지 않은 채 방에서 나갔다.

29

나는 머리를 고쳐 묶고 다시 사쿠라를 쳐다봤다.

"그러니까 처음 만났을 때 내가 말했잖아. 난 거짓말쟁이라고. 도둑이라는 말도 했을 거야. 그 말이 딱 맞았네. 아, 근데 이젠 거짓말쟁이는 아니게 되었네. 나도 뭐가 뭔지 모르겠군."

그러면서 웃어 보였지만, 그녀는 웃지 않았다.

"연금을 부정수급하고 사체를 유기해 몰래 매장했으니 나도 범죄자로군. 내가 생각해도 좀 심한 것 같아. 근데 세상에는 나보다 더 심한 인간도 있지."

그렇게 비아냥거렸지만 그녀는 화도 내지 않는다.

"난 말이야, 당신을 속일 생각은 추호도 없었어. 히로오역의 역무원을 속일 생각은 있었지. 본명을 알려주면 나중에 귀찮아질까 봐 안도 씨의 이름과 휴대폰 번호를 가르쳐줬어. 역무원에게 말이야. 당신은 그걸 알아내고 나를 안도 시로라고 생각한 거야. 그러니까 내가 의도적으로 당신에게 거짓말한 게 아니라 당신이 멋대로 그렇게 믿어버린 거지. 그 뒤로 정정하지 않은 점에 대해선 사과하지. 어떻게 설명해야 할지 몰랐거든. 안도 씨에 대해 설명하는 건 내가 범죄자라는 걸 밝히는 거나 마찬가지니까. 보통 그런 고백을 들으면 겁을 먹잖아. 어쩌면 경찰서로 달려갈지도 모르고. 복어를 먹은 뒤에 이 집으로 데려오지 않은 것도 이름을 속였다는 걸 밝힐 용기가 없었기 때문이야. 어쨌든 지금까지 사실대로 밝히지 않은 건 사과하겠어. 근데 그쪽은 어떻지? 처음부터 의도적으로 나를 속였어."

"아녜요."

사쿠라는 신음하듯 중얼거렸다.

"범죄에 우열을 가리기는 뭐하지만, 적어도 나는 사람의 목숨을 빼으려고 하진 않아. 정의를 위해 법을 어겼다는 자부심도 있지. 근데 당신은 어떻지? 살인을 목적으로 내게 접근했어."

"아녜요."

사쿠라가 얼굴을 들고 핏기 가신 입술을 떨고 있다.

"뭐가 아니라는 거지?"

나는 그녀를 노려본다.

"처음에는 아녜요. 그냥 고맙다는 말을 하고 싶었을 뿐이에요."

고통스러운 듯이 고개를 흔든다.

"그럼 언제 살의를 품게 된 거지?"

아무런 대답도 하지 않는다. 나는 흥, 하고 콧소리를 내며 말을 이었다.

"당신한테는 감쪽같이 속았어. 아까 호라이 클럽에 가지 않았다면 지금도 계속 속고 있다가 내일은 저세상 사람이 되었을 테지."

"그 사무실에 또 갔어요?"

사쿠라는 눈을 깜빡거렸다.

"갔지, 질리지도 않고. 그리고 질리지도 않고 또 붙잡혔지."

"네?"

"구레타와 무라코시에게 말이야. 이번엔 미녀 삼총사도 와주지 않을 테니 이제 글렀다고 생각했지."

"괜찮은 건가요?"

"괜찮지 않다면 지금 여기 없겠지."

"……."

"그 녀석들이 나를 겉만 보고 판단해준 덕분에 구사일생으로 살아났어. 노인네라고 업신여기는 것도 때로는 쓸모가 있더군."

"무사해서 다행이에요……."

사쿠라가 가슴에 손을 대고 긴 한숨을 내쉰다.

"다행이라고? 말은 잘하는군."

나는 한쪽 눈을 가늘게 뜨고 그녀를 노려보며 말했다.

"여기까지 얘기했으니, 이제 전화선을 뽑으라고 한 이유를 알겠지. 그 두 사내가 당신과 연락하지 못하도록 하기 위해서야. 오늘밤에 사무실에서 일어났던 일이 당신에게 알려지면 이렇게 단둘이 만나기 어려워질 테니까. 휴대폰 전원을 끄라고 한 것도 그 때문이야.

뭐 그런 거야 아무래도 상관없어. 내가 말하고 싶은 건 악의 소굴에서 전혀 예상치도 못했던 걸 발견했다는 거야. 어떻게 호라이 클럽의 사무실에 이미 죽은 안도 시로의 보험증서가 있는 거지? 예전에 작성된 증서라면 모르겠지만, 계약일은 이달이야. 게다가 이상한 건 보험금 수령인이 아내로 되어 있다는 거야. 안도 씨는 독신인데 말이야. 더 놀라운 건 그 아내의 이름이 안도 사쿠라라는 거야. 사쿠라? 처음엔 어안이 벙벙하고 혼란스러웠지만 겨우 깨달았지. 마구 뒤섞여 있던 직소퍼즐 조각들이 착착 끼워지는 느낌이었어. 그리고 알게 되었지. 아사미야 사쿠라는 호라이 클럽의 수하였다는 것을."

사쿠라는 부정도 긍정도 하지 않았다. 머리를 숙이고 바지의 넓적다리 부분을 꼭 움켜쥐고 있다.

나는 재떨이를 집어 들어 쓰레기통 위에 휙 뒤집었다. 쓰레기통 가장자리에 몇 번쯤 털어 착 달라붙은 재를 억지로 떨어냈다.

"제 말을 들어주세요."

사쿠라가 고개를 들었다.

"무슨 말?"

냉담하게 대꾸하며 담배에 불을 붙였다.

"사실대로 말하겠어요."

"말해."

"얘기가 좀 길어질 겁니다."

"가을밤은 길지."

"저의 진짜 이름은 후루야 세쓰코예요."

그리고 그녀는 호라이 클럽 때문에 거액의 빚을 졌고, 그 빚을 갚으려고 호라이 클럽의 수하가 되었다고 고백했다.

"아사미야 사쿠라는 실존했던 인물이에요. 다이시도의 고야마소 연립에 살았었죠. 지금은 이 세상 사람이 아녜요. 호라이 클럽의 피해자 중 한 명으로, 빚에 시달리다 자살했어요."

"그 역시 자살로 위장한 보험살인이겠지."

계단에서 떠밀기, 사망보험금 가로채기, 위장결혼, 독살…… 그런 생각들을 하자 속이 울렁거렸다.

"아니에요, 정말로 자살한 거예요. 호라이 클럽이 보험금을 노리고 그녀를 살해하려고 했던 건 사실이에요. 그런데 보험을 들기 전에 그녀가 스스로 목을 매고 말았어요. 계획이 어긋난 거죠. 하지만 그들은 순순히 포기하지 않아요. 아사미야 사쿠라 씨는 그런 낡은 연립에 살고 있었지만, 공무원 출신이라 상당한 액수의 은금恩金을 받고 있었어요."

"요즘엔 은금이 아니라 공무원연금이라고 하지."

"사쿠라 씨가 살아 있을 때 그 연금을 빼앗았던 호라이 클럽은 그녀가 죽은 뒤에도 계속 연금을 타내려고 했던 거예요. 그래서 저에게 사쿠라 씨로 행세하라고 지시했죠. 일주일에 몇 번쯤 고야마소 연립에 찾아가 이웃들에게 아직 살아 있다는 이미지를 심어주기도 하고 우편물을 거둬들이기도 하죠. 연금이 통장에 이체되면 곧바로 찾아서 호라이 클럽에 갖다주고요. 사쿠라 씨는 일가친척이 없는 분이라 죽은 사실을 숨길 수 있다고 생각한 모양이에요. 시신은 무라코시 일행이 처분했어요."

"어이, 그건 나하고……."

"네. 당신과 똑같아요. 하지만 전혀 다르다고 할 수도 있죠. 언뜻 비슷해 보이지만, 본질은 전혀 다르니까요."

물론 연금을 부정수급한 목적은 전혀 다르다.

"게다가 저는 아사미야 사쿠라이면서 야마우치 지즈코이기도 하고 고야나기 구니코이기도 해요. 세 사람 모두의 연금을 부정수급하고 있는 거죠."

이것으로 한 가지는 수긍할 수 있었다. 복어를 먹고 돌아가는 길에 집까지 바래다주겠다고 하자 불편한 심기를 드러낸 것도 원래 사는 집에 찾아가면 정체가 탄로 날 수 있기 때문이었다. 그래서 가끔씩 들르는 고야마소 연립으로 데려간 것이다.

"뼈까지 갉아먹고 더 나아가 골수까지 빼먹는 게 호라이 클럽인데, 저는 무려 2년이나 그런 하이에나의 수하로 일하고 있어요. 최악이죠."

후루야 세쓰코는 뺨에 손을 대고 긴 한숨을 내쉬었다. 처음으로 보여준 피곤한 듯한 표정이다. 하지만 그녀를 동정하고 있을 상황이 아니었다. 그녀의 계속되는 고백은 하나같이 충격적인 내용이었다.

"……마침내 범행 현장을 목격하고 말았죠. 이제는 도망칠 곳이 없어요. 제가 나쁜 일을 돕고 있다는 건 분명한 사실이니까요."

류이치로의 뺑소니 사건에도 연루되었다고 한다. 어렴풋이 짐작은 했지만, 본인에게 직접 얘기를 들으니 묵직한 바위가 온몸을 짓누르는 듯했다.

"류이치로 씨 사건이 일어난 뒤에 지하철에 뛰어든 건 죄책감 때문이 아녜요. 저 자신에게 절망했던 거죠. 그날 저는 부정수급한 세 명분의 연금을 건네주려고 사무실에 찾아갔고, 거기서 요전의 일은 무효라는 말을 들었어요. 류이치로 씨의 사망보험금이 지급될 것 같지 않으니 이번에는 빚을 탕감해줄 수 없다고 하더군요. 결국 저는 살인을 도와준 꼴밖에 안 된 거죠. 그러자 스스로 자신을 돌아보게 되더군요. 이래서야 평생 호라이 클럽에게 이용당하며 살아야겠죠. 그런 현실이 너무 슬프고 한심하고 처량해, 모든 걸 깨끗이 끝내고 싶었어요. 그래서 집으로 돌아가는 길에 지하철에 뛰어든 거예요. 네, 류이치로 씨나 그 가족에게 죄송한 마음에서 그런 게 아니었어요. 저는 그런 몰염치한 여자예요."

히라키 제3빌딩의 주소는 에비스 2가이지만, 가장 가까운 역은 히로오역이다.

"그건 표면적인 구실이고, 사실은 봉을 잡으려고 뛰어든 거 아닌가? 도와준 사람에게 접근해 돈을 갈취할 속셈으로 말이야. 거기에 나 같은 어수룩한 사람이 걸려든 거지."

"그럴 리가요. 뛰어든 뒤에 누군가에게 도움을 받으리란 보장은 없잖아요."

그건 나도 알고 있다. 하지만 빈정대는 말 한마디쯤 내뱉어야 속이 풀릴 것 같았다.

"어쨌든 내가 엄청난 여자를 도와준 꼴이 됐군."

나는 소파의 등받이 뒤로 양팔을 돌리고 몸을 뒤로 젖혔다.

"역시 그때 그냥 죽었어야 했어요. 죄송해요."

세쓰코가 내게 머리를 숙인다.

"이젠 이미 늦었어. 아무튼 그렇게 자살에 실패하니까 여색을 밝힐 것 같은 노인네라도 봉으로 삼자고 생각한 거로군."

"아녜요. 아까도 말했듯이 처음에는 단지 고마움을 표하고 싶었을 뿐이에요. 정말이에요."

"처음에는?"

"……네."

"처음엔 속일 생각이 없었다?"

"없었어요."

"근데 어째서 아사미야 사쿠라라고 사칭한 거지?"

"그건 그냥 편의상…… 역무원에게 본명을 말하면 나중에 귀찮아질 것 같아서 얼떨결에 그 이름을 사용했어요. 그 뒤로 정정할 기회가 없었고, 그러는 사이에……."

"으흠, 나하고 똑같네. 연금을 부정수급한 것도 그렇고, 묘하게 일치하는군."

나는 소파에 몸을 젖힌 채 다리를 바꿔 꼰다.

"그럼 언제부터 나를 봉으로 생각하게 됐지? 미야코 호텔에서 만난 뒤에? 아, 그래서 그때 결혼은 했느냐는 둥 현관 앞에서 헤어진 여자는 누구냐는 둥 끈질기게 물었군. 봉의 기본적인 조건이 독신이니까 그걸 확인했던 거야."

"그건 오해예요. 그땐 대화가 끊어져 분위기가 어색했기에 그냥 생각나는 대로 얘기한 것뿐이에요."

세쓰코는 가슴 앞에서 살짝 손을 흔든다.

"내가 호라이 클럽 얘기를 꺼냈을 땐 무척 화를 내던데."

"깜짝 놀랐을 뿐 다른 뜻은 없었어요. 그때는 정말 순수한 마음으로 고마움을 표하고 싶었어요. 그 뒤로 다시 만날 생각은 전혀 없었어요."

돌이켜보면 교제하게끔 유도한 것은 사실 내 쪽이었다.

"그럼 언제 무슨 계기로 나를 대상으로 삼아 보험살인을 계획한 거지?"

"구체적으로 언제 뭐가 계기가 되었다고는 말하기 어렵지만…… 당신의 도움을 받고 살아난 뒤로 얼마 동안은 역시 죽는 것보단 사는 게 낫다고 생각했어요. 하지만 시간이 지나면서 삶이 얼마나 괴롭고 무의미한지 다시금 실감하게 되었죠. 그러자 저를 살려낸 당신이 원망스럽더군요. 그때 문득 이 사람을 속여보면 어떨까 하는 생각이 들었어요. 그때까지는 호라이 클럽에서 지시한 일만 하고 있었어요. 이번에는 그게 아니라 안도 시로라는 남자를 어떻게 속일 것인지, 어떻게 돈을 뺏을 것인지 저 혼자서 생각하고 실행한 거예요. 말하자면 제가 기획을 해서 호라이 클럽에 제시한 거죠. 그 대신 이 건을 마지막으로 완전히 관계를 끊는다는 조건을 내세웠어요."

"이제 훌륭한 악당이 된 거로군."

내가 쓴웃음을 짓자 세쓰코도 힘없이 웃었다.

“그래서 자꾸 내 집으로 찾아오겠다고 했군. 집에서 죽이려고. 요리에 독약을 넣어 저세상으로 보낼 생각이었나?”

“아뇨, 찹쌀떡을 먹여 질식사시킬 생각이었어요. 고령자는 떡이 목에 걸려 사망하는 경우가 흔하니까, 그렇게 하면 의심받지 않을 거라고 생각했죠.”

“당신이 생각한 건가?”

“네.”

“이거 겁나는데.”

나는 목을 움츠렸다.

“단, 강제로 먹여야 하기 때문에 저 혼자 실행하기는 어렵죠. 적당한 기회를 봐서 호라이 클럽의 직원을 불러들일 생각이었어요.”

“그런데 내가 좀처럼 집으로 불러들이지 않았군.”

“네.”

“하지만 그렇게 죽일 생각이었다면, 어째서 호라이 클럽 사무실에서 붙잡힌 나를 도운 거지? 그대로 놔뒀으면 나는 그자들 손에 죽었을 텐데.”

“그건, 그러니까…….”

그녀가 잠시 머뭇거리다가 다시 말을 이었다.

“일전에 질투가 나서 미행했다고 말했는데, 그건 거짓말이에요. 그날 제가 호라이 클럽에 간 건 무라코시와 의논할 일이 있었기 때문이에요.”

“아하.”

“숨이 멎는 것 같았어요. 당신이 그 사무실에 있을 줄은 상상도 못 했거든요. 게다가 꽁꽁 묶여 있었잖아요. 무라코시가 무척 화가 나 있어서 그냥 놔두었다간 끔찍한 일이 벌어질 게 뻔했어요.”

"그러니까 왜 그냥 놔두지 않았냐고 묻고 있잖아. 끔찍한 일이 벌어지면 당신한테는 오히려 잘된 거 아닌가? 직접 죽이는 수고를 덜 수 있으니까."

질문 내용과 동떨어진 설명에 약간 신경질적으로 되물었다.

"그건……."

그녀가 또 머뭇거리더니 조심스럽게 말한다.

"그 시점에선 아직 보험계약을 마치지 못했으니까요."

"그렇군. 그 상황에서 내가 죽으면 사망보험금을 타내려는 계획도 수포로 돌아갈 테니까."

"그리고 또…… 아니, 맞아요, 그런 거예요."

세쓰코가 고개를 흔든다.

"뭐야, 아까부터. 시원하게 얘기해봐."

"별로 중요한 게 아니라서……."

"이 시점에 더 감출 게 뭐 있겠어."

그렇게 다그쳐도 그녀는 고개를 숙인 채 검은 사마귀만 만지작거린다.

나는 더 재촉하지 않고 가만히 기다렸다. 이윽고 세쓰코가 중얼거리듯 툭 내뱉는다.

"당신을 좋아하게 됐어요."

"뭐?"

나는 잘 듣지 못해 양미간을 좁혔다. 그러자 그녀가 얼굴을 들고 말을 이었다.

"단순히 봉으로만 대하려고 했는데, 나도 모르는 사이에 당신에게 호감을 갖게 되었죠. 그래서 당신이 죽으면 슬퍼질 테니까 도와줘야 한다고……."

거기까지 빠르게 내뱉고는 말끝을 흐리며 얼굴을 숙였다.

"좋아한다고? 거기서 도와준 뒤에 몰래 보험까지 들어놨으면서?"

"그러니까, 저도 뭐가 뭔지 모르겠어요."

세쓰코는 양쪽 귀를 덮고 고개를 마구 흔들었다.

나는 입을 다물었다. 비슷하다고 생각했다. 나도 이 여자의 살의에 분노를 느끼지만, 마음 한편으로는 그녀를 걱정하고 있다.

잠시 후에 그녀가 입을 열었다.

"사무실에서 탈출한 뒤에 히카리소 연립으로 갔었죠?"

"그랬지."

"거기서 당신의 얘기를 듣고 온몸이 얼어붙는 것 같았어요."

"어떤 얘기?"

"호라이 클럽을 정탐하고 있다는 얘기요. 게다가 그걸 부탁한 사람이 류이치로 씨의 부인이라고 했잖아요."

"아아."

"그 말을 듣고 다시는 사무실에 못 가게 해야 한다고 생각했어요. 또 찾아가서 서류를 뒤지면 큰일이라고 생각했죠. 아뇨, 가지 못하게 말리는 것만으로는 안심이 안 됐죠. 당신을 얼른 처치해야 한다고 생각했어요. 그러지 않으면 호라이 클럽과 저의 관계가 발각될 수 있으니까요."

억양 없는 담담한 목소리에 등골이 오싹해진다.

"그래서 몰래 훔쳐낸 보험증으로 곧바로 준비 작업에 들어갔어요."

"보험증?"

"사무실을 정탐한다는 얘기를 꺼내기 전에 당신은 잠깐 화장실에 갔어요."

"그랬었나."

"그 틈에 건강보험증을 찾아내 집으로 갖고 돌아갔어요. 정확히 말하면 안도 시로 씨의 보험증이지만."

"그것까진 몰랐는걸."

안도 시로의 건강보험증은 거의 쓰지 않고 있다. 허리뼈를 다쳤을 때도 내 보험증을 갖고 병원에 갔다.

"당신 집에 찾아가려고 한 최종적인 목적은 살인이지만, 그 이전에 보험증을 빼내고 싶었어요. 건강보험증을 훔친 건 보험계약을 위해서죠. 건강보험증이 있으면 정확한 주소와 생년월일을 알 수 있거든요. 그래서 우선 구청에 가서 호적등본을 뗐죠. 거기엔 본적이 기재돼 있는데, 그걸 혼인신고서에 써 넣고 아사미야 사쿠라 씨와 혼인한 걸로 꾸몄어요. 그런 다음에 안도 사쿠라를 사망보험금 수령인으로 한 생명보험과 상해보험을 들었죠."

일전에 이 여자가 자기에게 가짜 생일을 가르쳐줬다며 내게 화를 낸 것은 안도 씨의 보험증을 봤기 때문이다. 미야코 호텔에서 만났을 때 나는 내 생일이 12월이라고 했다. 나는 사실대로 얘기했지만, 그녀가 본 보험증에는 5월 14일로 되어 있다. 어느 쪽이 옳은지 판단해야 한다면 대개는 보험증을 믿을 것이다.

"보험증을 훔친 데는 또 한 가지 이유가 있어요. 주소와 생년월일을 알고 싶었던 것뿐이라면 그냥 그 자리에서 메모하면 돼요. 그런데 굳이 훔쳐낸 건 돈을 빌리기 위해서죠. 사채업자들을 찾아다니며 빌릴 수 있는 데까지 빌렸어요. 이제 머잖아 시로카네의 연립으로 독촉장이 수없이 날아들 거예요."

"그런 데까지 써먹었군. 정말 하이에나가 따로 없네."

화가 난다기보다는 어처구니가 없다.

"저도 모르는 사이에 호라이 클럽의 수법이 몸에 배어버렸어요. 하지만……."

그녀는 여기서 곧바로 말을 잇지 못하고 몇 번인가 하지만, 하지만, 하며 머뭇거린다.

"하지만 역시 당신이 마음에 걸렸어요. 혼자 있을 땐 그렇게 계획대로 착착 진행하면서도, 만나거나 전화할 땐 머잖아 없애야 할 사람이란 사실을 까맣게 잊어버리는 거예요. 하찮은 얘기를 주고받는 게 너무나 즐거웠어요. 하지만 호감을 느끼고 있을 상황이 아니었죠. 하루 빨리 처치하지 않으면 제가 위험해지니까요. 하지만 당신의 목소리를 들으면 도무지 결단을 내릴 수가 없었어요. 한 번만 더 데이트를 하고 나서 처치하자며 계속 뒤로 미루었죠. 그러면서도 한편으로는 호라이 클럽의 무라코시에게 모든 준비가 끝났다며 보험 증서를 건네주었죠. 도대체 제가 무슨 짓을 하고 있는지 모르겠어요. 들어보세요, 저는 정말로 당신을 죽이려고 했어요. 아니, 사실은 벌써 실행에 옮겼어요. 어쩌다 운이 좋았을 뿐이지, 지난번 일요일에 당신은 떡이 목에 걸려 죽었을지도 몰라요. 제가 꾸민 일이죠. 그런데도 당신이란 사람은 제 빚을 자신에게 맡기라고 하니, 저는 뭘 어찌해야 할지 모르겠어요……."

세쓰코는 두 손으로 머리를 끌어안고 쉴 새 없이 고개를 흔들었다.

30

가슴이 답답한 것은 담배 연기가 꽉 들어찼기 때문이 아니다. 눈앞의 여자가 입을 다물어버렸기 때문이다. 어찌해야 할지 모르는 건 나도 마찬가지다.

2층에서 모터 소리가 나지막하게 들린다. 몇 초간 계속 돌아가다가 잠시 멈추고 다시 돌아가다가 또 멈추고. 아야노가 미싱을 돌리는 모양이다.

긴 침묵이 흐른 뒤 그녀가 불쑥 입을 열었다.

"그래서요?"

"그래서요?"

내가 똑같이 따라 했다.

"이제 어떡하실 거예요?"

"자야지."

어느새 새벽 3시다.

"자고 난 다음에는?"

"다카나와 경찰서에 가야지."

"체포되겠네요. 저도 그렇고."

"전과자가 되고 싶진 않지만 어쩔 수 없지. 호라이 클럽이 날뛰도록 그냥 내버려둘 수도 없고, 아이코 씨의 폭주도 막아야 하니까. 감옥에 가는 것도 좋은 인생 경험이라고 생각해야지."

"아이코?"

"구다카 류이치로의 미망인."

"……."

"그녀는 자폭 테러를 계획하고 있어."

"네?"

"구레타와 무라코시를 죽이고 본인도 죽으려는 거지."

류이치로 살해사건과 호라이 클럽의 관련 여부가 확인되면 경찰에 적극 협조하겠다는 아이코의 말은 새빨간 거짓말이다. 관련 여부가 확인되면 사건과 관련된 호라이 클럽의 직원들을 자기 손으로 죽이겠다는 게 그녀의 계획이다.

류이치로의 아들은 집안이나 회사를 지키기 위해 부친의 실수를 외부로 드러내고 싶어 하지 않았다. 그래서 일단은 호라이 클럽의 미심쩍은 보험계약에 대해 경찰에게 얘기하지 않았다고 한다. 이것은 아마 사실일 것이다.

그러나 아이코의 속셈은 다른 데 있었다. 경찰보다 먼저 진상을 밝혀내고 직접 범인을 처치해 남편의 원수를 갚으려는 것이다. 그녀는 왜 범인들을 법에 맡기려고 하지 않는 걸까. 이는 그녀가 고령자이기 때문이다.

호라이 클럽은 보험살인을 저지르는 집단이다. 체포되면 다른 여죄도 줄줄이 밝혀질 게 뻔하다. 그러면 자연히 재판도 길어지게 된다. 과연 고령인 그녀가 살아 있는 동안 판결이 날지 어떨지는 미지수다. 게다가 항소나 상고까지 제기하면 재판은 더 길어질 수밖에 없다. 또한 대법원에서 형이 확정될 때까지 그녀가 살아 있더라도 피고인들이 극형에 처해질 거라는 보장은 없다.

그래서 아이코는 자신이 직접 처형하기로 했다. 10대나 20대였다면 결코 그런 무모한 생각은 하지 못했을 것이다. 자신의 장래는 아무래도 상관없다고 생각할 수 있는 연령이기에 대담하게 행동할 수 있는 것이다.

그것은 격정에 사로잡힌 게 아닌 냉정한 복수다. 격정에 따라 행동했다면 벌써 식칼을 들고 사사즈카의 하야시다 빌딩으로 달려갔을 것이다. 그래봐야 그곳에는 창고밖에 없으니 복수는 실패로 끝났을 테지만.

호라이 클럽이 의심스럽기는 했지만, 아직 범인이라고 단정할 수는 없었다. 그런 상황에서 함부로 칼을 들이댈 수는 없다. 그래서 그녀는 내게 조사를 의뢰했다. 먼저 호라이 클럽의 정체를 밝힌 뒤에 행동하려고 했다. 아니, 지금도 그렇게 생각하며 내 보고를 애타게 기다리고 있을 것이다.

물론 아직 확실한 것은 아니지만 내 생각은 그렇다. 아이코는 그 정도로 남편을 사랑하고 있었다. 안타까운 일이지만 기요시가 끼어들 여지는 없어 보인다.

"하지만 난 아이코가 그렇게 행동하게 놔두진 않겠어. 그녀야 숙원이 이루어진 다음엔 어떻게 되든 상관없다고 하겠지만, 구레타에게 손끝도 대지 못하고 오히려 당할 가능성이 더 크지. 명문교 출신의 양갓집 여인, 큰 저택에 사는 마나님이 뭘 할 수 있겠어. 요리도 가정부에게 전부 맡기고 있어 제대로 식칼을 쥐어본 적도 없을 텐데. 불필요한 피를 흘리지 않게 하려면 호라이 클럽 녀석들을 경찰에 넘길 수밖에 없어."

"그럼 어쨌든 경찰서엔 가시겠군요."

세쓰코는 한숨을 내쉰다.

"가야지. 헛된 죽음은 안도 씨 한 사람으로 충분하니까."

"정의감이 강하시네요."

"그거 칭찬으로 받아들여도 되는 건가?"

"경찰서에 가면 당신도 체포될 텐데요."

"아까 그랬잖아, 각오하고 있다고. 동생한테도 얘기했고."

"그래요…… 하기야 당신은 죄가 가벼우니까 괜찮겠네요. 연금을 부정수급한 것과 시체유기. 저하고는 죄의 경중이 전혀 다르죠."

그러면서 힘없이 고개를 젓는다.

"자기 몸은 소중한 모양이네. 감옥에 가기 싫으니까 내가 경찰서에 안 가길 바라겠군."

"당연하죠. 감옥에 들어가고 싶은 사람이 어딨어요. 더구나 이 나이에."

세쓰코가 얼굴을 찡그린다.

"경찰서에 출두하는 건 당신을 위한 일이기도 한데."

"저를 갱생시키겠다는 건가요? 이제 와서 무슨."

"아니, 이대로 지내다간 살해당할 게 뻔하니까 경찰의 보호를 받으라는 거야."

"살해당해요?"

세쓰코는 어리둥절한 표정으로 자기 얼굴을 가리켰다.

"더 이상 이용할 가치가 없으니까."

"말도 안 돼요. 호라이 클럽이 그동안 제 도움으로 얼마나 벌어들였는데요. 제가 없어지면 당장 그들이 곤란해질걸요."

"당신 대신 일할 사람은 얼마든지 있어. 게다가 당신은 너무 많은 걸 알고 있지. 어쩌면 이미 당신 이름으로 생명보험을 들어놨을지도 모르겠군."

나는 가볍게 웃어 보였다.

"설마."

"그자들은 그러고도 남을 녀석들이야. 동료니까 안전할 거라고 생각하면 오산이지."

"그럴 리가……."

"이제 그만 날개를 접고 쉬는 게 어때. 타인의 의지에 따라 움직이는 것도 피곤할 텐데. 두세 명의 역할을 하며 살아가는 것도 그렇고. 나도요 1년간 1인 2역을 하느라 지쳤어. 이젠 피차 편해지자구."

나는 팔을 뻗어 그녀의 어깨를 부드럽게 툭툭 쳤다.

"당신은 죄가 가벼우니까 괜찮겠지만…… 이 나이에 교도소에 들어가면 인생 끝이에요. 이럴 거면 차라리 그때 죽는 게 나았어요. 역시 당신을 원망해야겠네요."

세쓰코가 또다시 머리를 끌어안는다.

"좋을 대로."

"원망해봐야 다 부질없는 일이겠죠. 그렇다면 죽는 편이 낫겠네요."

"우는소리가 안 통하니까 이번엔 협박이로군."

정말 성가신 여자다.

"협박이 아녜요. 당신은 해본 적이 없어서 모르겠지만, 자살하는 건 마음만 먹으면 간단해요. 원한다면 여기서 보여줄 수도 있어요."

세쓰코는 양손으로 자기 목을 움켜쥔다.

"두 아들이 슬퍼할 거야."

"그렇지도 않아요. 이제 어머니 따윈 있어도 그만, 없어도 그만인 나이예요. 오히려 골칫거리 하나가 사라졌다고 시원하게 생각할걸요. 자식들을 위해서라도 저 같은 건 죽는 편이 나아요. 그리고 지금 죽으면 앞으로 더 이상 사람들에게 폐 끼칠 일도 없고요."

목을 움켜쥔 채 머리를 좌우로 흔든다.

"나는 시원하게 생각지 않는데."

"당신은 상관없잖아요."

"당신이 죽으면 내가 슬퍼져."

세쓰코는 머리의 움직임을 멈추고 목에서 손을 떼었다.

"좋아하는 사람이 죽으면 가슴이 미어질 거야. 그런 상처는 쉽게 아물지도 않아. 그 사람이 사랑하는 여자라면 상처는 더 오래가겠지."

스무 살의 좌절

장례식 당일 아침의 일이다. 난부가 이케부쿠로의 자택으로 찾아가 보니 고구레 아카리가 실내에서 목을 맨 채 죽어 있었다.

난부가 아카리의 집에 찾아간 것은 그녀를 다카나와의 절로 데려오기 위해서였다. 장례식장으로 데려와 관 속을 보여주고, 그 순간의 반응에 따라 흑백을 가리려고 했던 것이다. 지극히 전근대적인 방법이지만, 근대적인 경찰도 종종 주관적인 느낌으로 범인을 가려낸다.

그런데 리트머스 시험지를 들이대기도 전에 용의자가 죽어버렸다. 시신 옆에는 '죄송합니다'라고 갈겨쓴 유서가 있었다고 한다. 양심의 가책을 견디다 못해 스스로 목숨을 끊었다는 건가.

하지만…… 너무 완벽하다는 생각이 들었다. 혐의를 받자마자 자살이라니. 마치 누군가가 그녀를 감시하고 있다가 곧바로 살해한 것 같다. 어쩌면 이 사건은 조직이 저지른 범행일지도 모른다.

도시마카이 조직도 이 급작스런 전개를 어떻게 받아들여야 할지 몰라 당혹스러워했다. 어쨌든 장례식은 예정대로 거행되었다. 세라의 부모 형제에게는 그의 죽음을 알리지 않았기에 장례식에 참석한 이는 도시마카이 관계자들뿐이었다. 상주 역할은 조직의 회장인 도시마 오사미가 맡았다. 세라는 도시마와 부자父子의 잔을 나누었으므로 아버지가 자식을 먼저 보내는 셈이다.

스님의 독경이 끝나고 마지막 이별을 고할 즈음, 에바타가 와락 울음을 터뜨리며 관 속으로 상반신을 들이밀고 세라의 시신에 매달렸다. 조직원들의 눈물을 유도해 혐의를 벗으려는 연기라고는 도저히 생각되지 않았다.

이윽고 요코하마의 화장터로 열 대 정도의 차가 줄지어 갔다. 승용차가 모자라서 나 같은 말단 조직원들은 트럭의 짐칸에 올라탔다.

에바타가 마지막으로 마음껏 울도록 배려하는 바람에 출발이 지연되어, 화장터에는 예정 시간보다 30분이나 늦게 도착했다. 그런데도 앞서 시작한 다른 시신의 화장이 아직 끝나지 않았다. 야쿠자는 성격이 급해서 다들 빨리 끝내라고 난리였다. 오이시의 지시를 받고 겐타와 내가 현장 담당자를 위협하러 갔다.

화로 앞에는 상복을 입은 사람들이 빙 둘러서 있다. 그 사이로 보이는 철판 위에 허연 물체가 수북이 놓여 있다. 겐타는 그들과 약간 떨어진 곳에 혼자 서 있는 사내를 불렀다.

"이제 다 태운 거잖아. 얼른 뼈단지에 주워 담고 끝내란 말이야."

"죄송합니다. 뼈를 먹겠다고 하셔서."

회색 제복을 입은 직원이 굽실굽실 허리를 숙인다.

"뼈를?"

"먹는다고?"

겐타와 나는 서로 얼굴을 마주보았다.

"고인과 함께 살겠다는 뜻에서 태운 뼈를 가루로 만들어 나눠 먹는다고 합니다."

"별 해괴한 녀석들도 다 있네."

“고인이 상당히 젊은 아가씨라서 더 원통해하는 것 같아요.”

“저걸 전부 먹겠다는 거야?”

“아뇨, 아주 조금씩만 집어 먹는다는군요.”

“그럼 얼른 끝내라고 해.”

“그게 아무래도 사람의 뼛가루라서 물로 넘기지 못하는 분들이 계세요. 그래서 지금 오블라토*를 구하러 갔습니다. 그러니 잠시만 기다려주십시오.”

“일부러 그걸 사러 갔단 말이야?”

“아뇨, 사무실의 구급상자 안에 있을 겁니다.”

“어이, 지금 누굴 기다리게 하는 건지 알고나 있어?”

직원과 옥신각신하는 겐타를 놔두고 나는 일행 곁으로 돌아갔다. 그들 틈에서 마쓰나가 형님을 발견하고 옆으로 다가가 귓속말로 속삭였다.

“화장을 잠깐 연기할 수 없겠습니까?”

“저쪽하고 무슨 문제라도 있어?”

“아뇨, 저쪽하곤 상관없는 일입니다. 세라 형님의 시신을 자세히 살펴봐야 할 것 같습니다.”

“시신을 살핀다고?”

“아는 의사를 불러주십시오.”

“뜬금없이 무슨 소리야?”

“자세히 설명할 시간이 없습니다. 우선 화장부터 연기시키고 나서 의사를 이리로 불러주십시오.”

* oblato, 쓴 가루약을 싸서 먹는 얇은 전분지.

나는 가늘게 떨고 있었다. 형님에게 의견을 말하기가 겁나기 때문이 아니다. 초겨울의 찬 바람 때문도 아니다. 사건의 진상과 관련된 결정적인 단서를 포착한 것이다.

"난 그럴 권한이 없어. 우선 이유부터 말해봐. 납득할 만한 이유라면 윗분한테 전해줄게."

"한마디로 설명하기가 어렵다니까요. 얘기하는 동안에 화장이 시작될 겁니다."

"특별한 이유가 없으면 윗분들이 허락하지 않을 거야."

"알겠습니다."

나는 약간 불만스럽게 내뱉은 뒤 검은색 외제차 옆으로 성큼성큼 다가갔다. 그리고 뒷좌석 옆의 땅바닥에 무릎을 꿇고 큰소리로 외쳤다.

"회장님! 청이 있습니다!"

그 뒷일은 기억나지 않는다. 정신을 차려보니 실내였다. 얼굴이 욱신거려서 손으로 만져보니 피가 묻어났다. 입가가 갈라져 있다. 입안도 따끔거린다. 회장에게 무리하게 요청하다가 주변의 조직원들에게 두세 대 얻어맞은 것 같다.

그러나 필사적으로 요청한 보람은 있었다. 세라의 관은 일단 대기실로 옮겨졌다. 얼마 후 도쿄에서 도시마카이 조직과 관련된 의사가 달려와 사체를 검시했다. 의사의 소견은 내가 상상했던 대로였다.

"사인은 각성제 급성 중독에 따른 순환기 부전입니다."

"매우 유감스러운 일이지만, 세라 형님은 우리 조직을 배신했습니다. 약을 빼돌린 겁니다. 운반하다가 누군가에게 습격당한 척하는 방법으로 대량의 약을 호주머니에 집어넣은 뒤, 개인적으로 그 약을 처분해 한몫 잡으려고 했던 겁니다."

실내가 술렁거렸다.

나는 지금 화장터 대기실에서 열 몇 명의 조직원들을 상대로 얘기하고 있다. 회장이 앉아 있는 상좌 옆에 서서 도시마카이의 간부들에게 사건의 진상을 막 설명하기 시작했다. 아까와는 다른 의미로 손발이 떨리고 있다.

"그런데 습격당했을 때 형님은 혼자 약을 운반하고 있었던 게 아닙니다. 이번에도 그랬지만 한 달 전에도 겐타 형님과 함께 운반했습니다. 네, 그러니까 두 사람이 짜고 연극을 한 겁니다. 서로 때리고 나이프로 상처를 입혀 누군가에게 습격당한 것처럼 꾸민 거죠."

"무슨 개소리야!"

뒤쪽에서 겐타가 안색을 바꾸며 벌떡 일어났다.

"입 다물어."

도시마가 낮게 중얼거렸다.

"앉아."

옆에 있던 마쓰나가가 겐타의 팔을 세게 잡아당긴다. 겐타는 식식거리며 마지못해 자리에 앉았다. 어떤 얘기를 하더라도 도중에 말을 가로막지 않겠다는 약속을 받고 나는 이 자리에 선 것이다.

"조금 전에 훔친 약을 호주머니에 집어넣었다고 했습니다만, 옷 속에 감춘다면 자칫 발각될 수 있습니다. 그래서 형님들은 몸속에 숨기기로 했습니다. 말하자면 약을 삼켜 배 속에 집어넣은 겁니다. 그러면 몸을 아무리 심하게 움직여도 약을 떨어뜨릴 염려가 없고, 신체검사를 받아도 절대로 발각되지 않을 테니까요."

조직원들은 진상을 하나씩 밝힐 때마다 신음소리와 한숨소리를 흘리며 겐타를 힐끔힐끔 쳐다보았다. 겐타는 누군가와 눈이 마주칠 때마다 설레설레 고개를 가로저었다.

대기실에는 에바타도 구석에서 몸을 웅크리고 있다. 하지만 나는 내 얘기를 듣는 그녀의 심경 따위는 안중에도 없었다. 내 안에는 그저 탐정으로서의 허영심만 가득 차 있을 뿐이었다.

"단, 약을 그냥 삼키면 몸속에서 다 녹아버릴 겁니다. 그래서 두 사람은 약을 콘돔 안에 집어넣고 소시지처럼 묶어, 통째로 삼켰습니다."

이른바 '보디 패커Body Packer'라는 것이다. 세라의 사건이 일어난 1951년 당시에는 그런 용어가 없었지만, 21세기인 오늘날에는 그렇게 부르고 있다. 금지 약물을 해외에서 국내로 밀반입할 때 흔히 사용하는 수법이다.

"사흘 전에도, 지난달 5일에도 저를 포함해 셋이 약을 배달했습니다. 두 사람은 차에서 내려 납품처로 갔고, 한 사람은 차에 남아 돈을 지켰습니다. 차에는 순서대로 돌아가면서 남았는데, 제가 차에 남을 때마다 두 형님은 짐칸으로 이동해 약을 콘돔에 넣어 몇 개씩 삼켰습니다. 따라서 아사쿠사의 W 카바레나 아카사카의 S 클럽으로 들고 간 골판지 상자는 처음부터 비어 있었던 겁니다. 그러고 나서 두 사람은 골목에서 서로에게 상처를 입혔죠. 물론 짐칸에 실려 있던 골판지 상자의 내용물은 이미 두 사람의 배 속에 들어가 있었습니다. 그래서 제가 차에서 떠나지 않고 짐칸 앞에 지키고 있었어도 감쪽같이 약이 사라진 겁니다."

아카사카에서 사건이 일어났을 때 세라는 배를 감싸고 있었는데, 처음에는 단지 얻어맞았기 때문에 그런 거라고 생각했다. 하지만 그것은 각성제가 담긴 콘돔을 다량으로 삼켜 배 속이 거북했기 때문이었다. 아사쿠사에서는 W 카바레로 가기 전에 미리 천막을 찢어놓았다.

"배 속의 물건은 집으로 돌아와 꺼냈을 겁니다. 설사약이라도 먹고 강제로 배출했겠죠."

당시의 변소는 수세식이 아니기 때문에 평소처럼 배변하면 변소 밑바닥으로 떨어지고 만다. 그러면 모든 게 수포로 돌아가므로 바닥에 시트를 펼쳐놓고 배변하거나, 혹은 욕실에서 배변해야 한다. 그래서 세라는 에바타와 나를 밖으로 쫓아낸 것이다. 그런 큰일을 동거인 몰래 하기는 불가능하다.

에바타와 내가 밖으로 쫓겨나면 그 뒤에 겐타가 집으로 찾아온다. 몸에서 물건을 빼내는 것은 상당히 지저분한 일이므로 수고를 덜려면 한 곳에서 하는 편이 낫다. 세라의 입장에서 보면, 그 뒤처리를 아우에게 맡길 수도 있다. 또한 겐타에게 '맡겨둔' 약도 그 자리에서 회수할 수 있다. 설령 두 사람이 동일한 양을 삼켰다고 해도, 실제로 각자 반반씩 챙기지는 않았을 것이다. 두 사람의 관계로 보자면 세라가 70~80퍼센트쯤 챙겼으리라 생각한다.

"지난달에는 그런 식으로 무사히 빼돌릴 수 있었습니다. 그런데 이번에는 몸 밖으로 배출하기 전에 불의의 사고가 발생했습니다. 세라 형님의 몸속에서 콘돔이 찢어진 겁니다. 그 결과, 약이 대량으로 몸에 흡수되어 급성 중독을 일으키고 말았습니다."

당시의 콘돔은 품질이 좋지 않아 쉽게 파손되었다.

"아까 의사 선생님께 확인해보니, 각성제에 의한 급성 중독은 정신착란을 일으킨다고 합니다. 집 주변에서 들은 목소리는 형님과 누군가가 싸우는 소리가 아니라, 형님이 혼자 고통스럽게 발버둥치는 소리였습니다. 방이 엉망인 것도 형님이 혼자 날뛰면서 어지럽힌 겁니다."
손등이나 손가락의 작은 상처들도 혼자 날뛰면서 생긴 것이다.
"그럼 뭐야, 세라가 착란을 일으킨 끝에 스스로 자기 배를 찌른 건가?"
오이시가 말했다.
"아뇨. 사인은 심장에 있습니다. 각성제를 다량으로 흡입하면 심장의 고동이 비정상적으로 빨라지다가 끝내 기능이 정지되고 맙니다."
"그렇다면 배는……."
"사망한 뒤에 찔린 겁니다. 배를 갈랐다고 하는 게 적절하겠군요."
그러면서 나는 겐타 쪽으로 얼굴을 돌렸다. 그러자 다른 이들의 시선도 나를 따라 움직였다. 겐타는 격렬하게 고개를 흔들었다.
"세라 형님이 중독 증상을 일으켜 사망한 뒤에 겐타 형님이 집으로 찾아왔습니다. 물론 크게 놀랐겠지만, 이 세계에 몸담고 있는 만큼 경찰이나 구급차는 부르지 않았습니다. 또한 우리 사무실에도 도움을 요청하지 않았습니다. 왜냐하면 세라 형님의 몸속에 약이 들어 있기 때문입니다. 그대로 시체가 처리된다면 물건도 재로 변하겠죠. 애써 손에 넣은 약을 그냥 포기하기는 너무 아까웠을 겁니다. 그래서 겐타 형님은 시체를 욕실로 옮기고 식칼로 배를 갈라, 내장에 있는 약 담긴 콘돔을 전부 꺼냈습니다. 그런 다음 자기 숙소로 돌아갔다가 이튿날 시체가 발견됐다는 소식을 듣고, 시치미를 뚝 뗀 채 마쓰나가 형님과 함께 찾아온 겁니다."
"말도 안 돼! 헛소리하지 마! 죽여버리겠어! 증거를 대, 증거를!"
마침내 겐타가 더는 못 듣겠다는 듯 길길이 날뛰었다. 나는 일단 웃어 보였다.

“그렇게 당황하며 소리치는 게 증거입니다.”

“뭐야?”

“좋습니다. 눈으로 확인할 수 있는 증거를 보여드리죠.”

한층 더 여유 있는 태도를 보이자 겐타는 놀란 듯 주춤거렸다.

“마쓰나가 형님과 함께 집으로 찾아온 겐타 형님은, 욕실의 참상을 보고 마치 처음 본 사람처럼 충격을 받은 척했습니다. 그때 자신의 중대한 실책 한 가지를 깨닫습니다. 바로 콘돔입니다. 약을 꺼내고 남은 콘돔들 중 하나를 미처 치우지 못했던 겁니다. 그게 다른 사람 눈에 띄면 약을 훔친 사실이 들통 날 수 있으니까 겐타 형님은 증거 인멸을 꾀했습니다. 속이 울렁거리는 척하며 욕실에 웅크리고 앉아 콘돔을 집었습니다. 그리고 더 이상 못 참겠다는 듯이 변소로 달려가 증거물을 변소 바닥에 버렸습니다. 그 뒤로 변소를 푸지 않았으니까 지금 거길 찾아보면 콘돔이 있을 겁니다. 적당한 방법으로 조사하면 지문을 채취할 수도 있겠죠. 근데 꼭 그렇게 일을 번거롭게 처리해야 하겠습니까? 남자라면 이쯤에서 깔끔하게 승복해야 하는 거 아닌가요?”

고구레 아카리를 죽인 것도 겐타다. 한밤중에 절을 빠져나가 그녀의 집에 찾아간 뒤 자살로 위장해 살해했다. 살해하기에 앞서 찻잔을 엎지르고, 너 때문에 엎질렀다느니 화상을 입었다느니 트집을 잡았다. 그 일로 그녀에게 ‘죄송합니다’라는 글을 쓰게 하고, 그것을 유서인 것처럼 꾸몄다.

겐타는 나름대로 안전을 기하려고 했다. 세라를 살해한 범인이 판명되면 도시마카이는 더 이상 범인을 찾지 않을 테고, 자신의 도둑질도 발각될 염려가 없다. 때마침 아카리가 의심을 받게 되자 그녀를 이용해야겠다는 생각으로 범행을 저질렀다.

약을 빼돌리자고 먼저 제의한 것은 세라 쪽이라고 한다. 생전에 별다른 얘기는 하지 않았지만, 어쩌면 목돈을 만들어 에바타를 호강시켜 주려고 그랬는지도 모른다. 지금이야 그 진위를 확인할 수는 없지만 나는 그렇게 추측하고 있고, 그렇게 믿고 싶다.

겐타는 모든 것을 자백했다. 그는 손가락 두 개를 잘리고, 죽지 않을 만큼만 얻어맞은 뒤 조직에서 쫓겨났다. 도시마카이는 간토 지방 일대의 폭력조직에 그를 파문시켰다는 취지의 글을 돌렸다. 그로써 겐타는 다른 조직에 들어갈 수도 없게 되었다.

야히로 조직의 혼마 사건도 마찬가지였다. 혼마는 마쓰자키와 손잡고 약을 빼돌리려고 했는데, 몸속의 콘돔이 찢어지는 바람에 각성제에 의한 급성 중독으로 사망했다. 그리고 시체를 발견한 마쓰자키가 각성제를 회수하기 위해 혼마의 배를 갈랐다.

이와 같은 각성제 도난 사건이 발생하게 된 배경에는 그해에 제정된 각성제 단속법이 자리하고 있다.

그 이전만 해도 각성제는 합법적인 약물이었다. 아니, 전시에는 오히려 국가가 국민에게 강제로 복용시켰다. 전투의욕과 집중력을 높이려 항공기 탑승자에게 배급하고, 군수공장에서는 졸음을 물리치는 데 사용되었다. 신문이나 잡지에도 버젓이 광고가 실리고, 동네 약국에서도 간단히 손에 넣을 수 있었다. 종전 직후에는 군 관련 기관이나 제약회사에서 대량으로 쏟아져 나와 민간인들 사이로 퍼져갔다. 당시에 필로폰이라는 상품명으로 불렸던 이 약이 국가 부흥에 일익을 담당한 것만은 분명하다. 이처럼 예전에는 각성제를 요즘의 영양음료나 건강보조식품 정도로 여기고 사용했다. 물론 남용하지만 않으면 환각이나 망상에 빠지지도 않았다.

그런데 그 각성제가 1948년에 극약으로 지정되고, 1950년에는 판매와 광고, 제조가 제한되었다. 그리고 1951년 6월에 각성제 단속법이 시행되었다. 이때부터 각성제가 불법으로 거래되기 시작하고, 폭력조직이 그 유통을 장악하게 된다. 법이 시행되던 초기에는 판매자만 규제하고 소지자나 사용자는 단속하지 않았기 때문에 민간 수요는 여전히 끊이지 않았다. 하지만 공식적으로는 구할 수 없으므로 자연히 가격이 올라갔다.

그처럼 각성제의 가치가 높아지자 세라나 혼마도 약을 몰래 빼돌려 한몫 챙기려고 했던 것이다. 필로폰은 가루약 이외에 알약이나 주사제도 있었다. 만약 도시마카이가 취급하던 약이 유리병에 든 주사제였다면, 과연 세라는 그것도 배 속에 넣어 빼돌리려고 했을까. 운명이란 그런 거다.

본래의 목적을 달성함으로써 나는 야쿠자 세계에서 정식으로 발을 뺄 수 있었다. 야히로 조직의 보스가 직접 도시마카이에게 사정을 설명했다. 스파이를 보냈다는 사실에 도시마카이 조직은 크게 분노했지만, 그 스파이가 조직의 썩은 부위를 제거해줬기 때문에 더 이상 문제를 확대시키지는 않았다. 도시마카이와 야히로 조직이 서로 화해하는 쪽으로 결론이 나면서 나도 자유의 몸이 되었다. 양쪽 조직에게 정식 조직원이 되지 않겠느냐는 제의를 받았지만, 장남으로 가게를 이어가야 한다며 정중하게 거절했다.

표면상으로는 사건이 깨끗이 해결됐지만, 내 가슴속에는 작은 응어리 하나가 남아 있었다. 세라는 어째서 파트너로 겐타를 선택한 것일까. 어째서 나를 선택하지 않은 걸까. 겐타 쪽은 오래 알고 지내서 속속들이 다 알고 있으니까? 그런 것 같기도 하고 아닌 것 같기도 하다. 세라는 나라는 인간을 그다지 신용하지 않았던 게 아닐까. 물론 파트너로 지명되지 않아 목숨은 건질 수 있었지만, 가슴 한편에는 겐타를 시샘하는 마음도 있었다.

그리고 또 한 가지, 그 사건은 내게 커다란 상처를 남겼다.

도시마카이와 야히로 조직이 화해식을 거행하던 바로 그날, 에바타가 조용히 세상을 떠났다. 사인은 순환기 부전. 각성제를 다량으로 복용하고 자살했다. 세라의 뒤를 따른 것이다.

너절한 사내로부터 해방되어 이제 자유롭게 살게 되었는데, 어째서 죽어야 한단 말인가. 세라는 야쿠자인 데다가 그 야쿠자의 길에서조차 빗나간 형편없는 사내였건만. 에바타는 그런 세라의 어떤 점에 그토록 마음이 끌린 걸까. 나는 도무지 이해할 수가 없었다. 그렇다, 그 당시 나는 아직 인생 경험이 부족했다.

에바타가 자살한 것은 1951년 12월 15일로, 그 다음 날 나는 겨우 스무 살이 되었다.

약속

31

"또 그런 마음에 없는 말씀을."

세쓰코는 고개를 움츠렸다.

"아니, 지금은 진심이야."

나는 그녀에게서 눈을 떼지 않았다.

"누구죠, 사랑하는 여자가?"

"본인 앞에서 그런 얘길 할 수 있겠나."

"말도 안 돼요. 저 같은 여자를 누가 좋아하겠어요. 분별없이 물건을 사대고 바보처럼 빚이나 지고, 이렇게 쭈글쭈글한 할머니가 돼서까지 몸을 팔고, 게다가 사람을 죽이는 일까지 거들고. 전 인간쓰레기예요."

그러면서 자기 뺨을 가볍게 때린다.

"좋아하게 됐을 때는 그런 여자인 줄 생각도 못했어."

"이젠 제가 그런 여자라는 걸 아셨겠네요."

"일단 좋아지면, 쉽게 싫어할 수 없는 법이지. 과거에 당신이 했던 연애를 생각해보라고."

"제 정체를 안 지 얼마 안 되니까 아직 제대로 실감하지 못하는 거예요. 아마 하루만 지나면 제 얼굴을 떠올리기도 싫어질걸요."

세쓰코는 커튼을 치듯 두 손으로 얼굴을 가린다.

"정체를 알고 나니 더 좋아졌는걸."

"그런 말 마세요."

"나는 생명력 넘치는 인간을 좋아하는데, 당신은 생명력 그 자체야."

"놀리지 마세요."

"아니, 내 얘기 들어봐."

나는 손을 내저으며 말을 이었다.

"당신은 말이야, 죽고 싶다느니 이제 인생은 끝이라느니 하며 부정적으로 말하지만, 실은 삶에 무척 집착하고 있어. 살려는 마음이 강하니까 범죄를 거들면서까지 삶의 길을 택한 거야. 자식에게 폐를 끼치지 않으려는 것도 그렇지. 삶에 애착이 없다면 자식 입장 따윈 안중에도 없을 거야. 말하자면 아직 인생을 포기하지 않은 거지. 아니, 포기할 수 없는 거야. 거액의 빚을 지고 호라이 클럽에게 이리저리 끌려 다니지만, 당신은 아직 희망을 버리지 않았어. 살다 보면 언젠간 좋은 날이 올 거라고 믿는 거지. 그래서 아직 살아 있는 거고. 스스로는 깨닫지 못했지만 그런 마음이 분명히, 그것도 아주 강하게 자리 잡고 있어.

나는 당신의 그런 점, 어떻게든 살아보겠다는 그 생명력에 매력을 느껴. 부득이한 사정이 있다고는 해도 호라이 클럽과 함께 일한 것은 잘못이야. 절대 용서할 수 없지. 경찰서로 데려가기 전에 두세 방 날려주고 싶을 정도야. 하지만 당신이 저지른 잘못과 당신이 생명력을 갖고 살아가는 건 별개의 얘기야. 사람들은 흔히 '좋아한다, 싫어한다'는 것과 '좋다, 나쁘다'는 걸 혼동하는 경향이 있는데, 나는 정확히 구별할 수 있지. 피트 로즈*가 야구 도박을 하든, 그 때문에 야구계에서 영원히

* 야구 도박으로 영구 제명된 전 메이저리그 선수 및 감독.

추방되든, 나는 그가 친 4256개의 안타를 높이 평가하고 있어. 그가 미일 야구에서 보여준 헤드 슬라이딩은 결코 잊을 수가 없지. 암, 그걸 어떻게 잊겠어. 1978년 11월 5일에 벌어진 일곱 번째 경기, 장소는 고라쿠엔 구장, 4회말…… 어쨌든 내가 말하고 싶은 건 비록 살인을 거들었다고 해도 당신의 인격을 전면 부정하진 않겠다는 거야."

"저를 구슬리려고 하는 말 같네요."

세쓰코는 고개를 좌우로 갸웃거린다.

"믿든 안 믿든 그건 당신 맘이니까."

나는 담배를 물었다.

"위로해주는 건 고마워요. 하지만 결국은 말 그대로 위로일 뿐이죠. 현실적으로는 여기서 경찰에게 붙잡히면 제 인생은 끝이에요. 지금 교도소에 들어가면 언제쯤 나올까요? 과연 제가 살아 있는 동안에 나올 수 있겠어요?"

세쓰코가 고개를 내밀고 대들 듯이 말했다.

"자꾸 교도소 얘길 하는데, 변호만 잘하면 집행유예로 풀려날 수도 있어. 정상참작의 여지는 충분히 있으니까."

"부질없는 기대감은 심어주지 마세요."

"설령 수감되더라도 당신이 생명력만 잃지 않으면 인생은 끝나지 않아."

"좋게 말하긴 쉽죠."

무엇이든 부정하고 싶어 하는 마음을 모르는 바는 아니다.

"기요시 기억나지, 세리자와 기요시."

나는 일부러 화제를 돌렸다.

"당신하고 함께 묶여 있던 사람요?"

"응, 그 대머리. 그래 봬도 지금 고등학교에 다니는 학생이야. 그 녀석은 중학교밖에 나오지 못했는데, 그런 학력에 대해 줄곧 콤플렉스를 갖고 있었던 모양이야. 예순에 회사를 조기퇴직한 뒤 아오야마 고교의 정시제* 학생으로 들어갔어. 그 정도라면 흔히 있는 일인데, 그 녀석은 대학까지 가겠다고 땅땅대고 있어. 정말 웃긴 녀석이지. 혹시 실수로 도쿄대학에 합격한다고 해도 그 나이에 외무부 직원이 될 리는 없고, 그렇다고 방송국이나 은행에서 신입사원으로 채용해줄 것도 아니고. 정년이 없는 의사나 변호사가 되려는 건가. 사실상 졸업장을 받더라도 아무런 쓸모가 없는 거지. 그럼 뭐하러 대학에 들어가려는 걸까. 교양을 쌓으려고? 그것도 일종의 취미생활이지. 근데 단순히 취미로 하는 거라면, 그보다 편하고 즐거운 것도 얼마든지 있잖아. 분재라든지 가라오케라든지 낚시라든지. 뭐가 그렇게 좋아서 이마에 머리띠 동여매고 미적분을 공부하는 건지 모르겠어. 정말 멍청한 녀석이지. 하지만 나는 기요시를 응원해주고 싶어. 비생산적인 도전은 역시 멋진 거야. 그게 진정한 문화지."

세쓰코는 고개를 끄덕인다.

"내 누이동생인 아야노도 영화니 가라오케니 수영이니 해외여행이니 플라멩코니 다이쇼고토**니 하며 매일 분주하게 나다니고 있어. 어제는 독신 고령자 모임에 나가더니, 오늘은 손녀와 함께 자니스 운동회에 가더군. 예순여덟에 그런 데 쫓아다니면 다른 손님들에게 민폐라고 말해주고도 싶지만, 본인이 좋다는데 어쩌겠어. 노래자랑에서 트로트

* 특별한 시간·시기를 이용하여 수업을 하는 제도. 주로 일과 학업을 병행하는 사람들이 많이 이용한다.
** 大正琴, 두 줄로 구성된 일본 전통 현악기.

를 부르는 초등학생도 있으니까 연예인을 쫓아다니는 할머니가 있어도 이상할 건 없겠지. 젊은 시절엔 다들 가난해 하루하루 빠듯하게 살았으니까 취미생활은 꿈도 못 꾸었지. 그러다가 요즘에 시간적 경제적 여유가 생기니까 그 시절에 못다 한 것들을 보충하려는지 흥미롭다 싶으면 뭐든 달려들고 있어. 다음엔 싱크로를 배우겠다고 하더군. 싱크로나이즈드 스위밍 말이야. 요코하마에 70세의 치어리더가 있다는데, 아무래도 그쪽에 경쟁의식을 갖고 있는 것 같아. 좀 심한 것 같지 않아? 근데 난 발레도 해보라고 부추기고 있어."

"발표회를 보고 싶네요."

세쓰코가 겨우 웃음을 보였다.

"이렇게 말하는 나도 영화 엑스트라와 컴퓨터 교실 강사, 주차장 경비로 매일 바쁘게 움직여. 꼭 일할 필요는 없어. 정년으로 회사를 그만둘 때 퇴직금을 많이 받았거든. 줄곧 독신이었기 때문에 저금한 돈도 꽤 있지. 이렇게 내 집도 있고. 그런데도 실버인재센터에 등록해 여러 가지 일을 하는 건 여러 세상을 들여다보고 싶어서야. 자이언트 야구팀의 감독이랑 국회의원도 해보고 싶고, 우주개발사업단에 들어가 국제우주정거장의 상주 우주인도 돼보고 싶어. 지금 날 비웃었지? 난 지금 농담하는 게 아냐. 실현 가능한지 불가능한지는 직접 해봐야 아는 거야. 머리로만 생각해 결론을 내버리는 녀석은 결국 그 정도의 인간밖에 될 수 없어. 나는 살아 있는 한 계속 도전하겠어. 도시락 값만 받으면서 엑스트라를 하는 것도 할리우드에 진출할 꿈이 있기 때문이야. 미국의 존 글렌 상원의원이 우주왕복선에 탑승한 건 일흔일곱 살 때야. 난 그에 비하면 아직 어린애지. 아, 그리고 머리도 길러보고 싶어서 이렇게 길게 길렀고……."

새로운 만남을 통해 가슴도 설레고 싶고, 괜찮은 여자들도 좀더 많이 안아보고 싶다는 말까지 튀어나오려고 했지만, 그건 그냥 마음속에 담아두었다.

"그러니까 내가 하고픈 말은 모든 게 마음먹기에 달렸다는 거야. 의욕이 있으면 나이 따윈 상관없어. 당신은 원래 생명력이 넘치는 사람이니까 그런 마음만 잃지 않으면 앞으로 어떤 상황에 처하든 비관하는 일은 없을 거야. 그리고 자꾸 나이에 대해 걱정하는데, 당신은 자기 나이가 몇인지 알고 있는 거야? 예순아홉이잖아."

"이젠 일흔이에요."

"현재 일본 여성의 평균수명이 몇 살인지 알아? 85세야. 그 나이까지 앞으로 몇 년이 남았지? 15년이야. 그런데도 벌써 인생을 포기하겠다고? 그 긴 시간을, 인생은 이제 끝났다며 알맹이 없는 껍데기처럼 보낼 셈이야? 아니면 더 살아봐야 별 볼일 없다며 자살할 거야? 무려 15년이야. 15년이면 세상에 태어나서 고등학교에 입학할 때까지의 시간이야. 그걸 버리겠다고? 아깝지도 않아? 설령 교도소에 들어가 죗값을 치르더라도 아직 충분한 시간이 남아 있잖아."

"하지만……."

"'하지만'이 너무 많네."

"무슨 말인지는 잘 알아요. 정말로 고맙게 생각해요. 하지만 경찰에 붙잡히면 모든 걸 잃게 돼요. 처음부터 다시 시작할 엄두가…… 그럴 기력이 없어요."

세쓰코가 힘없이 어깨를 떨구었다.

그녀의 심정을 이해 못하는 것은 아니다. 나이를 먹으면 가장 먼저 줄어드는 것은 체력이나 기억력이 아니라 기력이다. 하지만 나는 말한다.

"참 둔한 여자네. 내가 왜 이렇게 장황하게 얘기하는지 생각 좀 해 봐. 지금 내가 도와주겠다잖아."

세쓰코는 고개를 갸웃거린다.

"꼭 끝까지 말해야겠어? 다시 시작할 마음만 있으면 도와주겠어. 누가? 내가."

돌이킬 수 없는 말을 내뱉은 것 같은 생각은 들었지만, 지금의 심정이 그러니까 어쩔 수 없다.

세쓰코는 어리둥절한 눈으로 나를 쳐다보며, 뭔가 말하고 싶으면서도 주저하는 듯한 표정으로 입을 우물우물한다.

"'하지만'이라는 말은 하지 마."

손가락으로 그녀를 가리키며 미리 못을 박는다.

"게다가 난 아직 약속도 지키지 못했어."

"약속?"

"빚은 내게 맡기라고 했잖아."

"그건 제가 얘기를 엉터리로 꾸며댔을 때 했던 약속이잖아요. 빚을 진 진짜 이유는 전혀 달라요."

"이유는 상관없어. 빚이 있다는 건 사실이고."

또 멋있는 척하고 말았다.

"제 일에 마음 쓰실 여유가 없을 텐데요. 할리우드랑 우주에 가야 할 분이니까요."

말은 이렇게 했지만 세쓰코의 표정은 밝았다.

"즐거운 일은 잠시 뒤로 미뤄두지."

"그렇게 느긋하게 말할 수 있는 나이는 아닐 텐데요."

"어이어이, 아직 일흔밖에 안 됐어."

나는 담배를 끄고 천천히 일어났다.

“앞으로 두 달만 지나면 일흔하나. 저를 상대하다간 아무것도 못하고 끝나버릴걸요. 남성의 평균수명은 80세도 안 되니까요.”

“78세.”

“앞으로 7년밖에 안 남았네요. 제 절반이군요.”

“그건 어디까지나 평균일 뿐이야. 그 아래도 있지만 위도 있지. 난 7년만 살다가 죽을 생각은 추호도 없어. 이런 데이터도 있지. 65세까지 생존한 일본 남성의 평균 여명餘命은 약 18년. 65세까지 무사히 살아남은 자는 그 뒤로 18년, 즉 83세까지 살 수 있다는 거야. 내가 존 글렌에게 질 수야 없지.”

나는 게걸음으로 의자와 테이블 사이를 지나간다.

“그 사람은 특별하잖아요.”

“그럼 나도 특별해야지. 10년 뒤에도 20년 뒤에도 건강하게 살아 있을 거야. 그 정도 살지 않으면 하고픈 걸 다 못할 테니까. 그런 욕심이 많은 인간은 절대 쉽게 죽지 않아.”

세쓰코는 가볍게 한숨을 내쉰다.

“당신은 정말 모든 걸 자기 편한 대로 해석하시는 분이군요.”

“모든 걸 부정적으로 생각하는 당신이 더 이상한 거지. 나는 좀 특별하면 안 된다는 법이라도 있나? 특별한지 아닌지는 살아보지 않으면 모르는 거잖아. 뛰어난 사람을 보고 자기는 도저히 그 사람을 따라잡을 수 없다고 생각한다면 그 시점에서 이미 패한 거야. 자신의 가능성을 믿는 인간만이 그 가능성을 현실화시킬 자격이 있지. 나는 살아 있는 한 뭐든지 해볼 생각이야. 내일 죽더라도 오늘 할 일은 해야지. 그러니까 당신도 그렇게 간단히 인생을 포기하지 말라고. 포기하는 건 내가 죽은 다음에라도 늦지 않잖아. 그때까진 나하고 즐겁게 살아보자구."

그러면서 테이블을 빙 돌아가 세쓰코 옆에 앉았다. 그리고 그녀의 등에 팔을 얹었다. 아무래도 나는 돌이킬 수 없는 결정적인 말을 내뱉어버린 것 같다.

세쓰코는 나를 거부하지 않고 어깨에 머리를 기댄다. 나는 다른 한 손으로 그녀의 손을 잡고 깍지를 낀다. 비누와 화장품, 그녀의 체취가 하나로 어우러져 코끝을 자극한다.

"최근에 벚나무를 본 적 있어?"

내가 불쑥 물었다.

"아뇨."

그녀의 목소리가 내 몸에 진동으로 전해져 살아 있음을 실감한다.

"그런 거야, 꽃이 떨어진 벚나무는 세상 사람들에게 외면을 당하지. 사람들이 관심을 갖는 건 기껏해야 나뭇잎이 푸른 5월까지야. 하지만 그 뒤에도 벚나무는 살아 있어. 지금도 짙은 초록색 나뭇잎이 무성하게 자라고 있지. 그리고 이제 얼마 후엔 단풍이 들어."

"단풍이요?"

"그래, 다들 벚나무도 단풍이 든다는 걸 모르더라고."

"빨갛게요?"

"빨간 것도 있고 노란 것도 있어. 단풍나무나 은행나무처럼 선명하진 않고, 약간 은은한 빛을 띠고 있지. 그래서 눈에 잘 띄지 않아 다들 그냥 지나치는지도 모르고. 하지만 꽃구경하던 때를 생각해봐. 전국에 벚나무가 얼마나 많은지, 그걸 바라보며 또 얼마나 많은 사람들이 감탄했는지. 그런데도 꽃이 지면 다들 무시하지. 색이 칙칙하다느니 어쩌니 하는 건 그래도 좀 나은 편이야. 대부분은 단풍이 드는 사실조차 모르고 있어. 좀 심한 거 아닌가? 당신도 그런 식으로 벚나무*를 대하는 사람 중 하나야. 이름도 똑같으면서."

"제 이름은 세쓰코인데요."

그랬던가, 하며 내가 웃었다.

"70년을 살았어도 모르는 게 너무 많아. 그중에는 내 적성이나 취향에 맞는 것도 숨어 있을 테지. 그걸 모른 채 죽는다는 게 얼마나 안타까워. 난 그러기 싫어."

세쓰코는 내 품에 안겨 말없이 고개를 끄덕였다.

탐정 수업을 하던 시절의 나는 만발한 벚꽃이었다. 옳고 그름을 가리지 않고 세상의 모든 것을 경험하겠다며 눈빛을 번득이고 있었다. 그런 의욕에 가득 차 있었기에 앞뒤 생각지 않고 야쿠자 세계에 몸을 던질 수 있었다.

에바타가 죽자 나는 아케치 탐정사무소를 그만두었다. 극심한 자기혐오에 빠졌기 때문이다. 타인의 마음을 헤아리지 못하는 게 무슨 탐정이냐고 생각했다. 그래서 부모님이 사는 시로카네다이의 집으로 들어갔고, 그 뒤 평범한 샐러리맨이 되었다.

줄곧 기술 부서에 몸담으며 수많은 상품들을 기획하고 개발해, 고졸치고는 상당한 지위까지 올랐다. 하지만 회사 업무에 아등바등 매달리는 만큼 내가 해보고 싶었던 것들은 점점 내게서 멀어져갔다. 그러는 사이에 뭔가 하고 싶다는 생각도 차츰 줄어들었다. 세상 사람들은 그걸 철이 드는 것이라고 말한다.

* 사쿠라.

하지만 열정까지 잃어버린 것은 결코 아니었다. 일시적으로 묻어두고 있었을 뿐이다. 정년을 맞이해 이제 남은 인생을 어떻게 살아야 할지 생각했을 때 그렇게 즐거울 수가 없었다. 회사에서 해방된 지금은 하루 24시간, 1년 365일을 내 마음대로 조절할 수 있다. 나는 스무 살 때의 나 자신을 되찾았다. 하고픈 일이 너무 많아 눈이 핑핑 돌 지경이다.

나는 가끔 스무 살의 나와 일흔 살의 내가 뭐가 다른지 생각해본다.

육체적으로는 분명 차이가 있다. 얼굴도 손도 주름투성이이고, 생기도 없고, 피부는 중력을 못 이겨 축 처져 있다. 머리칼은 윤기도 없이 푸석하고, 얼룩진 흰머리는 염색을 안 하면 보기가 흉하다. 안경이 없으면 신문도 못 읽고, 텔레비전의 볼륨은 자꾸 높아지고, 건망증도 무척 심해졌다. 매일 몸을 단련하고 있지만, 일전에는 살짝 나뒹굴었는데도 골절되는 등 어쩔 수 없이 나이를 실감하게 된다.

하지만 스무 살의 나도, 일흔 살의 나도 자이언트 팀의 승패에 따라 울고 웃는다. 여전히 지기 싫어해 허세를 부리고, 차를 좋아하고, 괴로울 때는 술에 의지한다. 여자를 꼬드길 때는 가슴이 설레고, 단둘이 있게 되면 껴안고 키스하고 싶어지는 것도 스무 살 때와 다르지 않다. 발기부전 치료제에 의존해야 하는 것쯤은 가볍게 넘길 수 있다.

스무 살 때의 나는 탐정이었고 일흔 살 때의 나도 탐정이다. 아직 발놀림도 가볍고, 새로운 사실을 알아낼 때마다 흥분되기도 한다. 게다가 수많은 장애물을 극복해 나름대로 성과를 거두었으니, 어쩌면 내게는 탐정이 어울릴지도 모른다. 나는 아까부터 침묵이 흐를 때마다 경찰에 맞서서 활약하는 자신을 상상하며 마음속으로 히죽히죽 웃고 있다.

정말 벚꽃이 진 걸까? 내 안에는 아직 활짝 피어 있다. 튼튼하게 낭

아준 부모님께 감사하자.

"여자도 그래."

"네?"

"스무 살 때는, 연애는 젊은이에게만 주어진 특권이라고 생각했지."

"맞아요. 기껏해야 서른 살까지라고요."

"지금도 그렇게 생각해?"

나는 세쓰코에게서 몸을 떼고 얼굴을 들여다보며 물었다. 그녀는 고개를 갸웃거리고 수줍은 듯 시선을 떨구더니 가볍게 머리를 가로젓는다.

"아뇨."

나는 그녀의 머리칼을 쓰다듬고 다시 꼭 끌어안았다.

꽃을 보고 싶은 녀석은 꽃을 보며 신나게 떠들면 된다. 인생에는 그런 계절도 있다.

꽃을 보고 싶지 않다면 보지 않아도 된다.

그러나 지금도 벚나무는 살아 있다는 걸 나는 알고 있다. 빨간색과 노란색으로 물든 벚나무 이파리는 찬바람이 불어도 쉽게 떨어지지 않는다.

인생의 황금시대는

흘러가버린 무지한 젊은 시절에 있는 것이 아니라,

늙어가는 미래에 있다.

–린위탕*

* 林語堂. 중국의 유명 소설가이자 문명비평가.

도움말

고령자 일반적으로 65세 이상의 남녀를 가리킨다.

섹스 삿포로 의과대학 비뇨기과에서 일본 남성 약 8000명을 대상으로 실시한 성생활 실태 조사에 따르면, 80대 전반에서는 '전혀 하지 않는다'가 절반이 넘지만 일곱 명에 한 명은 월 1회씩 하고 있다고 한다. 또한 성교 빈도와 '정서적인 생활'과의 관계에서는, 남녀 모두 빈도가 높을수록 성생활이 안겨다주는 생활 정서도 크다고 대답했다. 연령이 높아져도 이런 경향은 바뀌지 않았다.

염색 헤어컬러 업체가 1999년에 실시한 조사에 따르면 65세부터 69세의 여성 중 73퍼센트가 머리를 염색한 경험이 있는데, 이는 25세부터 29세까지 연령층의 70퍼센트를 상회하는 비율이다.

채팅 25일 오후 11시 45분경, 아이치현 헤키난시 아사마마치의 맨션에 거주하는 A용의자(55, 미용실 경영)가 자신이 '남자를 칼로 찔렀다'고 경찰서에 전화했다. 칼에 찔린 남성은 도쿄도 니시도쿄시 야토초에 거주하는 건축업자 B씨(62)로, 약 1시간 반 뒤 사망했다. 헤키난 경찰서는 A용의자를 현장에서 살인미수 용의로 체포하고, 현재 살인 용의로 조사하고 있다. 용의자는 '헤어지자는 얘기로 옥신각신했다'고 진술한 것으로 알려져 있다. 두 사람은 올해 4월에 휴대폰 채팅 사이트에서 알게 되어 지금까지 열 몇 차례 만났다고 한다.(2002년 12월 26일자 아사히신문)

운전 직접 자가용을 모는 고령자들을 조사한 결과에 따르면 '거의 매일 운전한다'가 64.8퍼센트, '일주일에 두세 번 운전한다'가 25퍼센트로, 운전 빈도가 상당히 높다.(2001년 고령사회백서) 1996년에 운전면허를 보유한 고령자는 525만 명으로, 1991년보다 1.7배(316만 명)나 증가했다.(1997년도 교통안전백서)

휴대폰 1998년에 이미 60대 이상의 연령층 중 19.2퍼센트가 휴대폰 및 PHS를 보유하고 있다.(1999년도 통신백서)

헬스클럽 고령자의 스포츠라면 게이트볼, 이라는 건 옛이야기. 1990년대 전반에는 게이트볼을 즐기는 인구가 300만이 넘었지만, 지금은 그 절반으로 줄어들어 게이트볼 경기장도 잇따라 폐쇄되고 있다. 이를 대신해 새로이 대두된 것이 웨이트 트레이닝. 나이가 들어도 근육은 성장하기 때문에 고령자라도 가벼운 운동을 통해 체력을 40대 수준으로 회복할 수 있다.(2001년 11월 5일자 NHK 프로그램 '클로즈업 현대')

도쿄 아오야마 고등학교 1940년에 도쿄부립 제15중학교로 설립되어 1948년 도쿄도립 아오야마 신세이 고등학교로 바뀌고, 1950년에 도쿄도립 아오야마 고등학교로 개칭. 1959년에 정시제 과정을 도입.

세이신 여학교 1910년에 개교.

할아버지 손자나 손녀가 생기면 흔히 자신의 배우자를 '할아버지, 할머니'라고 부르는데, 그 이유가 뭘까.

원근 겸용 콘택트렌즈 바이포컬(Bifocal, 미국 존슨앤드존스 주식회사), 포커스 프로그레시브(focus progressive, 시바비전 주식회사) 등.

컴퓨터 교실 도쿄도 미나토구에서는 사단법인 실버인재센터의 회원이 강사가 되어, 고령자와 지역주민을 대상으로 해마다 문화 강좌와 컴퓨터 교실을 운영하고 있다.

F671i, F671iS 표시 문자와 버튼을 크게 하고 음성 안내와 메일 읽기 기능을 탑재해 시니어 계층을 타깃으로 삼은 휴대폰. 일명 '라쿠라쿠(樂樂)폰'.

도쿄도립 미타 고등학교 1923년에 도쿄부립 제6여자고등학교로 설립, 1950년에 도쿄도립 미타 고등학교로 개칭.

노인 냄새 40대가 지나면 피지 중 과산화지질이 증가하고 지방산 성분이 변한다. 이 지방산이 산화와 피부상재균에 의해 분해되면 특유의 체취 성분인 노네날(Nonenaldehyde)이 생성된다. 이것이 고령자에게서 나는 특유한 냄새의 주범이다. 현재 시중에는 데오드란트 스프레이 같은 다양한 방취제가 판매되고 있다.

건강 상태 자신의 건강 상태에 대해 '좋다, 약간 좋다, 보통이다'라고 생각하는 고령자는 남성이 70.7퍼센트, 여성이 66.9퍼센트에 이른다.(2001년도 고령사회백서)

프로야구 일본 시리즈 1949년에 두 리그로 나뉘어져, 이듬해부터 최고의 팀을 결정하는 선수권이 개최된다. 1951년에는 자이언트가 4승 1패로 호크스를 누르고 최고의 팀이 되었다.

쓰바메 그릴 전통 있는 양식 레스토랑. 1930년에 신바시에서 개업해 1946년에 긴자 1가로 이전.

아카사카미쓰케역 1938년 11월 18일 개통.

해외여행 2000년에 해외여행을 떠난 60세 이상의 내국인은 약 250만 명으로, 전체 여행자의 14퍼센트에 이른다.(법무성 출입국관리국 통계)

해외이주 JTB(일본교통공사)의 해외여행 인솔자들을 상대로 설문조사한 결과, 노후에 살고 싶은 곳 중 1위는 하와이다.

옮긴이의 말

추리 작가가 독자를 속이는 수법도 가지가지다.

『벚꽃 지는 계절에 그대를 그리워하네』 역시 제목에서 풍기는 서정적인 느낌과는 달리, 작가의 철저한 계산과 구성이 바탕이 된 깜짝 놀랄 만한 반전이 독자들이 가지고 있던 선입관을 여지없이 무너뜨린다. 책을 읽는 동안 줄곧 지녔던 선입관이 한순간에 깨지는 그 황당함을 경험하기에는 더없이 좋은 작품이 아닐까 싶다.

이 작품은 2004년 일본 미스터리계의 각종 상과 베스트 1위를 거의 독점하다시피 한 화제작인 동시에, 추리소설 작가로 몇십 년간 활동해 온 우타노 쇼고의 대표작이다.

추리소설은 다루는 주제나 소재의 특성상 어둡고 진지해지기 마련이다. 이 작품도 고령화 사회에서 야기되는 심각한 사회 문제를 다루고 있다. 하지만 전편에 흐르는 가벼운 위트와 유머 탓인지 그 트릭마저 익살스럽게 느껴진다. 그런 면에서 보면 이 작품은 본격추리라기보다는 사회파 미스터리와 본격 미스터리가 적절히 어우러진 절충형 추리소설에 가깝다고 할 수 있다.

대다수의 추리소설이 그렇듯, 이 작품도 트릭이 밝혀진 뒤 다시 곱씹으며 앞 장을 거슬러 올라가고 나서야 작가가 하나부터 열까지 얼마나 치밀하게 작품을 세공했는지 알 수 있다. 인간의 심리를 이용해 독자를 요리할 수 있는 역량 또한 필력이 뒷받침되기에 가능한 일이리라.

작품마다 번득이는 아이디어를 선보이며 독자들의 감탄을 자아내는 작가 우타노 쇼고. 국내에는 1999년 제작된 나카다 히데오 감독의 〈카오스Chaos〉라는 영화의 원작자로만 알려져 있을 뿐, 아직 그의 이름은 생소한 편이다.

우타노 쇼고는 본격 미스터리의 부활을 꿈꾸며 유망한 신인 작가들을 발굴하는 데 노력한 시마다 소지의 추천을 받아, 1988년 『긴 집의 살인長い家殺人』이라는 작품으로 데뷔하였다. 아야쓰지 유키토, 아비코 다케마루, 노리즈키 린타로, 아리스가와 아리스 등으로 대표되는 '신본격 미스터리'의 1세대 작가인 셈이다.

그는 데뷔 초기에는 정통적인 양식의 추리소설을 추구했지만, 그 뒤 차츰 기존 형식에서 벗어나 전위적인 실험을 계속하며 새롭고 독특한 작품을 꾸준히 발표하고 있다. 해가 거듭할수록 비약적인 발전을 보이고 있는 그의 노련미 넘치는 작품들은 이제 원숙한 경지에 접어들었다는 평가를 받고 있다.

그는 자신의 작품은 굳이 따로 설명할 필요가 없다는 이유에서 후기를 거의 쓰지 않는다. 그만큼 그의 소설들은 군더더기 없이 작품 자체만으로도 독자들에게 충분한 재미를 보장하고 있다. 그는 매 작품마다 또 다른 새로운 무대로 나아가고 싶어 한다. 다음에 선보일 무대에서는 또 어떤 트릭을 구사할지 자못 기대가 크다.

이 책을 옮기면서 언제 어떤 트릭이 펼쳐질지 몰라 내내 긴장을 늦추지 못했다. 그러나 아쉽게도 결국엔 속았다. 앞서 의아하게 생각했던 대목들도 한순간에 스르르 풀리는 느낌이었다. 입이 간지럽기는 하지만, 혹시 뒷장부터 펼치는 성급한 독자가 있을까 두려워 자세한 이야기는 자제하기로 한다. 이 작품의 스토리에 대해 어떤 말을 꺼내든 그 트릭이 밝혀질 수 있으니까. 옮긴이가 대단원에 이르러 경험한 뜻밖의 황당한 감정을 독자들에게도 고스란히 안겨주고 싶은 게 솔직한 심정이다.

속지 않으려고 잔뜩 긴장하지만, 결국은 속을 수밖에 없는 독자들. 옮긴이로서는 그 반응을 지켜보는 것도 쏠쏠한 재미일 것 같다. 추리소설을 읽는 즐거움 가운데 하나가 '속는 재미'라면 이 작품은 그 역할을 다했다고 감히 단언할 수 있다. 아무쪼록 이 책을 집어든 모든 독자들이 그 즐거움을 만끽하게 되길 바란다.

벚꽃 지는 계절에 그대를 그리워하네

1판 1쇄 발행 : 2005년 12월 20일
1판 20쇄 발행 : 2018년 5월 17일
2판 1쇄 발행 : 2019년 3월 29일
2판 5쇄 발행 : 2024년 2월 15일

지은이 우타노 쇼고
옮긴이 김성기
펴낸이 김기옥

문학팀 김세화 | 마케팅 김주현
경영지원 고광현, 김형식, 임민진

본문디자인 고은주
인쇄·제본 (주)민언프린텍

펴낸곳 한스미디어(한즈미디어(주))
주소 (04037) 서울시 마포구 양화로 11길 13(서교동, 강원빌딩 5층)
전화 02-707-0337 | 팩스 02-707-0198 | 홈페이지 www.hansmedia.com
출판신고번호 제313-2003-227호 | 신고일자 2003년 6월 25일

ISBN 979-11-6007-352-2 03830

한스미디어 소설 카페 http://cafe.naver.com/ragno | 트위터 @hans_media
페이스북 www.facebook.com/hansmediabooks | 인스타그램 @hansmystery

책값은 뒤표지에 있습니다.
잘못 만들어진 책은 구입하신 서점에서 교환해드립니다.